中国当代楹联评析

方留聚　主编

商务印书馆国际有限公司
中国·北京

图书在版编目（CIP）数据

中国当代楹联评析 / 方留聚主编 .-- 北京 ：商务印书馆国际有限公司，2022.8

ISBN 978-7-5176-0919-3

Ⅰ．①中… Ⅱ．①方… Ⅲ．①对联—文化研究—中国 Ⅳ．① I207.6

中国版本图书馆 CIP 数据核字（2022）第 127001 号

ZHONGGUO DANGDAI YINGLIAN PINGXI

中国当代楹联评析

主　　编　方留聚
出版发行　商务印书馆国际有限公司
地　　址　北京市朝阳区吉庆里 14 号楼
　　　　　　佳汇国际中心 A 座 12 层
邮　　编　100020
电　　话　010-65592876（编校部）
　　　　　　010-65598498（市场营销部）
网　　址　www.cpi1993.com
印　　刷　三河市紫恒印装有限公司
开　　本　880mm × 1230mm　1/32
印　　张　15.5
字　　数　333 千字
版　　次　2022 年 8 月第 1 版第 1 次印刷
书　　号　ISBN 978-7-5176-0919-3
定　　价　45.00 元

本书编写人员

主　　编　方留聚

编　　委　王西川　李进才　吴岱宝　张项学　金光瑜　徐玉基

楹联作者（按文中顺序先后）

方留聚　孙芸香　李存固　石安辉　杨远建　刘　文
郑翠娟　黄云光　张修顺　王西川　陶大明　王家祥
邢伟川　张儒刚　李家桥　唐统芳　陈坤玉　胡晓斌
曾宜华　宋国元　李广发　彭大庆　孙汝瑛　舒甘来
肖金良　徐光祖　王雁青　李显增　郭一明　张项学
陈宝林　彭水洪　杨天康　刘洪敏　罗　毅　唐格安
李军法　孙福奎　尚桂凤　耿战浩　贺一雷　魏艳鸣
崔钢兵　王凤茹　杨学军　吴立新　王立州　刘英强
李改香　王建辉　范卫平　王瑞华　刘晓晨　魏玉秋
金光瑜　王雪原　王　衍　吴岱宝　熊　虎　尉官保
孙瑞海　李重林　张淑梅　徐玉基　牛牧之　张建设
陈　鑫　刘葆华　吴金城　黄一坤　董文学　倪少坤
许征武　鲍仙友　周关洪　谢卫明　张作宽　刘未零
黄国辉　徐学利　郑创钊　向延富　刘芍襛　杨玉君
徐丽红　党升元　曹俊梅　寇宏伟　侯秀欣　谢雄宇
刘增才　白定稳　刘玉卿　蒋贡国　康锦荣　刘玉岭
黄志敏　肖德飞　仇殿清　李钦渊　卢曙光　申　昊
高玉梅　路望姣　陈志斌　谢源秋　李乐义　陈恢波
卜祥杰　乔德红　罗增富　贺正明　王长城　刘登甲

颜学海　吴海燕　冯贵明　楼晓峰　张亚娟　庞晓洲
何江波　蒋军燕　王兴平　张杰安　田兴隆　张海正
罗善德　刘志林　郭新华　邹卫东　卫　国　杨德峰
李鹤林　张立国　熊汉涛　罗方友　张建军　蔡远鸣
李　颖　田振华　王甜元　祁玉霞　林维金　严席文
马成君　章海林　苏传国　张少华　曹丛林　张远近
卢长华　葛永红　王一中　易延凤　徐延利　张少兵
徐秀玲　王明亮　申海军　吕鹏飞　徐继明　郭永和
曹鸳姣　张志明　郁　犁　杜正阳　赖义总　姜艳荣
聂　丹　李发建　董志高　钟胜天　彭小峰　陈新国
李达章　王世侠　刘红艳　林国斌　田　韬　颜学生
贺永粹　陈子芳　胡潍伟　吴国望

评析作者（按文中顺序先后）

纪根起　解维汉　吴荣照　陈双田　尚桂凤　曹文献
鄂明尔　汪星群　张项学　方留聚　咸丰收　刘志刚
金光瑜　徐玉基　雷银喜　林维金　刘红艳　何沁学
蒋有泉　梁　石　魏艳鸣　彭大庆　陈伟明　刘　锋
牛　蕴　崔钢兵　王家祥　董文学　张建芳　梁　健
邢伟川　生吉俐　楼立剑　朱启亮　刘洪敏　闫长安
杨远建　王维中　刘　丽　杨晓雁　赵秀敏　吴岱宝
李进才　葛永红　李培隽　张凤武　黄一坤　赵继杰
孙芸香　吴继强　王西川　郭新华　王凤茹　周明扬
李永清　刘葆华　王细平　郑翠娟　卜用可　孙福奎
胡小敏　刘英强　汤　洁　温继鹏　吴爱芹　彭水洪
应绿霞　朱庆文　周永红　郁　犁　叶子彤

目 录

楹联同题：古代帝后将相 …… 001

大禹 …… 001

秦始皇 …… 004

吕后 …… 007

汉武帝 …… 011

曹操 …… 014

周瑜 …… 017

诸葛亮 …… 020

唐太宗 …… 023

武则天 …… 027

颜真卿 …… 030

宋太祖 …… 034

李煜 …… 038

杨业 …… 042

范仲淹 …… 045

岳飞 …… 049

成吉思汗 …… 053

文天祥 …… 057

朱元璋 …… 060
朱棣 …… 063
王阳明 …… 068
张居正 …… 072
戚继光 …… 078
于成龙 …… 082
慈禧 …… 085

楹联同题：古代十大圣人 …… 089

文圣孔子 …… 089
史圣司马迁 …… 092
医圣张仲景 …… 097
武圣关羽 …… 100
书圣王羲之 …… 104
草圣张旭 …… 108
画圣吴道子 …… 112
酒圣杜康 …… 117
茶圣陆羽 …… 121
诗圣杜甫 …… 124

楹联同题：古代四大才女 …… 127

卓文君 …… 127
蔡文姬 …… 131
上官婉儿 …… 134
李清照 …… 138

楹联同题：古代四大美女 …… 141
西施 …… 141
王昭君 …… 146
貂蝉 …… 149
杨玉环 …… 152

楹联同题：唐宋八大家 …… 157
韩愈 …… 157
柳宗元 …… 160
欧阳修 …… 163
苏洵 …… 166
曾巩 …… 169
王安石 …… 173
苏轼 …… 176
苏辙 …… 179

楹联同题：唐宋著名诗人 …… 182
贺知章 …… 182
孟浩然 …… 186
李白 …… 189
王维 …… 194
薛涛 …… 199
白居易 …… 203
刘禹锡 …… 206
李贺 …… 210

杜牧 214
李商隐 217
柳永 221
晏殊 225
陆游 229
唐琬 233
辛弃疾 236
秦观 241

楹联同题：十大古都 244

西安 244
洛阳 248
北京 251
南京 254
开封 257
杭州 261
安阳 266
郑州 269
大同 274
成都 279

楹联同题：十大古关 284

山海关 284
居庸关 288
紫荆关 292

娘子关 …… 295
平型关 …… 300
雁门关 …… 304
嘉峪关 …… 308
武胜关 …… 311
友谊关 …… 315
函谷关 …… 318

楹联同题：二十五处知名景点 …… 321
故宫 …… 321
八达岭长城 …… 324
桂林山水 …… 328
黄山 …… 331
西安兵马俑 …… 334
西湖 …… 337
苏州园林 …… 341
布达拉宫 …… 344
莫高窟 …… 347
日月潭 …… 350
避暑山庄 …… 353
六尺巷 …… 357
千岛湖 …… 360
九寨沟 …… 363
秦淮河 …… 366
可可西里 …… 371

乌衣巷 ………… 374
大明湖 ………… 377
黄果树瀑布 ………… 380
颐和园 ………… 384
武陵源 ………… 389
长白山天池 ………… 394
壶口瀑布 ………… 398
富春江 ………… 401
五大连池 ………… 405

楹联同题：四大佛教名山 ………… 410

九华山 ………… 410
五台山 ………… 414
普陀山 ………… 418
峨眉山 ………… 423

楹联同题：四大名楼 ………… 426

黄鹤楼 ………… 426
岳阳楼 ………… 429
滕王阁 ………… 433
鹳雀楼 ………… 436

楹联同题：四大名桥 ………… 439

赵州桥 ………… 439
卢沟桥 ………… 442

灞桥 …… 445
二十四桥 …… 449

楹联同题：四大名亭 …… 453
陶然亭 …… 453
醉翁亭 …… 458
湖心亭 …… 461
爱晚亭 …… 465

楹联同题：五岳 …… 468
东岳泰山 …… 468
西岳华山 …… 472
南岳衡山 …… 476
北岳恒山 …… 479
中岳嵩山 …… 482

楹联同题

古代帝后将相

大　禹

禹原为夏后氏部落首领，夏朝开国君主，后人也称他为“夏禹”。划疆治、辟九州而称“帝禹”，“九州”“华夏”始名。因治洪水有功，人们尊其为“大禹”，即“伟大的禹”。他的重大功绩，不仅在于治理洪水、发展国家生产、使人民安居乐业，更重要的是他结束了中国原始社会部落联盟的组织形态，创造了“国家”这一新型的社会政治形态。

方留聚

劈三门以伏黄龙，改堵为疏，洪魔化作东流水；
铸九鼎而兴夏土，恤民立国，巨擘打开新纪元。

评　析

三门，地处黄河中游，河中两座石岛把急流分为三股。人们把这三股水路分别称为“人门”“神门”“鬼门”，“三门峡”名称由此而来。九鼎，是中国的代名词，以及王权至高无上、国家统一昌盛的象征。此联，上联形象地描绘了大禹治水的功绩，下联用精练的语言，刻画出了大禹治理国家的功勋。上联以“劈”字领起，使得大禹带领人们治理黄灾的意志和决心跃然纸上。之后带出“劈山治水，改堵为疏”的正确策略。结句以洪魔降伏，归流大海，寓意“人定胜天”的气势和精神。下联以“铸”字领起，彰显大禹治理国家的雄才大略，“善纳民意，善舒民心”，最后落脚在开辟了治国新体制、新纪元，顺应了时代发展潮流。此联笔法老到，对仗工巧。“三门”对“九鼎”，数字巧、寓意巧；“黄龙、夏土”“洪魔、巨擘”比喻恰当。结句出彩。难得的佳构好联。

（纪根起）

孙芸香

为帝王垂范千秋，三过家门不入，从此中原无水患；
将国土名州九域，五服责任细分，安其天下惠黎民。

评　析

此联以大禹的身份特点和人们熟知的历史故事入手，阐述了大禹的历史功绩。此联中的“五服”非辈分的“五服”。古代王畿外围，以五百里为一区划，由近及远分为甸服、侯服、绥服、要服、荒服，合称五服。服，服侍天子之意。《书·益稷》：“弼成五服，至于五千。”孔传：“五服，侯、甸、绥、要、荒服也。服，五百里。四方相距为方五千里。”又周称侯、甸、男、采、卫为五服，

见《书·康诰》。上联用人们熟知的历史故事，下联对以治国安邦策略，是为巧对。此联两结句出彩。（纪根起）

李存固

看滚滚黄河入海，叹远古洪荒，横行四野，田没汪洋，人为鱼鳖，怎奈鲧治无功，苍黎无望，试问忧患谁除，狂澜谁挽；

听悠悠历史回声，有禹王提剑，重画九州，劈山浚水，劳力躬身，终教风调雨顺，国富民安，堪称英雄伟业，华夏精神。

评　析

“禹王提剑，重画九州”，语出白居易《自蜀江至洞庭湖口有感而作》：“手提倚天剑，重来亲指画。”立意清新，长联气脉悠扬。上联起句一“看”，直入主题，大禹治水之因由，历历在目。两组句中自对，将承句内容延展并转义自然。“无功”“无望”，然发问，又是一个自对，使读者随之感动。下联以一“听”作起，照应上联而叙述大禹的作为：一个“终教”，照应上联的“怎奈”，自对句照应上联自对句。上联一问，下联一答，彰显运笔自如。联语有古风之韵；对仗虽略宽，但舒展自如，无阻隔之嫌，实乃深功。（纪根起）

秦 始 皇

秦始皇嬴政（前259—前210），是中国杰出的政治家、战略家、改革家。他顺应历史潮流，灭六国统一中国，结束了长期诸侯割据的局面，有利于人民生活安定和社会生产；建立了封建专制主义的中央集权制度，在历史上产生深远影响；统一货币、度量衡、文字，促进了各地经济文化交流；通过统一战争扩大了疆域，使秦朝成为中国历史上第一个统一的多民族的中央集权的封建国家。

李存固

明月鉴祖龙：坑儒焚籍，暴敛强征，苛政虐民，过乎？难毁千秋一帝；

长城镌青史：横扫六合，鼎革旧制，拓安疆土，功也！更扬万古雄风。

评　析

秦始皇是对中国历史做出过巨大贡献、产生过巨大影响的封建皇帝。综观其一生，功过相比，功大于过。上联从“明月鉴祖龙”领起，并不避讳“坑儒焚籍，暴敛强征，苛政虐民”，只是说这些尚不足以否定秦始皇的伟大历史功绩。“难毁”二字极其有力。下联则直抒其修筑万里长城、横扫六合、鼎革旧制、拓安疆土的硕硕丰功，称颂其“万古雄风”。全联褒贬鲜明，一分为二，强调功大于过，应是唯物辩证法的科学评判。（解维汉）

石安辉

昂扬绣岭秦川，腾烈日扫残星，重塑海天开帝始；
俯瞰雄疆伟业，笑凡尘多俗见，若同蝼蚁论皇勋。

评　析

此联视点很高，气势宏大。上联言秦始皇斗志昂扬，统一事业摧枯拉朽，势如破竹。下联言功成之际坐拥雄疆伟业，居高临下，耻笑凡尘鼠辈目光短浅，无法理解大秦帝王的雄才大略。全联高瞻远瞩，笑谈今古，既有阔大气度，又有旷达情怀。见识独具高标，不同凡响。华丽辞藻支撑真知灼见，为此联一大特点。（解维汉）

杨远建

三百里宫连殿，惜一把火烧，剩胭脂何处，年年菊桂开中，秦月倚栏听露泣；

二千秋是与非，苦五湖言乱，怜豪杰几时，亘亘烟波霁后，灞桥摇柳伴星归。

评　析

上联凭吊秦阿房宫被火烧后，呈现一片狼藉景象。下联说秦朝以来，社会动荡，英雄迭起，常见有人在灞桥盼望征人归来。叙述中见感情，叹息中论事理，结句落在“现在时”。此联重形象思维，词语生动，气脉流畅，颇有文采。但据文物部门考古挖掘，发现阿房宫遗址并无焚烧痕迹。（解维汉）

刘　文

千秋一帝，六合一统；
万里三秦，九棘三槐。

评　析

“九棘三槐”，古代皇宫外朝种植棘树和槐树，作为臣子朝见皇帝时所居位置的标志，后泛指三公、九卿等高级官职。三公九卿制首创于秦朝，加强了中央集权。上联言统一大业，下联谈制度开创。寥寥两例，已见厥功至伟。巧用数词是该联特色。（解维汉）

吕　后

吕后，即吕雉（前 241—前 180），字娥姁，砀郡单父县（今山东单县）人。西汉高祖皇后，又称吕后、汉高后、吕太后等。史上有记载的第一位皇后和皇太后，第一个临朝称制的女性，为后来的文景之治打下了很好的基础。统治后期，重用吕氏，开启了汉代外戚专权的先河。

郑翠娟

真乃政治家！助夫立业，潜用福威，又糟戚警人，鸩戕贼逆，尽为集中权力；

果然王者气！称制临朝，多兴稼穑，更减刑赦罪，滋殖食衣，皆因安定民生。

评　析

吕雉作为秦始皇统一中国后第一个临朝称制的女性，必有其过人之处及政治手腕。所谓“临朝称制”，古时后宫是不能上朝堂的，所以后妃要掌权就要“临朝”。从秦始皇开始，皇帝的命令专称“制”，布告公文称“诰”；后妃掌权之后其命令自然也要上升到皇帝的级别，于是就叫“称制”。吕雉统治期间，尊崇黄老之学，实行与民休息的政策，支持汉惠帝废除挟书律，鼓励民间藏书、献书，恢复旧典。她的无为而治，为后来的文景之治打下了坚实基础。统治后期，重用吕氏家族，开启了汉代外戚专权的先河。对联采用先总写、后分述的手法写吕雉，即先表观点，后细论述，此创作方式，能第一时间给读者留下悬念或兴趣。作者以吕雉王者身份入手，选择汉朝成立前、成立后这两个时期作为写作切入角度和节点。整副对联为六个分句的长联，通过各个分句语言节奏的变化，以及领字（例如“又”“更”）领起两个分句内容的手段，使得作品灵动起来。文字本身无刻意藻饰，也无拉人作衬，以事实论证，细腻入微，文风朴实。（吴荣照）

黄云光

贺钱一万，促成旷世奇缘，或败或兴，自有英姿擎汉鼎；
睿智三千，具秉雄才大略，亦褒亦贬，犹持铁腕理朝纲。

评　析

对联起句利用“贺钱一万”这个典故作为联引进行铺排。“贺钱一万”的由来是：吕雉本来随其父吕公住在砀郡单父县（今山东单县终兴镇潘庄村），后吕家因躲避仇家迁居沛县（今属江苏）。吕公和沛县县令关系极好，沛县的官员为巴结上司，纷纷前去祝贺吕家乔迁之喜。主吏萧何负责排定宾客的座次，他叫仆役把贺礼不到一千铜钱的都安排坐在堂下。亭长刘邦认为沛县诸官吏也没什么了不起，就填上献礼为“贺钱一万”，其实根本就没带钱来。吕公知道后，本是带着怒气出来把他赶走，一见却大吃一惊，觉得刘邦将来定是个不凡人物，因此引入堂内就座。对联善于抓取人物、事件的显著特征，并为己所用，通过夹叙夹议的方式，截取吕雉两个人生阶段，分别在上、下联进行阐述抒发，并得出“英姿擎汉鼎”“铁腕理朝纲”的结论。“英姿”“铁腕”二词，对仗不仅工整，且形象道出吕雉作为帝王的精气神。（吴荣照）

方留聚

如若母仪天下，恩威并重以感宫廷，辅幼主，悯苍生，安社稷，开临朝称制之先，无不可当无天怒；

惜同魔首人间，歹毒萦怀频施诡计，诛功臣，封诸吕，乱纲常，教祸水盖棺于后，有余辜自有人抨。

评　析

长联不易写好，除了起承转合、脉络流畅之外，还要照顾到句式的变化，以避免读起来感觉阻滞、呆板。此七分句长联，上联借假想作为切入点，下联借“惜”字进一步表明立场，通过长、短分句的节奏变化，以及长分句自身不同的节奏，使得对联流畅、婉转。三字腰句的一系列排比举证，呼应观点，两句结语亦颇为出彩。何为句式的变化？我们具体分析此联：各个分句的字数分别为 6、8、3、3、3、7、7，富于长短变化；三个三字句节奏短促，铿锵有力；同时，最后的两个七字句，节奏分别为 1222（开 / 临朝 / 称制 / 之先）和 322（无不可 / 当无 / 天怒），下联亦同。在节点上都有变化，这一点于对联的创作是特别需要注意的细节。（吴荣照）

张修顺

黠有权谋，只比媚娘差一点；
惨无人道，但教慈禧愧三分。

评　析

此联的最大特点是拉来武媚娘和慈禧这两位历史人物进行反面衬托。武则天是中国历史上唯一的正统女皇帝，而慈禧是清朝晚期的实际统治者，二人的地位和吕雉相当，具有可比性，因不管是《汉书》还是《史记》，都把吕后与皇帝并列，写了本纪。作者对吕雉的评价是趋于否定一面的，权谋比之武则天不足，而残暴的程度比之慈禧有过之。（吴荣照）

汉武帝

汉武帝刘彻（前156—前87），西汉第七位皇帝，杰出的政治家、战略家、诗人。十六岁登基，开创察举制选拔人才。采纳主父偃的建议，颁行推恩令，削弱诸侯王势力，并将盐铁经营权和铸币权收归中央。文化上推行“罢黜百家，独尊儒术”，首开丝绸之路、首创年号，兴太学。但在位后期穷兵黩武，留下负面评价。

王西川

怀大略安疆拓土，奠中华舆域，资众族繁延，丝路至今仍继续；

展雄心治世兴邦，开政制先河，促斯文教化，儒风自汉广传承。

评　析

此联对人物褒赞比较客观、充分。亮点在结句，说起丝绸之路，就不能绕过汉武帝。“丝绸之路”的概念，虽然是由十九世纪德国地理学家首先提出来的，但真正认识并开拓丝绸之路，且让丝绸之路成为历史文明之路，是汉武帝的功勋之一。另外汉武帝积极推行“罢黜百家，独尊儒术”的思想，奠定了儒家思想在汉代独尊的地位，在中华民族的发展进程中起到了积极作用。历史和现实都已证明“丝路”“儒风”在中国是具有强大和持久的生命力的。此联不足之处是小类对仗欠工，个别字词不够准确精当，仍有锤炼余地，对人物把握也不够全面。（陈双田）

陶大明

黩武终成霸业；
化民独尚儒家。

评 析

汉武帝是中国历史上很有作为的封建帝王，在位长达五十四年；同时他颇具传奇色彩，人们对其评价也褒贬不一。汉武帝所处时代的复杂性和局限性，造就了其性格与品质的内在本质。“尚武崇文”“愚顽残暴”的性格自然是其所处时代所造就的。但性格也是一把双刃剑，缺点也具有两重性——正是汉武帝的霸气成就了大汉朝的霸业。此联作者的高明之处是能够选取一个独特的角度，来揭示人物的内在品质和性格。贬义褒用的修辞手法为联语赢得了高分、增加了张力。短而不空，干净利落。（陈双田）

王家祥

与秦皇并峙，扬大汉雄威，拓路靖边功百代；
享高祖同尊，开中华鼎盛，集权偏信过三分。

评　析

此联不但拉人作衬，起到拔高人物形象之作用，而且在尊重历史的基础上融入了作者的思想及评价。褒有根，贬有据，观点鲜明。“拓路靖边”展示这位大汉皇帝的雄韬伟略，文明璀璨的丝绸之路至今仍备受世界人民的尊崇，也成为中华民族的骄傲，这和汉武帝的开拓精神紧密相关，“功百代”之冠当之无愧；“集权偏信”让人们认识了当年显赫一时的大汉王朝逐渐走向衰败的客观和内在原因，“过三分”客观真实。全联对仗工整，手法独到，雅切明朗，读之没有雾里看花之感。（陈双田）

曹　操

曹操（155—220），字孟德，一名吉利，小字阿瞒，沛国谯县（今安徽亳州）人。东汉末年杰出的政治家、军事家、文学家、书法家，三国中曹魏政权的奠基人。曹操精兵法，善诗歌，开启建安风骨。同时曹操也擅长书法，尤工章草，唐朝张怀瓘在《书断》中评其书法作品为“妙品”。

邢伟川

横槊赋诗文亦武；
攻吴克蜀相而王。

评　析

此联用精练的语言概括了从曹丞相到魏武帝的文韬武略。横槊赋诗，让我们想到了临沧海的大气、飘逸，曹操作为建安七子之首当之无愧。上联的“文”照应“赋诗”，“武”照应“横槊”，字字相扣，各有交代。“文”与“武”相对工巧。下联亦然。凭借攻吴克蜀才由相而王，可谓水到渠成。“相”与“王”相映成趣，和上联“文”“武”对之，更见匠心。一副短联叙议结合，流转得体自然，精准地刻画了曹操这个人物形象。（尚桂凤）

张儒刚

自比周公，诗风古直，句甚有悲凉之气；
不当皇帝，霸业雄奇，计常留锦绣之囊。

评　析

看过《三国演义》的人应该都知道曹操的“武功”。但是，关于他的“文治”，关于他的诗歌的艺术特色及历史地位，一般人实不能做出精准的评价。曹操一生英雄盖世、权倾朝野，但能忍住没有当皇帝，经得住天下最大的诱惑，这是很了不起的，也是跟周文王相像的地方。叶嘉莹先生说诗说得很透彻、很别致，她为钟嵘的《诗品》把曹诗定为下品鸣不平，对曹操的评语“曹公古直，甚有悲凉之句”却是深有体会之言。什么是“古直甚有悲凉之句”呢？就是“风格质朴、气象悲壮”，让人不觉想到“何以解忧，唯有杜康”“老骥伏枥，志在千里”等千古名句。上联写曹操的文治，下联写曹操的武功，还其一个文武双全的文学家、军事家、政治家形象。作者对人物的评价客观到位。（尚桂凤）

李家桥

挟天子而行，赤壁鏖兵，放任心高留败局；
揽人才以振，青梅煮酒，张扬胆大论英雄。

评　析

看到挟天子以令诸侯，能马上定位出来是写曹操，人物主要特点把握得好。赤壁鏖兵，指汉献帝建安十三年（208），曹操大军伐吴，孙权联合刘备军队抗曹，在赤壁一带（今属湖北）用火攻大破曹兵。此次激战是因为曹操的轻敌和用人不慎所致，还好其对关羽有恩，才得以从华容道逃走。下联写的是青梅煮酒的典故：曹操设宴试探刘备，历数天下英雄，长歌当啸，豪气冲天，指点群雄；而此时的刘备寄人篱下，只能一味谦恭，装聋作哑，忍而不发。平静的场面里杀气腾腾。作者从两个典故展开，把曹操的形象刻画得有血有肉。

（尚桂凤）

周　瑜

周瑜（175—210），字公瑾，东汉末年名将，庐江舒县（今安徽舒城）人。长壮有姿貌，精音律，江东有“曲有误，周郎顾”之语。建安十三年（208），周瑜率江东孙氏集团军队与刘备军队联合，于赤壁之战大败曹军，由此奠定了三分天下的基础。建安十四年（209），拜偏将军领南郡太守。建安十五年（210）病逝于巴丘（今湖南岳阳），年仅三十六岁。

方留聚

高怀雅量，伟略雄韬，秉忠谦，持智勇，跨良驹北战西征，赖尔江东终一振；

风起矶头，火生水渚，挥羽扇，破楼船，令强虏灰飞烟灭，于兹天下始三分。

评　析

此联以大角度、长视野，全景式展现了周瑜的形象。上联着眼于周瑜的修为及在江东的作为，以高怀雅量、伟略雄韬、忠谦、智勇概括其自身修养，并以振江东来说明其功绩。下联则主要以周瑜在赤壁之战中的表现来描述。赤壁之战是中国历史上以少胜多的著名战役之一，正史记载，周瑜是这场战役的主要指挥者。也正是这场战役决定了天下三分的局面，对于当时的东吴来讲，周瑜可谓厥功至伟。联语对仗工整，有理有据，通过这番描述，一个羽扇纶巾、风流俊雅的周瑜形象已跃然纸上。（曹文献）

唐统芳

大英雄从苏子笔端复活，惜盖世霸才、至诚肝胆，都付与江涛月色；

真面目被罗生演义模糊，叹阴柔气量、狭窄肚肠，任笑谈铜雀春宵。

评　析

此联借了苏东坡、罗贯中两支笔，可谓巧思，并明确指出，阴柔气量、狭窄肚肠是“罗生”为了衬托诸葛亮而杜撰出来的，可谓是一桩“冤案”。然而历史终归会有公论。苏子还是很公道的，在他笔下我们就看到了一个风流潇洒、英俊儒雅的周瑜。此联的用字较考究，如“苏子”“罗生”一子一生，尊卑自见。“江涛月色”从《赤壁赋》与《赤壁怀古》中来，接古触今，感慨万千。“铜雀春宵”缘引杜牧“东风不与周郎便，铜雀春深锁二乔”并反其意而用，顿生妙趣。不足之处在于前后文气脉未能贯通，读起来总给人以相互穿插、顺序纷乱的感觉。“复活”“模糊”结构不同。（曹文献）

陈坤玉

曲音有误凭谁顾，谈笑每生风，风云捭阖；

战事同筹以火攻，计谋常会意，意气纵横。

评　析

此联从两方面对周瑜进行了刻画。上联化用了“曲有误，周郎顾”，从中可以看到一个儒雅的周瑜，“谈笑每生风”“风云捭阖”告诉人们周瑜不但精通音律，而且人缘甚好、口才甚佳。下联引“火烧赤壁”故实，“计谋常会意”是引用《三国演义》中周瑜与诸葛亮各自将破曹之计写在手心然后同时给对方看的故事，可谓英雄所见略同。顶针句的使用亦为此联增色不少。（曹文献）

诸 葛 亮

诸葛亮（181—234），字孔明，号卧龙，琅邪阳都（今山东沂南）人。三国时期蜀国丞相，杰出的政治家、军事家、外交家、文学家、书法家、发明家。诸葛亮一生“鞠躬尽瘁、死而后已”，是中国传统文化中忠臣与智者的代表人物。

胡晓斌

是智者，百万雄师何惧，天下三分，全凭他巧借东风，轻摇羽扇；

为忠臣，两朝西蜀相扶，祁山六出，空留我明灯一盏，皓月千秋。

评　析

上联言智勇，下联言忠信，概括出诸葛亮的性格特征。“巧借东风”，《三国演义》第四十九回载，诸葛亮于仲冬时节作法借三日三夜东南风，助周瑜火攻破曹操大军。“轻摇羽扇”，无论是六出祁山、草船借箭，还是空城计等生死存亡之际，诸葛亮总是轻摇羽扇，波澜不惊，胸有成竹，胜算在握，每次都能计上心头，而运筹帷幄，决胜千里。“明灯一盏，皓月千秋”，是其千秋万代的口碑；

“空留”，为其惋惜。“巧借”“轻摇”等，生动形象，举重若轻。联语流畅，对仗工稳，列举典型。用一副楹联还原一个真实的诸葛亮，难度确实不小。（鄂明尔）

曾宜华

胜而无悖，贵而不骄，名相一生唯谨慎；
静以修身，俭以养德，高风万载共钦崇。

评　析

“胜而无悖，贵而不骄”，出自《将苑·将材》，为诸葛亮撰。“一生唯谨慎”，诸葛亮大事聪明，小事也不马虎。“静以修身，俭以养德”，出自诸葛亮《诫子书》，指恬静以修善自身，俭朴以淳养品德。诸葛亮为蜀效力，鞠躬尽瘁，没有那么多的时间教育儿子，写下《诫子书》给八岁的儿子诸葛瞻，教育他要正直做人，为国效力，做一个有用的人。名言传至今，也是留给我们的座右铭。此联侧重人格品质、思想情操。“高风万载共钦崇”，结句高屋建瓴——诸葛大名垂宇宙，万古云霄一羽毛！（鄂明尔）

宋国元

借羽箭，借东风，借荆州，借三分天下，鞠躬精彩隆中对；
羞群儒，羞王朗，羞司马，羞两国名臣，尽瘁忠诚五丈原。

评 析

“借羽箭，借东风，借荆州……”，诸葛亮从容儒雅；“羞群儒，羞王朗，羞司马……”，诸葛亮足智善辩。重字巧归纳，排比有气势。“鞠躬精彩隆中对”，诸葛亮在登上政治舞台之初，就以《隆中对》的方式为刘备描述出一个战略远景，促成三国鼎立的战略决策，在中国古代的战略思想中，《隆中对》具有典范价值。“尽瘁忠诚五丈原”，五丈原为诸葛亮北伐曹魏、屯兵用武、死而后已的古战场，后人凭吊，为其惋惜。“鞠躬尽瘁”，见诸葛亮《后出师表》：“鞠躬尽瘁，死而后已。”鞠躬，恭敬谨慎，勤勤恳恳；尽瘁，竭尽劳苦，奉献一切。（鄂明尔）

唐太宗

唐太宗李世民（599—649），唐高祖李渊次子，唐朝第二位皇帝，著名政治家、军事家，千古名君，被尊为“天可汗”。武德九年（626）发动“玄武门之变”，后被立为太子，登基后对内以文治天下，开创“贞观之治”；对外开疆拓土，为唐朝盛世奠定基础。贞观二十三年（649）驾崩，庙号太宗，葬于昭陵。

李广发

武略平群寇；
文韬启盛唐。

评　析

短联好写也不易写，关键是能不能以最有限的文字表达最广博的内容。唐太宗李世民武功卓著，从晋阳起兵，而四方征战，开疆拓土，可以说是大唐功业的开创者和奠基者。文功当不必说，从秦王到太子乃至登基以后，从辅政到亲政，无不彰显其济世安民的宏大襟怀，更是以“贞观之治”辉映史册。这副联十个字没有一个字是多余或是可以变更的，增一字则臃，减一字则废。上联一个“平”字，下联一个“启”字，尽显唐太宗的帝帅英姿和开拓者的伟岸。（汪星群）

彭大庆

七载秦王，功高心眼阔，嗟利益关头，无顾念同胞手足；
一朝贞观，法正吏民和，故江山册上，可翻开盛世篇章。

评 析

唐太宗的武功很多体现在秦王时期，都是经过自己的浴血奋战得来的，他是大唐功业的开创者和奠基者。唐太宗有勇有谋，所以“功高”而“心眼阔”，联作抓住了重点。作品还巧妙地将玄武门之变以“利益关头”来体现，不因功而忘过，也将手足相残之过化为因政治利益争斗的牺牲。是非功过让历史评说，没有玄武门之变也不会有大唐盛世的开启。下联实际上就是通过唐太宗的“贞观之治”来诠释上联的“利益”争斗，不因过而毁誉，说明唐太宗取得兵变的胜利是朝着历史正确的方向行进。在漫长的封建社会，一个英明的帝君是人民安居乐业的大前提，很多残忍的政治利益争斗也只能作为一面历史的镜子供后人鉴察。最后“可翻开盛世篇章”是对唐太宗的绝对肯定，也是历史的真实评鉴。（汪星群）

孙汝瑛

纳谏言，施文治，亲民简政，劝课农桑，开大唐盛世；
除边乱，兴武功，拓土固疆，通商丝路，展贞观宏图。

评 析

这副作品落笔于唐太宗的功勋赞歌。唐太宗最难得的就是纳谏。古来有言“伴君如伴虎”，真正能做到纳谏的君王并不多，联作就是以此开篇，实乃抓住了重点中的重点。一个英明的帝王一定有许许多多的贤良来辅佐。所谓忠言逆耳，没有唐太宗的纳谏胸襟就不会有一系列善政良策的实施，就不会有“贞观之治”，不会有大唐盛世。一个伟大的帝王必定是拓土开疆的帝王。每个王朝都会有边乱，唐太宗的民族政策使得大唐的边疆稳固，丝路通商更是交融东西方文明。唐太宗的功绩不仅仅是开启大唐盛世，更是让中华文明舒展更宽广的胸襟，茂德流远。（汪星群）

舒甘来

名含济世安民之义，身中弑兄夺位之伤，都幻为疾风劲草，板荡英皇，终成帝范古今颂；

政显励精图治于朝，胸展纳谏怀柔于魄，又添得嘉偶诚臣，忠贤奇俊，漫许唐年日月辉。

评　析

上联以“名含济世安民之义，身中弑兄夺位之伤”把唐太宗的“弑兄夺位”都“洗白”了。《板》《荡》是《诗经·大雅》中的两篇，都是写政治黑暗和人民痛苦的，以此来说明乱世出英雄，是为唐太宗的玄武门兵变正名，从政治的阴暗面来洞察历史。晚年李世民写《帝范》来教诫太子李治，而联作尾分句“终成帝范古今颂”，以此来框定唐太宗的历史功绩。下联第一分句写唐太宗的勤政精政，第二分句写唐太宗的善政明政，当然这些也离不开“嘉偶诚臣，忠贤奇俊”的辅助，正是这样才有尾分句的“唐年日月辉”（唐年，即唐尧时代，借指太平盛世）。当然

联作个别字词运用尚可斟酌，又个别字的平仄布局不妥，长联不予深究。（汪星群）

肖金良

千古帝王伟岸哉，以英勇之资用贤良之士。韬略包容谋略，轻徭薄赋，减法宽刑，但将贞观河清海晏。超秦皇越汉武，殿宇巍巍乎有旭日光辉，真乃八方贺圣；

一篇政要奇文也，记无垠之水载社稷之舟。兼听摒弃偏听，纳谏怀柔，安人克己，即令君臣夕惕朝乾。统华夏亲黎民，威名赫赫矣开大唐气象，委实百代流芳！

评　析

此联百余字彰显深厚的创作功底，气势壮观，尽显唐太宗英明神武。长联写作因为要考虑对应楹联规则，语意顺承，平仄布局合理，对仗要工稳，还是有很大难度的。此联紧紧围绕唐太宗的治政功绩全面展开，上联开头从唐太宗是千古帝王开始谋篇，赞其征战以英勇，治政用贤良，文韬武略超越秦皇汉武，开创“贞观之治”和大唐盛世，从而八方来贺！下联从唐太宗的《贞观政要》谋篇，再阐述唐太宗的清明治政和历史功勋，结以“百代流芳”。联作整体布局合理，不因长而紊，不足之处为节奏不够协调。（汪星群）

武则天

武则天（624—705），名曌，并州文水（今山西文水东）人，中国历史上唯一的女皇帝。十四岁入宫为唐太宗才人，太宗赐号“武媚”；唐高宗时初为昭仪，后为皇后，尊号为天后，与高宗并称“二圣”；中宗、睿宗时为皇太后，临朝称制，后自立为帝，建武周王朝，定都洛阳并改称神都；退位后唐中宗尊为“则天大圣皇帝”，后遵武氏遗命改称“则天大圣皇后”，以皇后身份入葬乾陵。

徐光祖

双目凌空无字碑，生而唯一，死而唯一；
廿年治国有才女，武亦敬之，李亦敬之。

评　析

这副对联从正面评价武则天。“双目凌空”，既蕴含武则天自己发明的“曌”字，又切合武则天的个性。“无字碑”可以看出武则天的睿智。“生而唯一，死而唯一”，突出其形象，这是对武则天最好的总结；“武亦敬之，李亦敬之”，自家人崇敬，曾经的对手也崇敬，足见人格。武则天执政时，整顿吏治，严惩贪吏，拔擢贤才，重视发展农业，轻徭薄赋，与民休息，对外恩威并施，维护了国家统一。从这一点看，能治理好国家的，百姓皆敬之。（张项学）

李家桥

武有才而帝有威，一生竟占人先，何止是承天得宠，立周施政；

功无量且碑无字，千古堪称国首，已然看入史归龙，拘世诛名。

评　析

“拘世”，意思是拘泥于世俗，语出《商君书·更法》：“拘世以议，寡人不之疑矣。”“诛名”，指根据名义、表面现象而定是非善恶。汉董仲舒《对贤良策二》：“诛名而不察实，为善者不必免，而犯恶者未必刑也。”这副对联以“有才”“有威”起，这是对武则天的总体评价，她有太多的敢为人先，难以罗列，一句“何止……”，足以概括。关于无字碑，人们颇费猜测，有人说武则天自愧于称帝，碑不留字；有人说武则天自知有功有过，不留字任人评说。这里把“功无量”和“碑无字”放在一起，会使人想起东晋名相谢安的无字碑，“伟绩丰功不胜记也”。这让那些拘泥于世俗偏见、以表面现象而断是非的人汗颜。（张项学）

舒甘来

称帝岂唯凭媚气，且看那大略雄才，奇勋鸿业；
空碑谁可解玄机，休管它鸦啼天仗，鹊噪御衣。

评　析

“天仗”指天子的仪卫，这里借指天子，唐沈佺期《白莲花亭侍宴应制》诗:“九日陪天仗，三秋幸禁林。”“鸦啼鹊噪”是个成语，因乌鸦叫凶，喜鹊叫吉，意指吉凶的征兆交替出现，让人又喜又忧。这里将其分开使用，代表对武则天正反两方面的评价。这副对联正面评价武则天，征服一个男人需要媚气，治理一个国家则需要霸气，无须多评论，那大略奇勋就是最好的解释。赞成者见空碑言功绩何须书写，反对者见空碑则认为羞于表述，人还是人，碑还是碑，任鸦啼鹊噪。

（张项学）

方留聚

非娇柔得宠，凭智巧安身，宫闱中善恶难分，废皇后，谋帝位，枉谈我诈尔虞，天诛人怒；

延贞观遗风，启开元大治，金殿上神情自若，饬庙堂，树龙威，真乃女流第一，举世无双。

评　析

“贞观”“开元”分别是唐太宗李世民和唐玄宗李隆基的年号。“饬”，意为整顿，“饬庙堂”，指武则天整顿吏治、严惩贪官。这副对联一分为二地对武则天进行评价，以自对起，工而稳，为下文的叙述奠定坚实基础，很合适用于评价历史人物。上联重点在“宫闱中善恶难分”，择其几个代表性事件——废皇后、谋帝位，从人性角度述其过，用词斟酌。下联重点在“金殿上神情自若”，谈其功——整顿吏治、启开元大治，以史料为依据，从治国视角看，肯定其一代女皇功绩，评价公正。全联脉络清晰，说理处见抒情，沉稳中有飘逸。

（张项学）

颜真卿

颜真卿（709—784），字清臣，小名羡门子，别号应方，京兆万年（今陕西西安）人，祖籍琅邪临沂（今属山东）。秘书监颜师古五世从孙，司徒颜杲卿从弟，唐代名臣、书法家。颜真卿书法精妙，擅长行、楷；又善诗文，有《韵海镜源》《礼乐集》《吴兴集》《庐陵集》《临川集》，均佚。宋人辑有《颜鲁公文集》。

王雁青

为官平乱世风烟，力振朝纲，身守孤忠，凛然大义传千古；
运笔结盛唐气象，端庄雄秀，飞扬遒劲，清绝高标列四家。

评　析

“孤忠”，忠贞自持之节操，出自宋曾巩《韩魏公挽歌词》：“覆冒荒遐知大度，委蛇艰急见孤忠。”“四家”，指颜真卿与赵孟頫、柳公权、欧阳询名列“楷书四大家”。上联从安史之乱着笔，阐述颜真卿在平定安史之乱时的功绩，及其在朝中进谏、辅佐朝廷的忠贞，一个临危不惧、忠君报国的人物形象随之而出。下联则赞颂其书法成就，中间两分句简述其书法之特点，最后以其名列“楷书四大家”收结，上下联各有所侧重。上下对、自对交替使用，横向首

尾相连，修辞手法可谓十分娴熟。（方留聚）

李显增

唐代重臣，抗安史擎旗慷慨，近八旬明志舍身，堪悲节义千秋，忠直一命；

书家大纛，主雄浑用笔丰肥，传百世扬名以品，更叹祭侄泣血，孝父凝碑。

评 析

“安史”，即安史之乱，系唐玄宗末年至代宗初年（755—763）由安禄山和史思明背叛朝廷后发动的战争，实质是争夺统治权的内战，是唐朝由盛而衰的转折点。“大纛”，指古代行军中或重要典礼上的大旗。上联说颜真卿为臣之忠勇、节义，不惜一死。下联则从其书法之特色与历史地位展开，以《祭侄文稿》和《颜家庙碑》两篇传世名作总结其书法成就，颇为贴切。《祭侄文稿》是其追祭从侄颜季明的草稿，共二十三行，凡二百三十四字，与东晋王羲之《兰亭序》、北宋苏轼《黄州寒食帖》并称为“天下三大行书”，亦被誉为“天下行书第二”。《颜家庙碑》是颜真卿为其父颜惟贞而镌立，撰文并书。上下联结句二字领后的自对，堪为亮点。（方留聚）

李家桥

椽笔显锋芒，楷挺端庄，行彰遒劲，大气恢宏颜体立；

忠臣垂典范，上明纲纪，下顺民情，悲歌慷慨鲁公传。

评　析

“椽笔”，大手笔，称誉他人文笔出众，出自《晋书·王珣传》：“珣梦人以大笔如椽与之。”“鲁公”，即颜真卿，因其被封为鲁郡开国公，故被称为“颜鲁公”。联语别具特色，先说书法成就，再说为官之道。上联分别从“楷”“行”两个侧面言其书法特色，结句收得有据、有力。下联则言其忠君爱民之品行，结句总结其悲壮辉煌的一生。整联言简意赅，惜字如金，无一字多余。二、三分句采用当句自对的修辞手法。“颜体”“鲁公”，遣词精准，不可他用。

（方留聚）

郭一明

书成颜体；
忠谓真卿。

评　析

此联为四言短联。短短四字，能把颜真卿一生的坎坷曲折、功名成就予以高度概括，实属不易。颜真卿的一生，归根到底就是两点：一是书法成就在于创造颜体，成为后人学习书法之摹本；二是做官，忠贞义节集一身，成为为官者之典范。联语嵌入颜真卿之姓名，不着痕迹，“真卿”对“颜体”，堪为妙笔。而“真卿”，一语双关：“真”者，真诚、真挚、真心也，“卿”者，古代高官，“真卿”正是赞叹颜真卿为忠贞之臣。

（方留聚）

张项学

谥文忠亦彰威武，二十四郡独撑，直教叛贼恨儒将；
摹书法更效品行，千百万人同赞，长使神州续墨缘。

评 析

“谥文忠”，颜真卿死后追赠司徒，谥号“文忠”。“谥”即“谥号”，古代帝王或高官死后评给的称号。“文忠”是古代官方封给大臣的一种谥号。“二十四郡独撑”说的是，唐玄宗起初听到安禄山反叛的消息，叹息说：“河北二十四个郡，难道就没有一个忠臣吗？”而颜真卿则以平原一郡独撑河北危局良久。等到李平到京觐见，玄宗大喜。安史之乱一字不着，却说出了颜真卿在安史之乱时的中坚作用，是为妙笔。起句别具一格，“亦彰”“更效”，提气、给力，从颜真卿人生的一个侧面转到另一个侧面，能让读者透过现象看本质，不仅能文，而且能武，不仅学书法，更重要的是学品行。下联二、三分句稍平，还有提升空间。（方留聚）

宋太祖

宋太祖赵匡胤（927—976），字元朗，宋朝开国皇帝。后周显德七年（960）初，北汉及契丹联兵犯边，时任归德军节度使、检校太尉的赵匡胤临危受命。大军于京城汴梁东北陈桥驿发生哗变，拥立赵匡胤为帝，史称“陈桥兵变”。随后，后周恭帝柴宗训禅位。赵匡胤登基，改元“建隆”，国号“宋”，史称“宋朝”“北宋”。

李家桥

终五代而收十国，凭杯酒释兵权，偃武安民，大彰王气，混乱河山归一统；

纳群儒以振多元，仗仁心修宪度，兴文载道，广树新风，太平景象耀三垣。

评　析

“五代十国”，是中国历史上唐宋之间的一段大分裂时期。这一称谓出自《新五代史》，是对“五代”（907—960）和“十国”（902—979）的合称。“杯酒释兵权”，是指发生在北宋乾德年间，宋太祖赵匡胤为了加强中央集权，避免下属将领也被迫“黄袍加身”，起兵篡夺新生政权，通过酒宴方式，威胁利诱，要求高级将领交出兵权的历史事件。后来，“杯酒释兵权”演变为一个成语，引申为轻而易举解除将领兵权。上联借助历史事实盛赞宋太祖在五代十国时期一匡天下之伟略英明；“杯酒”句切其人，转而再做铺垫，于结句振起。下联则写宋太祖登基之后文治之不凡，凭借宅心仁厚开创有宋两百年基业。此联下笔文雅而灵活，且对仗工稳。唯觉中间有些拖沓，“凭杯酒释兵权，偃武安民，大彰王气”改为“杯酒释兵权，王气大彰”，或更见简约凝重，起伏更见错落。

（咸丰收）

陈宝林

一轮初日逐星月，皇袍加体，何承想斧声烛影；
九鼎仁风笑古今，杯酒释权，绝胜于兔死狗烹。

评　析

“烛影斧声”，是宋太祖去世之前太宗入宫的一段传说。宋开宝九年（976）十月壬午夜，太祖赵匡胤大病，召晋王赵光义议事，左右不得闻。席间有人遥见得烛光下光义时而离席，有逊避之状，又听见太祖引柱斧戳地，并大声说：“好做，好做。”当夜，赵光义留宿禁内，太祖驾崩。后赵光义继位，史称太宗。“兔死狗烹”，兔子死了，猎狗就被人烹食，比喻为统治者效劳的人事成后被抛弃或杀掉。此联妙在“何承想斧声烛影”“绝胜于兔死狗烹”，令人浮想联翩，一笔宕开，较好地切准了宋太祖赵匡胤的特点；反倒是起笔处“一轮初日逐星月”有些粗糙，不如下联之“九鼎仁风笑古今”写出了宋太祖“杯酒释兵权”的高妙。另外，中间用来承接的次二句“皇袍加体”一词有些生硬，且于句脚规则不谐，何如把“皇袍加体”改为“加体皇袍”，“杯酒释权”改为“释权杯酒”。此联切题较好，但是还需炼字炼句。（咸丰收）

彭水洪

杯酒之间折其气，叹兵变陈桥，扫北平南，豪气纵横声破竹；
群雄此际伏斯心，仰石铭宫殿，崇儒薄赋，宅心仁厚善知人。

评　析

“兵变陈桥”，即陈桥兵变，是赵匡胤发动的取代后周、建立宋朝的兵变事件，此典故又称“黄袍加身”。赵匡胤即位后，改国号为宋，仍定都开封。“扫北平南”，指赵匡胤陈桥兵变登上帝位建立宋朝以后，逐步统一中原和南方的割据政权，从而终结了唐朝以后的分裂局面。上联写宋太祖杯酒之间让群臣拱伏，兵不血刃而得君臣相安无事，间之以宋太祖的武功，“豪气纵横”评价得体。下联则宕开一笔，写群臣拱伏不单是害怕宋太祖的诡谲权术，也是服其宅心仁厚，更是树立起了宋太祖一代天骄的形象。此联起笔散句，收笔律句，遥相呼应，中间铺陈也饶有文法。（咸丰收）

杨天康

杯酒之间能守信；
陈桥以后忌屯兵。

评 析

宋太祖赵匡胤在陈桥发动兵变，遂得以黄袍加身，一跃而成为九五之尊。也正是因此，他深知位高权重的将领对皇权的威胁。在成功一统江山之后，他也对昔日的战友、如今手握兵权的部属满怀忌惮，于是就想出了借觥筹交错之际，行敲山震虎之事。受邀之人也都心知肚明，领会到了宋太祖的心思，乖乖地交出兵权，落得个皆大欢喜。创作者熟知历史故实，巧妙切题评论，正好切中肯綮。上联只言"杯酒释兵权"之事，宽题走窄路，很是巧切。下联"忌屯兵"则足以垂鉴后世。"狡兔死，走狗烹"之话诚不虚也。此联言短意重，下笔不雷同，且敦厚得体，故佳。（咸丰收）

刘洪敏

北战南征，借黄袍一袭，浊酒三杯，破藩镇终成帝业；
革故鼎新，凭勤政爱民，右文抑武，开纪元雄启宋朝。

评 析

上联"北战南征"写出赵匡胤兵权与威严之所由来，为次二句"黄袍一袭，浊酒三杯"做好了铺垫，结句"终成帝业"满含颂赞。下联也铺陈有致。作者胸有丘壑，所以才游刃有余，让联作大气得体。此联议论得当，末句用散句笔法亦不错。"浊酒"对"黄袍"伤在不巧，古人有"绿蚁"一词或可值得借鉴。（咸丰收）

李　煜

李煜（937—978），字重光，号钟隐、莲峰居士，生于金陵（今江苏南京），961 年继位南唐第三任国君，史称李后主、南唐后主。宋亡其国，俘至汴京（今河南开封），授右千牛卫上将军，封违命侯，后被毒死，追赠太师，追封吴王。精书法，善绘画，通音律，诗文造诣高深，尤以词成就最高，在中国词史上占有重要的地位，被称为“千古词帝”。

方留聚

词领花间派；
帝成阶下囚。

评　析

联语精短而意蕴丰厚，写出了南唐后主李煜一生最大的两个特点：“千古词帝”和一代亡国之君。“花间派”是晚唐五代重要的词派，因后蜀赵崇祚所编《花间集》而得名，代表作家有温庭筠、韦庄等。被后世称为“千古词帝”的李煜，其词作继承了温庭筠、韦庄等花间派词人的传统，语言明快、形象生动、用情真挚、风格鲜明，其亡国后词作更是题材广阔，意蕴深沉，在晚唐五代词中别树一帜，艺术风格、思想性都达到了新的高度，可谓是后来居上，对后世词坛影响深远。联中一个“领”字，十分精当地表现出李煜在词界的历史地位，用得精到、传神。至于李煜为什么会成为阶下囚，历史上说法较多，此联虽未明言，却用不言之言，引人感慨良深。更多的意理，尽在言外，引发我们去思辨、去深悟。

（刘志刚）

罗 毅

何曾苟且，梦系故国，十年心力撑成恨；
怎以安然，情倾往事，满眼泪光付与词。

评 析

李煜虽是亡国之君，但从史实来看，并非不为、无为之人。他在治国理政方面缺少才干，但却有着强烈的忧国忧民之心。在位期间，也曾采取了一系列试图治国救民的军政措施，只是接得一个烂摊子，加之确实执政能力有限，虽然在词的创作方面成就卓异，可谓“词领花间派”，但成于文事，却败于政事、军事，终落得“帝成阶下囚”（方留聚联语）的结局。此联对李煜的评价中肯，如“何曾苟且，梦系故国”“怎以安然，情倾往事”等句，虚实结合得当，意蕴深沉，炼字遣词用语精准、稳健、老道，如“十年心力撑成恨”“满眼泪光付与词”，比较客观地勾画了李煜为帝为词、有失有得的一生，而不是简单地主观定论。透过文字，更有很多故事、意理，值得深刻品味。

（刘志刚）

唐格安

名曰国君，尚须纳贡于人，当不是，不当还不是；
谁轻政绩，亦望有词传世，恨无成，无恨更无成。

评　析

此联评人论事遵循历史客观事实。上下联的两个前分句，写出了李煜失败的帝王、成功的词人的特点。亮点在两个后分句，虽是议论，却能与李煜当时的身份、境遇、心性、生活行为状态等高度联结起来，恰如其分。“当不是，不当还不是”，写出了一种别无选择的境况、一种无奈。李煜对当不当帝王，原本并没有多么强烈的欲望。但他生身帝王家，历史把他推上了帝位，而且还接了一手烂牌，由不得他说是与不是。“恨无成，无恨更无成”，可谓是李煜的人生悲叹调。所恨的是治国、保国大业尽失，及至后来国破家亡、寄人篱下、雄心不再、连恨都恨不起来时，就更难有大的成就，只能期望“有词传世”了。联语富有哲理，耐人寻思。“当、不、是、恨、无、成”等字的重复使用，娴熟巧妙，增强了表达效果。（刘志刚）

肖金良

也能句秀，突破花间，也能骨秀，超逸绝伦，行云流水称神秀；

虽道父亡，不知兵刃，虽道唇亡，天真率性，悲韵哀词叹国亡。

评　析

此联技巧性、思想性都比较强，内涵丰富，切人切事，既肯定了词帝高超的文学艺术成就，又揭示了李煜作为皇帝亡国亡家的败落根由，评价准确，观点鲜明，意理晓畅。上联写李煜词作的艺术特色与成就，“句秀”“骨秀”，表现其词作形神兼备，艺术性、思想性高度结合的至美境界；“超逸绝伦”“行云流水”，表现其词作独特的个性与风格；“突破花间”“称神秀”，则表现出李煜在词界花间派奇峰独立、力压百花的至高地位，定位定性既客观，又有理性的浓厚的感情色彩。下联写李煜治国无方，乃至亡国的原因，虽稍显浅俗，但也揭示了一些历史真相，可使后人引以为鉴。若能从更深、更高的层次剖析他亡国的必然根由，或能使意蕴有更大提升。“也能”“秀”“虽道”“亡”等重字修辞手法，运用娴熟，使表达效果进一步增强。（刘志刚）

杨　业

杨业（？—986），原名重贵，又名继业，一般认为是麟州新秦（今陕西神木）人。北宋著名将领，有勇有谋，以骁勇善战和忠烈闻名于世，人称“杨令公”。中国民间广泛流传有杨家将的故事。

李军法

秉金刀在手，冲锋陷阵，勇字贯三军，威名赫赫杨家将；
擎赤胆立身，洒血抛头，忠心铭四海，铁骨铮铮老令公。

评　析

此联开头，以“秉”“擎”一字领的方式分别领起上下联。上联围绕一个“勇”字而运笔，以“金刀在手，冲锋陷阵”，有代表性地把杨令公形象大写意般地刻画出来了，而结句又以“威名赫赫”进行了高度概括；下联侧重一个“忠”字并展开，写出了杨令公为北宋抛头颅、洒热血的赤胆忠心，紧接着以“铁骨铮铮”来进行强化，概括并凸显了忠心耿耿的形象。全联基本上把杨令公刻画出来了，并且在议论中给予了赞扬，表达了观点，是一副很不错的联。

（金光瑜）

孙福奎

边关卫国，挥戈建绩功，史书一卷昭铭杨业；

险境留芳，绝食彰忠烈，大雁千声诚唤贞魂。

评　析

此为平水韵联，在表达意义上，上下联分工比较明确。上联在功绩上进行强调：驻守边关，金戈铁马，为北宋立下了卓越功劳，丰功伟绩铭镌史书中；下联对其忠心耿耿进行了概括：于险境当中留得芳名，以绝食而死彰显忠烈。全联两个结句比较突出，用议论、比喻、拟人等修辞手法，使楹联不仅产生了意境美，而且也表达了作者的观点。尤其是“大雁千声诚唤贞魂”这句联语，很耐人寻味，不仅写得美，意象、意境、意义好，更能让读者产生丰富的联想。

（金光瑜）

李家桥

雁门关外，鼙鼓震天，惊袭辽铁马纵横，风云激荡，疆场出战威无敌；

虎将心头，忠贞许国，慨兴业奸臣嫉妒，血火纷飞，谷口如归烈有魂。

评　析

“雁门关”，是北方的重要关隘，杨业曾在此率兵驻守抵御敌人；“鼙鼓”，这里指古代军队所用的小鼓；“谷口”，地名，杨业殉国处。上联侧重于场面描写，将一个铁马纵横、杀声震天的战场上的英勇悍将展现了出来。战场的惨烈程度是多么惊心动魄，就是在这样的情况下，杀出了一个无敌的杨令公！下联则在“忠”上下功夫，通过忠奸心理、行为的对比，反衬出了杨令公对大宋朝廷的忠贞。全联场面描写形象，对比描写突出，在写象、造境上有特色，领字“惊”“慨”用得好。（金光瑜）

尚桂凤

雁门关前纵马，奋舞金刀，威名教辽将胆寒，史乘殷殷留壮烈；

幽州路上捐躯，尽抛碧血，义举令国人泪涌，碑文历历刻忠贞。

评　析

“乘”读作 shèng，这里泛指一般史书。此联最为突出显眼的一点是：上下比第三句的三字领。在前两句进行叙述、铺垫的基础上，然后再在三字领的引领下，分别讲出了结果：“辽将胆寒”“国人泪涌”。正因为如此，联的两个结句，才顺理成章地进行了全面归纳与总结。全联既有意象、场面的描写，也有概括、议论的总结，铺垫、归纳、逻辑关系合理，语气连贯，意脉顺畅，意义较好。只是“乘”有指史书的意思，用得不是很普遍，显得生疏。

（金光瑜）

范 仲 淹

范仲淹（989—1052），字希文。北宋著名政治家、军事家、文学家。官至参知政事，谥号“文正”，世称“范文正公”。范仲淹文武兼备，政绩卓著，文学成就突出。他倡导的“先天下之忧而忧，后天下之乐而乐”的思想和仁人志士节操，对后世影响深远。有《范文正公文集》传世。

黄云光

心怀天下，赤胆胸襟壮九州，犹喜犹悲，俱秉鸿猷匡禹甸；
笔撰龙章，岳阳楼记名千古，亦忧亦乐，甘倾热血济黎元。

评　析

此联抓住范仲淹最鲜明的特色：心与笔。无心则笔拙，无笔则心慵。此二字也是范仲淹一生的写照——悲喜忧乐，皆从心出；兴亡祸福，任凭笔写。起句高屋建瓴，气势不凡，只这八字成一联，即有风流倜傥之感。腰节锦上添花，结句落在为国为民，则心与笔陡然升华。“四七四七”句式有规律交替，句脚严格遵马蹄韵。“壮”“名”，形容词、名词做动词信手拈来，虚词运用得当，全联读来节奏分明。只是“九州”“禹甸”二词稍有雷同。　（徐玉基）

耿战浩

两岁而孤，路途坎坷，守俭持诚，研读六经书一表；
半生为仕，世态沉浮，直言傲骨，乐忧二字誉千秋。

评　析

范仲淹少时家贫，昼夜苦读，五年未曾解衣就寝，乃至晚年，田园未立，居无定所，临终《遗表》一言不及私事。此联独特在于追根溯源，追寻范仲淹风骨形成的原因。范仲淹忧国忧民，先忧后乐是他经受磨难、刻苦读书的所悟。读罢上联，下联就顺理成章，水到渠成。起句与结句呼应精彩。上联的“两岁”“一表”，下联的“半生”“千秋”，绝不只是几个冰冷的数字，而是有着深刻的内涵。范仲淹一生冰寒玉洁，这“忧、乐”二字更显得千钧重。此联独辟蹊径，揭示了范仲淹崇高的精神境界，赋予联作以精彩魅力。“路途”“世态”结构不同。（徐玉基）

王家祥

宦海沉浮难改志，主外固边，主内强邦，忧乐致仁天下敬；
儒风骀荡永增光，作官树楷，作文垂范，正清立德世间崇。

评　析

作者选取材料和锻字炼句功夫高超。从选取材料来说，上联围绕功业——宦海中主外主内，下联围绕德行——儒风中作官作文，都具有典型性。“沉浮”“骀荡”二词传神，概括了范仲淹平生际遇，内涵深邃，包容量大。“难改”“永增”承上启下，带动平淡的腰节因之而坚挺。一个“难”字，一个“永”字，十分工稳。联作思想性与艺术性完美结合，切而雅。马蹄韵增强了联作的节奏韵律感。结句“天下敬”“世间崇”稍嫌距离近。（徐玉基）

张项学

曾戍孤城落日，敌惧智谋，边塞雪飞堪勒石；
何分堂庙江湖，心怀忠义，庭燎光照正忧君。

评　析

我称此联写作方法为“大雪无痕”，作者化诗意功夫很深，信手拈来，既切又雅，为联作增色而不落痕迹，这也是值得我们学习的地方。上联起句结句化用范仲淹的《渔家傲·秋思》，“孤城”“落日”“边塞”“飞雪”这些意象，既是词中所写，亦是范仲淹边关生活写照。结句用“燕然未勒”，反其意而用之，更入佳境。《后汉书》载窦宪大破匈奴后封燕然山，勒石记功，范仲淹慨叹“未勒”，作者以“堪勒”回应，倾慕之情急切。下联首句化用《岳阳楼记》，而用结句“庭燎”应之。“庭燎”即庭中照亮的火炬，出自《诗经·小雅·庭燎》：“夜未央，庭燎之光。君子至止，鸾声将将。”范仲淹之谓也。此联诗意盎然。（徐玉基）

贺一雷

江湖怀远，家国崇高，忧乐清声犹记心，文辞再造巴陵郡；
借以沙鸥，向之皓月，波涛回响尚盈耳，今古同消屈子愁。

评　析

用诗意语言撰联，此联特色鲜明。作者熟读《岳阳楼记》，以此阐释范仲淹的家国情怀和忧乐胸襟，选取最具代表性的意象，运用比兴手法，以空灵之笔，写飘忽之思，读来如临其境，如见其人。“江湖”“巴陵郡”“沙鸥”“皓月”，均为《岳阳楼记》中词，作者信手撷来，造境遣怀，丰富了联意。两结别开生面，在虚实中创造别样意境。范仲淹未到过岳阳楼，然凭一篇记，“再造”了巴陵郡；屈子也与范仲淹无关，然同样具有忧国忧民的情怀，“同消”意味深长。自对工整，精心使用虚词，气脉流畅。（徐玉基）

王西川

怀大节宁鸣不默，旌一代干臣，前史已铭文武绩；
恤生民未乐先忧，诵千秋名记，后人可正喜悲观？

评　析

作者用范仲淹的两个脍炙人口的观点起句，升华到“怀大节”“恤生民”的高度，赋予千秋人物以崇高品格。“宁鸣而死，不默而生”出自范仲淹的《灵乌赋》；“忧”“乐”出自《岳阳楼记》。腰节承前启后，结句尤为精彩，观点鲜明，意蕴丰富，与众不同。上联结句“前史已铭文武绩”，大有《岳阳楼记》中“前人之述备矣”的余音，有四两拨千斤之力，读此不禁令人拍案叫绝。下联结句更加意味深长，“后人可正喜悲观？”以范仲淹为楷模，正是要涌现千千万万范仲淹式的人物，何妨从“不以物喜，不以己悲”学起呢？先扬后抑，欲扬却抑，也能收到意想不到的效果，是谓大手笔。（徐玉基）

岳　飞

岳飞（1103—1142），字鹏举，相州汤阴（今属河南）人。南宋时期抗金名将。岳飞青年从军，身经百战。他力主抗金、收复失地，却遭受秦桧等人诬陷入狱，以莫须有的罪名遇害。后平反昭雪，追谥武穆、忠武，封鄂王。岳飞文才卓越，其代表词作《满江红·写怀》为千古传诵的爱国名篇。

魏艳鸣

忠亦如何？功亦如何？叹平地风波，屡摧梁栋，前痛汉淮阴，后哭明崇焕；

国之所在，魂之所在，纵孤身尘土，犹念河山，直捣黄龙府，笑上翠微亭！

评　析

此联胜在联艺精湛，更胜在思想深邃。着眼于历史长河，登高望远，眼界开阔，很好地升华了主题。以设问起句，引人入胜。切中岳飞，不拘岳飞，笔锋一转，前溯汉初，后追明末，多少忠臣良将殊途同归；乍起风波，摧折栋梁，是那个时代和社会制度决定的。如果说上联已达到应有的高度，下联则更上一层。饶是如此，无数英雄没有选择独善其身，仍然前赴后继，深层次原因是他们的家国情怀，从而揭示出英雄人物的精神境界，也深化了上起的设问和下起的肯定。联作运用了一系列有关岳飞的词句和典故，如“风波”“尘土”“河山”“黄龙府”“翠微亭”，使之紧紧围绕主题。句式和对仗亦有特色，领字妥帖，动词精练，互对与自对次第铺陈。全联读来如行云流水，直入佳境。（徐玉基）

崔钢兵

何愁三字黑；
但唱满江红。

评　析

五字联写岳飞，非要精心提炼、过滤、熔融不可。作者抓住两个意象，成功地塑造了岳飞的高大形象，切而雅。“莫须有”化为“三字黑”，不但形象，而且巧妙地与满江红对仗，足见高明。联意上更是以少胜多，留下广阔的空间让读者思索想象。两条主线使主题鲜明，上联写岳飞虽受三字狱，但“何愁”二字写出了英雄的境界，也写出了历史终发正义之声的必然；下联承上联而成流水之势，自然过渡到英雄的情怀，一首《满江红》足以表明英雄心迹，“但唱”更是慷慨激昂，鼓舞人心，赋予人们正能量。此联高明在于，不仅是写岳飞，而且对任何人都有教育意义，当我们受冤屈、经坎坷、披荆斩棘时，更是如此。（徐玉基）

王家祥

一岳擎天，是罪臣，是良臣，满江红里，报国精忠扬激愤；
再飞入圣，莫神话，莫鬼话，几阵黑中，失魂宵小现卑微。

评　析

两起精彩，不但了无痕迹嵌字岳飞，还以此兴起评论话题。不直接评说，而是提出疑问，让事实说话，更具说服力。“罪臣、良臣”，“神话、鬼话”，这些泾渭分明的语句和截然不同的概念，在两结中得到圆满回答。这种以说理为主的联语，环环相扣，句句递进，连续使用了三、四字的短句，增强了语气的力度。句中反对，联中反对，使联语更为铿锵。“精忠”指岳飞，“宵小”指陷害岳飞的小人，如秦桧、万俟卨等。结句“卑微”可酌，“卑污”似更恰当。

（徐玉基）

王凤茹

君为天下英雄，十年血战，一朝遭忌，最是忠心遗恨在；
谁主世间正义，三字奇冤，千载堪怜，唯留明月照人来。

评　析

此联最为精彩的一句是下结“唯留明月照人来”，堪为联眼。上联陈说，是为下联铺垫，以“遗恨”作为下联伏笔。岳飞精忠报国和三字狱故事，历朝历代“前人之述备矣”，然有几人思考此种现象的历史根源和产生原因？由此引人思考，要让历史上诸多如“汉淮阴、宋岳飞、明崇焕”的现象不再重演，则需要“世间正义”。一个明月清风的世界，才会让英雄多建功、豪杰不蒙冤。“三字奇冤”指岳飞因“莫须有”之罪而遇害。思想性是此联最大亮点，“最是”“唯留”感情强烈。分句句脚采用自由格及“英雄”“正义”结构可商榷。（徐玉基）

李家桥

凭赤胆长倾，血染精忠，犹见威飞千里碧；
惜黄龙未捣，冤遗惨烈，恍闻怒唱满江红。

评 析

作者炼字锻句很见功力，动词用得生动而恰到好处，“凭、惜”“倾、捣”“染、遗”“见、闻”“飞、唱”，为对联增色不少。下结是此联联眼，尤给人无尽遐思。作者饱含深情，恍惚听得岳飞怒唱《满江红》，不仅合情合理，而且顺理成章——岳飞遭冤狱，虽有恨，但更有壮怀激烈，瞬间使岳飞的形象更为高大。“黄龙”指金国黄龙府，徽、钦二帝曾囚于此。此联对仗工整，句式灵动，韵味悠长，思想性和艺术性俱佳。“威飞”稍嫌生涩。（徐玉基）

成吉思汗

成吉思汗（1162—1227），名铁木真，蒙古族乞颜部人，生于漠北斡难河上游地区（今蒙古国肯特省）。古代史上杰出的军事家、政治家。1206 年统一蒙古高原诸部，建立蒙古汗国，实行千户制，建立护卫军，颁布《大扎撒》。多次发动对外战争，占领金朝大片领土，灭西夏、西辽及中亚的花剌子模，征服足迹抵东欧的黑海海滨。1227 年病逝。元朝建立后，被追尊为太祖。

杨学军

扭转乾坤凭铁矢；
扶摇风雨是天骄。

评　析

“铁矢”，即铁箭，强劲的弓箭。“扶摇”，意为盘旋而上、腾飞，出自《庄子 · 逍遥游》:“鹏之徙于南冥也，水击三千里，抟扶摇而上者九万里。”“天骄”，即天之骄子，古时匈奴单于自称天之骄子，后成为北方游牧民族对君主的一种敬畏的称呼。毛泽东《沁园春 · 雪》写道:“一代天骄，成吉思汗。”此联虽短，然大气磅礴。“扭转乾坤”“扶摇风雨”，何等豪迈雄健，且一虚一实，虚实相衬，把那种惊天动地的气势和力量写足了。“凭铁矢”，再加之“是天骄”，那么人物指向一下就清晰了。既然是写人物联，人物指向必明，这叫切题。在涵咏下联时，或许你还会感觉出这就是写龙的佳句，龙，华夏天子，不亦妥哉！（雷银喜）

吴立新

戎马一生，但看破城如猛虎；
纵横万里，无非啸月作天狼。

评　析

此联为起结二分句联，胜在结句，修辞上均用比喻：上结“破城如猛虎”，气势不凡，可想见大汗攻城略地之雄风；下结中“啸月”，即对月嚎叫，常谓狼在月圆之夜会登上高处对月而啸，其声悲壮苍凉，摄人心魄，联中用以写大汗之豪迈之气，且引以天狼设喻，远非一般山野之狼可比，何其震撼！如此，加上起句的“戎马一生”“纵横万里”，整个联就将大汗一生叱咤风云、开疆拓土的功业表现无遗了。（雷银喜）

李家桥

数万里纵横疆土，立马张弓，逐鹿射雕，开一部草原史，独具雄心成霸业；

几十年编制法纲，运谋施略，通欧达亚，铸千秋华夏魂，犹存胜迹映苍穹。

评　析

此联五分句，散文笔法，长而不乱，有条不紊，见内容与语言驾驭之功。上联写的是武功，马上成就草原霸业。“逐鹿”，指争夺天下，典出《史记·淮阴侯列传》：“秦失其鹿，天下共逐之。”“射雕”，更扣草原英雄形象。下联则主要从文治入手，突出了其几十年编制法纲的成就，赞其为华夏添荣，结句宕开一笔，“犹存胜迹”，其胜迹，疑为内蒙古境内的成吉思汗陵，陵不管真假，也足以让人凭吊，引人追思。“映苍穹”，更烘托了大汗的高大英武形象。“草原”“华夏”结构不同。

（雷银喜）

王立州

踏平欧亚，统领蒙元，当看万里舆图，策马弯弓兴大业；
草色青青，成陵漠漠，犹忆百年帝国，雄才伟略耀苍穹。

评　析

“舆图”，古代指的是地图，或者是疆域，此指疆域，当年成吉思汗远征欧亚，疆域万里。对联首二分句用自对——“踏平欧亚”对“统领蒙元”，“草色青青”对“成陵漠漠”。上联写得大气，“踏平”“统领”“万里舆图”等词语给足了气势，写出了大汗凭借弓马成就了赫赫功业。下联起二句并不承上联叙述，而是转而描写当前景物，然后睹物思人，忆及百年帝国之人物风流、雄才伟略，再联系上联的叙述看，如是则古今互现，描写、叙述、议论、抒情交融。

（雷银喜）

贺一雷

飘摇一缕孤烟直，且看晓月毡寒，大漠弓藏，蒿家客尘魂不殒；

征取半球万骨枯，还听山呼马啸，雪崩琴裂，草原风唳血犹干。

评 析

人物联未必就是叙事议论为先，其实也完全可以是这种写法——不直接去叙事咏人，而多是写景，当然还有一些议论。上联中所写的“孤烟”“晓月”“大漠”“毡寒”“蒿家”，共同营造了一种悲壮苍凉的意象，结以“魂不殒”，一下点出了英雄精神不死。“客尘”，指尘世种种烦恼，似未达意，可酌。下联一开头便是一个警句，其议论开了一个全新的视角，或者说对人物的功绩作了一个反向的解读，直锥人心，尤为难能。后又用一系列意象进一步渲染那种枯骨累累的悲凉。总之，写景造境，作者笔力不浅。（雷银喜）

文天祥

文天祥（1236—1283），初名云孙，字宋瑞，又字履善，自号浮休道人、文山，吉州庐陵（今江西吉安）人。南宋末年政治家、文学家，抗元名臣，与陆秀夫、张世杰并称为“宋末三杰”。文天祥多有忠愤慷慨之文，其诗风至德祐年间后一变，气势豪放，允称诗史。他的著作经后人整理，被辑为《文山先生全集》。

李存固

大海扬波，曾诉名臣忧愤：叹飘萍，悲众庶，尤劫火不息、金瓯已碎，然国丧元邦，千仇堪烈；

丰碑拔地，犹镌壮士忠贞：循苏武，效屈原，更丹心难灭、正气未消，纵血留柴市，一死何慷！

评　析

此联有很明显的优点，就是联文贯通。上比用“大海”造势，兼用拟人的手法，起势不凡，下文围绕“诉忧愤”铺开描写。其化用文天祥《过零丁洋》“山河破碎风飘絮，身世浮沉雨打萍”诗意——悲愤于国破家亡。果不出诗人所料，诗成后约二十天，即祥兴二年（1279）二月初六，陆秀夫背负帝昺投海殉国，南宋就此灭亡。“元邦”，指元朝。下比用“丰碑”扬威，后文写“镌忠贞”，用一“循”一“效”一“死”，凸显出文天祥作为忠臣义士的耿耿丹心和浩然正气。苏武、屈原都是忠贞不屈的伟大爱国者，这里借比文天祥。诗人在其著名的《正气歌》中，就曾推崇过苏武的气节。而“丹心”，则语出文天祥“人生自古谁无死，留取丹心照汗青”句。“柴市”，指文天祥在大都（今北京）的就义处。此联上下比联意都非常集中。只是分句太多，读起来换气频繁，累。“千仇”，稍嫌生硬。（林维金）

舒甘来

旧燕离巢，孤鹃啼血，吟《金陵驿》寄怀，叙哀洒泪鸣忠赤；

荒城萦恨，瘦骨抱贞，咏《正气歌》明志，取义成仁耀汗青。

评　析

这副联上下联分别用文天祥的两首代表作来勾画英雄的爱国者形象和坚贞品格。上联写寄怀，用《金陵驿》中“旧家燕子”化用刘禹锡《乌衣巷》“旧时王谢堂前燕，飞入寻常百姓家”诗意，体现国破恨、家亡仇、飘离苦；用蜀王死后化为杜鹃鸟啼血的典故表达出诗人对家国挚爱的赤子情怀和不灭忠魂。下联写明志，用《正气歌》诗意体现文天祥取义成仁、视死如归、以死报国的坚强决心。上下联的前两分句既自对又上下联对，体现了形式美。“旧燕”“孤鹃”“荒城”“瘦骨”中的形容词和“离巢”“啼血”“萦

恨”“抱贞”中的动词运用贴切生动，突出鲜明。（林维金）

刘英强

大厦将倾必独木难支，譬商之微子，晋之祖逖，系命证臣纲，凛烈存忠甘鼎镬；

人生有死唯英名不朽，历火里遭逢，水里浮沉，汗青全正气，胡羯向化感零丁。

评　析

三国时诸葛亮与宋末文天祥都是面对时局破败，明知不可为而为之的悲剧式英雄——诸葛亮以西南一隅之地而六出祁山，文天祥以南方数省而对抗欧亚大陆数十万精锐。值此大厦将倾之时，绝非一二孤忠之臣怀抱必死之心，便能扭转乾坤，挽狂澜于既倒。故上比直言“大厦将倾必独木难支”，下比相应点出“人生有死唯英名不朽”，可证文天祥与诸葛亮一样，都是悲剧式英雄的典范。上比相当连贯，第一分句总说，后面分别举微子、祖逖的例子来证明观点，有据有力。下比感觉气脉上稍差，先讲英名不朽，如何不朽则连接不太紧密。胡羯典出“或为渡江楫，慷慨吞胡羯”，以“吞胡羯而拒向化”对应“正气”，以“感零丁”对应“水里火里”，有一定的跳跃性，或许，也可以说是拥有诗的跳跃美。（林维金）

朱元璋

朱元璋（1328—1398），濠州钟离（今安徽凤阳）人，幼名重八，参加农民起义军后改名元璋，字国瑞。元末农民起义军首领，明朝开国皇帝，史称明太祖，卓越的军事家、战略家、统帅。

李改香

肇有明三百载江山，戮功臣以术以权，惩党狱而残而虐，功过谁能定论；

鉴青史数千年兴替，起微末允文允武，战沙场成义成仁，英雄莫问出身。

评　析

上联首句“肇有明三百载江山”写朱元璋的功绩，打下了明朝近三百年的基业。“戮功臣”是指朱元璋在明朝建立之后的大杀戮，“以术以权”是说这场杀戮是目的性极强的政治举措，为的是稳固大明的江山社稷。“惩党狱而残而虐”，是指朱元璋利用残酷的刑罚来处置贪官、震慑官员。下联“鉴青史数千年兴替”是说把朱元璋放到历史长河里去看，他是中国历史上杰出的君主之一。“起微末允文允武”是说朱元璋虽出身贫苦，但文治武功样样出色，不仅书法出众，还在戎马生涯中写过诗词。在军事上，朱元璋更是胸怀韬略，深谋远虑，善于驾驭战争，掌握主动权，称得上是真正的英雄。上下联构思精巧，取材丰富，句中自对工整，是一副不错的历史人物联。

（刘红艳）

王建辉

始于和尚，终于和尚，谋乱于和尚，岂非天命；
杀而功臣，用而功臣，叛亡而功臣，还是轮回。

评　析

上联连用三个“和尚”，概述了朱元璋的一生际遇，“始于和尚”，点出了朱元璋幼时家境贫苦，在走投无路之下，曾在皇觉寺剃度为僧，做过和尚。“终于和尚，谋乱于和尚”，是指朱元璋把皇位传给了自己的嫡孙朱允炆，也就是后来的建文帝。而和尚姚广孝，却撺掇朱棣造反，并且在造反过程中献计献策，帮助燕王朱棣成功上位，相当于终结了朱元璋的真正传承。下联连用三个“功臣”来对应，大明得天下得益于重用功臣，而杀功臣却一直被诟病，以至于明末功臣叛国，乃至江山易主。全联采用了反复的手法，典故深藏，感慨颇深。

（刘红艳）

王家祥

打天下大略雄才，坐天下善变多疑，折尽栋梁衰国运；
看世间暴风骤雨，盼世间恒持互信，杀光文武误民生。

评　析

从历代总评来看，朱元璋是中国历史上最杰出的君主之一。他一生勤于政事，建树颇多，特别是创设了大量的制度典章，不但打下了明朝近三百年的基业，还影响到清朝。自明至清，中央集权的政治统治和统一的多民族国家的行政管理制度渐趋完备。但此联立意颇新，虽也在一定程度上肯定了朱元璋确有“大略雄才”，但总体是贬多于褒，上下两结句“折尽栋梁衰国运”“杀光文武误民生”，辛辣地贬斥了朱元璋对功臣大开杀戒，以至于折了国运，误了民生。

（刘红艳）

朱　棣

明成祖朱棣（1360—1424），明朝第三位皇帝。明太祖朱元璋第四子，建文帝朱允炆之叔父。建文四年（1402）即位，在位二十二年，年号“永乐”。统治期间，经济繁荣，国力强盛，史称“永乐盛世”。又命编纂《永乐大典》，对保存古代典籍作出了贡献。但其五征蒙古、出兵安南、派郑和下西洋以及迁都北京等都耗费了很大国力，削藩政策的不彻底性也为其死后汉王叛乱埋下伏笔。

黄云光

焉论名之正，与侄争权，四载舞干戈，征蒙古，御安南，防倭寇，铸牢边塞，但看八荒堪永乐；

更崇国以昌，自燕擎帜，一心承社稷，尚儒家，修大典，聚贤才，鼎盛文光，犹闻九野竞长歌。

评　析

两起表明了作者的思考，“名正”和“国昌”之间，孰轻孰重，不言自明。上联铺陈了朱棣稳固国家政权的举措，下联列举了兴盛国家的文化成果，一武一文，说服力强。两起和两结相互照应，形成因果关系。联语脉络清晰，上下联互相映衬：“舞干戈”是为了“承社稷”；“八荒堪永乐”“九野竞长歌”，朱棣治下的明朝，从乱到治，彰显了其作为。作者驾驭题材的能力强，思路清晰，对比强烈，评价公允。中间分句虽平铺直叙，但通过起句和结句的升华，平添了雅意，避免了平庸。（徐玉基）

李家桥

独具一身智勇，开疆拓土，修典迁都，教万国来朝，政济苍生称永乐；

何兼几代是非，夺位削藩，诛亲灭族，为千秋立鉴，功偕浩劫入闲谈。

评　析

上起开宗明义，给予朱棣高度评价。下起不避诟病，论及历史争议。联作突出了朱棣的功绩，“教万国来朝”“为千秋立鉴”，使人物形象站立起来。如果百姓都能称“永乐”，则闲谈功过是非也属自然。尾句轻轻一笔带过，令人遐思无限，余味绵长。“六四四五七”字句的安排，有行云流水之感。（徐玉基）

范卫平

谁能论千秋功过，北征胡虏，南克金陵，燕地迁都修大典；

我拙评诸帝浅深，宫外削藩，朝中强政，皇权争霸享清平。

评　析

此联先入为主，提出问题，引人深思。上联任人评说，事实俱在，结论自明。下联由“我”来评，比较历史无数帝王，虽有争斗，终享清平，“浅深”亦自明。此联综合运用领字、自对、数字对、方位对及“七四四七”句式，较好地演绎了联题。两结句很有深意，迁都还顾得上修大典，争霸还能够享清平，留给读者思考。（徐玉基）

舒甘来

再休说逆天吞位，任褒贬议枭雄，胜者总为王，疾风劲草识龙虎；

且细看筹策建功，嗟死生扶国脉，魂兮犹誉世，大略英才迈汉唐。

评析

一“说”一“看”，起句不凡；接着一“议”一“扶”，任人褒贬；再接着一“为”一“誉”，事实俱在；结句一“识”一“迈”，尘埃落定。这种一环扣一环、步步深入、节节登高的撰联方法，取得很好的效果。精心选择动词，准确而生动地演绎主题，使联作不但铿锵有力，且文质融和。作者善于炼字炼句，避开一般作品惯用的词语，达到雅而切的效果，很见功力。上结“疾风劲草”句很有特色，看似离题目，实则中鹄，甚有余味。（徐玉基）

李存固

毕一生为安国强邦，功垂汗简，尤征漠北，下西洋，修大典，浚漕河，伟略雄才堪媲唐宗汉武；

施诸策常多疑好杀，谬有诟评，叹战乱频，黎庶苦，宦官兴，刑罚虐，华年盛世已埋伏笔祸根。

评　析

此联的亮点在下联，有登高望远之眼光。一般联作写人物经历功过较多，而顾及历史影响及对国家社会所起的长远作用较少，包括积极的和消极的。积极的如修大典、下西洋，影响巨大。但消极的方面始终存在：永乐之后仅二十多年，明英宗时明朝即由盛转衰，可见朱棣在国家的长治久安制度建设上有着缺陷；特别是设东厂，影响到明末的政治生态。此联正是针对这一点，提出“已埋伏笔祸根”，眼光独到，笔触犀利，思想性强。此联用反对手法，上下联对比强烈，将朱棣既有雄才大略又有历史局限写得淋漓尽致。

（徐玉基）

王瑞华

莫道忠奸谋篡，挂帅能征，称君善治，问历史几人似我；

自知荣辱相随，雄心在帝，大政于民，论功劳两面如何。

评　析

此联亦针对历史人物的功与过发表议论。“莫道”转为自问，

“自知”转为他论，这种将主人公和他人角色互动的写法，亦很别致，比站在道德高地下结论、判是非更有说服力。不直接写“远迈汉唐”等过誉评价，而留给读者自己思考。语言生动活泼也是此联特点，读来轻松自如，又引人深思。“几人似我”“两面如何”恰似与历史人物对话。

（徐玉基）

王 阳 明

王阳明（1472—1528），原名王守仁，明代著名的思想家、政治家、哲学家、书法家、军事家、教育家。一生命运多舛，历经磨难，但功劳赫赫，学名昭昭。主要成就是平定思田、诸瑶叛乱，剿灭南赣盗贼，创立“阳明心学”。阳明心学通过心即理、知行合一、致良知等核心概念实现了理论与实践的统一，是中国思想文化史上的重要学说之一。

王西川

天输异禀，盈囊正气奇谋，施效用舞锋刀，功不没荡寇平藩，安民救世；

史颖雄才，满腹灵思慧智，破愚迷擎火烛，道长传知行合一，心我融同。

评　析

该联虽长，但铺排有致，用词考究，全面评价了王阳明的盖世之功，各有得当之处，也不觉长。立功无数，开学立德，创新立言，这正是王阳明的心学之道，也是后人无限膜拜的原因所在。正如明穆宗朱载垕评价之语“两肩正气，一代伟人，具拨乱反正之才，展救世安民之略”，这充分说明了阳明先生智慧的魅力。心即我，我即心，只有主宰了自己，才会发展自己，才能成就自己。整联亮点突出，引人入胜，尤其上下联的后两个分句自对而立，可见作者功力。

（何沁学）

张项学

探寻怎可休，知行互补，儒道相融，心学悟开成一脉；
忠义更无尽，谪贬何忧，乱纷当定，战云过罢自千秋。

评　析

人生本来就是个不断求索的过程，阳明先生一生虽然命运多舛，历经磨难，但他通过谪贬、平乱的历练，不断验证自己的价值，不断提升自己的境界，永远在往他自己期望的方向发展。他从十七岁格竹到三十七岁一夜彻悟，经历了二十年的苦苦探寻，创立“心学”，从此改变了人的命运，“知行合一”让人有了大智慧。通过“心学”的熏陶，稳定了国家，安定了社会，使人人都有一个与他一样的美好愿望且能永久传世，其思想的感召和贡献必能光耀千秋。

（何沁学）

刘晓晨

唯物唯心乎！大道物心一体，方圆对立；
拜心拜物否？阳明心物双修，互补通融。

评 析

该联用平实的语言、辩证的关系，起笔就点出了“阳明心学”的奥旨，使人感同身受。阳明先生认为万物都是依赖人的心而存在的。人的行动就是事，事就是物。这样，心的意念产生了行动，也就产生了物。所以，“万事万物之理，不外于吾心”。通过这种艰苦的、互补的“心物双修”，彻底颠覆了理学中的服从意识，从而成为人生发展乃至成功的重要遵循。该联的技巧和语意并重，“唯”“拜”两次重复，“物”“心”四次重复，突出了联眼，增强了语势，读来有所开悟。

（何沁学）

魏玉秋

鉴真儒作智勇化身，长啸一声间，鸣贯古今、气通中外；

授心学为光明在所，高怀三立者，武传家国、文辨正邪。

评 析

一代真儒是智勇的化身，一声长啸，振聋发聩，为古今中外所傲；他为我们指出了修学的终极境界，也就是光明之道——知行合一，而他也正是“知行合一”的终极实践者。此言一出，磊落光明，如同一把利剑，破除了封建礼教的枷锁，使社会风气空前开放。“三立”即立功立德立言，文能报国，武能安邦。这种智慧的影响，已不仅限于受中华文明熏陶的东亚、东南亚各国，而是逐渐成为深刻影响世界的东方智慧。正所谓：孔子之后，尚有孟子；阳明之后，再无阳明。

（何沁学）

李家桥

除鼠盗而戡叛军，止武宗而淡战功，几番扶社稷，不朽神人惊后世；

致良知以开心学，延文脉以传天理，三立越程朱，大成仪范占先河。

评　析

该联主题突出，铺设稳健，张弛有度，表王阳明功绩，成楷范而不朽；立心学大道，越程朱又开先河。他身处逆境，做圣贤初心不改；他身处险境，建奇功扶大厦于将倾；他身处困境，强信心终突破理学；他身处绝境，立心学成一代宗师。此联概括有高度，评价有温度，使人不仅感受到王阳明“心学”的真知所在，而且告诉我们要以良知守住本心，时刻保持清醒的头脑，更好地成就自己、实现梦想。

（何沁学）

张居正

张居正（1525—1582），字叔大，号太岳，幼名张白圭，湖广荆州卫军籍，生于江陵县（今属湖北），故而时人又称之“张江陵”。明朝中后期政治家、改革家，万历时期的内阁首辅，辅佐万历皇帝朱翊钧开创了“万历新政”，史称“张居正改革”。

金光瑜

居正：正于官、正于己、正于利惠大明，肩挑日月，撑社稷将倾，庙堂欲坠；

革新：新在野、新在朝、新在政除旧病，头挡风云，起人间国泰，天下民安。

评 析

此联以“居正”“革新”总括全联，在解释二字的同时，展开对人物独特而精当的评价。三“正”、三“新”切中人物为政为人为官之肯綮。结句以自对形象地表述了人物对大明江山、社会安宁、民生安泰的不朽功勋。全联用词考究，三个带反复的排比句气势磅礴，先声夺人。“挑、撑”得力，“挡、起”倾情，而“肩、头”含蕴亦非寻常，状写了人物不辞辛苦、为国为民的家国情怀。

形容词“正、新”的动词化运用，更让联语出新、出彩。唯觉“人间国泰”读来略感不顺，“世间”似更好一些。（蒋有泉）

王雪原

济世兴邦擎太岳，秉远识之心，刚阿之气，笼天下之才，身藏大志谁懂我？

威名载誉话浮生，纵骄奢之味，独断之行，揽权间之势，政甩一鞭我负谁。

评　析

张居正任吏部左侍郎兼东阁大学士，后迁任内阁次辅，为吏部尚书、建极殿大学士。万历皇帝登基后，代高拱为首辅。张居正在任内阁首辅时期，实行了一系列改革措施，史称“万历新政”，影响深远。联语切入的就是这一特定的历史事件。上联以“济世兴邦”切入，统摄全句；以设问作结，发人深省。下联以“威名载誉”总括，引领全句；以自答收束，令人警醒。全联以腰节三个“之”字分句挺起，力拔千钧，且不平分秋色，而是各有侧重。上联状其为人为官为事之道，正面叙写，切合人物身份；下联写其生活权谋处事之弊，反面论述，亦切人物之性情，看似旁逸斜出，但用一“纵”字就恰如其分地去除了与首尾两句的违和感，以“政甩一鞭”的功绩遮掩了人物身上的缺点。评价人物，公允精到，用语用词，别具一格。（蒋有泉）

王　衍

居安尚且思危，铁肩扛使命，派戚李镇边、凌殷靖内，威名到处，致浪静波平，狼烟塞息九千里；

正本须知激浊，斗胆践初心，效商鞅革故、介甫鼎新，德令行时，喜民丰国富，舜日朝开三百年。

评　析

此联鹤顶格嵌“居、正”二字，自然贴切。“戚李”指戚继光、李成梁，“凌殷”指凌云翼、殷正茂，四人均为明末著名将领。商鞅，卫国人，卫国国君后裔，战国时期政治家、改革家、思想家，法家代表人物。介甫是王安石的字。王安石，字介甫，号半山，抚州临川人，北宋著名思想家、政治家、文学家、改革家。上联写镇边靖远，显示人物的军事才能及平患功绩；下联写革故鼎新，显现人物的为政之道和富国劬劳。全联起首虚笔直入，腰节以亲历事件扣题，以诸多历史人物烘托，落句以丰富多彩的意象推波助澜，掀起高潮，使联语虚实相间，开阖有致，有血有肉，摇曳多姿。

（蒋有泉）

王家祥

谋国工，谋身拙，一生见独孤，大厦将倾，救时怎救明天下；
成才早，成栋坚，十载推昌盛，危机频解，醒己难醒世众人。

评　析

海瑞曾评价张居正：工于谋国，拙于谋身。意思是，张居正其人善于谋划国家大事，却不善于谋划自己生前身后事。按照后来张居正位极人臣而落得死后满门抄斩的境况来说，这评价可谓非常准确。其实这“工”和“拙”是人生的一种选择，张居正并不一定是不懂这个道理，只是选择了“鞠躬尽瘁，死而后已”而忽略了“生前身后事”而已！此联就以此切入，显得立意高远。前三个分句写人，句句不离人物，切题十分紧密。第四分句由人及国，过渡自然，最后生发议论，富于辨证哲思，且升华了联意主旨。读来干净利落，毫不拖泥带水。全联三字四字五字七字句相互搭配，起伏变化，腾挪有致，再加上七字句规则重字的巧妙运用，读来朗朗上口，十分流畅。（蒋有泉）

吴岱宝

受命十年以担天下安危，省议论，振纪纲，重诏令，力挽狂澜时，凭谁问谤书留在生前，奇祸发于身后？

推贤千古而觅世间将相，固主权，饬武备，核名实，心磐砥柱处，许我尊功业犹存四代，江陵仅此一人。

评　析

有人认为，以施政的成绩而论，张居正不仅是明朝的唯一大政治家，也是汉朝以来所少有的。诸葛亮和王安石二人，勉强可以与他相比。此联就以此为重点切入。联语以十年辅政写起，以长散句入联，隐含人物漫长而非常的政治生涯。结句以众谤生前、奇祸身后反问，在警示中蕴含人物担天下安危的艰难困苦。腰节三字鼎足对，历述改革之策略，坚挺首尾，使联语不至空泛无力。

下联以“我”之视角带入，推贤觅人，以人物的重要事件相形作比，得出“功业犹存四代，江陵仅此一人”的结论，可谓水到渠成，瓜熟蒂落。而上下两结中的史料考究，均有出处，可谓句句有来历。全联有叙有议，叙议结合，自对精工，语流顺畅，前后呼应。因有自我带入，中肯评价中就附着浓郁的感情色彩，故能以情动人。

（蒋有泉）

方留聚

严考成以振朝纲，犹靖边关，何顾他谤在生前，祸于身后；

谨变法而臻帑满，更推国盛，且看我任经十载，鞭策百年。

评　析

此联分别从整饬吏治和振兴经济展开，抓住了题写人物的四个基点，由此展开对人物的公允评价。严考成、靖边关、谨变法、推国盛是张居正一生中为国为民最为突出的亮点功绩，史有定论，有口皆碑。联语以此为依托，抓住了关键，突破了难点，使人物形象丰满而不空洞，后边的议论有案可稽。再加上第三分句精彩恰切的当句自对，精当而简明的人物评价，使全联气脉顺畅，一气呵成。三字领“何顾他”“且看我”，看似你我角度转化，实则设身处地，一以贯之，上联重在写人物面对谤祸义无反顾、勇往直前的人生态度，下联重在写人物的不凡功绩和后世影响。这里的“鞭”，一字双关，非为寻常，隐含张居正的“一条鞭法”，以及其影响之深远，可谓一箭双雕，用心良苦。“十载”“百年”在不经意的对比中强化了人物对未来的巨大影响。这种抓住重点、不计其余、夹叙夹议、叙议结合的写法，正切人物联之要害，此联堪为佳作之范例。（蒋有泉）

戚继光

戚继光（1528—1587），字元敬，号南塘，晚号孟诸，卒谥武毅。汉族，山东蓬莱人（一说祖籍安徽定远）。明朝抗倭名将，杰出的军事家、书法家、诗人，伟大的民族英雄。写下了十八卷本《纪效新书》和十四卷本《练兵实纪》等著名兵书，还有《止止堂集》及在各个历史时期呈报朝廷的奏疏和修议。

熊　虎

炮声惊闽浙，五百年海浪未平，狼筅频频丧倭胆；

烽火照幽燕，三千里胡尘初定，谁人夜夜著兵书？

评　析

“闽浙”，福建省和浙江省的简称。“狼筅”，古代兵器之一，又名长枪，亦称作狼牙筅，狼筅原是明朝矿工起义军发明，后为戚继光抵抗倭寇时所操练“鸳鸯阵”的武器配置之一。上联言明戚继光在东南沿海抗击倭寇十余年，扫平了多年为虐沿海的倭患，确保了沿海人民的生命财产安全。下联说的是戚继光后又在北方抗击蒙古部族内犯十余年，保卫了北部疆域的安全，促进了蒙汉民族的和平发展。整个作品文学性较强。“五百年”为时间，是纵；“三千里”是空间，为横，上下比纵横无限，前者突出戚继光武略，后者突出文韬。而下比结句一问，形象生动，如见其人，极富诗意而颇可玩味！上联结句“狼筅频频丧倭胆”的“倭”，古今均为平声，如果按律诗中的“六拗五救”之说，应当合律。（方留聚）

舒甘来

荐热血拼身守土，龙船震鼓鼙，敢令重洋倭寇灭；
展素心无意封侯，虎胆卫家国，但祈万里海波平。

评　析

“龙船”，天子所乘的船，或刻画有龙形的大船，此指戚继光带领的抗倭船队。“鼓鼙”，亦作“鼓鞞”，古代军中常用的乐器，指大鼓和小鼓，借指征战，此指敌人进攻。“倭寇”，古代对日作战时称日本为倭，倭寇二字作为名词独立，用以称呼来自日本的侵略者。倭寇这一称呼，大约使用于公元 7 世纪后期和 16 世纪倭酋丰臣秀吉的倭乱以及中国的抗日战争里。上下联结句一“敢令”一“但祈”，语言典雅，运笔厚重，在“灭”“倭寇”、“平”“海波”的形象描写中，写尽戚继光肝胆照人、一心为国为民的豪迈气象，意境阔大，震撼人心！下联巧妙地化用戚继光《韬钤深处》“封侯非我意，但愿海波平”语义，堪为妙笔。（方留聚）

尉官保

武略总超群，敢横戈马上，灭寇海边，大旗一树敌惊遁；
文才尤出众，方遗著民间，留诗身后，杰作千篇世颂传。

评　析

作品中，一“总”，一“敢”，一“惊”，一“尤”，一“方”，一“颂”，上下对应而出，在一片潇洒中，塑造出戚继光“灭寇海边”“留诗身后”的文武双全的高大、儒雅之历史形象。整副作品用语朴实无华，平中见奇，无雕琢之痕，但人物形象一样丰满。上下联中间两分句，“敢、方”两个领字后采用本句自对，首句、尾句采用上下对，自对、上下对工稳，各分句句脚平仄交替，修辞手法娴熟。上下联两结句收得铿锵有力，振奋人心。　（方留聚）

李存固

乃忠诚国士也，歼倭寇、御虏军，安边境、镇海疆，尽酬故土，历北战南征，一身肝胆，沙场挥刀惊万里；

真睿智英才兮，撰兵书、排阵法，诵诗文，革器械，堪比先贤，然时乖命舛，几度沉浮，蓬门遗恨泣千秋。

评　析

“虏”，本义是指战俘，引申为奴仆、敌人，后也指蛮族，中国古代对北方外族的贬称。作品采用总分总的手法，上联从肯定戚继光为“忠诚国士”说起，中间各分句详述其安邦靖边的历程，以“沙场挥刀惊万里”收结，把一个抗倭名将展现出来。下联首句先是言明戚继光为“睿智英才”，然后用四个动宾结构的分句铺排其文韬武略，潇洒中颇含赞扬之深情。虽联中人“一身肝胆”，但亦“几度沉浮”。最后，联语在“沙场挥刀惊万里”“蓬门遗恨泣千秋”声中作结，豪迈与悲叹相互映衬，含蕴无限。　（方留聚）

李家桥

施韬略以长催策马，任逐寇安疆，守土安民，功绩永存雄闽浙；

许勇忠而不望封侯，犹吟诗见志，倾情见义，精神共仰壮山河。

评　析

“韬略”，意指“文韬武略”，又指《六韬》《三略》，为古代兵书，引申为战争用兵的计谋，在斗争中所采取的策略、计谋、政策、手段等等，都可称之为韬略。上下联散句起笔，用“以”“而”连接，绵长豪迈，接着在一字领的引导下，一武一文，极具概括力。“施韬略以长催策马”，言明戚继光的军事才能和一往直前的智勇形象。“许勇忠而不望封侯”，说的是戚继光奋勇抗倭的根本是精忠报国，而不是为了封侯。正如其《韬钤深处》诗句所言：“封侯非我意，但愿海波平。”上下联最后皆以赞誉收结，整联结构曲折，而又浑然一体，意境雄浑，令人振奋！（方留聚）

于成龙

于成龙（1617—1684），字北溟，号于山，山西永宁州（今山西吕梁方山县）人。明末贡生。清顺治十八年（1661）起，历任广西罗城知县、湖北武昌知府、福建按察使、直隶巡抚、两江总督等。被康熙皇帝誉为“天下廉吏第一”。

孙瑞海

七品又如何，靖边剿匪立奇功，不问官阶高下；

一生当这样，报国爱民传盛誉，只看廉字伪真。

评　析

“七品”，古代官职，清朝时的正七品称知县、县令，大约等同于现在的县长。这副对联，平心静气，娓娓道来。上联以于成龙的胸襟与口吻，道出他做官为的是“靖边剿匪立奇功”，而“不问官阶高下”。下联是作者对廉吏于成龙的高度评价：“一生当这样”，五个字概括了清官的模样，让天下为官者都要向于成龙学习，像他这样“报国爱民”。只有“这样”，才会体现出“廉字”的真面目、真分量。相比之下，使得那些伪廉吏、真贪官相形见绌，无地自容。

（梁　石）

李重林

高行善政，美誉庙堂，帝赐大清廉吏；
卓异贤能，恭亲乡野，民尊傲骨青天。

评　析

“高行”，指为官行事要求高标准。“庙堂”，亦指朝廷。古代把庙堂与朝廷并称，如范仲淹《岳阳楼记》中名句：“居庙堂之高，则忧其民；处江湖之远，则忧其君。”“卓异”，指为官高于一般，是位出众能臣，等同于现在的优秀领导干部。清代吏制定期要考核官吏，文官三年，武官五年，政绩突出者，称为“卓异”。于成龙为官清正，政绩卓越，被康熙皇帝三次授予“卓异”称号。“傲骨”，比喻高傲自尊、刚强不屈的性格。有道是：“人不可有傲气，但不可无傲骨。”这副对联上下联从朝廷与民间两个层面来评价于成龙，上联以“善政”“美誉庙堂”做铺垫，更显“帝赐大清廉吏”之必然。下联从“贤能”“恭亲乡野”角度，说明“民尊傲骨青天”不是虚的，于成龙是老百姓真心拥戴的“于青天”。（梁　石）

张淑梅

恪守公心，朴直六廉，惩恶平冤除吏腐，卓异蜚英千古；
善行厚德，固穷一世，安良恤苦解民忧，清端谥号几人？

评　析

六廉，西周时期提出“六廉”，即“廉善、廉能、廉敬、廉正、廉法和廉辨”，分别指为官者要善心为民、有处理政务的能力、忠于职守、品行端正、执法严明、秉公行事而不假公济私。“蜚英”，即扬名、驰名。“固穷”，甘于贫穷、不失气节，出自《论语·卫灵公》：“君子固穷，小人穷斯滥矣。”“清端”，于成龙去世之后，康熙皇帝追封谥号为“清端”，授予太子太保，又给其隆重赐葬，并亲撰碑文：“朕读周官，六计弊吏，……吏道厥唯廉重哉。”这副对联构思严谨，上下联对仗工整分明。尤其是上联的“朴直六廉”，对下联的“固穷一世”，为的是“除吏腐”“解民忧”。这样的好官三得“卓异”之誉，临终追封“清端”谥号，实至名归，流芳千古！

（梁　石）

李家桥

任上有奇功，惩恶平冤，写尽清廉于国事；

逝时无别物，空箱旧服，唯留洁誉在民心。

评　析

上联言于成龙为官大有作为。“惩恶平冤”四字，这是一个官员在一个地方最得民心之处。当年得到“平冤”者，一定会含泪喊出“于青天大老爷”的。下联描述于成龙逝世后身无长物，也用了四个字“空箱旧服”，顿时会让人感动得潸然泪下。一位朝廷命官，临终竟然是这样的寒酸可怜。“唯留洁誉在民心”一语，就像一座于成龙的清官雕像，惟妙惟肖，挺拔高大！“写尽、唯留”“清廉、洁誉”结构待商榷。

（梁　石）

慈　禧

慈禧（1835—1908），即孝钦显皇后，叶赫那拉氏，咸丰帝的妃嫔，同治帝的生母。晚清实际统治者和重要政治人物。咸丰元年（1851）入宫，赐号兰贵人；四年晋封懿嫔；六年生皇长子爱新觉罗·载淳（同治帝），晋封懿妃；次年晋封懿贵妃；十一年咸丰帝驾崩后，其子载淳即帝位，其与孝贞显皇后两宫并尊，称圣母皇太后，上徽号慈禧。

徐玉基

垂帘听弊政，何物秽清宫，耻辱柱千秋绑定，祸国殃民，欲识妖氛翻另册；

拨雾见青天，我心观正史，棺材钉再次敲开，乱常逆道，须从制度溯长河。

评　析

垂帘听政，指太后或皇后临朝听政，殿上用帘子遮隔，引申义是指太后临朝管理国家政事，出自《旧唐书·高宗纪下》："时帝风疹不能听朝，政事皆决于天后。自诛上官仪后，上每视朝，天后垂帘于御座后，政事大小皆预闻之，内外称为二圣。"作者有非凡的语言驾驭能力，用词准确老道，选材造境非常到位。上联，因古有匪盗等坏人入另册之说，从“坏”的角度来看，慈禧被打入另册；下联，笔锋一转，“我心观正史”，另册已“盖棺论定”了的，偏要“棺材钉”“敲开”，何等风趣，何等气魄，联意一波三折，正符合“文不喜平”的思路；最后，点出事物的本质——制度才是祸根。

（林维金）

牛牧之

积弱原非一日，拓疆已是前朝，叹世间，此消彼长，败家愧做弄权客；

垂帘或恃才高，失道焉求祚远，愁天下，狼去虎来，误国羞封兰贵人。

评　析

“祚”，帝位，《东都赋》：“往者王莽作逆，汉祚中缺。”此联作者用心独到，将作品主人公化、事件娓娓诉来，先化用“冰冻三尺非一日之寒”，道出根源——繁华只在前朝；再笔锋突转，“此消彼长”，消什么长什么，自然是多方面，耐人寻味。下比点出慈禧核心特点：才高得权，失道祚尽，导致虎狼群入，终“愧”“羞”难当。联文虽多分句，但一气呵成，文脉贯通。长联能做到文意贯通，非高手不能，很值得学习。其间“一日”与“才高”略宽。

（林维金）

舒甘来

擘窠书字，翰墨怡情，纵作小民女，亦可称窈窈佳人，娇娇绝色；

争宠掌权，阙宫乱魄，即成老佛爷，终留下斑斑劣迹，历历丑闻。

评 析

提起慈禧太后，人们想到的是一个卖国、腐败、残忍的丑陋形象。但事实上她是一个“面目秀丽”、“让人着迷”的女性，一个干练的“禁止妇女缠足，兴办女学、新学”，敢于实行一些改革举措的女政治家。上联写她的“美”，用“擘窠书字，翰墨怡情”来描述慈禧能书善画。“擘窠书”亦称“擘窠字”，指大字，清朱履贞《书学捷要》:“书有擘窠书者，大书也。”用“窈窈佳人，娇娇绝色”来描写慈禧的姿色，说明她能得宠的优势。下联写她的“恶”。“老佛爷”，是清朝历代皇帝的“特称”。慈禧让别人称她为“老佛爷”是有其特殊目的——企图把自己比作和皇帝一样。一“美”一“恶”集于一身，作者用“纵作小民女”与“即成老佛爷”对比，写出两种截然不同的人物特性。全联写得文采飞扬，文脉畅通，堪称神来之笔。

（林维金）

张建设

貌似安邦有术，敢用曾张李左，平民乱，兴洋务，开新政，复柱州，一时宫阙回光照；

天怜贪位无才，徒摧肱股儿甥，作帘垂，缮绮园，庆生辰，倾军国，几代黎元苦难来！

评　析

此联展示了作者广博的知识储备，写事件如数家珍、有条不紊。上比用“有术”引出相关内容，说的是慈禧垂帘听政初期，在议政王奕䜣的辅佐下，整饬吏治，重用汉臣，依靠曾国藩、张之洞、李鸿章、左宗棠等中兴之臣，又在列强支持下，先后镇压了太平天国、捻军和苗民、回民起义，缓解了清王朝的统治危机，使清王朝得到暂时稳定。结语化用“回光返照”医学术语，道实情有妙趣。下比用“无才”引出一系列败招，道出“兴，百姓苦；亡，百姓苦”的真谛。此联工稳，老道。（林维金）

楹联同题

古代十大圣人

文圣孔子

孔子（前551—前479），名丘，字仲尼，春秋时期鲁国人。中国著名的思想家、教育家、政治家，与弟子周游列国十四年，晚年修订六经，即《诗》《书》《礼》《易》《乐》《春秋》。相传孔子有弟子三千，其中有贤人七十二，孔子也被尊为儒家始祖。孔子去世后，其弟子及其再传弟子把孔子及其所有弟子的言行语录和思想记录下来，整理编成儒家经典《论语》。其儒家思想对中国和世界都有深远的影响，孔子被联合国教科文组织评为“世界十大文化名人”之首。

耿战浩

半部治国，千秋文圣；
一言蔽恕，四海宗师。

评　析

此联字数不多，但典故却运用纯熟、巧妙，既添典雅厚重，又切合孔子，评价到位。宋开国丞相赵普曾说："半部《论语》治天下。"上联以此为典，道出了《论语》在修身、治国方面的重要作用。《论语·卫灵公》："子贡问曰：'有一言而可以终身行之者乎？'子曰：'其恕乎！'"下联即以此切入，极言孔子思想的高度。短短十六字联，典故运用恰切，且"文圣、宗师"之说，亦合乎孔子身份。句式铿锵，读之亦朗朗上口。数字对仗之巧妙，引人瞩目。

（魏艳鸣）

邢伟川

发儒家以滥觞，厥功至伟；
荣杏苑于芳草，载物长春。

评　析

"滥觞"，比喻事物的起源、发端。唐虞世南《琵琶赋》："强秦创其滥觞，盛汉尽其深致。""厥功至伟"，意思是在某件事上，他（他们）的功劳很大，用来褒奖某人的功劳和贡献。上下联切孔子主要功绩，一是开创儒家，这是上联所言之"厥功至伟"；一是繁荣杏坛，这更是非凡成就，"天不生仲尼，万古如长夜"，所以评价这一功绩"载物长春"，亦是有理有据。此联遣词用语典雅，辅以虚词、句式倒装等手法的综合运用，亦不失清新灵动。引出两结四字高度评价，亦显水到渠成。

（魏艳鸣）

彭水洪

智源沂水，圣诞尼山，谁曾见五老降庭，双龙绕室；
诗采国风，述成论语，世相传三千弟子，七二贤人。

评　析

据传，孔子降生时有异象。《孔子家语正印·序》：（孔子）生时，二龙绕室，五老降庭，鼓吹隐隐。《名山藏》记载：孔子将生，有麒麟吐玉书于阙里（今山东曲阜），圣母以绣系麟之角。故，上联以出生地为切入点，从传说中孔子出生时的异兆写起，增加了神秘色彩，侧面烘托。“沂水”，是孔子与弟子游春教学处。洙泗之上，沂水之畔，孔子师徒的足迹，深远影响着历史。上联竭力铺排，通过孔子诞生的不凡以及沂水春风的启智，营造出圣人不同凡俗之处。下联则主要概述其一生文学、思想及教育上的伟绩，数字运用炉火纯青，自对增辉。（魏艳鸣）

史圣司马迁

司马迁（约前145或前135—？），字子长，夏阳（今陕西韩城南）人，一说龙门（今山西河津）人。西汉伟大的史学家、文学家、思想家。司马谈之子，任太史令，太初元年（前104）开始撰写《史记》。因替李陵败降之事辩解而受宫刑，后任中书令，继续完成所著《史记》，被后世尊称为史迁、太史公、历史之父。

陈　鑫

忆河西司马，思耕读间，寄诗文情，立前汉鼎，登临几万峰，犹追寻西汉高才，有根学者；

喜太史公书，究天人际，通今古变，成独家言，纪传三千载，理赞誉史家绝唱，无韵离骚。

评　析

司马迁的出生地位于黄河之西，故曰“河西司马”。“登临几万峰”言其壮年游历：司马迁大约二十二岁时开始外出游历，是为写《史记》做准备的一次实地考察，他亲自采访，获得了许多第一手材料，保证了《史记》的真实性和科学性。“犹追寻西汉高才，有根学者”，指的是司马迁随父亲至京师长安，得向老博士伏生、大儒孔安国学习。“有根”的意思是根基厚实，有根底。上联从其人成长的过程说起，二、三、四、五分句以排比句简述，结句进一步拔高；下联则从其书涵盖的时空分解，最后给予高度概括。整联自对、上下对轮番使用，各分句动词打头，环环相扣，有一气呵成之感。下联结句“理赞誉史家绝唱，无韵离骚”，出自鲁迅语。

（方留聚）

刘葆华

大器直堪磨，非山川砥砺，风雨洗淘，安得如椽史笔；

坚心从不泯，纵囹狱之冤，腐刑其辱，终留斩铁箴言。

评　析

“山川砥砺，风雨洗淘”，暗喻司马迁壮年游历生活——“南游江、淮，上会稽，探禹穴，窥九疑，浮于沅、湘，北涉汶、泗，讲业齐、鲁之都，观孔子之遗风，乡射邹、峄，厄困鄱、薛、彭城，过梁、楚以归。”“囹狱之冤，腐刑其辱”言其牢狱之灾。腐刑即宫刑，“丈夫割其势，女子闭于宫中”。上联虚写，借意象表现主题，结句反问，加强语气，铿锵有力；下联写实，只要内心坚强，何惧身受欺辱和不白之冤。上下联中间各一个领字后当句自对，承前启后，使其一脉相连。

（方留聚）

吴岱宝

受宫刑以发愤，秉实录而为文，风骨久铮铮，尤可怀泰岱鸿毛、死生轻重；

私淑古圣今贤，相授令尊遗愿，才情何荦荦，最堪赏史家绝唱、玉韵离骚。

评 析

“令尊”，称对方父亲的敬辞。司马谈感到自己年事已高，要独立地修成一部史著，无论是时间、精力，还是才学、知识都还不够，所以寄厚望于儿子司马迁，希望他能够早日参与其事，最终实现这样一个宏愿。“荦荦”，分明貌，显著的样子。首二句以散句自对，腰节上下对，尾句三领字后再作自对，句式多变而不失工稳。上联结句化用人们耳熟能详的司马迁句：“人固有一死，死有重于泰山，或轻于鸿毛”，下联结句化用鲁迅对《史记》的评语：“史家之绝唱，无韵之离骚”，比引用更胜一筹！下联，“古圣今贤”为并列词组，“令尊遗愿”为偏正词组，自对不工，是为微瑕。

（方留聚）

王家祥

持恒力以成书，溯古通今，一部史家绝唱；

宁宫刑无废志，立言树范，千秋圣者完人。

评 析

言简意赅，干净利落，寥寥数语，把《史记》成书之过程和历史地位以及司马迁悲惨、刚强、矢志不渝的人物形象展现得淋漓尽致，让人一目了然。司马迁一生主要功绩无外乎《史记》，

《史记》是中国历史上第一部纪传体通史。上联简述司马迁成书之艰辛和书的极高价值——鲁迅曾誉之为“史家之绝唱，无韵之离骚”；下联则陈诉了在成书过程中发生的“宫刑”事件。司马迁由于为李陵在匈奴被俘之事辩护，被汉武帝判宫刑。为了遵循父亲的遗愿完成《史记》的著述，他含垢忍辱接受了宫刑。“宁宫刑无废志”，出狱后，司马迁更加奋力著书，以书、以身“立言树范”，无愧为“千秋圣者完人”。此联通过描述司马迁的著书过程，较好地表现出司马迁这个人物，以人状书，以书状人，相得益彰。

（方留聚）

吴金城

十四载笔耕，遵父命而坚大志，忍宫刑且践初心，尤宜赞诤言性格；

两千年史记，建发凡创例之功，展卓见真知其力，最当传实录精神。

评　析

“遵父命而坚大志”，司马迁之父司马谈，西汉史学家，汉武帝时任太史令，立志撰写一部通史。重病弥留之际，叮嘱司马迁定要继承父业。司马迁向父亲保证，一定把编撰历史的计划全部完成。“宫刑”，李陵降敌后，群臣皆声讨，唯司马迁为其申辩，被定诬罔之罪，当斩。司马迁为完成父亲夙愿，以腐刑赎身死。“发凡创例”，司马迁创立的本纪、世家、书、表、列传五种体例，成为历代史学家编史的样本。“实录”，班固在《汉书》中赞扬司马迁说：

“辩而不华，质而不俚，其文直、其事核，不虚美、不隐恶，故谓之实录。”上下联首句统领，腰节分述，结句点赞。围绕主题，上联交代了《史记》成书历时、缘由和作者忍受的屈辱，下联则对《史记》之厚重和独到给予了述评。（方留聚）

医圣张仲景

张仲景，原名张机，字仲景，东汉南阳（今属河南）人，中国历史上最杰出的医学家之一。张仲景经过几十年的收集整理和钻研，写出了传世巨著《伤寒杂病论》，确立了六经辨证论治，成为后世研习中医必备的经典著作。后人研究他的医理，敬仰他的医术和医德，称他为“医圣”，今河南南阳有“医圣祠”。

尚桂凤

六经辨证论阴阳，善术仁心，力解倒悬，终使得古今尊圣；
四诊审因参水火，良方妙药，书成正典，更能教中外闻名。

评　析

张仲景，著名医学家，被后世尊称为“医圣”，其传世巨著有《伤寒杂病论》。它确立了辨证论治的原则，首创“六经辨证”指导辨证治疗伤寒病。中医六经者，为太阳、阳明、少阳、太阴、少阴、厥阴，皆法于阴阳；四诊者，为望、闻、问、切诊法。中医之谓水火，水为阴，火为阳，阴不能生人，必借火之阳而后能生，阳热易亢，故火必借水之阴而后能抑，水火既济而后平和。尊圣者，必得民心，凭善术仁心，以解民之困苦；博名者，必有成就，集良方妙药，著伤寒之圭臬。该联先从医理剖析，再依医者之法宝——德、术、药以延伸，整联精辟、工整、畅达，最适合医圣张仲景不过了。

（彭大庆）

黄一坤

悬壶总惠民，娇耳汤中含暖意，坐诊立公堂，妙施良术，乃千载留芳，品德仁风蔚出杏林誉；

济世当研学，灵枢句里究真因，勤求师伯祖，博采众方，凭六经辨证，伤寒宝典筑成医圣祠。

评　析

为医者，当精勤不倦，博极医源，悬壶以济世救人。张仲景不但首创“坐堂”，还发明了“祛寒娇耳汤”（把羊肉和一些祛寒药物煮熟切碎，用面皮包成耳朵的形状，再放回原汤中去煮。从此便有了冬至吃饺子的习俗）。清代医家张志聪说过：“不明四书者不可以为儒，不明本论者不可以为医。”本论即是《伤寒杂病论》，此书流传至海外，颇受医学界推崇。张仲景以精湛的诊疗技术、良好的医德，以解倒悬；勤求古训，博采众长，创立“六经辨证”，撰著《伤寒杂病论》这部医学经典。《伤寒杂病论》序中有这样一段话：“上以疗君亲之疾，下以救贫贱之厄，中以保身长全，以养其身”，表现了张仲景作为医学大家的仁心仁术。其最终被后人尊为“医圣”，并建“医圣祠”以纪念。该联着眼广阔，精于概括，在文辞、立意上别具一格。

（彭大庆）

董文学

一部伤寒论，独擎天地，终未负勤求古训，博采众方，悬壶济世杏林暖；

千年医圣名，唯耀中西，犹得仰术比华佗，道追扁鹊，著手成春橘井香。

评　析

《伤寒杂病论》为中医学经典，它的问世，得益于张仲景的勤求博采；张仲景被后世尊为“医圣”，得益于其高超的医术、良好的医德，“仁心添药力，妙手胜春风”。该联别出心裁，在切人、切事、切情的基础上，先从大处着手，再展开论述，并以“华佗、扁鹊”二位神医做映衬，极好地增强了此联的艺术效果。　（彭大庆）

武圣关羽

关羽（？—219），字云长，河东解县（今山西运城）人，三国时期蜀国名将。早期跟随刘备辗转各地，与张飞一同被称为“万人敌”。赤壁之战后，关羽被封为襄阳太守。刘备入益州，关羽镇守荆州。建安二十四年（219），关羽围襄樊，擒获于禁，斩杀庞德，威震华夏。后曹操派徐晃增援，东吴吕蒙又偷袭荆州，关羽腹背受敌，兵败被杀。关羽去世后，逐渐被神化，被民间尊为“关公”，又称“美髯公”。历代朝廷多有褒封，清代奉其为“忠义神武灵佑仁勇威显关圣大帝”，崇为“武圣”，与“文圣”孔子齐名。

吴岱宝

义同赤日光千古；
德共尼山拔一峰。

评　析

关羽曾被明末清初的毛宗岗先生称为演义三绝中的“义绝”。清代尊关羽为“武圣”，与“文圣”孔子齐名。另有一系列尊号使之逐步神化，“武圣”堪为其尊号之巅。上联选取最能代表关羽的“义”字作起，承接“赤日”之“赤”，“赤”合关羽赤面、赤兔马等关联特征；“赤日”之“日”，举其“义”之高光；结三字“光千古”，继续升华。下联用“尼山”做衬，再扬其“德”，文武圣人共拔“德”之一峰，将关羽形象完整托出。短联不易，完美表现主题更为不易。写作手法用“同”连接“义”“赤日”，“共”连接“德”“尼山”，将前后名词连成共同主语，再以“光”“拔”两个动词带出“千古”“一峰”。其中“光”字，名词动用，值得借鉴。（陈伟明）

吴金城

一部春秋擎在手；
两言忠义铸于心。

评　析

这副七言短联同样抓住关羽的两个形象特征：一是夜读《春秋》，这个典型形象早已深入人心；一是“忠义”化身，这是历代推崇关羽的核心内涵。上下联语前后用“一部”“两言”、“擎在手”“铸于心”串联“春秋”“忠义”，简短有力、形象生动，语言驾轻就熟，应对精工，可见作者遣词功力。关羽之所以能位列蜀汉五虎将之首，绝非浪得虚名，这和他勤奋学习有着密切关联。一部《春秋》，秉烛夜读，手不释卷，这和嗜酒成命的张飞有很大不同。若非孤傲的性格缺陷所限，关羽一定能为蜀汉大业做出更大贡献。而他“忠义”观的形成和坚定践行也是从《春秋》等经典中吸取营养所致。这副七言联抓住这两个形象特征，也就把关羽写成功了。（陈伟明）

张修顺

爱读春秋，不懂春秋，痛失荆州非大意；
一时忠义，永生忠义，名齐孔圣乃真君。

评　析

关羽是一位优缺点都很突出的历史人物。上联直指关羽爱读《春秋》，实则不懂《春秋》中的修为内涵，因而“痛失荆州”并非大意。失荆州是关羽人生之痛，也是蜀汉政权由盛转衰的转折点，其实正是他骄狂的人格缺陷和不顾联吴抗曹大计的必然结果。下联正面赞颂了关羽“一时忠义，永生忠义”的形象和“名齐孔圣”的“武圣”“真君”地位。联语从两个方面客观写出了一个完整的关羽。这种“四四七”句型是一种常用句型，写不好一、二分句容易呆板。而这副对联采用每句两字重复，“爱读春秋，不懂春秋”“一时忠义，永生忠义”，或否定，或递进，以求加重语气，起到了灵动效果。

（陈伟明）

倪少坤

千年一路走来：民而侯，侯而王，王而帝，帝而圣，香火随人心愈炽；

三国至今传颂：友遂义，义遂勇，勇遂忠，忠遂贤，名声伴史册弥高。

评　析

上联追溯关羽的生前死后，由民封侯、尊王、尊帝、尊圣，

"香火随人心愈炽"的过程。关羽生前封号有汉寿亭侯。去世后，逐渐被神化，民间尊其为"关公"。历代朝廷多有褒封，清代奉为"忠义神武灵佑仁勇威显关圣大帝"，崇为"武圣"，与"文圣"孔子齐名。《三国演义》尊其为蜀国"五虎上将"之首，毛宗岗称其为演义三绝中的"义绝"。下联传颂关羽之结友、结义，遂勇、遂忠、遂贤，"名声伴史册弥高"的历史地位。全联句型安排颇具特色，六言起句，承接四个三言句，七言做结。至于韵脚安排还值得商榷，上联六个分句三平三仄，徐步走高；下联三仄三平，缓步走低，变化少了点。（陈伟明）

方留聚

身在曹营心在汉，握青龙刀，鞭赤兔马，过关斩将走单骑，列为佳话；

庙尊贤帝世尊公，名齐文圣，义薄云天，传火于薪高万丈，化作真神。

评　析

上联以熟语"身在曹营心在汉"，熟事"握青龙刀，鞭赤兔马，过关斩将走单骑"，写出真实的主人公，关羽的事迹也因此被"列为佳话"，世代传扬；下联写后世神化的关羽，二、三分句采用当句对，"名齐文圣，义薄云天"与上联"握青龙刀，鞭赤兔马"结构不同，使整体富于变化。此联五个分句中两个四言短句使用当句对，读着比较舒服。下联四、五分句"传火于薪高万丈，化作真神"表意连贯、形象传神，堪称妙句。（陈伟明）

书圣王羲之

王羲之（303—361 或 321—379），字逸少，山东琅邪临沂人。曾任东晋右军将军，史称“王右军”。王羲之书法风格遒健，雍容、自然、清隽，他在书法史上被尊为“书圣”。所书《兰亭集序》，被尊为“天下第一行书”。

许征武

胸中藏逸气，自许天怀，每能静穆；
笔下有清姿，因穷法式，复近高明。

评　析

此联下字极其讲究。用“逸”和“清”来写王羲之书法的内“气”和外“姿”颇为允当。逸气指超脱世俗的气度，清姿指姿韵爽逸。王羲之书法所表现出的那种从容、萧散、清爽、自然而又姿态横生的风格一直是后代书法家所极力追求的境界。八言用“四四”句式而又自成因果，颇称难得。“天怀”和“法式”对仗亦称雅切。天怀即天性。宋刘子翬诗云：“天怀迥与尘嚣背”，意即书法和一切艺术都应该远离尘嚣。法式指规则和样式。《管子·明法解》：“案法式而验得失，非法度不留意焉。”《史记·秦始皇本纪》:“欢欣奉教，尽知法式。”“静穆美”是德国温克尔曼用语（高贵的单纯和静穆的伟大）。指出王羲之书法有一种静穆美，是有所创见。（刘　锋）

崔钢兵

行书笔一支，自晋挥来，墨动乾坤，王者魂生千古月；
传世韵三昧，而今读去，纸藏境界，羲之砚启万江潮。

评　析

此联具有独特的震撼力。“自晋挥来”“而今读去”，写来潇洒自然。“自晋挥来”以气魄胜，当从《沁园春·长沙》“书生意气，挥斥方遒”学来。“墨动乾坤”对“纸藏境界”一放一收。“墨动乾坤”亦有句式，宋易士达诗云:“曲水流边苔色浸，右军遗墨动清吟。”此联两结句表现出极丰富的想象力。“王者魂”有奇幻小说之思，“羲之砚”则来自乾隆令冯诚修吟鹤的故事:“远望天空一鹤飞，朱砂为颈雪为衣。只因觅食归来晚，误落羲之洗砚池。”两两相对，别有意味。上联结句气势飞动。“千古月”或受南京愚园清人莫友芝“入座有情千古月”的启发。下联结句写王羲之书法对后世的影响，真所谓一砚水飞，万江潮来。（刘　锋）

鲍仙友

永字形开思八法；
之书默化韵多重。

评　析

上联写“永字八法”。“大凡笔法，点画八体，备于‘永’字”。永字八法其实就是“永”这个字的八个笔画，即“侧、勒、弩、趯、策、掠、啄、磔”，大致代表中国书法的基本笔画。“永字八法”相传是王羲之所创，是中国书法的用笔法则。其实还应该拓宽思路，其他字也应作如此思考。下联写“之”。在王羲之的《兰亭集序》中，二十一个“之”字的写法各不相同。变化若斯，其犹龙乎！其实，学书者自应举一反三：“之”有如此多的形态，那么“也”“了”呢？其他字呢？如果再作比较，岂非更妙？上联讲规则，下联讲变化，对艺术创作有普遍的意义。此联亦重炼字，八法在“思”，内涵在“韵”。（刘　锋）

周关洪

妯母兰亭奉橘追寻大道，其书昨见；
官奴都下破羌得示平安，此事永兴。

评　析

此联属于巧联，当是仿效金庸集小说名联“飞雪连天射白鹿，笑书神侠倚碧鸳”而来。集王羲之书法十四帖名而成联，或为首创。姨母、兰亭、奉橘、得示、平安诸帖比较有名；追寻、大道、官奴、都下、破羌帖则比较生疏。两联结句，“其书昨见”，“此事永兴”，集帖名集得不着痕迹，颇称浑成。王羲之草书《都下帖》，与《秋月帖》合装为一卷（《七月都下帖》），收藏在台北故宫博物院。《得示帖》《丧乱帖》《二谢帖》均流入日本，被日本人称为“丧乱三帖”，收藏于日本宫内厅三之丸尚藏馆。四十一字《平安帖》竟然拍出超三亿的高价，一字七百多万，所谓“一字万金”。

（刘　锋）

方留聚

采众长心慕手追，研诸体精存伪去，不泥于古，不背乎今，脱汉魏之风，出钟张之右；

挥纤笔力能入木，起柔情墨即传神，亦擅行真，亦通隶草，誉书坛之圣，为禹甸之崇。

评　析

此联全从王羲之书法着眼。王羲之书法以行书《兰亭集序》、楷书《黄庭经》《乐毅论》、草书《十七帖》最为著名。上联“脱汉魏之风，出钟张之右”一句，非深入了解王羲之书法发展者不能知。王羲之对东汉张芝草书、三国魏国钟繇隶书都有所拓新。唐代张怀瓘《书断》云：“剖析张公之草，而浓纤折衷，乃愧其精熟；损益钟君之隶，虽运用增华，而古雅不逮，至研精体势，则无所不工。”下联“挥纤笔”一句可谓别出手眼。用毛笔写于纸是由于桓玄颁布了《以纸代简令》，自此书法才得以蓬勃发展起来。如果还在用竹木简牍，当然就不会有“书圣”王羲之出现了。此联属长联，长联颇注意句脚之声韵。此联句脚深合马蹄韵，声律和谐。

（刘　锋）

草圣张旭

张旭，字伯高，一字季明，苏州吴县（今江苏苏州）人。唐代书法家，擅长草书，喜欢饮酒，世称“张颠”，与怀素并称“颠张醉素”，与贺知章、张若虚、包融并称“吴中四士”，又与贺知章等人并称“饮中八仙”，其草书则与李白的诗歌、裴旻的剑舞并称“三绝”。

黄一坤

一笔龙蛇舞，神融晋代二王，艺称三绝，因道法自然，终成草圣倾狂逸；

千秋声誉隆，名列吴中四士，酣并八仙，虽官为长史，却辟书风振古今。

评　析

“晋代二王”，指东晋大书法家王羲之和王献之父子。张旭的书法，始化于张芝、二王一路，以草书成就最高。“长史”，中国历史上的官名，其执掌事务不一，但多为幕僚性质的官员。张旭初仕为常熟尉，后官至金吾长史，人称“张长史”。上联前三个分句从书法角度自其形、神、艺展开，追溯其根，赞美其绝，

四、五分句说出因果。下联前三分句站在历史的高度，概括张旭的声名地位，四、五分句用递进手法，更进一步升华主题。上下联首尾相连，遥相呼应，撷取三组数字成对，煞费苦心，是为亮点。（方留聚）

张项学

与诗剑并称三绝，诗中得气，剑里出神，峰笔流风龙虎势；
凭逸狂挤入八仙，逸处倾杯，狂时瞪目，海宣浸韵老庄声。

评　析

“狂时瞪目”，唐李欣评张旭“瞪目视霄汉，不知醉与醒”。“老庄”是老子和庄子的并称（类似孔孟），也指老学与庄学的合称，借而代指道家老庄学派学说。不言而喻，能与李白诗歌、裴旻剑舞并称中唐三绝的自然是张旭的草书，但作者用诗、剑衬托，于诗、剑布局，从诗、剑升华，堪称神来之笔。下联用同样手法，让人耳目一新。上下联分别从其书风和习性阐述其历史地位，四个规则重字更增加了视觉冲击力。笔法娴熟，字句铿锵。“海宣”一词查无出处，虽涉嫌生造，但可理解为如海大之宣纸。（方留聚）

范卫平

莫笑我颠，莫笑我狂，试看笔底，如龙如凤齐怀素；
何时是醉，何时是醒，遑问性情，无束无拘比谪仙。

评　析

“怀素”，唐代书法家，以“狂草”名世，史称“草圣”，传世书法作品有《自叙帖》《小草千字文》纸本、《苦笋帖》《圣母帖》《论书帖》等。“谪仙”，原指被贬入凡间的神仙，引申为才情高超、清越脱俗的道家人物，有如自天上被谪居人世的仙人。在中国历史上，汉朝的东方朔，唐朝的李白、杜甫，宋朝的苏轼等极有才能的文人，都曾被称为“谪仙”，此指李白。上联看似以张旭的口气自嘲，抑或是自我标榜，实则不然，先抑后扬，口语入联，直白明快。下联改变手法，另辟蹊径，以问答形式别出心裁，说出张旭的习性和境界。上下联结句拉出书法大家怀素和诗仙李白作比，妥帖、恰当。“笔底”对“性情”不工，算是微瑕。整个作品，不用典，不雕饰，直白、素雅、易懂、上口，平中见奇，堪为佳作。

（方留聚）

谢卫明

时称三绝，众曰张颠，处处随心却用心，百年杯酒醉长史；
师起二王，世尊草圣，行行有法亦无法，千古书坛赞大家。

评　析

“张颠”，相传唐著名草书家张旭醉后往往有癫狂之态，故人称张颠。唐李白《草书歌行》：“张颠老死不足数，我师此义不师古。”一首诗一副联，抑或因一句甚至是一词一字而名留千古之文，总让人津津乐道。如宋王安石诗《泊船瓜洲》“春风又绿江南岸，明月何时照我还”句，其中“绿”字即为点睛之笔。回到此联中看，其中“处处随心却用心”与“行行有法亦无法”句，堪为最大亮点，说得深刻，道得明白，规则重字更加重了语气。其他各个分句，简明扼要，对仗工稳，无须赘述。（方留聚）

张作宽

伏如虎卧，起似龙飞，挫象泉流，墨书长史唐三绝；
章看道争，笔闻鼓吹，神望剑舞，酒醉张颠草一宗。

评　析

“草一宗”，指张旭创狂草，为一代宗师。上联借“虎卧”“龙飞”“泉流”三个意象描摹张旭草书其形，动感、画面感极强。下联“看道争”“闻鼓吹”“望剑舞”三个动宾结构短语，赞其章法、笔法和神韵，比上联更胜一筹。上下联结句收得住，收得好，“唐三绝”对“草一宗”极佳，堪为点睛之笔。上联侧重张旭在唐代的文化地位，下联侧重赞美其草书的神韵，犹如为张旭立了一座丰碑。精心锻词炼字，特别是动词选择精当，增强了对联的气势和动感，为联作增色不少。（方留聚）

画圣吴道子

吴道子（约 680—759），阳翟（今河南禹州）人，唐代著名画家，画史尊称“画圣”。少时即有画名。曾任兖州瑕丘县尉，不久即辞职。开元年间以善画被召入宫廷，历任供奉、内教博士等。尤精于画佛道、人物，长于壁画创作。

黄一坤

得贺张授艺，脱俗超凡成祖师，留金桥图美，惊十指钟馗圣手功，终在圣祠扬誉香天地；

与陆顾齐踪，出神入化写唐韵，开兰叶描新，穷一生壁画吴家样，遍传吴带当风荡古今。

评　析

“贺张授艺”，吴道子早年曾随贺知章、张旭学习书法，得其神韵，再经过脱俗超凡的努力，终成祖师。《金桥图》为吴道子奉唐玄宗诏所画名作（与人合作）。《十指钟馗》为吴道子著名画作。“圣祠”，画史尊吴道子为画圣，多地曾建有画圣祠。“与陆顾齐踪”，唐朱景玄《唐朝名画录·序》：“惟吴道子天纵其能，独步当世，可齐踪于陆、顾。”评价吴道子与南朝刘宋时期著名画家陆探微、东晋著名画家顾恺之齐名。“兰叶描”，吴道子开创的线描绝技。“吴家样”，吴道子在绘画艺术上不落俗套，大胆创新，他的作品成为画师们学习的楷模，称为“吴家样”。“吴带当风”，吴道子画人物，笔势圆转，衣服飘带如迎风飘扬，后人称这种风格为“吴带当风”。此联写出了吴道子画风的艺术渊源、艺术成就、历史地位及深远影响。作者构思精巧，取材典型，行文壮丽，对仗工整，显示出深厚的艺术功力。“圣”“吴”二字的有序重复，更显机巧。（牛　蕴）

舒甘来

寿盈太白长，虽早生二秩，早殒三年，何碍浪游豪饮，狂有骚情清有骨；

才共盛唐耀，竟力夺天工，力成画圣，且教起凤腾蛟，落无废墨染无痕。

评　析

“寿盈太白长”等三句，吴道子约生于680年，卒于759年，李白生于701年，卒于762年，故称。“二秩”即二十年。此联很有意思。上联作者没有正面说吴道子的业绩，而是与同时代的大诗人李白的寿命对比。看似闲笔，再往后读方知是作者找到了吴道子与李白的共同点：都是名人，一个是诗界谪仙，一个是画苑画圣；都好豪饮浪游；都激情逸飞；都清骨凛然。用类比的笔法，突出了吴道子人与画的特点。由“寿”入手，到人物性格、画风落笔，正是作者匠心所在。下联从“才”着笔，写其画艺之神奇、历史地位之高和影响之深远。作者在联中设置机关，复用“早”“力”“有”“无”，虽增加了难度，却达成了回环往复的艺术效果；句内自对和反对，又使得对仗工整。此联的特点不在于细腻地描摹其画艺画风，而长于状其骨绘其神，气势磅礴如闻其声。

（牛　蕴）

崔钢兵

继曹衣出水竹枝舞，用心亦远，承古亦深，追梦想亦雄，功夫开境界，七色艺魂求异，二三千品味流光，笔端日月升，阴阳多变幻，从唐至此谁能敌；

启吴带当风兰叶描，绘技之高，创新之阔，穷丹青之妙，桃李竞芳菲，千秋画圣称奇，八十七神仙溢彩，足下云烟起，点线尽飘摇，得道通玄韵自翔。

评　析

“曹衣出水”“吴带当风”，出自唐张彦远《历代名画记》，主要是指古代人物画中衣服褶纹的两种不同的表现方式。北齐曹仲达笔法刚劲稠叠，所画人物衣衫紧贴身上，犹如刚从水中出来一般；吴道子笔法圆转飘逸，所绘人物衣带宛若迎风飘曳之状，故称。“竹枝舞”，当指所绘人物背景。“七色”，指赤橙黄绿蓝靛紫七种颜色，这里指绘画的各种色彩。“二三千品味”，应属夸张虚写。有载吴道子在寺观作壁画时，画作“皆妙绝当时。……当时坊市老幼，日数百人，竞候观之”，按此推论，创作日久，“二三千品味”者也非妄指。“八十七神仙”，指吴道子所作的卷轴画《八十七神仙卷》。上联开头一个“继”字，谈吴画与历史的承继关系，但吴道子绝非亦步亦趋，他“功夫开境界”，“从唐至此谁能敌”。下联以“启”字开头，写吴道子以“兰叶描”的新创，开启“吴带当风”一代画风，并培养出一批传人。再以他的《八十七神仙卷》为例，写足了吴画的神奇。此联“七”和“千”字重复，属无序重字，是为不足，应避免。（牛　蕴）

徐光祖

弱冠穷丹青妙绝，勾淡彩线条，一挥观壁嘉陵秀；
古稀状佛道形神，飘当风衣带，酣饮振毫鬼怪惊。

评　析

“弱冠”，古时汉族男子二十岁称弱冠。这时行冠礼，即戴上表示已成人的帽子，以示成年，但体犹未壮，还比较年少，故名。吴道子二十岁就穷尽丹青之妙，以后更长足发展。“嘉陵秀”，吴道子应唐玄宗诏画嘉陵山水，他人累月不能就者，其乃能一日而成，嘉陵江三百里的旖旎风光跃然纸上，玄宗看了啧啧称赞。下联写他古稀（七十岁）之龄绘佛道像，独创画法而起“衣带当风”之艺术效果。在进入创作前，他总要豪饮而挥毫，鬼怪为之惊奇。“丹”与“青”，“妙”与“绝”，“佛”与“道”，“形”与“神”皆句内自对，“丹青”与“妙绝”、“佛道”与“形神”又两两相对，再加两联之间又对，使得整联对仗工稳，气势逼人。此联简洁明快，不枝不蔓，是为佳联。（牛　蕴）

刘未零

玄宗一赏，落纸烟云，水秀山青，欣荣草木娇于壁；
画圣多骄，齐踪陆顾，挥毫泼墨，叱咤鬼神绝是情。

评　析

此联对仗乍看个别不稳，细看极工。如“水秀山青”与“挥毫泼墨”是也。概先句内自对，然后联内再对，岂能不工！上联尾字落于“壁”，下联尾字结于“情”，实实写出了吴道子情满画间的教化大众、净化社会风气之情怀。《太平广记》载吴道子在景云寺画《地狱变相图》后，借景云寺老僧玄纵之口说：“吴生（道子）画此地狱变成之后，都人咸观，皆惧罪修善，两市屠沽，鱼肉不售。”其艺术效果如此惊人，足见吴道子在佛画艺术上所取得的卓越成就。

（牛　蕴）

酒圣杜康

杜康，《史记》记载他是夏朝的国君，道家。杜康是中国古代传说中的“酿酒始祖”，汉《说文解字》载：“杜康始作秫酒。又名少康，夏朝国君，道家名人。”因杜康善酿酒，后世将杜康尊为“酒圣”，制酒业则奉杜康为祖师爷。“杜康”也借指酒。

张修顺

萃五谷精华，酿出琼浆浇块垒；
供千年骚客，濡开梦笔写诗篇。

评　析

曹操诗云：“何以解忧？唯有杜康。”上联一“萃”一“酿”，扣主题而起势，浇“块垒”以流香，写出了杜康酿酒的过程和意义。下联宕开一笔，托“琼浆”供千年骚客濡染“梦笔”，写出无数优美“诗篇”，进一步阐释酒的重大意义，让“酒文化”发扬光大，堪登大雅之堂。这里暗用了李白“梦笔生花”和“斗酒诗百篇”两个典故，增强了此联文化内涵，提升了思想境界。此联上吟“酒”，下咏“诗”，好像是“诗仙李白”遥呼“酒圣杜康”共同演奏的一首诗酒交响曲，余音绕梁，三日不绝。（崔钢兵）

黄国辉

将五谷酿琼浆，教太白狂吟，孟德高歌，一醉三年人不死；
有万家尊酒圣，庆小儿满月，双亲大寿，七杯八盏意难辞。

评　析

“五谷酿琼浆”，直接点出杜康酿酒材料。然后引出三个典故。“太白”，即李白。李白善饮，杜甫诗云：“李白斗酒诗百篇，长安市上酒家眠。天子呼来不上船，自称臣是酒中仙。”“孟德”，即曹操。曹操酒后横槊赋诗《短歌行》，并吟诵高歌，留下“何以解忧？唯有杜康”的千古名句。“一醉三年”，指刘伶醉酒。传说刘伶喝了杜康酒，一醉就是三年。整副作品，读来联味十足。下联说千秋万代的黎民百姓用酒来庆贺自家的喜事，七杯八盏表达了主客之间情意浓浓，彰显对酒圣的尊敬。（崔钢兵）

郑翠娟

秫谷酿琼浆，溢香十里；
杜康兴酒脉，饮醉千年。

评　析

“秫”，古指有黏性的谷物。杜康是中国酿造秫酒的鼻祖。“琼浆”，杜康酿的是清酒，又浓香可口，故比喻为琼浆。“溢香十里”是借用了酒香不怕巷子深的创意，又用夸张手法表达了出来。“兴酒脉”，杜康被称为酒祖、酒神，传承至今，所以言其兴起酒脉不为过。"饮醉千年"，说的是自从杜康发明酒始，至今数千年，这期间有多少饮者饮酒而醉啊！既说出了酒的作用，又表达了赞美和感慨之意。该联构思很有创意，以空间为横，以时间为纵，纵横交错之间，把酒神杜康写开了、写透了。数字对用巧妙、工整；措辞讲究，思路畅达，是为佳对。

（崔钢兵）

徐学利

人称酒圣，酿佳醪于世，能使刘伶迷醉，太白逸情颠张寄傲；
史记夏君，得美味留芳，便教才子忧伤，英雄豪气愚者成魔。

评　析

刘伶是魏晋时期名士，"竹林七贤"之一，嗜酒如命；太白是大诗人李白，嗜酒之人；颠张指唐代书法家张旭，其与李白等人并称"饮中八仙"，常于醉中以头发濡墨大书。"夏君"，《史记》记载杜康是夏朝的国君，又名少康。上联开门见山告诉大家杜康是"酒圣"，"酿佳醪于世"，后两句带出爱酒如命的三大历史名人，增添联的趣味性。下联写酒圣身为一国之君，给世人酿出了美酒，同时给后人带来了乐和忧、喜和痛、爱和恨，无限的眷念及诅咒将绵延万古……

（崔钢兵）

吴岱宝

携佳酿而来，惹烟霞云气，一任烈士高歌，诗仙畅饮；
慨赏心以往，洗岁月风尘，何妨醒狂陶令，醉烂刘伶。

评　析

“烈士”，古意为有志之士，这里指曹操。曹操诗云：“烈士暮年，壮心不已。”又云：“何以解忧？唯有杜康。”此处杜康为酒。陶令，东晋著名诗人陶渊明，善饮，醉心山水，为田园诗鼻祖。此联以善饮酒的四个历史人物为联语立骨，状写酒圣杜康。酒圣来，携佳酿而来，惹得高歌的烈士偕吟啸的诗仙踏七色烟霞、五彩云气，在那仙境般的清嘉山水之间一同畅饮，斯情、斯景，何其美妙，此士、此仙，何等逍遥！下联怎样？看那花那草那翎羽，令人赏心以往，杜康玉液洗风尘，一“醒”一“醉”推出陶渊明和刘伶，酒香风韵顿现眼前。人醉了，天醉了，地也醉了……

（崔钢兵）

茶圣陆羽

陆羽（约733—约804），字鸿渐，一名疾，字季疵，号竟陵子、桑苎翁、东冈子，又号“茶山御史”，唐朝复州竟陵（今湖北天门）人。唐代茶学家，被誉为“茶仙”，尊为“茶圣”，祀为“茶神”，以著世界第一部茶叶专著《茶经》三卷而闻名于世。

吴岱宝

茶作平生愿，绝顶登临，终不负誉为仙，祀为神，尊为圣；
经从梦寐期，幽泉啸傲，最难得身愈静，性愈率，心愈清。

评　析

此联堪为陆羽生平写真。起句首字嵌“茶经”二字，以“平生愿”“梦寐期”描绘出陆羽痴迷茶道，为之“绝顶登临”，“幽泉啸傲”，因之终能“誉为仙，祀为神，尊为圣”，更难得修成“身愈静，性愈率，心愈清”。联语概括精当。“终不负”“最难得”，两个三字领承前启后把几个短句串联，很有韵味。此联在句脚、句型安排上，领字和规则重字的运用上都颇见功力。（王家祥）

王西川

历累年流浪生涯，遍尝世味炎凉，洞明壶里沉浮态；
恒一道泡冲嗜好，悉鉴茗浆馥郁，精粹杯中冷热经。

评　析

此联最为切人切事切题，承接顺畅，词性运用纯熟，读来大有嚼头。上比“历累年流浪生涯，遍尝世味炎凉，洞明壶里沉浮态”，写出陆羽艰辛的底层生活状态，两个字“壶里”，使上比“流浪”“世味”两句未离茶事；下比“恒一道泡冲嗜好，悉鉴茗浆馥郁，精粹杯中冷热经”，自然承接上比，用“泡冲”“鉴”“茗浆”“精粹”“经”等字眼，直指主题。“沉浮”“冷热”用词亦较出彩。联句直写主题却不直白，堪为佳作。（王家祥）

杨远建

月到剡溪，梦一点茶香，淡也，千载圣人何处去；
风翻经卷，煮三春泉水，浓哉，九州闲士几时来。

评　析

联语充满诗意。上联“月到剡溪，梦一点茶香，淡也，千载圣人何处去”，据载陆羽生前曾考察过剡溪，作者到此抒发思幽怀古之情，梦茶香、问茶圣，悠悠乎、淡也，抑或浓哉！下比“风翻经卷，煮三春泉水，浓哉，九州闲士几时来”，有《茶经》、有好茶好水，郁郁乎、浓哉，抑或淡也！全联一派清新气息。或淡或浓，感恩茶圣开启了儒雅的人文境界，也使包括作者在内的“九州闲士”有了品茗交友、谈古论今的风雅人生。“四五二七”句型的安排也很有特色，词句、诗句、散句长短融合，切合联语联境，十分灵动。

（王家祥）

胡晓斌

遥想云边杖履，岩畔汲泉，月下著书，方留得水品清声，茶经绝响；

长抛身外功名，杯中悟道，风前听韵，慢招来烟霞在抱，席座浮香。

评 析

此联稍长，考鉴功力。单比二十五字，“六四四七四”句式，上比起句作者以“遥想云边杖履”引领“岩畔汲泉，月下著书”两个四字句，写出陆羽不凡的人生经历；承以“方留得”三字，领出“水品清声，茶经绝响”，写出陆羽呕心沥血写成《茶经》这部传世名著。下比作者继续细化陆羽心境，“长抛身外功名”，继以“杯中悟道，风前听韵”，以见洗涤尘心；再以“慢招来烟霞在抱，席座浮香”，写出被香茶滋润的人生。联作二、三分句没有使用单边当句对的讨巧用法，而是上下当句皆为精对；也没有使用常见的五、七言句式，而是先用六、四、四言句式，再承以三字领带动后面两个四字句，读来甚有韵味。

（王家祥）

诗圣杜甫

杜甫（712—770），字子美，自号少陵野老，本襄阳人，后徙河南巩县（今河南巩义）。唐代现实主义诗人，与李白合称“李杜”，在中国古典诗歌史上的影响非常深远，后人称他为“诗圣”，其诗被称为“诗史”。杜甫共有约1500首诗歌被保留了下来，有《杜工部集》传世。

郑创钊

诗悲乱史；
圣叹秋风。

评　析

“乱史”，即安史之乱（又称天宝之乱），是唐玄宗末年至唐代宗初年（755—763）由安禄山和史思明背叛唐朝后发动的战争，是唐朝争夺统治权的内战，也是唐朝由盛而衰的转折点。“诗悲”，暗含杜甫在战乱中所写史诗“三吏”（即《新安吏》《石壕吏》《潼关吏》）和“三别”（即《新婚别》《垂老别》《无家别》），正所谓“满目悲生事，因人作远游”。“秋风”，即杜甫《茅屋为秋风所破歌》诗。“诗圣”是后人对杜甫的尊称，言其诗歌创作之丰。此联鹤顶格嵌“诗圣”，忧国忧民之情自然流露，不着痕迹。“秋风”一语双关，一借秋风悲己，又暗含诗人杜甫《茅屋为秋风所破歌》意，抒发了杜甫关心民瘼、奋力疾呼的悲悯情怀。（董文学）

张项学

长调入民情，赋千行酒叹朱门，骨怜寒路；
穷途思国事，吟几度感时溅泪，恨别惊心。

评　析

此联最大的亮点在于上下联结句，句中自对皆化用杜甫诗句，不偏不倚，恰到好处。上比对穷苦人民寄予深切同情；下比忧国情怀倾注于笔端。分工明确，脉络清晰。上比结句化用杜诗《自京赴奉先县咏怀五百字》“朱门酒肉臭，路有冻死骨”，把诗人个人的不幸、人民的苦难、统治者的腐朽、唐王朝的危机联系起来。下比结句化用杜诗《春望》“感时花溅泪，恨别鸟惊心”，国破之叹，思家之忧，爱国之情，全盘托出。另外，炼字也见功夫，“入，赋，叹，怜，思，吟，感，溅，恨，惊”，不可动也。正如杜甫的创作风格“为人性僻耽佳句，语不惊人死不休”，令人赞叹！（董文学）

李家桥

疮痍收笔底，上忧国难，下痛民穷，绝唱一生情，犹教圣哲归江阁；

疾苦刺心头，梦绕长安，歌吟茅屋，孤舟千古恨，尽入诗篇注草堂。

评 析

此联首句两字借用郭沫若先生评价诗人杜甫“世上疮痍，诗中圣哲；民间疾苦，笔底波澜”句，接着两个分句，当句自对。杜诗忧国忧民之作比比皆是，诸如《春望》《北征》《闻官军收河南河北》、“三吏”“三别”等。“上忧国难，下痛民穷”句化自杨伦：“自六朝以来，乐府题率多模拟剽窃，陈陈相因，最为可厌。子美出而独就当时所感触，上悯国难，下痛民穷，随意立题，尽脱去前人窠臼”，恰到好处。“梦绕长安”，杜甫客居长安十年，仕途失意，郁郁不得志，过着贫困的生活。“歌吟茅屋”，即《茅屋为秋风所破歌》。“孤舟”言大历五年（770）冬，杜甫由潭州往岳阳的一条小船上去世，时年五十九岁。“诗篇”指杜甫诗“有集六十卷”，早佚。北宋宝元二年（1039），王洙辑有《杜工部集》。钱谦益编有《钱牧斋先生笺注杜工部集》。“草堂”指杜甫在成都西郊所建草堂。杜有诗云：“不爱入州府，畏人嫌我真。及乎归茅宇，旁舍未曾嗔。”此联把握主题精当，另外，联中用字精练，不拖泥带水，比如“收、忧、痛、归、刺、绕、吟、注”等动词的合理运用，使作品血肉丰满，把诗人忧国忧民的悲悯情怀刻画得淋漓尽致。

（董文学）

楹联同题

古代四大才女

卓文君

卓文君，西汉蜀郡临邛（今四川邛崃）人，通音律，善抚琴，是中国古代四大才女、蜀中四大才女之一。其父卓王孙为蜀郡临邛冶铁大亨，家境富有。卓文君钟情于司马相如，二人私奔，卓文君当垆卖酒，成为一段佳话。

牛牧之

莫言唯君子好逑，自琴弦触动心弦，甘为长卿，越礼不羞，当垆何苦；

所幸小女儿如愿，留艳史传于青史，正教雅客，挑灯探秘，拍案惊奇。

评　析

以“莫言”“所幸”起句，已然条理分明，且留下悬念，引人关注后续故事。此联着重写相如和文君的故事，如相爱、私奔、当垆、劝郎等，千百年为人们津津乐道，正是惊世骇俗、离经叛道所致，又以诗文琴酒作媒，传奇色彩甚浓。因此上联二结句当为实情，寄以同情；下联二结句升华为史上传奇，令人惊叹，留给读者以深思。“琴弦触动心弦”“艳史传于青史”，重字运用得当，使联作锦上添花。“琴弦”与“心弦”，“艳史”与“青史”，尤意味深长。长为五分句，但如行云流水，水到渠成，毫无阻滞，足见作者精心。唯末三分句均为四字句，略嫌呆板。（徐玉基）

吴金城

卓尔不群：听琴心动即行动，哪怕当垆卖酒；

泰然自若：阅信怨郎又劝郎，何妨寓意吟诗。

评　析

以“卓尔不群”“泰然自若”二成语起句，工且雅。选取材料得当，撰联成功一半。作者精心选取“酒”与“诗”两个意象，干净利落，主题鲜明，也贴合卓文君当垆卖酒与写诗劝郎的动人故事。腰节重字生辉，“听琴”“阅信”具体而生动。结句与起句相呼应，“哪怕”“何妨”二副词用得精彩。重视细节是此联特色，如“听琴”“卖酒”“阅信”“劝郎”“吟诗”等，通过细节描述，给人物以活力，一个鲜活的卓文君似在眼前，是为好联。“心动”与“行动”虽是现代语言，用在此处甚是贴切，有活泼清新感。“行动”原为并列，转品后按语意亦可作动宾。（徐玉基）

张建设

善解求凰曲，知抡遗世材，敢做夜奔人，聪耳明眸真智慧；
唯驰缺亿书，不数当垆酒，竟回情绝者，冰心藻思自风流！

评　析

以“善解”和“唯驰”起句，颇见工巧。选取“求凰曲”“缺亿书”做意象，次第展开，层次分明，如行云流水。“求凰曲”出自司马相如《琴歌》，相传相如歌此向卓文君求爱。“缺亿书”即卓文君写给相如之信，内用一至万数字，唯缺亿，寓意“无意”。“做夜奔人”和“回情绝者”是卓文君最惊世骇俗之举，也久久传为美谈。作者善于抓住亮点，着意铺陈，对塑造人物形象大有裨益。用词对仗工整，是本联一大特色，饶是如此，不损意境。结句自然而有力，赞美之情跃然纸上。（徐玉基）

崔钢兵

紫气蒸腾，逐梦心生，扶摇云涌，深爱奔来花影瘦；
白头吟唱，怨郎诗咏，诀别书酬，真情唤得月儿归。

评　析

以诗意语言撰联，此一特色足可供侪辈学习。有人认为撰联过虚过实都不好，过虚空泛，过实呆板。比兴手法不仅写诗要掌握，写联亦然。此联虚实结合，恰到好处，颇见功力。上联看似与卓文君不切，实则句句中的，有不着一字、尽得风流之意境，形象思维在此起到重要作用。前三句铺陈各有深意，以结句深化主题。下联转实，柳暗花明。各分句似涌浪奔来，渐入高潮。二结句比喻出彩，耐得咀嚼。“瘦”字隐含艰辛历程，“归”字彰显幸福成果，二字用得传神。分句句脚未遵正格，虽有争议，亦可商榷。 （徐玉基）

胡晓斌

当垆卖酒人如月；
为爱吟诗发似霜。

评 析

如今对联越写越长，长短联虽各有所长，但短联写作不易，诸多撰联手法在短联中无用武之地，因而渐成稀缺。此联虽短，看似平常，但寓意深刻，耐得解读。上下联前四字均平常，虽是写实，实为铺垫。出彩在后三字，将卓文君诸多事迹特色凝聚在几字之中，殊为不易。“人如月”，可理解为人像月亮一样美丽、清纯、可爱，如此女子怎会去卖酒呢？足引起读者追寻深思。下联“发似霜”，不但切《白头吟》，更是对卓文君挽救爱情、追求一生的真实写照，字里行间寄寓着浓浓深情。此联对仗，字字工整，“卖酒”与“吟诗”在虚中融实，切中主题，是为好联。 （徐玉基）

蔡文姬

蔡文姬，名琰，字文姬，陈留郡圉县（今河南杞县）人，东汉末女诗人。她是文学家蔡邕之女，博学多才，擅长文学、音乐、书法。其初嫁于卫仲道，后为匈奴左贤王所掳，生育两个孩子。曹操统一北方后，花费重金赎回，嫁给董祀。其主要成就是首创五言体长篇自传叙事诗，代表作有《悲愤诗》《胡笳十八拍》等。

向延富

悲愤诗惊曹子建；
胡笳曲盖卓文君。

评　析

《悲愤诗》《胡笳十八拍》皆是蔡文姬作品。《悲愤诗》是我国诗史上第一首自传体五言长篇叙事诗，全诗一百零八句，计五百四十字，它真实而生动地描绘了诗人在汉末动乱中的悲惨遭遇，也写出了人民的苦难，字字是血，句句是泪。“胡笳曲”即《胡笳十八拍》，为中国古代十大名曲之一，反映的主题是“文姬归汉”，其以感人的音调诉说了蔡文姬一生的悲苦遭遇，抒发了对祖国、故土的思念和不忍骨肉分离的强烈感情。联中用曹子建和卓文君两个人物来衬托蔡文姬的多才多艺。曹植，字子建，三国时著名文学家，建安文学的代表人物之一与集大成者，其在诗与散文方面有卓越成就，文学批评家钟嵘在《诗品》中把他列为品第最高的诗人。卓文君，中国古代四大才女之一，精通音律，善弹琴，有文名。该联构思巧妙，突出主题，对仗工稳。特别是“惊”“盖”二字用得恰到好处，为点睛之笔。（彭大庆）

张项学

娇影落荒原，依草傍风，泪洒胡天浇汉雨；
只身归故地，凭栏望月，心愁京邑念儿音。

评　析

该联先从蔡文姬流落匈奴之手入题，描写其孤苦伶仃——在那种陌生环境中，“泪洒胡天浇汉雨”，体现其思念家乡，“浇汉雨”隐含的是以泪洗面的情景，写出一代才女心伤于异国他乡。下联描写回归后，犹面北长望，“心愁京邑念儿音”，又为思念在北漠的孩儿而发愁，“念儿音”隐含的是《胡笳十八拍》弹奏声，是一个母亲的心碎于思念中的声音。作者没写《胡笳十八拍》和《悲愤诗》，却独具匠心，以离别伤感而明切主题，有惜有叹，情在其中，总结了蔡文姬一生的波折和悲凉命运。该联立意深邃，有情有义，富有文采。（彭大庆）

邢伟川

惜汉代佳人，岂止离愁，悲愤一腔诗可诉；
叹平生才气，偏逢乱世，凄凉万里曲长弹。

评　析

上联先从时间、人物入手，有离愁、有悲愤，都在诗中体现；下联写慨叹，才为乱世所屈，命为乱世所困，在那胡笳凄凉的弹奏声中流露。联中反映出蔡文姬为一代佳人，多才多艺，却命不由人，要忍受生活中的痛苦。该联明切主题，有惜有叹，情在其中。

（彭大庆）

上官婉儿

上官婉儿（664—710），复姓上官，又称上官昭容，陕州陕县（今属河南三门峡）人，祖籍甘肃天水，唐代女官、诗人、皇妃。因祖父上官仪获罪被杀后随母郑氏配入内庭为婢。因聪慧善文而得到武则天重用，封为内舍人，掌管宫中制诰多年，有“巾帼宰相”之名。唐中宗时，封为昭容。曾建议扩大书馆，增设学士，在此期间主持风雅，代朝廷品评天下诗文。临淄王李隆基起兵发动唐隆政变，与韦后同时被杀。景云中，复封昭容，谥号惠文。

张建设

女史实聪明，诸多诗赋，无奈虚亡，空传制草称君意；
宫廷真险恶，如许忠勤，可怜枉死，徒教黥梅作额妆。

评　析

“制草”，指诏书。“空传制草”，指李隆基联合太平公主诛杀了韦皇后、安乐公主及其党羽后，上官婉儿临危不乱，拿出自己与太平公主起草的诏书来替自己辩解，以证明自己与李唐宗室是一起的。“黥梅”，指上官婉儿被武则天施以黥刑，在额头上留下的梅花斑印记，宫女以为美，争效之。这副对联上联起笔言其聪明，由起草诏书可见一斑。一个“实”字，与后面的“空传”形成鲜明对比，拟诏足见其机敏，但又如何？还不是“无奈虚亡”；下联谈宫廷险恶，“真”与后面的“徒教”使人看到宫廷权力斗争之残酷、政坛风云变幻之莫测，忍辱负重、巧掩梅妆又能怎样？终落得“可怜枉死”。（张项学）

杨远建

愁怨我吟，任弱女纵横，九州冷却三秋扇；
风流谁继，凭大唐烟月，一柳映来千载春。

评　析

“三秋扇”即“秋风纨扇”，意思是秋日凉风至，扇子遂弃置不用，常以比喻女子色衰失宠。清代宋琬《满江红·旅夜闻蟋蟀声作》词：“千里黄云关塞客，三秋纨扇长门妾。”“一柳”，柳枝纤细柔软，多用以形容女子的腰肢，也代指女子，这里指上官婉儿。这副对联以“愁怨”起笔已将人物定格，“弱女”“三秋扇”，足见对婉儿之同情、怜惜。在宫廷政坛纵横多年的婉儿，却在自己信心满满，认为能够渡过难关的时候香消玉殒，怎不使人悲叹！下联拓开来，“风流谁继”是对上官婉儿的极高评价，大唐已去，但该留下的还是会被人们称道，亦叹亦赞。（张项学）

徐玉基

姓上官，居上官，史难评貌美十分，才高八斗；
非宰相，实宰相，谁曾问生于陕县，葬在雍州。

评 析

这副对联大题材以平常语说，戏言更显得飘逸超脱，跳不出恩怨离愁之境难以如此表述。上联起句巧用姓氏“上官”，充分体现汉语言文字之美；下联起句是说上官婉儿没有宰相之职，却行宰相之实。上官婉儿才高貌美，但对其评价却众说不一，有赞其文采，亦有批其淫媚，有极度推崇，亦有轻视鄙视，这里用“史难评”，很恰当。上官婉儿生于陕县，葬于雍州，本无争议，这里用“谁曾问”，是指宰相也好，才女也罢，随着时间的推移，都将淹没在历史的长河中。对联中这一评一问，既交代了人物简况，又蕴含无限感慨于其中。（张项学）

崔钢兵

才华不让须眉，摇笔霞飞，领一代文风，智慧称量天下士；
巾帼犹凭胆识，凌云月照，留千秋花气，乾坤缥缈日边魂。

评 析

“称量天下士”来自传说，相传婉儿将生时，母亲郑氏梦见一个巨人，给她一秤说道：“持此称量天下士。”后来上官婉儿专秉内政，代朝廷品评天下诗文，果然“称量天下士”。这副对联上联从文采入手，下联自美貌落笔，对人物予以肯定和赞扬。“摇笔霞飞”是对人物才华的高度赞扬，比妙笔生花更大气磅礴，正因有此，才能够“领一代文风”。“凌云月照”反映人物的美貌，比闭月之容更生动形象，正因如此，才能够“留千秋花气”。二结句感叹上官婉儿评得天下诗文，却守不住一缕香魂，余味悠长。（张项学）

李 清 照

李清照（1084—1155？），号易安居士，齐州章丘（今属山东）人。宋代女词人，婉约词派代表，有“千古第一才女”之称。有《易安居士集》《易安词》，已散佚，后人有《漱玉词》辑本，今有《李清照集校注》。

王家祥

领婉约之宗，兼豪放之长，早聚来才气满扬，词坛千载清光照；

偕明诚其美，熬凄凉其苦，幸留得篇章不朽，李姓一门大雅传。

评　析

此联首句以自对形式入联，结构富于变化，铺排有力，承转流畅，笔力不凡。联中有一手法值得探讨。上联尾三字“清光照”，隐李清照之名，下联尾三字“大雅传”，只是以字面意相对。相同例子还有下联首句“明诚”也是双关语，既指李清照的丈夫赵明诚，又含有字面清明坦诚意，当句对中第二句用“凄凉”字面意相对。此手法作为一种探索值得借鉴。另外，前三分句都用领字，前两个当句对分句用一字领，第三分句用三字领，再辅以虚词“之”“其”的运用，使得整体谋篇富于变化。至于句脚平仄的安排，上比三平一仄，下比三仄一平，略显不足。（张建芳）

孙芸香

名誉词坛，才高气正，文风婉约愁难载；

生逢乱世，家破人亡，际遇凄凉瘦亦怜。

评　析

“愁难载”，出自李清照《武陵春·春晚》：“闻说双溪春尚好，也拟泛轻舟。只恐双溪舴艋舟，载不动许多愁。”“瘦亦怜”，参见李清照词《醉花阴·薄雾浓云愁永昼》：“莫道不销魂，帘卷西风，人比黄花瘦。”“寻寻觅觅，冷冷清清，凄凄惨惨戚戚”，李清照连用七组叠字勾勒出自己晚年凄凉孤苦的生活。李清照是婉约派的代表人物，婉约派为中国宋词流派，它的特点主要是内容侧重儿女风情，结构深细缜密，音律婉转和谐，语言圆润清丽，有一种柔婉之美。上下联简捷明快，上联赞才情，下联叹际遇，一赞一叹间风标自见。（张建芳）

刘芍禳

才堪咏絮，志可垂天，奈家国飘零，皎皎贞心华漱玉；

身比黄花，笔倾素愿，并湖山涤荡，稜稜吟骨瘦秋风。

评 析

一、二分句，当句自对。上联起句引谢道韫“咏絮”之典比拟李清照之惊艳文采。“漱玉”指《漱玉词》，是李清照创作的词集。下联发议。在自然景物的描写中，渲染浓重的感情色彩。“黄花”指菊花。联意化用李清照《醉花阴》写菊花的名句“莫道不销魂，帘卷西风，人比黄花瘦”，来比喻人的憔悴。李清照处在金人废黜宋徽宗、宋钦宗，北宋灭亡的时代，她背负着亡国之恨、丧夫之痛，对金人入侵和一味求安、南渡保全自己的南宋王朝表示了强烈的愤慨，写下名句“至今思项羽，不肯过江东”。“笔倾素愿”表现了她前期脱俗的情趣与后期愤慨的家国情怀。“稜稜”，威严的样子。“吟骨”指诗人的精神。以“瘦”暗示她相思之深，亡国之痛。李清照的词作都带了她每个阶段经历的印记。读懂了李清照的诗词，也就懂了她这个人。整联遣词考究，联语开合有度，意象多而有条不紊，情感基调含蓄深沉。殊为难得，允推佳作。 （张建芳）

楹联同题

古代四大美女

西　施

西施，子姓施氏，本名施夷光，春秋时期越国美女，一般称为西施，后人尊称其“西子”，因自幼随母浣纱江边，故又称“浣纱女”。助范蠡灭吴。她天生丽质、倾国倾城，是美的化身和代名词。

杨玉君

忍羞负重，五湖怎洗愁肠百万？常惜锦缎层中，国梦乡魂，临浦珠沉难尽泪；

助越吞吴，一美可同甲胄三千。犹记馆娃宫内，笙歌屐舞，浣纱水起不平声。

评　析

“忍羞”，国家破灭，人沦为奴，一重意思；被选为复仇工具，媚惑敌君，二重意思。“负重”，西施本是越国乡村的浣纱农家女（父亲是樵夫），为完成勾践的复越国大业，被君王选中，教习以歌舞、宫廷礼仪等，之后又被送进吴宫，为夫差所专宠；后吴为越灭，她也自然成了吴灭国的罪人、越复国的功臣。“忍羞负重”，四字万钧，因而说“愁肠百万”也不为过。“锦缎层中”，应与“被翻红浪”同义，但少了点雅致。“临浦珠沉”，典出汉陆贾《新语·术事》“捐金沉珠”的成语，意思是说，把珠玉抛到五湖中去，是为了杜绝贪财爱宝的庸俗欲望，这句也可看作暗扣西施被沉江一说。“可同”，气势弱了。“犹记”一句，接得不够畅顺。尾结处的借代好。（梁　健）

徐丽红

初心何处寄，越溪水，吴宫花，世事无情湮旧梦；
薄命有谁怜，半山云，一江雨，天公洒泪祭红颜。

评　析

西子的“初心”是什么？据常理推测，可能是希望过平和、安稳、幸福的一生吧？但生逢国破家亡的乱世，又被选中成为复仇工具，只能被命运牵着鼻子走了。“越溪水”和“吴宫花”是她重要的两段人生路，前者还有自由，是个“人”，而后者，则只是复国的“工具”。以后日子的“美好时光”，只能在儿时梦境中回想，这是多么悲惨。下联的烘托虽然全是虚写，似虚却实，能够对联意起升华作用。起句“薄命”是对上联的概括。“半山云，一江雨”，“云”代表漂泊，可隐喻西施从越到吴（以及日后的泛舟湖海），“雨”可喻泪，这两句很好地承先启后，达到过渡自然的效果。（梁　健）

党升元

效颦可见倾城貌；
为越谁知报国心。

评　析

“效颦”，典故名，典出《庄子集释》卷五下《外篇 · 天运》。相传西施有心痛病，经常捧心而颦（皱着眉头）。邻居有丑女认为西施这个姿态很美，也学着捧心皱眉，反而显得更丑，大家见了都避开她。后因以“效颦”等指不善模仿，弄巧成拙。此为七言短联，短联比长联更不易写好，因为短联的字虽少，“含金量”却不能少！优秀的短联创作必须以少胜多，以小见大，概括性强，一咏三叹。联语选取了两个事例，上联是“效颦”，这个虽只是传说，只告诉读者西施很美，连心痛的样子也令人觉得是一种美态，没有她的性格方面的描写，但起到不可移易的作用。下联只说了西施入吴宫是为了“报国”。这副联从外貌和评价两方面落笔，虽少了一点文采，但简单直接也难得。“可见”对“谁知”，对仗略宽，是其不足。

（梁　健）

曹俊梅

眉眼盈盈处，一笑倾城，一舞痴君，浣纱石上寄兴亡，满目山河增感慨；

古今漠漠间，何谈洗辱，何来误国，苎萝溪中多变幻，三千云水透苍茫。

评　析

上、下联分别从“西施美貌”和“历史角度”入手。上联紧接以“笑”“舞”表现西施的“娇容”和“雅态”。上、下联连用两组状动结构“一笑、一舞”“何谈、何来”，尤其下联的两个反问短句，凸显西施在历史中的角色，道出背后的变幻，让人产生更深的思考。此联四组并列式的名词性词组“眉眼、古今”、“兴亡、变幻”、“山河、云水”、“感慨、苍茫”，对仗工稳，运用确当。“浣纱石”“苎萝溪”虽然意思相近，但切题，不可移作他用。接着嵌上“寄”“多”转而带出“兴亡”“变幻”，为结句“感慨”“苍茫”的收束做渲染。自然天成，笔法老到。此联借写美貌而言史，铺陈有序，夹叙夹议，起结得法，韵味深沉。（梁　健）

寇宏伟

史载事奇，生也沉鱼，死也沉江，生死莫非因貌美？
谁言女祸，兴由尝胆，亡由尝宴，兴亡纯粹系人为。

评　析

联语从“史载”和“谁言”写起，上联写“事奇”，下联写“女祸”，结句生发议论，在设问中申明观点。论人生生死、社稷兴亡俱在人为而非“女祸”，公允而发人深省。全联亮点在腰节两句，“生也沉鱼”，言其貌美，传说西施浣纱时，鱼亦惊其貌美，羞愧难当，沉于水底；“死也沉江”，言其死亡，传言有西施曾被越人或吴人以“红颜祸水”沉江之说。“兴由尝胆”，典出越王勾践卧薪尝胆，最终报仇雪恨的史实；“亡由尝宴”，典出吴王夫差沉迷馆娃宫，声色犬马，不思进取，以致灭亡的故事。正因为有腰节的坚挺，才不致首尾议论空洞。在手法上，采用重复、对比、设问等修辞格式，使联语形成一种回环往复、前后呼应的音韵美。全联有叙有议，叙议结合，十分切合人物身份。（梁　健）

王昭君

王昭君，名嫱，字昭君，乳名皓月，西汉南郡秭归（今属湖北）人。晋朝时为避司马昭讳，又称为“明妃”“明君”。

尚桂凤

此去关山隔万里，和亲是喜是忧？一曲悲音惊落雁；
君留功绩颂千秋，出塞可歌可泣，半方青冢总朝阳。

评　析

此联从关山万里大背景写起，一个“隔”字暗含无限悲凉。接着发问“是喜是忧”，一个问句引人思绪万千。喜的是换得家国长治久安，忧的是背井离乡，远赴他邦做异国王妻，前程未卜。结句以“一曲悲音惊落雁”巧妙地表明了王昭君的美丽容貌和一个国家不能以武力捍卫边疆的悲凉，也预示着王昭君的结局。下联是歌颂昭君出塞的功绩载入千秋史册。结句“半方青冢总朝阳”，堪称妙笔，把对王昭君的多种情感都表达了出来。青冢朝阳，可以说作者极尽情感之笔法，写昭君思念家邦、思念大汉的无限乡愁。

（邢伟川）

侯秀欣

报主赴荒蛮，长传貌美惊鸿，自许和亲安社稷；
捐躯堪颂赞，怎奈风寒刺骨，身随异俗转萍蓬。

评　析

此联开宗明义，上联写赴荒蛮是为了报主，继而交代王昭君貌美惊鸿，结句又回到议论，以“自许和亲安社稷”写出和亲的重大意义。下联以王昭君舍命捐躯起笔，赞颂其为了大局敢于奉献自我的精神，但笔锋一转，“怎奈风寒刺骨，身随异俗转萍蓬”又表达了作者对王昭君的无尽同情，让人叹惋。（邢伟川）

胡晓斌

汉旗卷雪，胡马嘶风，和亲出塞，踏万里云沙，大漠苍苍，一笑金戈成玉帛；

北水鸣笳，南音传雁，望月当空，念千秋功德，香烟袅袅，独留青冢立丰碑。

评　析

作者从描写出塞途中景象入手，“汉旗卷雪，胡马嘶风”，这里摩状摩声，把出塞和亲队伍的浩荡、一路风雪载途的情景尽展读者眼前。“踏万里云沙，大漠苍苍”，继续写出塞途中，数量词“万里”，叠音词“苍苍”，表现路途遥远、行程之艰难。结句“一笑金戈成玉帛”，既升华有力，又惟妙惟肖。一个“笑”字把一路的风尘尽扫，“金戈成玉帛”用典自然，歌颂了和亲带来和平安宁、两邦静好。下联写王昭君对家乡的思念，“笳”“雁”“月”这些经典的意象，都寄托着一腔幽怨、万里情怀。念其功德，留得青冢作丰碑，想象奇特，引人遐思。虽为一抔青冢，可做后世的碑铭，这里很好地歌颂了牺牲小我、成全大我的伟大精神。（邢伟川）

貂　蝉

貂蝉，《三国演义》中的人物。民间传说中，貂蝉为东汉末年司徒王允家的义女，由王允授意施行连环计，使董卓、吕布两人反目成仇，最终借吕布之手除掉了董卓。之后，貂蝉成为吕布的妾，随吕布来到徐州。下邳一役后，吕布被曹操所杀，貂蝉跟随吕布家眷前往许昌，从此不知所踪。

李家桥

司徒计中花动影，嗟受命锄奸，情至尽头，报恩也，救国也，一女著传奇，兵戈百万输声色；

凤仪亭畔鸟惊心，问舍身取义，梦归何处，惨死乎，善终乎，九州赢赞美，星斗三千拱月魂。

评　析

“司徒”，指东汉末年大臣王允（137—192），字子师，太原祁县（今属山西）人。王允曾用美人计借吕布之刀杀掉董卓，《三国演义》有章节“王司徒巧使连环计，董太师大闹凤仪亭”。凤仪亭故事指的是貂蝉和吕布二人在凤仪亭私会，被董卓撞破一事。经过凤仪亭事件，董、吕二人彻底反目成仇，吕布下了杀董卓的决心。上联“司徒计中花动影”起笔切貂蝉之事，一个“嗟”字可见作者对其人之同情，“一女著传奇，兵戈百万输声色”之结句尤为精彩。下联之“凤仪亭畔鸟惊心”写貂蝉经历之凶险，“惨死乎，善终乎”复表同情。全联浑切其人，铺陈有致。唯觉“赞美”太敷衍。

（咸丰收）

谢雄宇

闭月暗天颜，婢女笑榆钱不买，西风道次三千恨；
焚香祈国祚，凤仪亭董贼伏诛，红粉英雄第一功。

评　析

“国祚”，指国运，也指皇位，引申为王朝维持的时间。董贼，即董卓，东汉末年军阀和权臣，其种种暴行使之成为中国历史上总体评价极其负面的人物之一。上联起笔之“闭月暗天颜”映带貂蝉之美，“婢女笑榆钱不买”再次呼应，结句之“三千恨”再赞其人。下联“焚香祈国祚”，写貂蝉之美行，中间“凤仪亭董贼伏诛”写其事，结句“红粉英雄第一功”尤为出彩。全联铺陈切人切事，下笔平实；唯觉“红粉英雄”可诵，较他作又上一层矣。不足是“西风”对“红粉”略显粗疏。

（咸丰收）

张项学

闭月乃虚名，蝶化幻空，缘中难解梦缘梦；
漂萍皆宿命，场逢尘世，戏里怎分谁戏谁。

评　析

“闭月”，相传貂蝉在后花园拜月时，忽然轻风吹来，一块浮云将那皎洁的明月遮住。这时正好王允瞧见，王允为宣扬他的女儿长得如何漂亮，逢人就说，我的女儿和月亮比美，月亮比不过，赶紧躲在云彩后面，因此，貂蝉也就被人们称为“闭月”了。上联“闭月”写貂蝉之貌美，“虚名”对其身世进行评价，“蝶化幻空，缘中难解梦缘梦”，承上而来，复加点评。下联“漂萍”“宿命”写貂蝉身世之可悲，结句再做生发，表达了人生如梦、人生如戏的感喟。全联一任发挥，妙在说理，不足就是切题似乎不明显。（咸丰收）

石安辉

惜美貌映刀寒，月色难留，尽数得来无数叹；
问豪杰成鼎立，佳人何在，三分可有半分功。

评　析

上联之“惜美貌映刀寒”映带“色字头上一把刀”之意，中间句“月色难留”，引出貂蝉之美，结句“尽数得来无数叹”，令人对其人其事感叹不已。下联之“问豪杰成鼎立”则写功成名就之后，又有谁还记得貂蝉之功呢？“佳人何在”，就此一问，惹人深思，结句“三分可有半分功”，最是高妙。全联铺陈平朴，两结既得重字之巧，更见立意之高妙，真正令人生叹。（咸丰收）

杨玉环

杨玉环（719—756），号太真。姿质丰艳，擅长歌舞，通晓音律。初嫁给寿王李瑁为妃。开元二十八年（740），奉命出家为女道士，后唐玄宗下诏让其还俗，并接入宫中，正式册封为贵妃。天宝十五载（756），安禄山发动叛乱后，跟随唐玄宗流亡蜀中，途经马嵬驿，士兵哗变，含恨被赐死。

刘增才

生于盛世肥为美；
祸在男人女却冤。

评　析

作为中国古代四大美女之一，杨玉环生于官宦世家，天生丽质，性格婉顺，精通音律，擅歌舞，并擅弹琵琶。她的美丽，在白居易的《长恨歌》和李白的《清平调》词三首中均有描述，如“回眸一笑百媚生，六宫粉黛无颜色”和“云想衣裳花想容，春风拂槛露华浓”。唐代女子以丰腴的体态为美，其装束特点为高耸的发髻、飘扬的披帛，凸显女性美之华丽大方的“盛唐气象”。这在唐代名画《簪花仕女图》中可得到印证。杨贵妃的命运，并非自己能主宰，在男权社会中，她作为男人政治棋盘上的一枚棋子，被认定是祸国殃民的红颜祸水，最后惨死马嵬驿。此联不赘述众所周知诸事，取典型之一入笔，而所言亦是共识，简洁有质，是为佳构。（生吉俐）

白定稳

空居四美；
未见一功。

评　析

上下联加起来，只有简单的八个字，超短，却拥有引人深思的力量。古代四大美人的名字与故事，被民众所熟知。想起她们的美貌，会想到沉鱼落雁、闭月羞花；数数她们的功绩，杨贵妃确实是唯一没有功绩的一个。此联角度别致，独出心裁，很是巧妙，没有提到杨贵妃的名字，却让人能确定写的就是她。四大美女中其他三位，分别是西施、貂蝉、王昭君，其中，西施在国难当头之际，忍辱负重，以身许国，为越王勾践的东山再起发挥作用；貂蝉为了报答义父王允的养育之恩，甘愿献身完成连环计，最终铲除了奸臣董卓；王昭君主动出塞与匈奴和亲，成为我国历史上流传不衰的民族团结的佳话，昭君出塞后，汉匈两族团结和睦，国泰民安。而美人杨贵妃对于家国的贡献，有点无从谈起，确实不能与另外三位相提并论。（生吉俐）

王凤茹

叹那个羞花倾国，霓裳影里，直教太白飞佳句；
说什么比翼连枝，马嵬坡前，长恨明皇是薄情。

评 析

杨贵妃的风采和故事都有诗为证，那些因她而生的佳句，是中华文明之文学长河中沉淀的珍珠，无论岁月怎样变迁，其动人的光泽不曾改变。想起杨贵妃跌宕起伏的命运，会让人忍不住叹息。此联表达情感饱满，非常贴切，教人喜欢，“叹”和“说”两个领字的使用自然，打动人心。上联提到李白，当年，李白在长安为翰林，有一次，唐明皇与杨贵妃在沉香亭观赏牡丹，因命李白作新乐章，李白奉旨作了《清平调》词三章，其中“云想衣裳花想容，春风拂槛露华浓。若非群玉山头见，会向瑶台月下逢”流传最广。下联分句，出自白居易的《长恨歌》:“在天愿作比翼鸟，在地愿为连理枝。”这首长诗不仅强调了杨玉环的美艳，更是塑造了她是一位对爱情忠贞不渝的悲剧人物，从而赢得了后世人们的同情和喜欢。

（生吉俐）

刘玉卿

偶念江山遗粉黛；
一朝宠爱化云烟。

评 析

纵然是千古传奇人物、千古风流人物，在浩荡的历史长河中，无非浪花一朵，转瞬即逝。此联作者完全把自己作为一个看客，来写这个四大美人之一的历史人物。此联虽短，却角度客观，颇有意味，令人清醒。杨贵妃固然在历史上留下过痕迹，而其所得与所失皆如云烟。“粉黛”一词，指“年轻貌美的女子”，唐朝诗人白居易在《长恨歌》中写道“回眸一笑百媚生，六宫粉黛无颜色”，来描述杨贵妃倾国倾城的美丽。其中还写了唐玄宗对杨贵妃的宠爱：“后宫佳丽三千人，三千宠爱在一身。”唐玄宗对杨贵妃真挚的爱情“在天愿作比翼鸟，在地愿为连理枝”。美貌如斯，深情如斯，都已逝去，都是不能握住的似水流年。人生短短数十载，可以把握的，唯有当下。

（生吉俐）

唐格安

无权误国，有貌入妃，枉矣齐眉，皇室凤龙哀死别；

君亦难为，民何不幸？纵然啮臂，贫家父女可生离。

评　析

很有内涵的一副联，句中自对，恰切悦目，而上下联内容对比，震撼人心。同样都是不幸，上联写杨贵妃的故事，写她与唐玄宗的爱情，那是皇家的爱恨情仇，他们的故事被写进诗中，流传千古，充满了悲剧色彩，固然让人叹息。而下联说到杜甫诗中描述过的流浪贫民的悲惨遭遇，更是让人动容。作品立意深远，这种强烈的对比，引人深思。“啮臂”，杜甫诗《三绝句》云：“自说二女啮臂时，回头却向秦云哭。”诗里写的是一群逃离战争的难民入蜀，经过深山峻岭，只有一人生存下来的事。难民们在艰难求生的过程中，究竟发生了什么，不得而知，仅从“二女啮臂”的描述来看，其中的惨烈与恐怖之深，令人不寒而栗。皇家贵族的风花雪月、爱与哀愁，与战乱中的民间疾苦相比，分量是不是轻了很多很多？（生吉俐）

蒋贡国

堪恨乃长，忍使荒坡悬白练；
可悲之极，犹言祸水是红颜！

评　析

联很简短，却能引人共鸣。上联写了杨贵妃的悲惨结局，下联是大家心底的叹息。千年之前，这位拥有羞花之貌的美人被赐死在荒坡，难道她真是罪魁祸首，要以死谢罪？可悲的是，千年之后的很多人，仍在同意“红颜是祸水”这样的观点。《长恨歌》中的“恨”字，被人们多种解读，其中遗憾和痛悔，是比较得到认可的一种解释。贵妃之死，是玄宗心头永远无法抹去的伤。“天长地久有时尽，此恨绵绵无绝期”。红颜祸水，是延续至今的一种观点，其实在男权社会中，身为女子的杨贵妃，命运是掌握在别人手中的，得宠失宠，享过荣华富贵，再惨死荒坡野地，都不是她可以选择的。而白居易的千古名篇《长恨歌》，有声有情，可歌可泣，是文人众多灵感发源地，值得一读再读，永不过时。（生吉俐）

楹联同题
唐宋八大家

韩　愈

韩愈（768—824），字退之，河南河阳（今河南孟州）人，自称“郡望昌黎”，世称“韩昌黎”“昌黎先生”。唐代杰出的文学家、思想家、哲学家、政治家。

王西川

宦路倍跌磕，诤谏皆因除恶恤民，可叹一时贬士；
笔风尤率放，赋鸣尽为起衰破俗，永尊百代文宗。

评　析

“跌磕”，困顿、挫折之意。“诤谏”，意为直言劝谏。“率放”，率真慷慨。“赋鸣”，此处当解为以文鸣道。此联从为官之路和文章之道两个角度阐发，表现了韩愈不平凡的人生经历和不同流俗的为文风格。韩愈因直言敢谏而屡遭贬谪，韩琦说他“天下望以为相，而竟不用，谈者至今毗为谤”。上联“可叹一时贬士”很有冲击力。在宋儒眼中，韩愈是仅次于孔、孟的大儒，在释、道盛行，儒学式微之际，力辟佛老，而致力于儒学复兴，故下联以“起衰破俗”概括韩愈文章的思想成就，可谓精准恰当。（楼立剑）

崔钢兵

唐宋八家首；
文章一品真。

评　析

后人尊韩愈为“唐宋八大家之首”，是有理由的。杜牧把韩愈文与杜甫诗并列，称之“杜诗韩笔”，苏轼称韩愈为“文起八代之衰”。韩愈倡导的古文运动，开辟了唐代以来古文的发展道路，为中国文学的再次辉煌做出了重要贡献。故上联以“唐宋八家首”一句概括之，人物特性跃然欲出。韩愈虽为儒家的卫道士，但他敢于蔑视官场潜规则，敢说他人不敢说的话，写他人不敢写的文章，因此下联一个“真”字，十分精准地道出了韩愈文章的思想特质，可谓四两拨千斤。此联极尽删繁手段。（楼立剑）

康锦荣

骋骤文坛千里马；
沉浮宦海一朝臣。

评　析

“骋骤”，纵横自如之意。韩愈有《马说》一文，开篇说“世有伯乐，然后有千里马。千里马常有，而伯乐不常有”。韩愈正是这样的千里马，却“伯乐不识”，屡遭打击。然而其文笔骋骤百代，“如长江大河，浑浩流转”。上联以含蓄之笔调，生动描写了韩愈的文学成就。韩愈一生三次南迁，三度贬谪，三遭凶险，宦海沉浮，自不待说。但古代有大成就者，鲜有一生顺遂的。故相对于上联，下联“沉浮宦海”一句，显得有些力度不够、压不住上联了。

（楼立剑）

柳 宗 元

柳宗元（773—819），世称“柳河东”“河东先生”，字子厚，祖籍河东郡（今山西永济），北魏侍中济阴公柳庆七世孙。唐代著名文学家、思想家，唐宋八大家之一，与韩愈并称“韩柳”，与刘禹锡并称“刘柳”。

舒甘来

公非弱柳，飘然廉节清风，披霜傲雪一苍柏；
君本奇才，卓尔雅诗骚赋，麟角凤毛八大家。

评 析

柳宗元迎难而上亲自参与永贞革新，昂扬向上，敢于创新。上比开篇点题，入题精准，“公非弱柳”中的“弱柳”一词新奇恰切，一语双关，十分形象。用“弱柳”和“苍柏”作比较、打比喻，把柳宗元刚正不阿、卓尔不群的性格写得栩栩如生。上比重在写他的人格魅力，下比重在写他的文学成就。柳宗元是唐宋八大家之一，在诗歌、辞赋、散文、游记、寓言、杂文以及文学理论诸方面，都做出了突出的贡献。上下比分别用“飘然”对“卓尔”，“披霜傲雪”对“麟角凤毛”，用词劲道、老练、新奇、恰切。 （朱启亮）

刘玉岭

与韩愈齐肩，举古文运动大旗，歌吟雪笠翁，泪说捕蛇者；
和诗豪为伍，成廉政革新干将，魂驻柳州地，情留刺史衣。

评　析

“诗豪”，指刘禹锡。针对南北朝以来骈文创作的浮艳空洞的流弊，柳宗元和韩愈一同发起古文运动，在专文体、文风和文学语言等方面进行变革，对后世影响深远。柳宗元以在永州任上所见所闻所写的《捕蛇者说》，一扫形式僵化、内容空虚之文风。上比侧重于赞颂柳宗元的文学成就。下比侧重于赞颂柳宗元政治上的抱负。永贞革新旨在革除弊政，减轻人民的负担。柳宗元与刘禹锡是这场革新的核心人物。最终革新以失败告终，柳宗元被贬为永州司马，之后又被贬为柳州刺史，病逝于柳州任上。此联句式长短相间，摇曳多姿，读来铿锵有力；前面气势磅礴，后面小河流水，抑扬顿挫，自然恰切。尤其“歌吟”“泪说”“魂驻”“情留”用词精准、传神、新奇。整体构思奇巧，功力非凡。（朱启亮）

黄志敏

一代文宗，诗骈五类，位重八家，名垂《江雪》；
半生廉吏，褒贬两朝，心尊万庶，情寄《渔翁》。

评　析

柳宗元一生留下六百多篇诗文作品，除了大量的诗作之外，其骈文有近百篇，古文大致为五类：论说、寓言、传记、山水游记、骚赋。还有，他的一些山水诗用语精巧，韵致悠远，有《江雪》等佳作。上联重在写他的文学成就，最后以他自画像式的山水诗代表作《江雪》来作结，使柳宗元远离尘嚣、孤傲高洁的隐士形象跃然纸上。下联重在写柳宗元的情怀、情趣、情思。他的一生是坎坷的一生，是起伏的一生，为官能积极参与王叔文集团政治革新，被贬时得以接触到下层人民。无论褒贬，都心系苍生的疾苦和冷暖。最后又以他的代表作《渔翁》作结，写出了柳宗元摆脱世俗，超然物外，与自然山水相谐的理想和追求。语言高度凝练，用词妥帖、确切。只是八大家能不能缩写为“八家”，有待斟酌。（朱启亮）

欧 阳 修

欧阳修（1007—1072），字永叔，号醉翁、六一居士，吉州永丰（今属江西）人。北宋政治家、文学家，世称“欧阳文忠公”。欧阳修是在宋代文学史上最早开创一代文风的文坛领袖。后人又将其与韩愈、柳宗元和苏轼合称“千古文章四大家”。

肖德飞

一方伯乐胸中亮，嘉祐四真，显赫威名，半生廉吏传千古；
两史功臣笔底忠，作文三上，崇高品德，百代宗师泽九州。

评 析

上联以“廉吏”叙政，以典说明其显赫威名。“嘉祐四真”指仁宗嘉祐年间，当时士大夫相传道：“富公真宰相，欧阳永叔真翰林学士，包老真中丞，胡公真先生”，便有四真之名。下联以“宗师”说文。“作文三上”，指欧阳修曾对谢绛说：“我平生所作的文章，多半在‘三上’，即马上、枕上、厕上。因为只有这样才可以好好构思啊”，表现了其惜时勤学的精神。全联入题雅切，文字稳健，巧妙运用纪事手法，不啻为欧阳修的一篇史传。虽用了多个数字，却无堆砌之感，尤见工力。（刘洪敏）

陈　鑫

朝政精英，伯乐胸怀，曲折仕途能上下，光同日月；
文坛巨匠，醉翁诗意，纷繁世态不空虚，德振山河。

评　析

此联入题形象，文字雅切。上联说政，下联言文，赞颂其从政、治学之功绩，均相当到位。“能上下”“不空虚”表现了欧阳修“居庙堂之高则忧其民，处江湖之远则忧其君”的宽广胸怀和乐观向上的优秀品质。此联“上”对“下”，“空”对“虚”，“日”对“月”，“山”对“河”，“精英”对“巨匠”，“曲折”对“纷繁”，对仗工稳是其主要特点。（刘洪敏）

孙汝瑛

为国为民，两朝名相勤时政；
兴儒兴古，一代文宗树后人。

评　析

此联不枝不蔓，老老实实写欧阳夫子的功绩、影响。全联不用任何丽辞妍藻，文字简练而内容扎实。“为”“兴”是规则重字，毫不勉强。因夙兴夜寐、鞠躬尽瘁、勤政不怠而成“名相”，因在宋代文学史上最早开创一代文风，成为文坛领袖、文坛大家，“文宗”之誉，一点也不为过。此联抓人物特点至为允当。（刘洪敏）

仇殿清

名醉翁亭，记丰乐亭，善政德宽思社稷；
撰新唐史，修五代史，痴心笔秀写春秋。

评　析

此联从两亭两史立意，以小见大，紧扣欧阳修一生之成就，可谓由物生议，历历在目。选材上从欧阳修所写的《醉翁亭记》《丰乐亭记》的“与民同乐”来表现欧阳修知滁州时的善政，再从撰修两史来表现其“笔秀”，甚是精当。“写春秋”，语涉双关，更觉启人深思。“名”若换“游”，感觉更确切些。（刘洪敏）

苏　洵

苏洵（1009—1066），字明允，自号老泉，眉州眉山（今属四川）人。北宋文学家，与其子苏轼、苏辙并以文学著称于世，世称“三苏”，均被列入“唐宋八大家”。苏洵擅长散文，尤其擅长政论。其议论明畅，以稳健见长。

肖德飞

谱学式范，旷代人英，焚旧图新涉百家，仁扬蜀水声清越；
散文名流，轶伦师表，取长补短追诸子，德化眉山气蔼然。

评　析

苏洵少年不学好游，乡试不第，才痛作检讨，将自己旧作烧光，取出《论语》《孟子》等经典从头再读，此时，苏洵已二十七岁，苦读达六七年。“谱学”，指修家谱、族谱的学说。苏洵创制的苏氏谱例，影响深远，至今仍是许多地方和姓氏的修谱范例。此联从苏洵最为辉煌的“谱学”和“散文”着眼，再总论其为“人英”“师表”，概述其“焚旧图新”深研诸子百家故实，最后归结到“仁”和“德”上。作者没有空洞说教，而是紧扣苏洵故乡，把镜头拉向更加寥廓的蜀水眉山之间，写得声响激越，气韵蔼然，情景交合，余味无穷！

（牛　蕴）

李钦渊

　　焚初稿，始读书，独成一体扬名入塾；
　　摒旧规，遗进士，同列八家育子为贤。

评　析

“焚初稿”，指苏洵科考失意后，愤而烧掉自己的诗文稿，发奋读书事。“塾”，旧时指私人设立的教学的地方，这里泛指学校。苏洵读书事迹被辑入《三字经》，其政论文《六国论》被编入高中语文课本。“遗进士”，北宋景祐四年，苏洵去京师礼部考取进士，却未被录取。此联立意颇新，上联写其虽大器晚成，却独成一体，文迹传世；下联写其虽非进士，却同列八家，育子为贤。抓住了人物特点，写出了苏洵的新、奇、异之处。此联对读者有很强的启迪作用：努力永远不晚，成才道路皆通，全在于立鸿鹄之志、主运筹之功、行发奋之实。

（牛　蕴）

李家桥

悠游终悟妙，任遍访名山，痴寻胜迹，物理参明开眼界；
苦学不嫌迟，惊愤烧旧稿，激写新章，文光透亮耀人间。

评　析

此联具有新颖的视角。它不像有人将苏洵前期游历视作“不务正业”，甚至称其为“浪子”的极端说法，指出“悠游”是为了“悟妙”，使人“物理参明开眼界”。“行万里路”，是人生宝贵的阅历和知识的积累，苏洵《六国论》等名篇，就展示了他视野的开阔和知识的全面，而这些知识单凭书本是无法获取的。与前期游历相对应的，是他后来的“苦学”，以“愤烧旧稿”为标志，开始了潜心研习经典的寒窗生涯。由于苏洵的“苦读”不是为了应试，是为了获取真知灼见，这就将“死读书”“读死书”区别开来，因此，才会“文光透亮耀人间”。作者既紧扣苏洵个人特点，写出了苏洵独特的人生经历，又很好地阐释了读万卷书与行万里路的辩证关系。知行合一，才是最佳的成才途径。（牛　蕴）

刘洪敏

眉山仰老泉，晚凭奋发终成器；
眼界开新景，文显雄奇更著花。

评　析

苏洵自号老泉，眉州眉山人。北宋文学家，“唐宋八大家”之一。苏洵青少年时不好读，乐壮游，直到二十七岁才发奋读书，经过六七年的刻苦研读，终成大器。他在散文、诗作、谱学诸方面都有突出的成就。这就是此联叙述的重点。此联在艺术手法上颇具特色。“眉山老泉”，巧将景人合一，把眉山大自然的流泉飞瀑与苏老泉名号巧妙结合起来。一个“仰”字，写出了作者对苏洵的崇敬之情。“眼界开新景”，妙把“眼”“眉”相对，语出自然，施以借义对，见作者独具匠心！末两句一写晚来奋发成器，一写文显雄奇著花，情景交融，形象鲜活。不愧为佳联妙对！（牛　蕴）

曾　巩

曾巩（1019—1083），字子固，建昌军南丰（今属江西）人，后居临川（今江西抚州）。北宋散文家、史学家、政治家，世称“南丰先生”。与曾肇、曾布、曾纡、曾纮、曾协、曾敦并称“南丰七曾”。卒于江宁府（今江苏南京），追谥为“文定”。

张项学

中和平正，人评文有才，气无柔，忠意堪闻咏柳韵；
勤善清廉，梦绕上无忧，民有乐，高怀已印醒心亭。

评　析

此联上下联从为文为政两条主线述评曾巩，紧扣人物之才德和功绩，合二为一，使人物形象更加丰满有致。“文有才，气无柔”句，可见得自王安石《赠曾子固》诗句“曾子文章众无有，水之江汉星之斗。挟才乘气不媚柔，群儿谤伤均一口。……”那么，“忠意”和《咏柳》、“高怀”和《醒心亭记》又是如何通感协调的呢？且看《咏柳》：“乱条犹未变初黄，倚得东风势便狂。解把飞花蒙日月，不知天地有清霜。”此诗合曾巩曲尽事理的文风，对小人一时得势乱政加以警告和鞭挞，振聋发聩，体现了曾巩之忠节。《醒心亭记》则是借助记恩师欧阳修游醒心亭，抒发了儒家关心政治的胸怀和积极的人生意识，同时也体现了曾巩向往恬淡生活的情怀。联语句式活泼、用典堂皇，结句巧妙蕴藉，用曾巩的两篇作品加以作结评价，铁定不移，隽永可颂。（闫长安）

杨远建

墨池咏柳，摇万里风云，谁却清霜飞北宋；
学海藏书，忆七曾儒雅，我凭寒月唤南丰。

评　析

上联起笔巧妙攫取曾巩散文和诗的代表作，依然如开门见山一般，使人油然想起曾巩。第二分句的“摇”字，既是写柳之摇，又是写《咏柳》诗和曾巩本人的影响力，有“摇万里风云”之势，妙在承上启下，从而独辟意象。结句以“谁”起问，以“清霜”寄意，以“北宋”而指曾巩之影响力所及，气象所覆，可谓情有独钟。下联起句以“藏书”切入。曾巩有书屋，名为“金不换”，藏书两万卷，快抵得上当时的皇家藏书了。曾巩好学孝友，和曾肇、曾布同时高中进士，并带动了后辈曾纡、曾纮、曾协、曾敦四人。此七人史称“南丰七曾”。联中一个“忆”字，虽显略偏，但遥想七曾之儒雅，其功在曾巩。而结句的“唤南丰”，正是呼应了这一思路。然作者之仰慕之情又不直接点破，有得曾巩文风之意，隽永蕴藉，颇多玩味。（闫长安）

卢曙光

流水迈千年，鲁道闽江，犹怀循吏亲民事；
策文开百论，庙堂闾井，何忘南丰警世篇。

评　析

曾巩是北宋诗文革新运动的积极参与者和骨干。因科举和宦海的浮沉磨砺，曾巩的文风从早期的追求气势恢宏、锋芒毕露，而逐渐演变成平淡冲和、中正委婉，更是将策论发挥到极致，渐入一种返璞归真的大境界，看似平淡的文字，能蕴含极深的道理。曾巩入仕后，尽忠职守，上解君忧，下恤民苦，卓有政绩。如联作中提到的“鲁道闽江”，应该算是曾巩政绩凸显的代表之地。曾巩曾在齐州（今山东济南）和福州（今属福建）为地方官，亲民爱民，并提出了“当官不能与民争利”的观点。此联纵横开阖，时空跨度皆较大，然所述所评又肯綮得体，不拘眼前。起承转合间，如史海钩沉，从为政为文两方面完美地塑造了曾巩的形象，结句更是给以高度评价，也给后来者以鞭策。（闫长安）

舒甘来

名不及昌黎，位低于介甫，居然超轶绝尘，逸高越众，吟篇方叹知公浅；

文相宜子厚，诗近比东坡，更羡行徐无晦，简奥去烦，掩卷已嗟念我痴。

评　析

昌黎、介甫、子厚、东坡分别为韩愈、王安石、柳宗元、苏轼的字或号。此联作者用八大家中之其余诸家来衬托曾巩，也在情理之中。联中“位低”，指的是政治地位——王安石在朝廷主持变法，而曾巩则力求外补地方官。联中三四分句以自对形式，上联写曾巩的人格魅力，下联写曾巩的行文风格，又互有渗透。难能可贵处，此联以有我之境，而评先贤，给人沉郁悠然之叹，更加真实可敬。上结的“知公浅”，虽是引用了朱熹的“予读曾氏书，未尝不掩卷废书而叹，何世之知公浅也”的评语，但也是实实在在地道出了大多数人的隐隐心声。而下结的“念我痴”，绝非偶然，也算是一个反转，从正面确定了曾巩的影响力，所谓同声相应，同气相求，信不虚也。

（闫长安）

王安石

王安石（1021—1086），字介甫，号半山，临川（今江西抚州）人，北宋著名的政治家、文学家。宋神宗时期，其发动了著名的“王安石变法”，但以失败告终。其后期诗歌，以丰神远韵的风格自成一家，世称“王荆公体”。其词，在抒情中，营造出一个士大夫文人特有的情致世界。其中《桂枝香·金陵怀古》一词，豪纵沉郁，亦开豪放词之先声。

董文学

宦海任浮沉，忠心凭砥砺，变法求新，金寒玉暗时，何怅惘去水空长，行云渐远；

清格盈天地，高才贯古今，著书立说，酒醒梦阑处，未输却翰林风月，吏部文章。

评　析

此联章法整肃，极具变化，语言清雅，读来朗朗上口。上比写为官，“宦海”，指官场，因仕宦升沉无定，如处海潮之中，故称。语出陆游《谢钱参政启》：“宦海漂流，顾青衫而自笑。”“何怅惘”三领字引出“去水空长，行云渐远”两个句中自对的分句，其语出晏几道《扑蝴蝶》："恨如去水空长，事与行云渐远"，感慨无尽，意境悠远。下比写为文，亦是如斯，说出"著书立说"的他，终究"未输却翰林（李白）风月，吏部（韩愈）文章"。这一结句语出欧阳修《赠王介甫》："翰林风月三千首，吏部文章二百年"，想象丰富，言有尽而意无穷，共同塑造出王安石的正面形象。（杨远建）

申　昊

变法维新，拗相；
修文立说，大家。

评　析

此联虽上下联各有两个分句，但仅为六言联，可谓短小；不过短小却能精悍，其总结到位，十分雅切，对仗亦工稳，总之让人耳目一新。上联，言变法，"拗相"，即拗相公，指联中主人公——王安石。王安石有个绰号——拗相公，"拗"字，有倔强、偏执的意思，是说此人性格古怪，品行异于常人。比如王安石主持的那场变法，伤害了很多人，可他就是不听人劝，一意孤行。可见，"拗"字用在这里，亦褒亦贬。下联，言修文，"大家"，指王安石为唐宋古文八大家之一，为褒义。（杨远建）

陈宝林

一树梅开荆公体；
千秋岁引桂枝香。

评　析

王安石之诗在用词、造句、炼字等方面煞费苦心，既新奇工巧又含蓄深婉，自成一家，故其诗歌人称“王荆公体”。上联动词“开”炼字精到，一般“一树梅开”是指梅花开放，这里却“开”的是“荆公体”，为比喻，可谓想落天外，手法巧妙也！其典出王安石《梅花》：“白玉堂前一树梅，为谁零落为谁开。”下联之“引”亦如是。“千秋岁引”“桂枝香”，皆为词牌，分别指王安石词《千秋岁引·秋景》《桂枝香·金陵怀古》。整联嵌字、用典擒题而自然，恰是如盐入水，浑化无迹，是以，语短而意深也。（杨远建）

高玉梅

变法恰如邓艾，勇行险绝；
为文更肖昌黎，力扫浮华。

评　析

上联拉邓艾作比，用邓偷渡阴平入成都灭蜀之典，故有“勇行险绝”之语以赞王安石之力排众议而变法。“险绝”，语出朱熹《百丈山记》：“下临峭岸，深昧险绝。”下联说文，拉出昌黎，即韩愈作陪，王、韩两人皆为唐宋古文八大家之一，用典亦十分恰当、自然，借以写出王之为文，“力扫浮华”的特点。“浮华”，意为讲究表面上的华丽或阔气，不务实际。语出汉王充《论衡·自纪》：“其文盛，其辩争，浮华虚伪之语，莫不澄定。”“恰如”“更肖”为议论，在比喻中，饱含感情色彩，读之，赞美之情可谓溢于言表。整联颇觉对仗精工，联味十足。

（杨远建）

苏　轼

苏轼（1037—1101），字子瞻，号东坡居士，眉州眉山（今属四川）人，北宋著名文学家、书画家，诗书画乐兼擅，可谓通才。文章被誉为“韩如潮，柳如泉，欧如澜，苏如海”；其诗词，开宋词豪放之宗；书法《黄州寒食诗帖》被称为“天下第三行书”。一生饱历仕途坎坷，却从未消沉自哀，胸怀之旷达古今少有比肩。

李家桥

声名冠古今，任三教澄心，三州砺骨，岁月难移真本色；

笔墨称奇绝，凭百情绘竹，百韵填词，山川尽荡大苏风。

评　析

上联写人，高度概括。“三教”，当指苏轼一生进而不骄、退而不隐的人生秉持和游刃于“儒、释、道”之间而每得其所的阔达情怀。“三州”则指苏轼仕途经历中的三个重要节点：黄州、密州、儋州三地。下联写才，以点带面。“绘竹”与“填词”，概指其卓越的诗书画成就。从起句生发到结句收束，中间血肉丰满，言之有物，实为佳构！

（王维中）

路望姣

效仿孙郎射虎，何妨须鬓微霜，弯弓满月酬良愿；
本为文宿雕龙，自是襟怀晓日，走笔长风赋锦心。

评　析

“孙郎”，即三国东吴孙权。据《三国志·吴书·孙权传》载，孙权曾骑马射虎，马被虎抓伤，他用长枪投刺，虎被吓退。此处是苏轼以孙权自比。宋神宗熙宁七年（1074）十二月三日至熙宁九年（1076）十二月中旬，苏轼贬谪密州（今山东诸城），写有《江城子·密州出猎》，抒发了其面对人生困境仍积极进取的精神，尾句是“会挽雕弓如满月，西北望，射天狼”，气势豪放，襟怀卓然。此联以“射虎”对“雕龙”，含寓深沉，属对巧妙，化用自然。上联写武，写苏轼卓越的政治才华和远大的政治抱负；下联述文，谕其遗世之文才，句式流畅。（王维中）

陈志斌

明月依然人不在；
大江已去赋犹存。

评　析

苏轼有两首代表性的词作《水调歌头·中秋》(“明月几时有，把酒问青天”）和《念奴娇·赤壁怀古》(“大江东去，浪淘尽，千古风流人物”）。读“明月”怎能忘了《水调歌头》，望“大江”自然想到《念奴娇》，作者正是从东坡的两首名作入手，上联的“明月依然”与下联的“大江已去”化典而用之，造句自然，又能于历史的人事和时空变迁中生发感慨，增加了对联的厚重感。全联字字珠玑，以少胜多，不可移易。（王维中）

苏　辙

苏辙（1039—1112），字子由，一字同叔，晚号颍滨遗老，眉州眉山（今属四川）人，北宋文学家、宰相。苏辙与父亲苏洵、兄长苏轼齐名，合称“三苏”。其学问深受父兄影响，文“汪洋澹泊，有一唱三叹之声，而其秀杰之气终不可没”。

刘玉岭

反安石革新，宦海沉浮，州地脱贫，黎民哭送十多里；
逢欧阳赏识，汪洋澹泊，修辞严简，文定列居八大家。

评　析

上联写苏辙因反对王安石变法中的“青苗法”而被贬出京。他一生在多处为官，作者选取了汝州，这一斑足以见全豹。他勤政爱民，深受所在地人民爱戴。他动员汝河沿岸百姓引汝河河水抗旱、重刻杨亿汝州诗、倡修吴道子画殿。苏轼在观龙兴寺吴道子的画时写道：“他年吊古知有人，姓名聊记东坡弟。”当苏辙再贬去袁州，临行时，州衙外站的全都是送行的百姓。下联写苏氏父子被当时的主考官欧阳修赏识，而苏辙的文风与其兄极为相似，“汪洋澹泊，修辞严简”。此联叙述雅健浑成，将个人情感融入其中，“反”“逢”

二字起句突兀。“安石”对“欧阳”工巧，“十多里”与“八大家”相对，工整且颇具匠心。“宦海”对“汪洋”稍不工。（刘　丽）

舒甘来

三杰同门，何分孰弱孰强，况俊焉能掩，高标自可冲霄汉；

一途独辙，无惧言轻言重，叹直不见容，遗老只堪隐薜萝。

评　析

“三杰”，历史上有汉代三杰（张良、韩信、萧何）、蜀汉三杰（诸葛亮、关羽、张飞）、唐代三杰（宋璟、张说、源乾曜），此指苏门三学士，即北宋散文家苏洵（字明允，号老泉）和他的儿子苏轼（字子瞻，号东坡居士，世人称为苏东坡）、苏辙（字子由，自号颍滨遗老），其父子三人也同列唐宋八大家。此联独特之处在于两个反问，胜于陈述。自答“高标冲霄汉”，气势十足。“一途独辙”为修辞语新，与“三杰同门”对仗工稳。（刘　丽）

杨远建

叹快哉风起，耿直度余生，可怜望里眉山月；

愁茫矣辙深，烟云续残梦，无奈闲中颍水翁。

评　析

黄州张梦得建了一座亭子，苏轼取名“快哉亭”，苏辙作《黄州快哉亭记》记之。“夫风无雄雌之异，而人有遇不遇之变。”上联起句一个“叹”字，表达了作者对苏辙这样一个有着旷世才情却屡遭贬谪的坎坷人生发出无限感慨。“耿直”道出苏辙的真性情。“眉山”是苏辙的故乡。下联“辙深”对“风起”，从名字入手，别具一格。“愁茫矣辙深”是对苏辙性格的另一种解读，车子总是按照轨迹行走的，自然形象。苏家三父子，博通经史，是北宋中期儒、释、道三教融合具有重要影响的人物。苏辙晚年潜居颍滨，其住所曰“遗老斋”。此联虚字起句巧妙大气，意境沉郁唯美。（刘　丽）

楹联同题

唐宋著名诗人

贺知章

贺知章（659—744），字季真，晚年自号四明狂客，越州永兴（今浙江萧山）人，少时就以诗文知名。唐武后（武则天）证圣元年（695）中乙未科状元，授予国子四门博士，迁太常博士。后历任礼部侍郎、太子宾客、秘书监等职。八十六岁告老还乡，旋逝。为人旷达不羁，有“清谈风流”之誉，晚年尤纵。属于盛唐前期诗人，又是著名书法家。

谢源秋

春风剪柳，镜水怜波，纵历千秋，俊笔有谁能继响？
饮赞酒仙，性标狂客，虽倾百盏，华筵唯我可重开。

评　析

上下联以自对开篇，以自问自答结尾，结构非同凡响，让人印象深刻。上联说的是贺知章作为唐朝前期的一位重要诗人，其诗作对唐诗的健康发展具有一定的导引、示范意义，他的诗歌以绝句见长，其写景、抒怀之作风格独特，从容不迫，淡而有味。贺知章继承和发扬了陈子昂标举“魏晋风骨”、追求“比兴寄托”和高扬“人情人性”的精神，写出了脍炙人口的不朽诗篇《回乡偶书二首》《咏柳》等，对盛唐诗歌的繁荣产生了“一花引来万花开”的巨大效应。下联意思是：杜甫的《饮中八仙歌》中第一个说的就是贺知章“知章骑马似乘船，眼花落井水底眠”，说他喝醉了落到井里也醒不过来，所以够得上头号“酒仙”。“华筵唯我可重开”，是指唐明皇下诏在京城东门设立帐幕，让百官为贺知章饯行之事。

（杨晓雁）

李乐义

几年宦老还乡，伴路稚童谁识我？

二月诗翁问柳，穿花紫燕剪裁春。

评　析

上联“几年宦老还乡，伴路稚童谁识我”，取意于贺知章写的一首七言绝句《回乡偶书》：“少小离家老大回，乡音无改鬓毛衰。儿童相见不相识，笑问客从何处来。”下联“二月诗翁问柳，穿花紫燕剪裁春”，亦取意于其绝句《咏柳》：“碧玉妆成一树高，万条垂下绿丝绦。不知细叶谁裁出，二月春风似剪刀。”全联以贺知章的代表诗作为载体，进行再创作，对原诗进行了完美的诠释解读。意境优美，对仗精准，文学性比较强。

（杨晓雁）

曾宜华

诗酒念风流，笺翰挥时，谪仙草圣留谈笑；
家山荣衣锦，镜湖掩处，细柳娇莺入曲亭。

评　析

首两句对贺知章之平生进行高度概括评价，并各自由此生发，上联引出谪仙、草圣做烘托，此为“拉人作衬”之法，增强了作品的厚重感，此为高妙之处。“诗酒念风流，笺翰挥时，谪仙草圣留谈笑”是说贺知章与张若虚、张旭、包融并称“吴中四士”，贺知章与张旭既是姻亲，又是酒友、诗友、书友，二人常于醉后寻人家素壁，狂草大字；与李白、李适之等谓“饮中八仙”，贺知章当年曾金龟换酒，招饮李白。下联是指贺知章老年求还乡里，回山阴五云门外“道士庄”，住“千秋观”，建“一曲亭”自娱。（杨晓雁）

陈恢波

才冠状元，诗工绝句，狂客乎，引时贤后学，长吟霜鬓回乡，春风裁柳；

名齐十友，酒醉八仙，真人也，感昔者今朝，浩叹千秋观冷，一曲亭孤。

评　析

“真人”指贺知章晚年一心向道。上联“才冠状元，诗工绝句，狂客乎，引时贤后学，长吟霜鬓回乡，春风裁柳”，是指贺知章才中状元，诗工绝句，尤以《回乡偶书二首》《咏柳》为代表作。下联“名齐十友，酒醉八仙，真人也，感昔者今朝，浩叹千秋观冷，一曲亭孤”，是指贺知章与陈子昂等九人被称为“仙宗十友”，与李白、李适之等谓“饮中八仙”，老年回归故里，住“千秋观”，建“一曲亭”之事。全联以自对起笔，以自对结尾，对仗极为精工。作品议论、抒情相结合，选材得当。有句皆落实处，是典皆有出处。

（杨晓雁）

孟浩然

孟浩然（689—740），名浩，字浩然，号孟山人，襄州襄阳（今属湖北）人，唐代著名的山水田园派诗人，与王维并称“王孟”。开元中应进士举不第，后漫游东南，晚年复归乡里。工五言诗，有《孟浩然诗集》。

曾宜华

屈宋余荣，鲍谢余芳，麟阁望时，名与襄阳远；
干霄趁兴，清幽趁意，鹿门吟处，诗同汉水深。

评　析

此联整体很工稳。孟浩然诗以清幽、平易见长，杜甫赞其赋诗“往往凌鲍谢”，皮日休则称其“遇景入咏……涵涵然有干霄之兴”，王迥在《同孟浩然宴赋》中说孟浩然是“屈宋英声今止矣”。前两句自对颇工，上联罗列四位诗词造诣极高的人，来评价孟浩然在诗词史上的地位。“麟阁、鹿门”的对仗巧用了动物类名词，这些小类名词的对仗工整更见功底和用心。“名与襄阳远”五言结句用在此联中，读起来有些头重脚轻，收束处还是乏力了些，导致整体沉稳有余，劲健不足。

（赵秀敏）

谢源秋

扬陶谢之风，兴山水田园一脉，为盛唐开壮境；
具松云之节，得澄心逸性三编，供后学仰清芬。

评　析

这一联写得很完整，每一句都能有所言，不做泛泛之语，两个结句都很显功力，读来令人心生向往。上联起以“陶谢之风”，来说孟浩然诗继山水田园诗一脉。下联“松云”是以松树的坚贞和白云的闲静，来比喻孟浩然的品格。李白《赠孟浩然》诗中有“红颜弃轩冕，白首卧松云”之句。作者先写孟浩然其诗，再写其人品格，最后言及孟的三卷诗作，为后学所景仰，表述畅达，结构严谨，层层推进。稍显不足之处在于联中领字用得过多了，如上联“扬、兴、为”几字，每一句都用领字在前，中间少了过渡的其他句式，读起来会增加不畅感，联中领字偶用其中一两句，方更见领字的功效。（赵秀敏）

卜祥杰

明主弃，故人疏，一生襟抱难开，可叹青云无畅路；
醉田园，舒意兴，千古风流怎比，堪惊物外有奇诗。

评　析

此联语言流畅，在写人物的同时，作者情感的酝酿、表达也很出色，以主人公的不平境遇，写到“一生襟抱难开”，真不由令人扼腕叹息，引起读者的共鸣，这是此联的成功之处。上联写孟浩然人生的不得意，令人叹息；下联则写他寄情于田园，诗中自有千古风流，评价中肯。上联开始两个三字句用孟浩然的诗句，下联没有局限于此，而是用句中自对“醉田园，舒意兴”，处理很是巧妙，避免了语言和结构的单一，也更自由。“青云、物外”此处对仗太宽了，还可再琢磨。（赵秀敏）

李　白

李白（701—762），字太白，号青莲居士，又号“谪仙人”，唐代伟大的浪漫主义诗人，被后人誉为“诗仙”，与杜甫并称“李杜”。李白于天宝元年（742）入朝任供奉翰林，不久被“赐金还山”。从此穷困潦倒，晚年还被流放夜郎（今贵州境内），遇赦不久即病逝于当涂。有《李太白集》传世，《全唐诗》收其诗作近千余首。

尚桂凤

得意时皇妃捧砚，力士脱靴，能教权贵折腰，豪气融千番故事；

开心处啸傲林泉，流连诗酒，曾令人神仰慕，英才赋万古名篇。

评　析

此联写得洒脱，不拘泥于历史史实，而又不脱离诗人本来面目。先写“得意”，以皇宫旧事做铺垫，有杨贵妃为之捧砚，高力士为之脱靴，李白高傲的形象呼之欲出。第三句在赞美之余，也为下联埋下伏笔。结句水到渠成，诗人的品质令人肃然起敬。下联前两句以“开心”作为铺垫，第三句大转折，李白令人仰慕，是因他的那些不朽诗篇。联句此起彼伏，开阖有序，能将历史传说、人物性格升华到气质内涵层面，有更上一层之感。“七四六七”句式节奏分明，铿锵有力。感觉“番”字似可酌，例如改为“秋”。

（徐玉基）

吴金城

咏黄河，惊蜀道，感孤帆远影，望瀑布飞流，率性千吟，竟留下浩浩名篇拳拳怀抱；

将进酒，鄙折腰，喜特立独行，有狂言傲骨，纵身一跃，终化成晶晶明月滚滚波涛。

评　析

上联写艺术成就，下联写人生际遇，一个完整的诗人形象跃然纸上。作者善于选材，上联前四个分句分别用了李白最为著名的四首诗，《将进酒》《蜀道难》《黄鹤楼送孟浩然之广陵》《望庐山瀑布》，以“愤、难、情、奇”，辅以“咏、惊、感、望”四个动词，将诗人一生化为“名篇”和“怀抱”。下联选取四个形象，用“纵身一跃”，既石破天惊，又合情合理。传说李白乘着酒兴，为捉到月亮而跳入长江而亡。虽然是传说，但人们希望诗人成为“明月”和“波涛”，可望可即可亲。作者丰富的想象力和代民间立言的初衷，给予人们无限遐思，从而彰显了楹联的魅力。特别强调，作者驾驭马蹄韵的功力值得称道。结句十一字句少有人用，而此处用得自然而生动。

（徐玉基）

吴岱宝

与杜甫比肩，高矗唐诗峰一座；
傲王侯以远，畅豁酒兴路三千。

评　析

此联从历史、文化的高度来评价李白，而不是像大多数联那样，以造型造境铺陈，有高原无高峰。只“高矗唐诗峰一座”这一句，就有资格入优。好诗要有好句，名诗要有名句，联亦如此，在照顾到全联的同时，尽量创造出让人过目难忘的佳句。此联因有好句，给人以眼前一亮之感，也写出了与众不同的意境。李白生前失意，作品散佚，后人将之收集，李白也凭着承前启后的诗歌魅力，而成为中国诗坛的一座高峰。此联立论鲜明，言人所未言，殊为不易。如去掉起句，成为一副七言联，感觉更干净利落。（徐玉基）

方留聚

突兀如狂飙骤起，跌宕似飞流直下，浪漫时犹有清新，恬淡中顿发激昂，心无拘谨，诗无雕饰；

出游似野鹤高翔，沉浮如朽木苦争，庙堂上过于孤傲，江湖里愈加旷达，成在吟哦，败在酩酊。

评　析

以理服人，是此联的特色。读过此联，似看见一个鲜活的李白站在我们面前。上联以四个分句，揭示了诗人的性格特征，水到渠成地得出结论："心无拘谨，诗无雕饰。"下联以四个分句，揭示了诗人的命运特征，顺理成章地探寻因果："成在吟哦，败在酩酊。"这是一种对诗酒不人云亦云的观点，新颖而别致。此联还有一个特色，即联中的反对，不仅联意对比鲜明，用词上亦跌宕起伏，达到思考、呐喊、惋惜之效果，韵味悠长。上联用了"骤起""直下"，则联语亦如汩汩清流，飞泻而来；下联用了"高翔""苦争"，则联语如峰回路转，柳暗花明。此种一以贯之的撰联思路，尤见功力。（徐玉基）

董文学

仕游若梦欤，恍六十四年，许万丈尘间，我来寻采石矶头，长安市上；

诗酒亦仙矣，慨三千余载，唯一人胸次，谁与记吴宫花草，晋代衣冠。

评　析

作者从时间和空间两个维度，站在更高更远处看李白，赋予诗人历史的、鲜活的、立体的形象，可谓高手。起句不凡，"仕游若梦"，"诗酒亦仙"，只这两句，就概括了李白的一生。既已说尽自身，则笔锋一转，采石矶、长安市足以令人追踪寻迹，"我"字用得大好。下联结句奇崛，略去"埋幽径、成古丘"，而用"谁与记"相接，那些昔日的繁华已是过眼烟云，只有伟大诗篇依旧闪耀着迷人的光芒。自对和谐，领字妥帖，用二文言虚词，增加了时空感觉，分句句脚用朱氏规则，撰联技巧纯熟。采石矶和长安市均是李白活动的重要地点，吴宫花草与晋代衣冠是李白《登金陵凤凰台》句。六十四年可能是六十二年之误，李白生于长安元年，卒于宝应元年，享年六十二岁。　（徐玉基）

石安辉

恨不越千年，酌三杯对影花间酒；
何愁行万里，吟一首思乡月下诗。

评　析

这是一副很有特色的联，没有直接写李白，而写李白的历史影响，写李白诗歌的魅力，以及“我”（包括很多很多人）对李白的敬仰和崇拜，将历史的空间拉近到当前。愿越千年和李白对酒赋诗，更愿学李白思乡吟月。李白在国人的心目中，有口碑，立丰碑，作者不随大流，独辟蹊径，创作思路值得学习。两结句用了李白独有的元素，“花间酒”与“月下诗”已为人们耳熟能详，用在此处切中主题，也更有诗情画意。“恨”字和“愁”字用得精心，感情色彩浓郁。　（徐玉基）

王　维

王维（约 701—761），字摩诘，号摩诘居士。河东蒲州（今山西永济西）人，出身河东王氏，祖籍山西祁县。唐朝著名诗人、画家。历官右拾遗、监察御史、河西节度使判官。唐玄宗天宝年间，拜吏部郎中、给事中。唐肃宗乾元年间任尚书右丞，故世称“王右丞”。著作有《王右丞集》《画学秘诀》等。

乔德红

诗画炼虚入秀，倚空灵笔，淡泊心，题大漠孤烟，长河落日；
情怀脱俗超凡，参玄妙禅，悠闲境，享松风解带，山月照琴。

评　析

此联深得人物联要旨。首句统摄全联，提纲挈领。上联重点写王维的诗画，以形状人；下联重点写诗人的情怀，以神状人。因此人物显得有神有形，形神兼备。腰节三字当句自对，符合人物身份与特点，紧扣联题。结尾化用王维“大漠孤烟直，长河落日圆”和“深林人不知，明月来相照”诗句入联，不仅增强了人物形象，而且还营造了更为优美的意境。全联虽两重自对，但因句式灵动自如，腾挪变化，就不显呆板阻滞。状写出了王维“炼虚入秀”的书

画艺术和“脱俗超凡”的高尚情怀。（吴岱宝）

李存固

堪与李白杜甫齐名，少时有志，高咏渭城朝雨、大漠阳关、长河落日，颂千年古道雄风、盛唐豪气；

终同明月幽篁做伴，中岁参禅，静听山寂鸟鸣、人闲花坠、云起水穷，留一阕诗情画意、佛语梵心。

评　析

因受对联文体限制，人物联无法做到面面俱到，只能对人物一生的主要事迹进行必要的取舍，选择最能代表人物个性特征的事件，做点画式描述，此联正是这样。上联写诗情，起首拉人作陪，用李白杜甫衬托王维，可谓相得益彰，这就为全联奠定了基调。结句以宏大气象呼应，联意一脉相承。下联写悟道，起句拟物以人，格调雅致，结句以佛语梵心呼应，亦顺承有致。腰节取宋词句式一连三句为鼎足对，坚挺全联，直扣联题，切合人物。而且化用王维《渭城曲》《使至塞上》《鸟鸣涧》《终南别业》等诗句，巧妙自然。二分句的过渡“少时有志”“中岁参禅”，既是王维人生一个断面的展现，也是联语意脉承上启下的必然需求。全联意象奔涌，写得锦簇花团而又不失清新灵动。（吴岱宝）

罗增富

脱履散巾，依然流水从幽涧，不妨鸟，不妨鱼，不妨春月；
幕天席地，所向禅心在辋川，可有诗，可有酒，可有山花。

评　析

王维后半生参禅悟理，学庄信道，过起了半官半隐的日子。他在辋川别墅，吟诗绘画，写字弹琴，修身养性，乐此不疲。这副对联就是王维后半生涯的写照。用“脱履散巾”“幕天席地”状写了王维返璞归真、逍遥自在的精神状态。诗人乐山乐水，乐鸟乐鱼，乐诗乐酒，一任春花秋月，周而复始。反复手法的运用，强化了人物率性而为、非同寻常的诗酒人生。这种笔法所描摹的意境，酷似王维的诗画意境，取其神似而别具一格。（吴岱宝）

罗　毅

在水在山，融画意诗情，成之恬矣；
悟禅悟道，至路穷云起，去也坦然。

评　析

王维的诗以清新淡远、自然脱俗的风格，创造出一种“诗中有画，画中有诗”“诗中有禅”的意境，扩大了山水诗的内容，增添了它的艺术风采，使山水诗的成就达到前所未有的高度，这是对中国古典诗歌的突出贡献，在诗坛树起了一面不倒的旗帜。因此其生前以及身后，都享有盛名。其绝句可与李白、王昌龄比美，代表了盛唐绝句的最高成就。此联起句从容，结句古拙，语脉行云流水，自然天成。上联“在水在山”，是诗境也是人境，有情有景，情景交融；下联“悟禅悟道”，是形语也是心语，有形有心，心形一体。“成之恬矣”与“去也坦然”四字力拔千钧，有举重若轻之感。十三字的短联，却以最大容量，体现了王维双重修炼同至最高境界的不凡功绩。

（吴岱宝）

贺正明

许人世无常，疾风冷雨，遂令奇才添佛性；

幸辋川有爱，流水行云，终教胜境佐诗心。

评　析

王维年少即有才名，十五岁时去京城应试，由于能写一手好诗，工于书画，而且还有音乐天赋，所以一至京城便立即成为京城王公贵族的宠儿。开元十九年（731），王维状元及第。历官右拾遗、监察御史、河西节度使判官。唐玄宗天宝年间，拜吏部郎中、给事中。安禄山攻陷长安时，王维被迫受伪职。长安收复后，被责授太子中允。唐肃宗乾元年间任尚书右丞，故世称“王右丞”。纵观王维一生，政治生涯可谓宦海沉浮，风雨颠簸。此作上联反手起笔，写王维政治生涯与人生况味，含蓄隽永。“奇才添佛性”正是历经沉浮后的大彻大悟，超脱世俗；下联从另一方面扣题，写辋川半隐生活的行云流水，舒心惬意。语脉顺畅，纸短情长。

（吴岱宝）

方留聚

摩诘画天生所到，田园诗非学而能，溢清丽，出新奇，流一派终成巨匠；

秉禅心松月空灵，悟佛理石泉澄澈，知修为，结善果，越千年不失高名。

评　析

王维以诗名盛于开元、天宝间，尤长五言，多咏山水田园，与孟浩然合称“王孟”，有“诗佛”之称，开田园诗派。书画亦臻其妙，后人推其为南宗山水画之祖。苏轼评价王维：“味摩诘之诗，诗中有画；观摩诘之画，画中有诗。”上联写诗画，下联写修为。分总式结构，非常稳妥。一比中虽然有三个七字句式，然前两句散句骈对，就显得摇曳多姿而不呆板。宋严羽在《沧浪诗话·诗辨》中说：“盛唐诸人唯在兴趣，羚羊挂角，无迹可求。”意思指羚羊夜宿时，挂角于树，脚不着地，以避祸患，多用于比喻诗的意境超脱。作者深得此法，化用诗句自然贴切，与联语意境相契合而无生拉硬套之嫌。结句总束有力，不可移作他用，切人切事，异常精彩。

（吴岱宝）

薛 涛

薛涛（？—832），字洪度，长安（今陕西西安）人。十六岁入乐籍，终身未嫁，是一个带有传奇色彩的唐代女诗人。薛涛与刘采春、鱼玄机、李冶并称“唐朝四大女诗人”，与卓文君、花蕊夫人、黄峨并称“蜀中四大才女”。其所创“薛涛笺”流传不衰，流传至今的诗作有九十余首。

李家桥

浣花溪以沁红笺，携竹苑风、桃林雨、枇杷泪，尽谱流年，问校书心事，八斗才情何处寄；

崇丽阁而遗旧梦，觅女儿范、龙凤缘、琴瑟音，皆成幻影，慨诗句酒香，一江烟水待谁迷。

评 析

“浣花溪以沁红笺”，薛涛喜欢在自己住处——成都浣花溪造纸，采用木芙蓉皮做原料，加入芙蓉花汁，制成深红色的精美小彩笺，常用于写小诗酬和，人称“薛涛笺”“浣花笺”“红笺”。“校书”，校勘书籍，古代掌校理典籍的官员，属秘书省。上联首句从“浣花溪”“红笺”切入，直奔主题，接着用“竹苑风、桃林雨、枇杷泪”铺排，娓娓道来，尾二句用“心事”“才情”设问，有余味。下联承接上联，从不同侧面，用同样手法，结句发出感慨，令人叹息不已。纵观全联，字句紧扣主题，长而不冗。（方留聚）

李存固

钦奇女，艺美容姣，誉诗齐李治，才媲文君，倩慈怀挚意，堪润晚唐，雅韵清风，不输公子；

叹人生，云飞波诡，曾乐籍委身，仕途遭舛，尤一袭道装，心归净地，几时莲影，情染彩笺。

评　析

“公子”，古代男子的别称。“莲影”，典出薛涛《池上双鸟》，此诗为薛涛热恋元稹时所作。“曾乐籍委身”等四个分句说的是：德宗贞元中，韦皋任剑南西川节度使，召令赋诗侑酒，遂入乐籍。薛涛以歌伎而兼清客的身份出入幕府。韦皋曾拟奏请朝廷授薛涛以秘书省校书郎的官衔，格于旧例，未能实现。薛涛晚年好做女道士装束，建吟诗楼于碧鸡坊，在清幽的生活中度过晚年。此联夹叙夹议，慢条斯理，其诗其才拉汉唐才女卓文君、李治作衬，又赞叹其在晚唐时的地位和不让须眉的才情，接着感叹其生不逢时、命运多舛，“心归净地”“情染彩笺”两句，把一个旷世奇才高高举起，轻轻放下。此联句式多变，情景交融，委婉细腻，回味无穷。

（方留聚）

王西川

宦女偏沦乐女，锦水江边，起落总缘才，凝结成洪度芳诗，校书雅誉；

多情恰遇无情，碧鸡坊里，清孤皆为爱，遗留下蒙荒独墓，籍怨花笺。

评　析

“宦女偏沦乐女”，薛涛之父薛郧，仕宦入蜀，死后，妻女流寓蜀中。薛涛幼年随父流寓成都，八九岁能诗，父死家贫，十六岁遂堕入乐籍。“多情恰遇无情”，说出了薛涛先后与剑南西川节度使韦皋和出使西川的监察御史元稹的感情纠葛，犹如露水情缘，朝生暮死。“碧鸡坊”，街巷名，在今四川成都，薛涛曾住此。上下联起句出奇，用规则重字修辞，一句道破玄机，然后用叙事手法，点睛之笔，从才艺和爱情两个侧面说出其人生的成就和失落，字句铺排有序，文笔有血有肉，上下对仗工稳。（方留聚）

舒甘来

两段情皆付劫灰，何奈孽缘虚契，飞蛾扑火自焚焰；

百篇句慰称神笔，尤嗟锦册红笺，莹雪卷涛漫映辉。

评　析

作品从薛涛与剑南西川节度使韦皋和监察御史身份出使蜀地的元稹两段无结果的恋情发端，上联着重写其爱情悲剧。“劫灰、孽缘、虚契、飞蛾”，四个名词虚实结合，步步推进，把薛涛的爱情悲剧演绎得淋漓尽致。下联则赞叹其诗才和文学成就。薛涛的诗，不仅如世人所传诵的《送友人》《题竹郎庙》等篇，以清词丽句见长，还有一些具有思想深度的关怀现实的作品，在封建时代女性，特别是像她这一类型女性中，是不可多得的。上下联从两个侧面把薛涛的人生成败、悲喜重点刻画，不用典不摘句，平实无华，而韵味十足。（方留聚）

贺正明

成谶续诗，枝迎叶送，顿教岁月飘零，时也，命也？
蜚声才女，茗碗花笺，终令文坛璀璨，奇哉，悠哉！

评　析

“成谶续诗”，指薛涛八岁那年，其父薛郧在庭除梧桐树下歇凉，忽有所悟，吟得两句：“庭除一古桐，耸干入云中。”薛涛头都没抬，随口续上父诗：“枝迎南北鸟，叶送往来风。”后来，薛家落难，薛涛不幸沦为一名营伎，每天送往迎来，身陷风尘，可谓“一语成谶”。“茗碗花笺”，代指女诗人用过的物品。茗碗，茶碗。花笺，指薛涛在成都浣花溪采用木芙蓉皮做原料，加入芙蓉汁制成的一种深红色的精美小彩笺，多用于写情诗情书，表达爱慕思念之意，很受当时及后世欢迎，也称“薛涛笺”。此联作者采用先抑后扬之手法，举薛涛儿时与父亲续诗一事，道出一语成谶之悲哀，结句发问，是生不逢时，还是命运多舛？发人深思。下联则笔锋急转，赞其才情和文学成就，让人悲喜交加。上联中的“岁月”，并列结构，下联中的“文坛”，偏正结构，不工，是为微瑕。（方留聚）

白居易

白居易（772—846），字乐天，号香山居士，祖籍太原，生于河南新郑。是唐代伟大的现实主义诗人，与元稹共同倡导新乐府运动，世称“元白”。曾在庐山建草堂，自此，其思想从“兼济天下”转向“独善其身”。死后葬于洛阳香山。代表诗作有《长恨歌》《卖炭翁》《琵琶行》等。

张项学

人悟皆难，如大林寺看开，无须忧花绽几时，春归何处；

诗吟也易，被老家奴读懂，怎还注一车黑炭，半匹红绫。

评　析

联语用典自然。以白居易《大林寺桃花》“人间四月芳菲尽，山寺桃花始盛开。长恨春归无觅处，不知转入此中来”和《卖炭翁》“一车炭，千余斤，宫使驱将惜不得。半匹红纱一丈绫，系向牛头充炭直”的诗意散发开去，融入联作者个人的思想感情，借领字“无须”“忧”、“怎还”“注”做议论，发感叹，形象地说明对“难”与“易”的感悟，耐人寻味！下联“老家奴”，指唐德宗朝的宦官群体，包括《卖炭翁》中的“黄衣使者白衫儿”。得罪他们，白居易自是难有好日子过了。（杨远建）

孙福奎

诗吟生命之歌，入目欣欣，城接原上离离草；
笔录现实之怨，闻声切切，妇诉江中瑟瑟风。

评　析

联作者在“入目”“闻声”中，悟出《赋得古原草送别》“野火烧不尽，春风吹又生。远芳侵古道，晴翠接荒城”和《琵琶行》“浔阳江头夜送客，枫叶荻花秋瑟瑟。……门前冷落鞍马稀，老大嫁作商人妇。……座中泣下谁最多？江州司马青衫湿”中的“生命之歌”与“现实之怨”，即所谓“城接原上离离草”“妇诉江中瑟瑟风”也，对古诗的细致演绎真是出神入化！其读之“欣欣”、思之“切切”，回味无尽。上下联中对应位置上的“之”字，亦合律。

（杨远建）

陈　鑫

长恨诗人，醉吟事例，忧父老谋生，女弹妙曲，炭卖雪天几处愁，琶行过客千家泣；

独醒居士，闲步荷塘，乐儿童弄钓，娃盗小花，鱼游池水双方爱，艇压浮萍一道开。

评　析

“诗人”“居士”皆指白居易。上联，“父老谋生”，指白居易诗《卖炭翁》；“女弹妙曲”，指白居易《琵琶行》；结尾“千家泣”，即《琵琶行》：“凄凄不似向前声，满座重闻皆掩泣”，亦可曰古今读者之“泣”。下联，意境化自白居易《观游鱼》“绕池闲步看鱼游，正值儿童弄钓舟。一种爱鱼心各异，我来施食尔垂钩”和《池上》“小娃撑小艇，偷采白莲回。不解藏踪迹，浮萍一道开”，颇有生活气息。用典自然，上言诗人之“忧”，下言居士之“乐”，一“愁”一“爱”，尽从白居易之诗意中来，而塑造的白之形象也则呼之欲出矣！

（杨远建）

刘禹锡

刘禹锡（772—842），字梦得，自称先祖为中山靖王刘胜。唐朝大臣、文学家、哲学家，有“诗豪”之称，与柳宗元并称“刘柳”，与韦应物、白居易合称“三杰”，并与白居易合称“刘白”，留下《陋室铭》《竹枝词》《杨柳枝词》《乌衣巷》等名篇。其哲学著作《天论》三篇，具有唯物主义思想。

谢源秋

诗赞雄浑俊爽，兴一万丈豪情，犹钦鹤翼；
人齐病树沉舟，历廿三年厄运，又赋桃花。

评　析

上联说诗。以《秋词》“晴空一鹤排云上，便引诗情到碧霄”，铺张刘禹锡诗的“雄浑俊爽”。下联叹人。刘禹锡《酬乐天扬州初逢席上见赠》诗中有：“沉舟侧畔千帆过，病树前头万木春。”联家借诗中意象“沉舟”“病树”述说诗人屡遭贬谪、老病侵袭的失意和无奈。刘禹锡因永贞革新“八司马事件”初次被贬到奉调回京，前后共历时二十三年。“桃花”，是指刘禹锡《玄都观桃花》《再游玄都观》两首看似写桃花，却并不写桃花的诗。诗中写满人世沧

桑，尽显“诗豪”本色。联中“兴一万丈豪情”与“历廿三年厄运”，对仗工稳，境象鲜明，反差强烈，富于感染力。（李进才）

王长城

渡口夕阳落，桥边野草生，堂前紫燕《乌衣巷》；
谈诗众友吟，论史鸿儒笑，阶上青苔《陋室铭》。

评　析

《乌衣巷》是唐敬宗宝历二年（826），刘禹锡由和州刺史任上返回洛阳，途经金陵写下的咏怀诗，总名《金陵五题》，其中第二首即《乌衣巷》。此诗为刘禹锡咏史诗代表作，沧桑变幻，抚今吊古，蕴含感慨，世人称道。《陋室铭》，刘禹锡作于和州任上，是作者借赞美陋室抒写自己志行高洁，安贫乐道，不与世俗同流合污的铭文。《历阳典录》载：“陋室，在州治内，唐和州刺史刘禹锡建，有铭，柳公权书碑。”上联以《乌衣巷》中“夕阳”“野草”“紫燕”写景，下联以《陋室铭》中“众友”“鸿儒”“青苔”说人，聚焦精准，主题鲜明，当为好联。此联抢眼之处，在于上联以《乌衣巷》诗名结句，下联以《陋室铭》铭文结句，投石无痕，顺理成章，颇具匠心。（李进才）

刘登甲

陋室赋豪情，任巴山草色，楚水苔痕，润吾馨德；
金陵题浩慨，但巷口夕阳，墙头旧月，悲此空城。

评　析

此联以第一人称抒发感慨。上联由《陋室铭》生发。“巴山”，刘禹锡被贬谪后，曾任夔州刺史。“楚水”，长庆四年（824）夏，刘禹锡又被调任和州刺史。“润吾馨德”，化用“斯是陋室，惟吾德馨”句，渲染陋室不陋的高雅境界。下联由《乌衣巷》勾勒。“乌衣巷”，金陵城内街名，位于秦淮河之南，与朱雀桥相近。三国时，曾为吴国禁军驻地。由于禁军身着黑色军服，故称乌衣巷。东晋时王导、谢安两大家族，居住在乌衣巷，人称其子弟为“乌衣郎”。入唐后，乌衣巷渐而沦为废墟。联语读来，情悲而意阔，观近而瞻远。“草色”“苔痕”，触景生情，“夕阳”“旧月”，寄绪牵怀。绘景叙事，代入感强烈。言近旨远，颇耐咀嚼。虽以“五五四四”言句式成联，看似过于规整，却因语言组合多有变化，而显得活泼灵动，境界捭阖，韵味悠长，引人入胜。（李进才）

谢卫明

仕鉴乌衣期信燕；
行修陋室有馨风。

评　析

“信燕”，古诗中常常把燕用作春天的信使，如白居易《钱塘湖春行》“几处早莺争暖树，谁家新燕啄春泥”，故有信燕之称。“馨风”，典出《陋室铭》“斯是陋室，惟吾德馨”，是说只要人的品德好，就感觉不到居室的简陋了。此联作者同样以刘禹锡的代表作《乌衣巷》《陋室铭》为切入点。一副短短的七言联，联中“仕鉴”

对“行修”，同为主谓结构。“乌衣”对“陋室”，“信燕”对“馨风”，同为偏正结构。“期”对“有”，在此用作动词。联语读来音韵铿锵，朗朗上口。端详联中字词，对仗工稳，言辞精准。就表现主题而言，主旨突出，余味悠长。在撰联表述追求一波三折、跌宕起伏、由点及面、包罗万象、越撰越长的今天，联家偏以短联取胜，实为难能可贵。

（李进才）

李　贺

李贺（790—816），字长吉，河南福昌（今河南宜阳）人，唐高祖李渊的叔父李亮（大郑王）后裔。长吉体诗歌开创者，有“诗鬼”之称，中唐的浪漫主义诗人，与李白、李商隐并称“唐代三李”，是中唐到晚唐诗风转变期的一个代表人物。

颜学海

雄才生鬼笔；
瘦骨带铜声。

评　析

上联以“雄才”对李贺进行高度概括，也是对诗人才华的高度赞美。“鬼笔”二字用在诗人身上再合适不过。政治上虽说没有用过多的笔墨展现诗人的清正廉洁、执政为民，但一“瘦骨”足够显出，又妙用“铜声”典故，人物形象全出。元曲作家关汉卿在《一枝花·不伏老》〔尾曲〕写道：“我是个蒸不烂、煮不熟、捶不匾、炒不爆、响珰珰一粒铜豌豆，恁子弟每谁教你钻入他锄不断、斫不下、解不开、顿不脱、慢腾腾千层锦套头”，表达他坚韧不屈、与世抗争的特性。李贺就是这样的一粒“铜豌豆”，为底层的人民追

求美好的生活摇旗呐喊，对统治阶级进行讥讽与抨击。十字中肯贴切，融诗情政声，堪为“诗鬼”量身打造，字字难易。（葛永红）

舒甘来

大唐诗出奇才，曰佛曰仙曰圣曰豪，美名已让他人，死犹无愧封雄鬼；

昌谷星流薄命，呕心呕血呕情呕气，病骨应怜自性，生则有神啸逸歌。

评 析

唐朝可谓是一个人才辈出的时代，诗佛、诗仙、诗圣、诗豪等，诸多诗星闪耀着万丈光芒，而诗鬼的称号似乎与众不同，听起来也“别有一番滋味在心头”。但就是有这样一个颇享盛誉的积极浪漫主义诗人，在唐朝诗歌史上留下了浓墨重彩的一笔。黎简曾评价李贺：“论长吉每道是鬼才，而其为仙语，乃李白所不及”，足见其在诗坛地位。因此作者拉诗佛、诗仙、诗圣、诗豪四人作衬，但这些称呼诗人的美名早已用在了别人身上，突出强调李贺“诗鬼”之誉。下联则进一步挖掘鬼才真性情，对上联做进一步的延伸拓展，章法有度。

（葛永红）

吴金城

遣词而谲，创意而新，一帜树中唐，古今奇句，天若有情天亦老；

砭政之昏，哀民之痛，千秋怜短命，坎坷悲生，鬼如无运鬼长愁。

评 析

起句用“遣词而谲，创意而新”对长吉体的特点作一概括。长吉体的大旗于中唐树立，所以“一帜树中唐”有了落脚点，毛主席与陈毅元帅探讨诗词时也曾说：“李贺的诗很值得一读，不知你有兴趣否？”可见长吉体特别之处。毛主席在自己的诗中还引用了“天若有情天亦老”这一名句。诗人多奇句，也多谲句，谓“诗鬼”实不虚也。同时李贺执政为民，廉洁奉公，针砭时弊，刚正有声，故下联用“砭政之昏，哀民之痛”概括诗人在政治上的观点。诗人是诗才，是天才，更是鬼才。此联尤以两结出彩。（葛永红）

吴岱宝

廿七岁呕心沥血，携唾地诗囊，餐冰鹤梦，瘦骨一生何短暂？

二百余瑰句奇文，伴声声鬼笑，处处途穷，清音千载自悠长。

评 析

李贺称诗鬼，也是一个“短命鬼”。由于在政治上迁调无望，功名无成，哀愤孤激之思日深；加之妻又病卒，李贺忧郁病笃，他强撑病躯，回到昌谷故居，整理所存诗作，不久辞世，时年二十七岁。作者起句便以“廿七岁呕心沥血”饱含对诗人短暂一生的叹与怜，发出“瘦骨一生何短暂”的追问，长叹诗人生命何其短也。人的生命是有限的，但为人民留下的诗魂是永远的，细数其诗“二百余瑰句奇文”，用“伴声声鬼笑，处处途穷”自然衔接，脉络不断，终得“清音千载自悠长”在历史的天空中久久回荡。上下联一短一长，自对运用自如，对比分明，伸缩展开，有棱有角，让鬼才形象丰满，有血有肉。（葛永红）

王西川

昌谷童星，无奈皇亲落拓，仕路崎岖，抱志尽空云，天妒英才催早逝；

大唐诗鬼，堪称纸上搜奇，人间刺弊，倾囊皆绝唱，史崇遗韵续长吟。

评　析

此联行文跌宕起伏，思路清晰。上联以时间线索浓缩概括诗人生平，含有“英才早逝”的遗憾。从童星的高赞转到“皇亲落拓，仕路崎岖，抱志尽空云”，结句用“天妒英才催早逝”生发议论，概括李贺坎坷曲折而短暂的一生。下联围绕诗人的“鬼才”在诗坛上的地位生发展开，拓宽了联文的维度，还不忘捎带上诗人为官的经历，“倾囊皆绝唱，史崇遗韵续长吟”，对人物评论形象概括准而精，内涵挖掘尤其到位。上下联一叹一赞，相得益彰。（葛永红）

杜　牧

杜牧（803—约852），字牧之，号樊川居士，京兆万年（今陕西西安）人，唐代杰出的诗人、散文家，与李商隐并称“小李杜”。中进士后，授弘文馆校书郎，曾入淮南节度使幕，历任理人国史馆修撰，黄州、睦州刺史等职。诗歌以七言绝句著称，在晚唐成就颇高。因晚年居长安南樊川别墅，故后世称其为“杜樊川”，著有《樊川文集》。

舒甘来

从政无为紫阁，赢名薄幸青楼，一生落魄扬州梦；
忧民浑似少陵，挥笔恍如太白，千载销魂小杜诗。

评　析

此联紧扣题意，联系杜牧生平进行铺陈，自然典雅。“紫阁”与“青楼”、“少陵”与“太白”借以相对，遣词有据，未有苛求。杜牧与李商隐并称“小李杜”。杜牧富有政治才华，博通经史，关心军事，其为政能兴利除弊，关心百姓疾苦，却在政途上受到朝廷当权派排挤，无法施展政治抱负，多次外放地方。杜牧于诗，情致豪迈，诗中大多表现出忧国忧民的壮怀伟抱和伤春伤别的绮思柔情交织的特征。该联结句化裁杜牧《遣怀》诗之“十年一觉扬州梦，赢得青楼薄幸名”及清孔尚任《红桥》诗之“可惜同游无小杜，扑襟丝雨总销魂”，使整联出彩，足显联家着眼之妙、运笔之精。

（彭大庆）

张项学

无奈逍遥处，秦淮河上，豆蔻梢头，日暮诗行枫叶浅；
多情嗟叹时，铜雀台深，玉箫人远，月明酒酌杏花浓。

评　析

杜牧的诗在读书人中，可以说是无人不晓。上联从“逍遥处”铺开，洋溢着雄姿英发，气势豪宕；下联从“嗟叹时”导入，隐含托兴幽微，感慨时弊。联中引用了杜牧的代表诗作《泊秦淮》的“烟笼寒水月笼沙，夜泊秦淮近酒家”、《赠别》的“娉娉袅袅十三余，豆蔻梢头二月初”、《山行》的“停车坐爱枫林晚，霜叶红于二月花”，及《赤壁》的“东风不与周郎便，铜雀春深锁二乔”、《寄扬州韩绰判官》的“二十四桥明月夜，玉人何处教吹箫”、《清明》的“借问酒家何处有，牧童遥指杏花村”。在此都能唤起读者的记忆，且在立意、布局上切合人、事、情、景，自出机杼，让人读来产生联想，别有韵味。

（彭大庆）

崔钢兵

大杜精神小杜承，诗调高华，杏花香染清明雨；
中唐境界晚唐续，歌声爽朗，枫叶色摇浩荡风。

评　析

宋潘若同《郡阁雅言·杜牧》："杜牧……与杜甫齐名，时号小杜。"联中用"大杜"来映衬"小杜"，足以说明杜牧的诗受杜甫影响之大。杜牧生于晚唐，他的出现，起到了延续中唐文风的作用，特别是咏史抒怀，多切世物。上联结句是杜牧早期的写照，雄姿英发却不遂志；下联结句是其后期的写照，如秋之枫叶随风而去，在此联家大胆用"浩荡风"，确实精妙，让人联想到杜甫《茅屋为秋风所破歌》，充分体现了杜牧心怀炽热的忧国忧民的情感和迫切要求改变昏暗现实的崇高理想，触发读者心灵。此联从文学成就及影响力开头，再以时代背景进行描述，让人既感受到杜牧的风流，也能看懂他的平淡，通过巧妙的构思，使联感抒发。（彭大庆）

李商隐

李商隐（约 813—约 858），字义山，号玉溪生，怀州河内（今河南沁阳）人。晚唐著名诗人，和杜牧合称“小李杜”。因卷入“牛李党争”的政治漩涡，备受排挤，一生困顿不得志。大中末年，病逝于郑州。擅长诗歌写作，骈文文学价值颇高。其诗构思新奇，风格秾丽，尤其是一些爱情诗和无题诗写得缠绵悱恻，优美动人，广为传诵。

李家桥

大丈夫何疲逆旅，转蓬山漫漫，历夜雨潇潇，满腔梦想逐尘飞，一路人生随絮舞；

真才子不厌长吟，念儿女痴痴，陶性情荡荡，千里春风怜鬓影，几弦锦瑟慰诗庐。

评　析

上联侧重写其一生困顿：人逢逆旅，仕途坎坷，仍不坠青云之志，奈何终不遂意；下联说其转而通过诗歌来排遣心中的郁闷，使其诗才得以展现，寄语山水，管弦辞赋慰诗庐。二、三分句自对工稳。作者巧妙地在上下联嵌入“蓬山、夜雨、锦瑟”等李商隐名句之关键点，与其他素材一起强化人物特点。若隐若现，颇有韵味。其中叠词“漫漫、潇潇、痴痴、荡荡”的运用使写景抒情更厚重，渲染了意境。整联思路清晰，脉络有致，围绕人生际遇与儿女情长展开叙述，情景交融，挥洒自如，引人注目。（李培隽）

吴海燕

虚负凌云万丈才，踏春李谢，横笛牛惊，空对蓬门嗟寂寞；
何妨抱璞十年路，自得灵犀，频来青鸟，但凭诗笔竞风流。

评　析

此联对“牛李党争”和“无题诗”均有涉及，但并非直白点出，而是分别以形象展示：“踏春李谢，横笛牛惊”显然是指牛李党争之祸；“自得灵犀，频来青鸟”又是《无题》诗中化来。结句先“寂寞”后“风流”，使读者聊觉宽慰。此联起句与结句互相呼应，得法自如。上联“虚负、空对”和下联“何妨、但凭”全以状动式结构词组展示，把“才”与“寂寞”和“路”与“风流”关联在一起，极力刻画一位仕途坎坷、一生困顿而文采飞扬、诗笔风流的晚唐诗人。整联采用“七四四七”结构，稳重大方，手法娴熟。（李培隽）

冯贵明

承诗圣遗风，蒙乐天之宠，纷呈精巧新奇，咏史华章堪醒世；
留义山锦瑟，抒夜雨相思，尽展纤柔婉丽，无题雅韵更牵情。

评　析

作者只从诗词角度写李商隐，用“诗圣遗风”“乐天之宠”写出了“小李”文学史上的高度——名留史乘，诗留千古。此联着重从文学成就方面来写李商隐，上联写诗词风格和特点，以“诗圣”作比，以“乐天”作衬，表达其诗词以“精巧新奇”取胜。下联以“锦瑟、夜雨”化用而抒相思之情，呈“纤柔婉丽”之韵味。整联以“承、蒙、呈、醒”和“留、抒、展、牵”四组动词联结将造意之气脉往后推进，最后以一“堪”一“更”作结，淋漓尽致，韵浓意畅。

（李培隽）

楼晓峰

人生宠辱，托物无题，心弦共与琴弦断；
世事炎凉，追怀有恨，眼泪长和烛泪流。

评　析

此联化用典故于无形，将作者的感慨与诗人的情感有机糅和，说是无题，心弦却与琴弦共鸣；当然有恨，烛泪伴着眼泪同流，也算是情思婉转、悱恻动人了。

此联以“大视野”角度从“人生、世事”起笔，颇具哲理。腰节巧布“无题、有恨”，从而引发结句。此联最令人激赏的是“弦、泪”的规则重字，作者匠心独运，从李商隐著名的《锦瑟》《夜雨寄北》提炼出“琴弦、烛泪”，再配上“心弦、眼泪”，使“无形与有形”“情与物”相呼应相融合，产生强烈的艺术效果。可谓动人心弦，催人泪流。

整联情物相生，起结自如，托物有声，追怀有意。最后一“断”一“流”道尽李商隐困顿坎坷的人生。（李培隽）

张亚娟

最是鸳鸿志远，珠耀诗坛，万丈高才期锦梦；
奈何牛李党争，心疲仕路，一生幽念化无题。

评　析

有万丈高才，自期圆鸳鸿远志，奈何殃及牛李党争，反倒成就其诗作才华，多少忧伤、郁愤化作“无题”流传于世。联作简明扼要地概括了李商隐的一生。

上下联起笔“最是、奈何”一是赞扬一是感叹，自是引人遐思。紧接一个“耀”字点明李商隐在诗坛的地位。下联一个“疲”字表达对仕路的无奈，形容词活用为动词，出彩动人。最后以“锦梦、无题”作结，切题增彩，因为无题诗堪称李商隐独具一格的创造。一“期”一“化”表达出李商隐心中的渴望和对“无题”的执着。此联结构稳妥紧凑，对仗工整。（李培隽）

柳　永

柳永（约987—约1057），原名三变，字景庄，后改名柳永，字耆卿，因排行第七，又称柳七，崇安（今福建武夷山）人，生于沂州费县（今属山东）。北宋著名词人，婉约派代表人物，主要作品《乐章集》，代表作《雨霖铃》《望海潮》《蝶恋花》等。

李家桥

论平生莫问功名，落第如何？登科怎样？尽是浮云归宦海；
依婉约犹操笔墨，长词旖旎，慢曲缠绵，每偿知己动秋波。

评　析

此联从两个方面对柳永进行描述，用语平实流畅，收放自如，叙论兼备。结构上铺排有序：起笔七字形成领句，统领后文；二、三分句采用自对，灵活了通篇结构。上联首句的“莫问功名”横空而出，仅仅四字点破了柳永生平，可谓是凝练之至，惜墨如金。接下来两个问句“落第如何？登科怎样？”可谓是掷地有声，而且为引出结句做了充分的铺垫。结句高度概括、精简有力，道出了“功名即浮云”的人生哲理。下联的“婉约”“缠绵”，抓住了柳永的词风特点，紧扣主题。“每偿知己动秋波”道出了柳永创作的源泉和动力，他为情而呼，为爱而咏。“动秋波”当属空灵之笔，把“人之美，情之浓”一语道出。此联用词准确，温婉含蓄，既写活了柳永，又展现了柳词的风韵。

然而，柳永并非像上联首句所说的“莫问功名”，他年轻时屡试不中，暮年“重出江湖”，一举中第，且“喜悦不已”，可见柳永还是很重视仕途的。只是他官微言轻，其为官的影响力远不及柳词，所以其仕途常常被人忽视罢了。（张凤武）

王 衍

奉旨填词，借吟花弄月，文启苏秦，市井风情奔笔底；
扬名济世，论煮海屯田，政延辛范，庶黎忧乐驻心头。

评 析

“奉旨填词”表面看无限风光，实则是心酸满腹。一位千古难遇、顶着神童光环长大的奇才，因皇帝一己之见，便毫无理由地被拒之门外，可谓是千古奇冤。即便如此，在秦楼楚馆中“借吟花弄月”，依然成就了一位大师。柳词铺叙和白描的手法，通俗易懂的语言，形成了一代词风，深深地影响着后来的词家，如苏轼、秦观、黄庭坚、周邦彦。而且柳词还变“雅”为“俗”，使词从贵族的文艺沙龙重新走向市井，“市井风情奔笔底”。

柳永在对待百姓方面，做到了亲民济世。他“煮海屯田”，造福一方，“庶黎忧乐驻心头”。其为政有声，被称为“名宦”，说其“政延辛范”，不为过也。

此联对仗工稳，铺排清晰流畅。可贵之处在于写出了思想深度，道出了柳词的作用——“文启苏秦”，以及柳永为官“政延辛范”的忧乐情怀。结句化用了明陈大纲题岳阳楼联：“四面湖山收眼底，万家忧乐到心头。”“奔”“驻”运用得异常精彩。不过，下联的“扬名”一词不是很理想，和“济世”不是很协调，再仔细推敲一下会更好。（张凤武）

王家祥

一生总被风流误，成也诗词，败也诗词，皇封专业难翻复；
百首长传韵律精，仰之婉约，轻之婉约，代誉新声广唱吟。

评　析

“一生总被风流误”，对柳永的描述再准确不过了。当初，柳永计划去京城赶考，经过苏杭时，沉醉于听歌买笑的放浪生活，竟然逗留了六年之久。后赴京，在几次落榜后，又辗转于秦楼楚馆，吟花弄月，曾道：“风流事、平生畅。”

“成也诗词，败也诗词”，是对柳永成败的精准概括。柳永走平民路线，大量创作慢词，使词获得了长足发展。这是“成也诗词”；而“忍把浮名，换了浅斟低唱”等词句，几乎断送了他的功名之路，可谓“败也诗词”。

“仰之婉约”。柳词树婉约之风，影响了秦观、周邦彦等一大批资深词家，所以深受喜爱和敬仰。北宋著名文学家黄裳云：“予观柳氏文章……如观杜甫诗，典雅文华，无所不有。”把柳词和杜甫诗相提并论，这是极高的荣誉和充分的肯定。“轻之婉约”。大宋真宗、仁宗两代君王都排斥柳词；南宋吴曾称柳词多“淫冶讴歌之曲”，胡仔称柳词多“闺门淫蝶之语”，等等，都体现着对柳词的轻蔑或不认同。

此联独辟蹊径，没有化用柳永的诗句进行描述，而是直接评论。南宋叶梦得说：“凡有井水饮处，即能歌柳词。”可见柳词影响之深、流传之广，联尾的“广唱吟”并非虚夸。（张风武）

晏　殊

晏殊（991—1055），字同叔，抚州临川（今江西抚州）人。北宋政治家、文学家。自幼聪慧，赐同进士出身，被任命为秘书省正字。历任知制诰、翰林学士、集贤殿大学士、同平章事兼枢密使等，成为宰相。在地方大兴学校，培育人才。以词著于文坛，尤擅小令，风格含蓄婉丽，与欧阳修并称“晏欧”。作品有《珠玉词》《晏元献遗文》和《类要》残本等。

庞晓洲

闲情惯咏花间韵，唱莺鸿，鸣珠玉，夺婉约先声，登顶词坛处，看减翠飞红，花开花落去；

大德常承燕殿风，安社稷，靖边关，举贤良后彦，沉沦宦海时，听新蕉旧雨，燕往燕归来。

评　析

此联虽是长联，但非常工整，丝毫无一点长联从宽的感觉。上下联分为两条线来展开，将多个要素拧在一起，使得人物形象很丰满。上下联起句是创作出发点，也起到总领全联的作用。紧接连用三个动词短句，突出“婉约”词风和“忠臣”形象。上下第五分句承上启下，最后两句化用晏殊名句。另外，“花、燕”二字规则重复很有味道。此联作者善于在众多的史实中选择创作素材并进行调配，对这位“婉约”词派人和“安社稷、举贤良”宰相的描写更显生动。中间的“登顶词坛处”“沉沦宦海时”过渡自然，为后二分句的化用名句做铺垫。整联气脉连贯，长而不乱，颇见功夫。（黄一坤）

曾宜华

兴学安邦，清勤有识太平宰相；
吟花赋燕，婉约无如富贵词人。

评　析

不长的联，惜墨如金，字字有用。上联说政，也写晏殊品性之“清”和“勤”，最后亮出“太平宰相”；下联摘取“花”“燕”，化用转入谈词，道明晏殊是位婉约派人物。此联对仗工整，其中“有识”“无如”用得巧妙。“太平宰相”“富贵词人”切题精准，从侧面反映出晏殊生活时代的状况。四字开局，并列的动宾结构，很有气势。上联着重写晏殊重视书院教育和治国安邦之方略，下联用“花”“燕”高度概括化用晏殊的佳句，紧接着推出“清勤”“婉约”彰显晏殊的政治品性和其词的风格特点。史载晏殊学习勤奋，交友持重，得到直史馆陈彭年的称许，这便是佐证。（黄一坤）

王西川

神童引羡，宰辅承荣，赖德才仕路坦平，忠勤成显宦；
文字圆融，曲声谐雅，凭赡丽骚坛卓颖，婉约坐词宗。

评 析

上下联各四分句，前二分句采用自对的方式。上联以“神童”“宰辅”写其才华和地位；下联以“文字”“曲声”写其文字功底和词的特点。前两分句是铺垫，后两分句分别概括仕途特点、忠勤品德和在词坛的地位、流派归属。前后递进以“显宦”“词宗”作结。晏殊从小聪明好学，七岁就能写文章，有“神童”之称，作者便通过“神童”“宰辅”两个符号来定格晏殊。而下联则以“文字”“曲声”来写其诗词风格和特点。整联气脉流畅，层层递进，一“成”一“坐”于笔墨酣畅处收起。“显宦”已显，“词宗”必是。

（黄一坤）

吴岱宝

德声朝野震，施新政，荐贤能，平边患，成一代圣臣，千秋名相；

文采翰林惊，慨神童，长小令，办学堂，为词坛立派，天下所宗。

评 析

此联起句直吸眼球，一“震”一“惊”，分别着墨“德”和“文”，接着从这两方面展开，充实内容。上下联各用三个动词开头的三字句，短促有力，为最后两句打下基础，结句自然推出。此联起句有声有色，结句归纳总结得法。下联最后自对句似乎可再调一下，更臻完美。细读方知“总分总”法运用之妙：上联首写“德声”，而后写“圣臣、名相”，中间分写识贤荐贤，平患施政；下联先写“文采”，而后写“立派、成宗”，中间分写晏殊诗词造诣和办学兴教的功绩。整联结构紧凑，总分有序，首尾呼应，自然得法。 （黄一坤）

何江波

宋时相国，以神童入试，进士出身，兴学，安邦，稳政，宦海风云谋大策；

禹域宗师，凭丽句抒怀，佳篇耀世，填词，作赋，吟诗，文坛天地显高名。

评　析

四字句开篇，虽是平实，但已是时空定位：宋时相国。上下联从“宦海”“文坛”两线入手，思路明确。紧接着连用五个短句于五方面铺开叙述，最后结句进一步升华，推出“谋大策”之境、“显高名”之誉。晏殊自幼聪慧，十四岁以神童入试，赐同进士出身，被任命为秘书省正字。在地方大兴学校，培育人才。晏殊以词著于文坛，尤擅小令，风格含蓄婉丽，后世尊其为“北宋倚声家初祖”；亦工诗善文，其文章又能“为天下所宗”。由此可见，晏殊是“神童”式、具安邦稳政才的宰相，也是一位开宗型的婉约派词人。此联虽调配了许多材料，但无个性化的元素融入，如能稍为调整，或许切题更有力度。 （黄一坤）

陆　游

陆游（1125—1210），字务观，号放翁，越州山阴（今浙江绍兴）人。南宋文学家、史学家、爱国诗人。历任宁德县（今属福建）主簿、敕令所删定官、隆兴府通判等职。因坚持抗金，屡遭主和派排斥。著有《剑南诗稿》《渭南文集》等。

熊　虎

身居西蜀，思定中原，虽去冕三番，犹荐铿锵平虏策；

忧比少陵，忠追屈子，竟骋怀万首，自成慷慨放翁诗。

评　析

“平虏策”，即陆游分别于绍兴三十二年（1162）、隆兴元年（1163）、隆兴二年（1164）三次上书所言的北伐安邦之策。上联重在记叙，气魄豪迈，以陆游虽偏居蜀中一隅，但不忘收复中原的抱负为主线。尾句情感上更是层层递进，其虽多次深遭贬官，但其志九死犹未悔，读来豪迈有力，意在表明其“位卑未敢忘忧国”的高尚情操。下联重在议论，以唐之杜甫、战国之屈原两位爱国主义诗人陪衬陆游忧国之情操，其比拟得当，将陆游形象刻画得十分突出，跃然纸上。全联对仗工稳，有记有论，情感分明，中心突出，不失为佳作。

（赵继杰）

董文学

看我曾羽箭雕弓，离樽收尽浮名，许国丹心三尺剑；
凭谁识新诗旧梦，孤恨催成清泪，示儿绝笔百年身。

评　析

此联风格沉郁，文字余韵不绝。上联以“羽箭雕弓”言陆游军事生涯，与尾句“许国丹心三尺剑”遥相呼应；下联以“新诗旧梦”言其内心爱国之志向，与尾句“示儿绝笔百年身”前后照顾，可见作者构思之用心。上下两联中间六字承接过渡十分自然，情景感人肺腑。结尾之句立意高远，将陆游壮志未酬的遗憾之情表现得淋漓尽致，使人品之再三，回味无穷。（赵继杰）

王雁青

一身多少惊人句，长嗟城上斜阳，园中老柳；
半世万千许国情，何奈雄心未减，壮志难酬。

评　析

此联景中有情，情中有景。全联转折突然，而不觉突兀，使人物形象愈加丰满。“斜阳”“老柳”不唯景语，亦为情语，以《沈园二首》诗刻画陆游的情感世界。同时，从这两个意象中，我们也可以感受到陆游空有满腹才华，一生抑郁不得志之悲凉人生。“雄心”“壮志”为陆游一生爱国的真实写照，奈何时光蹉跎，功业未成。全联脉络分明，作者精心选取的两个视角分别为“其诗”和“其情”，拿捏精准，读来让人哀叹、惋惜，使读者不仅为陆游所可

惜，亦为其时代所悲慨。（赵继杰）

孙芸香

九千首诗词遗世，诉不尽惊鸿照影，铁马嘶风，落笔雄文追李杜；

大半生政宦飘蓬，叹难休强虏未平，中原犹念，临终憾事寄儿孙。

评　析

全联对仗工稳，加以自对手法，以写实为主，落笔如一气呵成。上联写其诗词成就，与李杜鼎足而三。其中“惊鸿照影”取自陆游《沈园二首》诗；“铁马嘶风”出自陆游《书愤》诗，一为写情之作，一为写志之作，两相结合，更贴合人物形象。下联写其仕途人生，以其内心收复中原的理想与现实状况之间形成鲜明对比，不尽悲凉，顿生心底。同时，尾句亦有陆游绝笔《示儿》中“王师北定中原日，家祭无忘告乃翁”的愤懑之情。全联写实分明，立体地展现出陆游诗文、政治两方面之形象，不可他移。（赵继杰）

魏玉秋

两宋间八千里兵燹狼烟，飘零剑酒中，尽赋予铁马秋风、楼船夜雪；

一灯下十万张词笺诗稿，放浪形骸后，皆散作故园春雨、驿路梅花。

评　析

全联一放一收，张弛有度。两起句破空而来，统揽全局，气势不凡。上联大笔腾挪，将两宋山河局势包揽于心头，尽归作者笔下。“铁马秋风”“楼船夜雪”意象苍茫，格局宏大。下联则笔触细腻，有历经风雨、归于平淡之感。以“故园春雨”“驿路梅花”表现陆游执着的内心坚守和不同他人的高尚情操。此联手法高明，将主人翁的感情色彩融于自然景物中，以隐蔽的姿态显现，正如王国维所说：“有我之境，以我观物，故物皆着我之色彩。无我之境，以物观物，故不知何者为我，何者为物。”　（赵继杰）

唐　琬

唐琬，一说名婉，字蕙仙，自幼文静灵秀，才华横溢。她是陆游的第一任妻子，与陆游两情相悦，后因陆母偏见而被拆散。多年后，与陆游相遇沈园，陆游在墙上题了一首《钗头凤》（红酥手），她也因此写下著名的《钗头凤》（世情薄），不久后，便抑郁而终。

王雪原

才情何所寄？许千载幽词，一生清泪，可堪那别梦太深、春风依旧；

爱恨两相兼，化沈园遗影，香袖凝伤，应叹之伊人空瘦、宿命犹新。

评　析

“别梦”，离别后思念之梦，唐许浑《将归姑苏南楼饯送李明府》诗：“花落西亭添别梦，柳荫南浦促归程。”“沈园”，即沈氏园，故址在今浙江绍兴禹迹寺南，是陆游和唐琬离别后重逢之地。陆游在沈园墙上写下千古名词《钗头凤》，次年唐琬亦和一阕《钗头凤》。“伊人”，多指女性，常指“那个人”，有时也指意中人，《画图缘》：“怎明白咫尺伊人，转以睽隔不得相亲。”上下联主题鲜明，上联写才，下联写情；用词典雅，且以自对工整、感情浓郁见彩。

（孙芸香）

张项学

世难解痴情种，心伤春水，梦断沈园，壁上空留词两阕；
天不怜咏絮才，枉湿鲛绡，羞思红浥，人间长叹泪千行。

评　析

“痴情种”，指世间痴情的人。“咏絮才”，形容有才气的女子，宋刘筠《前槛十二韵》：“咏絮才无对，闻琴意始真。”“鲛绡”，指薄绢、轻纱。“红浥”，粉泪湿了脸上的胭脂的样子。“词两阕”，指陆游和唐琬的酬唱之词《钗头凤》。上下联相得益彰，情才两相惜。上联的“痴情种”，下联的“咏絮才”是唐琬一生最完美的诠释。中二分句自对细腻婉约，让人不禁对这个被封建礼教迫害的才女产生无限的惋惜和敬佩。她追求爱情，美丽多情又才华横溢，她能有什么错呢？

（孙芸香）

李家桥

三生石上缘，如此缠绵，情诀沈园飞蝶梦；
一阕钗头凤，和之凄楚，爱凝清泪印诗墙。

评　析

“三生”，源于佛教的因果轮回学说，后成为中国历史上意含情定终身的象征。三生石的三生分别代表前生、今生、来生，很多人的爱情都是从一种似曾相识的感觉开始的，而相爱之后人们又一定会期待缘定三生。“蝶梦”，典自《庄子·齐物论》，后因以“蝶梦”喻迷离惝恍的梦境。“钗头凤”，唐琬和陆游之词作。上下联工稳平铺有致，结句分嵌了“爱情”两字，见证了唐琬的用情之深、失爱之痛。叹来薄命红颜之余，其实唐琬的一生，最让人羡慕的何尝不是这两个字呢？

（孙芸香）

张建设

曾忆秋花共枕，诗满香囊，算鹣鲽多情，可怜难敌东风恶！
但临沈壁分题，书空碧泪，奈梦魂无路，怎忍长闻画角哀？

评　析

“鹣鲽”，比喻恩爱的夫妻。鹣是中国古代传说中的鸟名，此鸟仅一目一翼，雌雄须并翼飞行，故称比翼鸟；鲽则为鱼名，此鱼一定要两条紧贴着对方才能行动，故称比目鱼。“东风恶”“画角哀”分别为陆游《钗头凤》《沈园二首》中的词句。上下联似言事，娓娓道来。前两分句温婉而有诗意，第三分句笔锋一转，结句痛心点题。整联意境哀伤，令人惋惜动容，更是充满了对封建礼教的控诉和无情鞭笞。

（孙芸香）

辛弃疾

辛弃疾（1140—1207），原字坦夫，后改字幼安，号稼轩，山东东路济南府历城县（今山东济南）人。南宋豪放派词人、抗金将领，有“词中之龙”之称。与苏轼并称“苏辛”，与李清照并称“济南二安”。

黄一坤

放怀同并苏辛列，词苑誉双安，摛藻雄豪满卷，梦寄瓢泉，名载千秋留节概；

抱憾总关家国情，沙场挥一剑，献芹谋略十篇，志驱胡虏，气吞万里振乾坤。

评　析

“苏辛”，是北宋的苏轼与南宋辛弃疾的并称，二人同为豪放词派的代表。“双安”，辛弃疾与宋代婉约派词人李清照并称“济南二安”。“摛藻”，铺陈辞藻，意谓施展文才。汉班固《答宾戏》：“虽驰辩如涛波，摛藻如春华，犹无益於殿最。”“瓢泉”，据《铅山县志》卷五《古迹》载：瓢泉，在县东二十五里，泉为辛弃疾所得，因而名之。瓢泉因其形如瓢而被它的发现者——南宋词人辛弃疾命名为瓢泉。“献芹谋略十篇”，指《美芹十论》，这是辛弃疾献给皇帝的一份奏论，共计十篇，陈述任人用兵之道，分析敌我双方的形势特征，提出了抗金救国、收复失地、统一中原的大计，显示了辛弃疾的远见卓识和军事谋虑。作品从豪放派词人苏轼和婉约派词人李清照说起，把一个豪放为主，兼有婉约词风的辛弃疾和盘推出，又化用其“挑灯看剑”词句和《美芹十论》之谏文，把一个精忠报国、气壮山河的辛弃疾勾画出来。上下联结合起来就是一个完整的辛弃疾。（方留聚）

庞晓洲

勇比狄青武穆，挟国恨家仇，金戈铁马请缨北伐，常寒归正人心，醉里挑灯，梦中看剑；

词齐清照东坡，或豪吟浅唱，种月耕云寄意南山，每得隐居者趣，稼禾陇上，植柳轩前。

评　析

狄青，字汉臣，汾州西河（今山西汾阳）人，北宋时期名将。狄青出身寒门，年少入伍，善于骑射，因面有刺字，人称“面涅将军”。武穆，即宋代名将岳飞，武穆为其谥号。“醉里挑灯，梦中看剑”，化用辛弃疾词《破阵子·为陈同甫赋壮词以寄之》句：“醉里挑灯看剑，梦回吹角连营。”上下联分别拉出宋朝名将狄青、岳飞和卓越词人李清照、苏轼从文武两个方面展开；说出辛弃疾前半生的豪情壮志和后半生的恬淡闲适，及其雄心和无奈的交织。“常寒归正人心”说的是辛弃疾起义反金一事。“词齐清照东坡”，因辛弃

疾不仅有豪放的一面，也有如李清照婉约的一面。（方留聚）

吴岱宝

抱摩空节气，贯日忠诚，痛二圣难归，八陵不祀，一生大义盈怀，忧敌忧民忧社稷；

听低语铿鍧，高声鞺鞳，嗟梦魂飞马，剑胆冲天，满卷雄风依旧，壮词壮曲壮河山。

评　析

“二圣”，是指宋徽宗、宋钦宗。靖康元年（1126），在北宋都城汴梁（今河南开封）发生了历史上著名的“靖康之难”。金军攻破汴梁城，将徽、钦二帝俘虏，并押往北方，从此北宋灭亡。“八陵”，北宋皇陵区共有八座皇陵，还有众多的皇后陵、功臣陪葬墓，均分布在今河南省中部的巩义市境内。陵区虽然有八座陵墓，实际只有七位皇帝，正所谓北宋七帝八陵。其中一位陵主从未当过皇帝，他就是赵匡胤的父亲赵弘毅。“不祀”，无人奉祀，不祭祖先，比喻亡国或绝后。谢枋得《祭辛稼轩先生墓记》：“中原子民不行王化，大仇不复，大耻不雪，平生志愿百无一酬。”“二圣难归，八陵不祀”，应该说是辛弃疾一生最大的“悲辛滋味”。“铿鍧”“鞺鞳”出自宋刘克庄《辛稼轩集序》：“公所作，大声鞺鞳，小声铿鍧。”上联前四个分句从忠诚气节说起，并把心中之痛亮明，一个忧国忧民的忠勇之士跃然纸上。下联从其词风说起，以豪壮作结。上下联前四分句各用两个领字，加重语气，四个领字有一字千钧之感。

（方留聚）

金光瑜

泼墨同倾暴雨，填词象卷狂风，似龙名响千年，行文豪放不输苏轼；

挥刀曾闯敌营，看剑尚存义胆，如虎气吞万里，爱国坚贞更胜陆游。

评　析

此联上下比前三分句很有特色，运用了罗列排比、自对比喻等方法，尤其前两个自对句很出彩，很吸引眼球。之后在此两个自对句铺垫的基础上归纳出“似龙名响千年，如虎气吞万里”的人物形象，辛弃疾本人的著名词句“气吞万里如虎”被巧妙地运用到了联里，起到了恰到好处而意义特殊的作用。这三个句子，气势磅礴，排山倒海般地冲击着视觉、激荡着胸怀，如雷霆万钧，狂飙骤起，似波澜壮阔，壮志干云，看后使人提气，给人振奋。两结句是对辛弃疾的概括评价，在“行文、爱国”两个方面分别拉苏轼和陆游来衬托比照，恰如其分。全联上联从“文”上讲起，下联从“武”上展开，分工明确，切中人物特点；动词运用生动、有力；意象鲜活，造境恢宏，气势雄壮；语气畅达，对仗工整。（方留聚）

彭大庆

胸存韬略，腹隐文章，诵唱诗词生胆气，奈何宝剑辉灯，沙场入梦；

志守边疆，恩酬宋室，悲忧社稷寓心声，怎得归田醉酒，学鹤观云。

评　析

把文韬武略一词用在辛弃疾身上，毫不夸张，恰如其分，但壮志难酬的无奈，英雄气概的消磨，也尽在作者笔下。上联化用《破阵子·为陈同甫赋壮词以寄之》，富有特征性的词汇，显示出辛弃疾是一个壮士的形象，让人能从那些动作中去体会人物的内心活动，去想象人物所处的环境。下联表现的是现实的残酷。人生的低落，使其无奈归隐田园，过着游山逛水、饮酒赋诗、闲云野鹤的村居生活。腰节上下对，左右四个分句自对，娴熟工稳。起句之雄浑，结句之无奈，对比鲜明，一目了然。（方留聚）

秦　观

秦观（1049—1100），字少游，一字太虚，号淮海居士，别号邗沟居士，扬州高邮（今属江苏）人。北宋婉约派词人，儒客大家。著有《淮海逆旅集》《淮海闲居集》等。

楼晓峰

文骚有致，意象交辉，吟成韵海词三卷；

风雨无常，天时不济，浪得漂萍迹五州。

评　析

“三卷”，秦观《淮海词》传本有三卷。“五州”，秦观于元祐九年（1094）开始经历七年政治贬谪生涯，遍迹于杭州、处州、郴州、横州、雷州等地。上联以“文骚”“意象”两个文学概念入手，对其进行积极、明快的描写，以其词集《淮海词》作结，既总结了秦观的文学创作成就，又客观点明秦观作为宋代著名词人的身份。下联首先推出“风雨”和“天时”两个气象概念和政治概念，与上联的“文骚”“意象”形成正对，然后用“无常”和“不济”两个词语进行消极、抑郁性的描写，与上联“有致”“交辉”形成反对，从而使秦观一生艰难、曲折的政治生涯得到形象的表现。联

语中规中矩，语言流畅，对仗工稳。（张建芳）

李改香

宦海能几番起落，人生作逆旅萍飘，纵赢得明月前身，问谁怜孤馆深寒，天涯只影，一帘幽梦难消恨；

吟坛记千古宗师，词笔向苏门鼎立，奈辜负梅花知己，且莫说情丝绵渺，韵味悠长，十里春风不解愁。

评　析

“宦海”，指官场。宦海浮沉指官场生涯曲折复杂，变化不定。“孤馆”，客旅他乡住的宾馆，出自秦观的《踏莎行・郴州旅舍》。“一帘幽梦”，美梦，也含有人生如梦之意，出自秦观的《八六子》。“吟坛”，诗人聚会之处，此处指词坛。“苏门”，苏轼门下，秦观是苏门四学士之一。“梅花知己”，比喻品格高洁的人，出自秦观的《踏莎行・郴州旅舍》。“十里春风”，指温馨和煦的环境，出自秦观的《八六子》。上联从秦观的宦海生涯着笔，写其宦海浮沉和天涯漂泊的人生际遇。下联则以秦观作为苏门四学士之一以及其在词坛的宗主地位着手，写出其词学造诣。上下联分别从际遇和文采两方面出发，结合并融汇秦观的词作，使得对联结构错落有致，联语飘逸灵动，格调清新脱俗。（张建芳）

熊　虎

兵韬惊杜牧，治策动荆公，因党祸而为谪吏，叹一念空怀，身世浮沉多偃蹇；

境界比东坡，辞情超柳永，凭诗才以立文坛，虽万人何赎，辞章婉约数风流。

评　析

“兵韬”，指军事谋略。秦观深谙兵法，壮年时期写了一系列用兵的策论。“治策”，指治国的策略。秦观留存的策论共五十篇，立论高远，说理透彻，章法严谨，自成一家，得到王安石的高度评价。“荆公”，王安石被宋神宗封为“荆国公”，后人称其为“王荆公”。“党祸”，宋哲宗亲政后，“新党”章惇、蔡京等上台，“旧党”多人遭罢黜，苏轼、秦观等人一同遭贬。“偃蹇”，这里是困顿、窘迫的意思。“虽万人何赎”，相传苏轼绝爱秦观《踏莎行·郴州旅舍》词尾“郴江幸自绕郴山，为谁流下潇湘去”，闻秦观死讯后，自书此二句于扇，说：“少游已矣，虽万人何赎！”此联运用拉人作衬的手法，拉来杜牧和王安石衬托秦观治世的才华，拉来苏轼和柳永衬托秦观诗词的造诣。全联视野开阔，结构严谨，笔力不凡。（张建芳）

楹联同题

十大古都

西　安

西安，古称长安、镐京，陕西省省会。地处关中平原中部，北濒渭河，南依秦岭，八水润长安。西安是联合国教科文组织 1981 年确定的“世界历史名城”，是中华文明和中华民族重要发祥地之一，举世闻名的“丝绸之路”的起点，历史上有十三个王朝在此建都。秦始皇陵及兵马俑、大雁塔、小雁塔、兴教寺塔、汉长安城未央宫遗址、唐长安城大明宫遗址被列入《世界遗产名录》。

蒋军燕

十三朝王气蒸蒸上；
八百里秦川处处新。

评　析

评价西安会有很多话说，但此联没有烦琐示例一一列举，而是选择整体把握，精练概括。上联从时间概念谈西安历史，西周、秦、西汉、新朝、东汉（献帝）、西晋（愍帝）、前赵、前秦、后秦、西魏、北周、隋、唐十三个王朝曾在西安建都。“蒸蒸上”很直观生动，写出了气势。下联从地域概念谈西安所在地八百里秦川，自古以来风调雨顺，土地肥沃，农业发达。“处处新”谈辽阔地域到处呈现崭新面貌。全联气韵浑厚，生动形象，写出了总貌，写出了气势，写出了状态，写出了灵魂，可谓言简意深，以少许胜诸多。

（解维汉）

邢伟川

一座凤城谁记忆；
千秋龙气地蒸腾。

评　析

“凤城”，《全唐诗注》解释骆宾王《帝京篇》“丹凤朱城白日暮”句：“汉武帝在长安造凤阙，高二十余丈，故称长安曰凤城。”《史记》也记载：“其东则凤阙，高二十余丈。”凤阙在相当长的历史时期是长安的标志性建筑，汉代以来不少诗篇都因之颂称凤城、凤阙以抒情怀。如杜甫的《夜》：“步檐倚仗看牛斗，银汉遥应接凤城。”沈佺期的《奉和立春游苑迎春》：“歌吹衔恩归路晚，栖乌半下凤城来。”李商隐的《为有》：“为有云屏无限娇，凤城寒尽怕春宵。”汉建章宫的双凤阙遗址，如今犹存一东一西两座夯土堆。西安市区还有凤栖原、大明宫丹凤门、朱雀门、凤凰池等与凤有关的地名。上联虚化设问，引起人的关注；下联点明“龙气”的历史地

位。“蒸腾”用在此处动感极足。（解维汉）

王兴平

碑林刻石，何不续，东望灞桥聚惠风，肩负秦山追远梦；
雁塔题诗，可有书，西行丝路沐新雨，面临渭水挺潮头。

评　析

“碑林刻石”，位于文昌门内三学街的西安碑林系北宋元祐二年（1087）建立，入藏碑石近三千方，有“东方石质历史文化和书法艺术宝库”美称。“灞桥”，在西安东郊，自古为折柳送别之处。“雁塔题诗”，西安大慈恩寺内的大雁塔为唐代名胜，唐时新科进士曾有在此题名题诗的习俗。“碑林刻石”“雁塔题诗”皆为古迹，作者在此强调的是要为新时代谱写续篇，将当代人肩负使命、追逐远梦、搏击奋斗的伟大实践载入史册，把新时期重兴“丝绸之路”的伟大壮举大力弘扬。（解维汉）

张杰安

古城泽帝诸多代；
圣地存诗千万篇。

评　析

上联谈帝都西安滋养与涌现一代代帝王，下联说长安是唐诗的故乡，存有诗作千万篇。称颂西安千言万语言说不尽，此联只选择两桩代表性的事件，“泽帝”是政治层面，“存诗”是文化层面。不及其余，以点带面，也是写法一种，堪称“以一斑而窥全豹”。

（解维汉）

孙瑞海

囚虎汤池修战表；
拔锚丝路点航灯。

评　析

此联同前一副“两点式”手法相同。上联指张学良和杨虎城在临潼华清池发动“兵谏”逼蒋抗日，消除内战建立统一战线；下联用“拔锚”寓意西安是丝绸之路起点，“一带一路”战略由此起航，2021 年，陕西开行的中欧班列已突破两千列。“西安事变”和“一带一路”是不同时期划时代的两件大事，都在历史上具有深远影响。

（解维汉）

洛　阳

洛阳位于河南西部，因地处古洛水之阳而得名。以洛阳为中心的河洛地区是华夏文明的重要发祥地。洛阳从中国第一个王朝夏朝开始，先后有十三个王朝在此建都，洛阳拥有一千五百多年建都史，在历史上相当长的时期内，曾经是我国政治、经济、文化的中心，亦是道路四通八达的交通枢纽。

田兴隆

龙马负河图，神龟背洛书，妙衍中华兴废事；
李聃柱下史，佛教释源地，洞明大统古今人。

评　析

上联写洛阳千年历史。相传上古时期，有龙马身负“河图”跃出黄河，伏羲氏依“河图洛书”演绎出阴阳八卦。伏羲是中国神话中人类的祖先，因此洛阳可以说是中华文明的发祥地。《周易·系辞上》记载：“河出图，洛出书，圣人则之。”《尚书·顾命》伪孔安国传谓：“伏羲王天下，龙马出河，遂则其文以画八卦。”神龟背负“洛书”浮出洛水，也是神话传说。相传大禹时，洛阳西洛宁县洛河中浮出神龟，背驮“洛书”，献给大禹。大禹依此治水成功，遂划天下为九州。下联主要写人文。洛阳是老子李耳的故乡。唐司马贞《史记索隐》:“周秦皆有柱下史，谓御史也，所掌及侍立恒在殿柱之下，故老子为周柱下史。”洛阳自东汉到北宋始终是中国佛教之都，洛阳白马寺是佛教传入中国之后的第一座佛教寺院，被称为中国的“祖庭”和“释源”。全联能抓住洛阳主要特征来写，引用古代神话传说故事、相关典故，契合其地、其人、其事，结尾生发感慨，宕开一笔，升华主题，水到渠成。（吴继强）

刘葆华

古邑凝十三朝厚重，佳气葱茏，雄风浩荡；
牡丹绽千万簇馨香，梦腾河洛，绩迈汉唐。

评　析

洛阳从中国第一个王朝夏朝开始，先后有十三个王朝在此建都，拥有一千五百多年建都史，“普天之下无二置，四海之内无并雄”。此联选取角度恰当，用词精练，文笔洗练，不着废墨，语言张力十足，联语磅礴大气，意象非凡。上联紧扣洛阳深厚历史人文，突出城市特质和底蕴。下联从洛阳最负盛名的牡丹起笔，强调新时期发展迅速。上下联采用二、三分句自对结构，对仗工稳。不足之处在于，全联尾二字结构相近，较为单调。（吴继强）

熊　虎

二水绕神都，望舟飞帆影，山染松烟，田翻麦浪，圃映牡丹，中原风物斯为盛；

千年留圣迹，仰孔子入周，老聃布道，马寺藏经，龙门立佛，华夏文明此溯源。

评 析

“二水”指黄河、洛河。“神都”，唐朝洛阳官称，多用于武则天时代，意为“神州大地之都”。上联写眼前所见之景，联中“飞”“染”“翻”“映”，一连串动词的使用，生动形象，充满灵性，如一幅幅优美的画面，映入眼帘。中原风物，于斯为盛，怎不令人心驰神往呢？用语清新隽永，想象丰富。下联主要写洛阳人文厚重，孔子入周问礼发生在这里，而这里又是老子李耳的故乡。洛阳自东汉到北宋始终是中国佛教之都，儒释道三种文化在这里融合，其中影响最深的是洛阳的佛教文化，最具代表性的是白马寺和龙门石窟，也是洛阳的两个最出名的旅游景点。全联沉稳大气，上联状景，下联述史，尾句为点睛之笔。唯用“马寺”代替白马寺，似有牵强，中间句式稍显单调。（吴继强）

北　京

北京，简称“京”，古称燕京、北平，是中华人民共和国首都、国家中心城市，为中国政治、文化、国际交往、科技创新中心。北京是一座有着三千多年历史的古都，明永乐十九年（1421），迁都北京。清兵入关后即进驻北京并定都于此。1949 年 10 月 1 日，中华人民共和国中央人民政府在北京宣告成立。

刘英强

是蟠龙故地，雨露曾经。看荷塘夜月，紫禁秋风，北海祥云，西山爽气，写尽京华往事，都系于钟鼓楼头。幽韵越千年，梦乡中城郭俨然，烟波依旧；

本畿甸名区，精坚难破。想峻岭重遮，雄关拱卫，神州直属，番国咸宾，远扬礼乐弦歌，皆证在左班笔下。痴心余几叹，视界里前尘已去，大雅徐来。

评　析

此联先从北京的历史沿革着手，通过写景、写文化来铺砌，使意境开阔，这是最好的构思。作者对长联的谋篇布局既紧扣主题又精于论述，值得欣赏。联中系统地概括了北京作为千年古都的历史，既展示了北京的风范、风韵、风貌，又阐述了其文脉、文明、文化。上联“蟠龙故地”道出了文化底蕴，“钟鼓楼头”触景生情，“夜月、秋风、祥云、爽气”皆见证了历史的沧桑，曾经梦里江湖依旧。下联“畿甸名区”彰显了文化魅力，“左班笔下”（明朝朝会时，文官为左班，武官为右班，左班故为文官之通称）垂文溢彩，“峻岭、雄关、神州、番国”皆传留着都城之礼乐；新中国的成立，迎来了黎明的曙光，今日之中国已日新月异，欣欣向荣，北京城见证了一个新时代。该联熔铸古今，工丽典雅，切景切情，倍有韵味。

（彭大庆）

李家桥

门启天安，民乐地安，延礼义源流三万里，尽显皇家气派；
古遗诗卷，今开画卷，积人文底蕴几千年，堪彰祖国威仪。

评　析

“天安、地安”，“诗卷、画卷”，让人耳目一新，通过有启有乐，有古有今，尽显慷慨激昂、大气磅礴，读来感到热气沸腾。“天安门”原称“承天门”，为明清两代皇城的正门，后于清顺治八年（1651）改称“天安门”。“地安”出自《资治通鉴》卷二十二，原意为“天平地安”，“平”为天属“阳”，“安”为“地”属“阴”，这里“地安”寓意为风调雨顺、幸福康乐。就文辞而言，作者精于炼字，联中“启、乐、延、显”与“遗、开、积、彰”诸字，别出机杼，充分体现了其表述才情，也为首都北京唱响了美妙的赞歌。此联不仅可以让读者感受到北京源远流长的古都文化，还

展示出传统文化与现代文明的交相辉映。此联从北京古都文化的传承和发展切题，意境丰富，文辞畅达，发人深思。（彭大庆）

陈　鑫

八达岭前，忆画角飘飞，应知千载古都，千秋灿烂，扬名四海中枢固；

天安门上，看红旗招展，最喜百年新梦，百代纵横，拓路五洲大业雄。

评　析

八达岭长城位于北京西北郊，是北京的象征之一。站在长城前，这里曾经画角声飘飞，刀光剑影，厉兵秣马，无数仁人志士为固卫千年古都而呐喊。“千载古都，千秋灿烂”让人联想到古都北京曾经的热闹繁华、风云变幻，余香不散。“天安门”坐落在中国首都北京的中心，是国家的象征，也是中国梦的发源地。北京在新中国建设进程中，已傲立世界。“百年新梦，百代纵横”，新梦乃国之未来，当以时不我待的精神、奋发有力的斗志去追逐，民族的伟大复兴正等待我们亲身经历，接续奋斗。此联由远及近，由古及今，运用想象，囊括四海五洲，在构思上能奔放自如。（彭大庆）

南　京

南京，简称“宁”，古称金陵、建康，是江苏省省会、副省级市，地处中国东部、长江下游，濒江近海。南京自古以来就是一座崇文重教的城市，有“天下文枢”“东南第一学”（夫子庙）之称。作为中国四大古都、首批国家历史文化名城之一，南京文化底蕴深厚、人文荟萃，拥有得天独厚的地理位置和气度不凡的风水佳境，在历史上更是享有“衣冠文物，盛于江南；文采风流，甲于海内”的美誉。

吴立新

千年渺渺石城，此中有六朝烟雨楼台，秦淮花树；

一袭盈盈江水，何处寻几许英雄儿女，王谢风流。

评　析

南京曾是六朝古都，也叫石头城，秦淮河更是南京的母亲河，流淌着一河璀璨的文化。写南京，悠久的历史、厚重的人文底蕴是联作者必须要触及的。作者起笔合史，上联写城市风物，处处紧扣历史；下联言及地理位置，从长江写起，以“何处寻”统领下句，令人不由想到“大江东去，浪淘尽、千古风流人物”的意境。上下联中，一历史人文景观、一自然胜迹，熔历史、人文、名胜、典故于一炉，言虽不多，但内涵广、容量大，无尽感慨蕴于其中，亦将读者思绪带入其中矣。（魏艳鸣）

张项学

千载多怀旧，前楚金陵，后庭玉树，棠邑光回流幻影；
六朝且看今，钟山云紫，玄武波清，秦淮歌起赋春声。

评　析

南京的“古”，既有璀璨文化、人文风雅，更有几许悲情和悲壮。南京的“今”，博爱之都、世界文学之都，创新名城、美丽古都，蕴含无限生机和希望，前景广阔，前途光明。作者正是抓住一古一今这两条线索，来抒发情感。古是“幻影”，今有“春声”，通过一古一今的对比，尤其是作者以诗一般的语言描绘出的“今”的明媚，令人陶醉和振奋！上联多用典，蕴藉隽永；下联多写景，清新明丽。此联中间的二、三分句自对亦运用巧妙、对仗精工，且言辞清雅，融情于景，景中含情，亦为联句增色不少。（魏艳鸣）

张海正

江南门户，异于荆楚、殊与越吴，统九万里秀水仙山，有虎踞龙盘王气；
天下文枢，墨客之多、骚人之俊，传三千首名篇佳作，藏德隆望重材贤。

评　析

作者起笔提出观点，着力描绘南京自身特色，言其“江南门户，异于荆楚、殊与越吴”。此言诚是，亦是此联抓人和得巧处。南京就是南京，的确有着自己独特的一面，比如气质，比如性格，比如文化。作者抓住两条线，分别以江南胜地和天下文枢为统领，分别加以阐述。江南胜地有“虎踞龙盘”之气（亦有所典），“天下文枢”亦不虚言，娓娓道来，令人油然而生自豪之感。全联脉络分明，反映出了南京既个性又包容、既大气又底蕴深厚的特点，的确有几分南京特质！

（魏艳鸣）

开　封

开封，简称“汴”，古称汴州、汴梁、汴京。开封是首批国家历史文化名城之一，迄今已有四千余年的建城史和建都史，先后有夏朝，战国时期的魏国，五代时期的后梁、后晋、后汉、后周，宋朝，金朝等在此定都，素有八朝古都之称。开封是世界上唯一一座城市中轴线从未变动的都城，城摞城遗址在世界考古史和都城史上少有。

张建设

做都城十二回，北宋时方称第一；问文有欧苏，武夸杨狄，寇牵帝服，包铡奸头，如何错铸靖康耻？

遗风雅百千种，上河处非算无双；数塔名繁铁，园赞清明，菊重秋光，曲高梆子，须复绣裁盛世荣。

评　析

开封做都城的次数无论是十二次还是八次，从文化（唐宋八大家北宋就占了六位）、经济、社会、君臣关系看，北宋时应是其最为兴盛之时。其兴盛之因如上所说，是有欧阳修、苏轼、杨业、狄青、寇准、包拯一群文武忠良将相之拥戴，当然还有范仲淹、王安石、司马光不可或缺。这些虽不言而喻，家喻户晓，但作者就靖康之耻（靖康二年四月，金军攻破东京汴梁，俘虏了宋徽宗、宋钦宗父子及大量赵氏皇族、后宫妃嫔与贵卿、朝臣等三千余人，押解北上，东京城中公私积蓄为之一空。因发生于北宋钦宗靖康年间［1126—1127年］而得名）反问，发人深思。联作上下对、自对工稳，手法娴熟，游刃有余，不仅把开封古今文化的厚重展现，而且对北宋末年的悲剧也毫不留情地提出，留出思考的空间，堪为佳作。（方留聚）

王西川

汴城曾摞八朝，悬河下龙亭映水，铁塔擎云，大宋繁华图上现；

豫剧长兴千载，戏文间杨氏怀忠，包公秉正，高贤楷范国中传。

评　析

“悬河”，黄河流经开封，河床高出两岸地面，故称悬河，又称“地上河”。“龙亭”，即开封龙亭，其实，这不是亭，而是建筑在一座高达十三米的巨大青砖台基之上的殿堂。龙亭坐北朝南，高踞在台基之上。从地面到大殿有三十六丈高，代表三十六天罡；七十二级台阶，代表七十二地煞。台阶中间是雕有云龙图案的石阶。“铁塔”，指开封铁塔，其并非是用钢铁材料建造，只因其遍体都由褐色琉璃砖砌成，看上去犹如铁铸，所以从元代起民间就称其为“铁塔”。作者先总后分，先古后今，上联从八朝、悬河说起，龙亭、铁塔、清明上河图，已经把一个景观开封展现人们眼前；下

联借豫剧中家喻户晓的杨家将、包龙图进一步把一个人文开封展现开来，词语贴切精准，上下联各有侧重。（方留聚）

吴金城

源溯四千年，八朝做古都，龙亭威武，御街兴盛，铁塔巍峨，难得不离中轴线；

城延三百里，卌载呈新貌，豫剧铿锵，汴绣妖娆，菊花烂漫，唯期再现上河图。

评　析

上联一、二分句首先点明开封乃具有四千年历史的八朝皇都，接着用龙亭、御街、铁塔这些带有地标性的古建筑铺排，又以这些建筑同在一个中轴线上收结，说明这些建筑的雄伟和精致，把一个古老雄伟厚重的开封展现出来。下联则从今之人文着笔，勾勒出一个文化气息浓厚的新开封。结句是期许，期望开封能再现《清明上河图》那样的繁荣景象。可见作者用心良苦！（方留聚）

王家祥

诗讥赵宋熏迷，图描盛世清明，国耻千年难痛定；

都聚八朝底蕴，城旺中原业态，风和百里正高昂。

评　析

此联另辟蹊径，没有列举诸如开封龙亭、铁塔、御街等著名景观和文化符号，也没有说王安石、包拯、杨业等名相、名臣、名将，而是从一正一反两个事实说起，用靖康之耻来警示我们痛定思痛，不忘国耻，有其现实意义；同时又撷取开封古今之优势，鼓励人们奋发向上。上下联三个分句分别用“诗、图、国”和“都、城、风”做主语叙事，堪为妙笔。尤其是上联的“诗、图、国”三个字，诗指宋林升《题临安邸》绝句：“山外青山楼外楼，西湖歌舞几时休？暖风熏得游人醉，直把杭州作汴州。”图当是指宋张择端的《清明上河图》，国说的是发生在北宋末年的“靖康之难”。这三个字的内涵紧扣主题，外延丰富深厚。 （方留聚）

杭　州

杭州，简称“杭”，古称临安、钱塘，浙江省省会，长江三角洲中心城市之一，自秦朝设县治以来已有两千多年历史，曾是吴越国和南宋都城。因风景秀丽，素有“人间天堂”美誉。杭州人文古迹众多，具代表性的文化有西湖文化、良渚文化、丝绸文化、茶文化以及流传下来的众多故事传说。

李家桥

几千载文明璀璨，溯吴越雄州，南宋古城，忠义人文厚积，七彩史诗成画卷；

八百重气象妖娆，看钱塘雪浪，西湖月影，江河景气宏升，万家灯火是天堂。

评　析

联作上比述史：起句综述，“几千载”表其历史悠久；继以“溯”字领起两个分句，述明杭州曾是吴越国和南宋的都城，并因岳飞精忠报国及其他历史英雄人物的事迹，使杭州这座城市人文厚重；结句用“七彩史诗”赞誉，照应开头，从而展现了一幅历史画卷。下比赏景：“八百重”用夸张手法极言景象之盛；用“看”字领起下文分述，仅举钱塘江潮卷起滔天雪浪的阳刚美和西湖烟波月光下倒映出各色影像的朦胧美来提炼杭州的妖娆气象，接以“景气宏升”概括，使人领略了江河气象，自然归结到“万家灯火”有温度有色彩的杭州。上下比一纵一横间彰显了杭州的文明与气象，使人看到了一幅画卷、一座天堂。行文格调大气，剪裁得当，承接顺畅，用词雅致。（王西川）

孙芸香

物产最丰饶，凭谁谓丝绸之府，鱼米之乡，四季宜居通富路；景观何秀美，随我听湖面风生，潮头浪涌，一城遍览似天堂。

评　析

杭州不单历史悠久，风景秀丽，素有“历史名城”“人间天堂”的美誉，更得益于京杭运河和通商口岸的便利，以及自身富饶的丝绸和粮食、茶叶等物产，历史上曾是重要的商业集散中心，享有“鱼米之乡”“丝绸之府”等盛誉。此联正是抓住“物产”“景观”两方面展开，中节两句自对，将杭州的特产和景胜做典型概括，“湖面”指代西湖景色，“潮头”指代钱塘江潮，以点带面赞扬了杭州的“丰饶”与“秀美”。结句照应开头，“通富路”是当地人民的获得感，“似天堂”是八方来宾的观赏感，从而升华了主题。写法上用“凭谁谓”“随我听”做领字，不单领起了下文，更糅进了作者的观察、评价和感受，富有感情色彩。全联扣题鲜明，不枝不蔓，对仗工稳。（王西川）

曾宜华

好日坐钱塘，憾苏小难逢，柳外谁沽幸福酒；
春风行金谷，怜吴王不遇，湖边我筑富强诗。

评　析

“钱塘”，钱塘江，最早见名于《山海经》，因流经古钱塘县（今杭州）而得名。“苏小”，苏小小，钱塘人，南朝齐时著名歌伎，相传朝官孟浪痴迷于她，遭其拒绝。但苏小小慧眼识才，资助穷书生鲍仁进京赶考。死后由得第才子鲍仁将其葬于西泠桥畔，代有文人吟咏。“金谷”，金谷园典出《晋书·石崇传》：“崇有别馆在河阳之金谷，一名梓泽。”后泛指贵族园林、富庶之地。“吴王”，吴王历代较多，此当指五代后梁吴越国王钱镠，其建都杭州，推保境安民政策，使渔盐桑蚕之利甲于江南，浙民称其为“海龙王”。此联别开生面，开首颂“好日”，赞“春风”，转以一“憾”一“怜”借典故抑古扬今，结句揭示今时杭州人的幸福和杭州城的富强，意蕴丰富，耐人咀嚼。

（王西川）

李存固

天目峰高，饱览东南形胜。美景重重，尤醉玉雕千岛、月印三潭、灵藏一寺，引白诗王，山中觅桂，枕上听涛，常怀故地酬众庶；

钱塘水远，尽书今古沧桑。汗青历历，可寻良渚奇葩、临安盛状、吴越华姿，看新时代，霞蔚云蒸，鹏抟豹变，再造名城弄春潮。

评　析

上联中“天目”指天目山，处杭州西北临安区境内；“千岛”指千岛湖，位于杭州淳安县境内；“三潭”即三潭印月，杭州西湖十景之一；“灵藏一寺”即西湖灵隐寺；“白诗王”指白居易。下联中“钱塘”指钱塘江；“良渚”指杭州余杭区良渚文化的发祥地；“临安”，位于杭州市西部，古为临安府，今为临安区；“吴越”，杭州古为吴越故地。作者将杭州著名景胜古迹次第嵌入联中，充分展现了杭州的人文厚重和山水秀丽。除描形胜、道沧桑而外，上下结句重在数变化、看发展，将一座现代新城展现在读者面前。上下联均按三层节奏布局，第一层概括表述，第二层领句后用鼎足对铺陈，第三层承递深入，照应开头，章法布局明晰，长而不乱，可见技巧和功力。

（王西川）

吴金城

岂止丝绸之府，尽赏三潭印月，六合听涛，踏苏堤瞻岳墓，惊钱塘一线高潮扑面；

更兼鱼米之乡，畅游千岛涌波，群山叠翠，寻良渚问瑶琳，享龙井双杯底蕴飘香。

评　析

联中“丝绸之府”“鱼米之乡”皆是杭州的美誉。“三潭印月”“苏堤”“岳墓”“钱塘江”“千岛湖”“良渚遗址”“龙井茶”等尽是杭州景胜和物产。联作开首用“岂止”既赞美杭州的富庶，又引出下文，继而铺陈秀美风景和人文古迹；下联用“更兼”再作递进，接叙丰富物产和厚重文化，依次读来仿佛身临其境，天堂般的杭州呈现眼前，光彩尽现。全联气脉贯通，层层递进，布局有致，对仗工稳，特别是多个动词的运用使联作灵动鲜活。

（王西川）

安　阳

安阳是甲骨文的故乡、《周易》的发源地、红旗渠精神的发祥地、国家历史文化名城，也是豫晋冀三省交界地区区域性中心城市、京津冀周边协同发展区城市、省委和省政府支持建设的重要区域中心城市。名胜古迹有文峰塔、韩琦庙、袁林等。

王西川

甲骨文中寻厚重，殷墟漫远，周易闳深，邺郡七朝隆帝气；
太行山上觅精神，岳飞壮古，杨贵辉今，天河一道载雄风。

评　析

上联开首列出“甲骨、殷墟、周易”，展现出安阳从远古中走来的磅礴气势，更点出其为七朝古都，天馈其地，可谓历史厚重。下联描述被誉为“中华脊梁”的太行山，群峰险峻，关隘布陈，历来是兵家必争之地，地萃其雄，当推山水神奇。特别是宋代岳家军抗击金兵侵略的爱国典范一直激励着一代又一代的中国人民精忠报国、砥砺前行。近代太行山的抗日壮举更显示中华民族同仇敌忾、不屈不挠的精神。而当代在红旗渠总设计师杨贵带领下修建成的“人工天河”，更是自力更生、艰苦创业、团结协作、无私奉献精神的凝聚，人聚其杰，乃是人文斯盛。安阳可谓是天地人三才荟萃的完美体现，此一宝地定会再展雄风，建设得更美、更富足、更辉煌。该联从古至今娓娓叙来，脉络清晰，点面结合，鲜明地表现了主题。此联美中不足的是，“甲骨”是并列，“太行”是偏正，但作为固定词组的修饰部分是允许放宽的。（尚桂凤）

张建设

倚太行而拥东南，厚土毓贤才：有疏河大禹，演易文王，请缨妇好，拜相苏秦——纪国史千秋，岂唯鼎铸青铜，字镌甲骨？

凭黔首以扬骚雅，古都传伟业：看绿化园林，夹弦戏调，博物殷墟，航空虑岭——趁春风万里，自得凿通峡谷，举稳红旗！

评 析

上联着眼于历史，从大禹治水、周文王受困而演绎《周易》到中国历史上第一位女性军事统帅妇好（妇好是商王武丁的妃嫔，我国有历史记录的最早的女政治家和军事家，中国历史上第一位有据可查的女英雄）、联合六国的战国时期纵横家苏秦……真乃英才辈出，不胜枚举，且又有甲骨文、青铜器作为实物证据。下联落笔于当今，从地理到人文，落腔、怀调、四股弦、大平调等地方戏闻名全国，航空发展和红旗渠的建设彰显着进步与文明。上下联合璧，有千秋史、英雄人、美好景、大业绩，将安阳的厚重和辉煌展示在了读者的面前。联中设问和自对都用得特别好，联虽长，但标点符

号的恰当运用使联作节奏分明、气脉贯通。不足之处，“甲骨”并列，“青铜”偏正。（尚桂凤）

舒甘来

与京镐洛同辉，且看甲骨刻文，青铜铸鼎，赤土云深藏禁阙；
偕汴杭宁共美，尤喜殷墟梦幻，峡谷清奇，红旗风劲舞天渠。

评　析

安阳素有“七朝古都”之称，可以与京（北京）、镐（西安）、洛（洛阳）、汴（开封）、杭（杭州）、宁（南京）六个城市比肩；甲骨文、青铜鼎、殷墟都彰显着其文明之古远。当代历时九年零五个月建成的红旗渠，从太行山腰修建的引漳入林的工程，被称为“人工天河”，被誉为“世界第八大奇迹”。红旗渠见证了中国共产党的正确领导、劳动人民的勤劳智慧。该联精练概述了安阳的历史和景胜，富有赋的味道，加之领字的巧妙运用，使联作无罗列堆砌之痕，有清新之美。“甲骨”为并列结构，用“殷墟”偏正结构对，是为微瑕。（尚桂凤）

郑　州

郑州，河南省省会，简称“郑”，古称商都，是华夏文明的重要发祥地。传说五千年前，中华人文始祖轩辕黄帝出生并建都在这片土地上；三千六百年前，中国第二个奴隶制王朝商朝在此建都……历史上曾五次为都。郑州为全国特大城市、国务院批复确定的中国中部地区重要的中心城市、国家重要的综合交通枢纽。郑州有着丰富的旅游资源，诸如天地之中历史建筑群、轩辕黄帝故里、大运河、“天下第一名刹”少林寺、中岳嵩山、嵩阳书院等等。

王西川

夏商肇始，数群雄逐鹿，故事载英豪，历史掀开涵厚重；
工贸宏兴，看百业腾龙，新城铺壮丽，中原崛起领风骚。

评　析

“肇始”，开始，发端；“群雄逐鹿”，成语，形容各派势力争夺最高统治地位，出自西汉司马迁《史记·淮阴侯列传》；“风骚”，风指《诗经》里的《国风》，骚指屈原所作的《离骚》等楚辞，后用来泛称文学，此处指城市风采。此联一纵一横展开，上联纵写，从郑州的肇始说起，作者概括有方，千头万绪归于一句，

“群雄逐鹿”足让读者浮想联翩，无数“英豪故事”在脑际回荡，显示郑州历史之厚重；下联横写，描述郑州当代的宏兴，“百业腾龙”同样有涵盖无穷之功效，尽显新中国成立及改革开放以来壮丽新城的万种风情。全联对仗工稳，“百业腾龙”虽非成语，但“百业”与“群雄”皆以数量词成工对，“龙”与“鹿”小类亦工，值得称道。

（郭新华）

罗善德

北望燕京，侧栖中岳千山峻；
东奔沧海，腰贯黄河万里波。

评　析

“燕京”，北京市的别称，因北京在春秋战国时为燕国国都而得名；“中岳”，即嵩山，位于郑州南部登封市。黄河和嵩山是郑州的两大地理文化特征，此联侧重于从地理位置来描述，作者居郑州而北望京城、看黄河穿市而过直奔东海，胸襟和视野何等开阔！联语简洁流畅而准确，“北望”与“东奔”，“侧栖”与“腰贯”四组偏正动词短语两两相对，十分工整，塑造出中岳侧立、黄河横贯的灵动气势，此情此景非郑州莫属。

（郭新华）

刘志林

一城显赫河南，华夏文明翻首页；
四面对接天下，交通枢纽展宏图。

评　析

黄河中下游的中原地带是中华民族繁衍生息的摇篮，郑州处在中原地带的中心，有着厚重的文化底蕴，称其翻开华夏文明首页可谓名副其实；作为中国中部地区重要的中心城市和双十字交通枢纽，其四面对接天下的恢宏画面自是无人替代。此联张扬大气，倒也恰如其分。词语结构方面，数量词“四面”对“一城”，方位词“天下”对“河南”，“华夏文明”和“交通枢纽”皆是并列结构词组成的偏正词组，对仗十分工整。（郭新华）

石安辉

历风霜千百余年，固十字中心，雄振鹏程扬四海；
凝血肉二七双塔，耀五星顶点，势得嵩岳敬三分。

评　析

“二七双塔”，郑州二七大罢工纪念塔。此联简繁把握得当，千余年风雨一笔带过，“固十字中心”形象扼要地塑造出郑州的重要地理位置，“雄振鹏程扬四海”高度概括了今日之郑州。下联将“二七双塔”与“千百余年”相对，可见分量之重、用情之切，倾注了作者对在反封建军阀及列强斗争中牺牲的先烈们的敬仰和缅怀之情。巍峨的嵩岳面对着这血肉凝成的双塔竟也敬仰有加，人非草木，孰能无情，我辈后昆又岂能忘记那些英勇献身的烈士们呢？由此得见，郑州不仅是国家中心城市，也是一座英雄的城市。（郭新华）

吴岱宝

五千年王气壮山川，三万里文华光日月，正堪仰轩辕威德，禹渎功勋，仆射旧陂，世宗遗冢，望古缁衣馨四海；

临京水看西来驿路，接汴流赏东去人烟，应早知二室盘云，九河带雪，斗龙门外，集凤台边，怡情胜境誉八荒。

评　析

此联大量用典：“轩辕”，即黄帝，五帝之首，被尊为中华“人文初祖”；“禹渎”，大禹开凿的水道，即指大禹治水的典故；“仆射旧陂”，指仆射陂，《新唐书·地理志》载，郑州管城县（今郑州）“有仆射陂，后魏孝文帝赐仆射李冲，因以为名”；“世宗遗冢”，指庆陵，为后周世宗睿武孝文皇帝柴荣的陵墓，位于郑州市新郑郭店镇陵后村陵上西侧；“缁衣”，朝服，出自《诗经·郑风·缁衣》；“京水”，郑州市惠济区花园口镇的京水村，曾是春秋战国时期郑国的都城，古称京城，流经这里的一条河史称京水；“驿路”，驿道，古时传递政府文书等用的道路；“汴流”，即汴河，亦即通济渠，在今河南开封；“二室”，指嵩岳的太室山和少室山；“九河”，是古代黄河下游许多支流的总称；“斗龙门外”“集凤台边”，出自宋诗人韩维的《寄郑州曾资政》诗句“斗龙门外波光绿，集凤台边柳色黄”；“八荒”，四面八方遥远的地方，犹称“天下”。这是一副很有气势和文采的力作，联中用典皆与郑州关联甚密。上联多是遗迹等静态画面，正可谓“堪仰轩辕威德，禹渎功勋”，“望古缁衣馨四海”；下联则多是流动的风光，有京水西来、汴流东去，更兼“二室盘云，九河带雪”，“怡情胜境誉八荒”，分别展现了郑州厚重的历史以及自然和人文风光。值得称道的是，众多典故并非简单地罗列，而是以排比句式顺序展开，让人感到信息涌动、扑面而来，风光旖旎、目不暇接。同时上下联各自采用句中自对，使词序结构、句式风格迥然不同，既做到工整又不至于因雷同而产生视觉疲劳。稍显不足是古朴有余而时代感稍欠。下联如能宕开一些，融入一些时代气息则相对完美。（郭新华）

大　同

大同古称云中、平城，是中国首批二十四个国家历史文化名城之一，位于山西省北部大同盆地的中心，实为全晋之屏障、北方之门户，被誉为“北方锁钥”。大同曾是北魏首都，辽、金陪都，境内古迹众多；同时也是中国最大的煤炭能源基地之一，素有“中国煤都”之称。

王西川

扼三省而屏晋境，纵战火频经，仍留下云冈石窟，边塞长城，华严古寺；

豁四山以畅雁程，虽朔方偏驻，却馈来铜器光煌，煤田广厚，恒岳巍雄。

评　析

“云冈石窟”，位于大同西郊十七公里处的武周山南麓，为中国规模宏大的古代石窟群之一，与敦煌莫高窟、洛阳龙门石窟和天水麦积山石窟并称为中国四大石窟艺术宝库。“华严古寺”即华严寺，位于大同古城内西南隅，始建于辽重熙七年（1038），依据佛教经典《华严经》而命名。上联以“扼三省而屏晋境”起笔写大同之位置；“战火频经”写大同劫火重生，仍然生机勃发；结句之“云冈石窟，边塞长城，华严古寺”复作以回应。下联“豁四山以畅雁程”承接上句，中间之“朔方偏驻”写大同地处偏僻，为结句“铜器光煌，煤田广厚，恒岳巍雄”蓄势。全联妙在句式灵活，长而不滞；结句之鼎足对新颖而切题。（咸丰收）

郭新华

循悠岁月，有猿居遗址，石器旧痕，虽咽喉锁钥著称，何妨人类绵延地；

览胜山川，看古寺悬空，云冈佛窟，尤恒岳险关饮誉，齐扮大同旖旎春。

评　析

“古寺悬空”，指悬空寺，位于大同浑源县恒山金龙峡西侧翠屏峰的峭壁间，素有“悬空寺，半天高，三根马尾空中吊”的俚语，以如临深渊的险峻而著称，建成于一千四百年前北魏后期，是中国仅存的佛、道、儒三教合一的独特寺庙。上联起笔写大同历史，以“猿居遗址，石器旧痕”加以点缀，“咽喉锁钥”略作停顿，结句“人类绵延地”呼应前句。下联“览胜山川”写大同之秀美风光，中间“古寺悬空，云冈佛窟”稍作映带，结句以“大同旖旎春”加以总述。全联句式多变，切题尚好。结句与前几句略有脱节，似可再斟酌，如“何妨”。（咸丰收）

吴岱宝

共恒岳人天北柱，扼三省咽喉，成千年钥锁，雄关剑影连霄动；

仰云冈我佛西来，惊悬空精舍，觉善化法堂，宝相梵音入晓闻。

评　析

“恒岳”，即恒山，位于浑源县。北岳恒山与东岳泰山、西岳华山、南岳衡山、中岳嵩山并称为五岳，为中国地理标志，是天下道教主流全真派圣地。“宝相”，一般指佛的庄严形象，也指帝王的形象。“梵音”，指佛的音声，佛的音声有五种清净相，即正直、和雅、清彻、深满、周遍远闻，为佛三十二相之一。上联起笔以“共恒岳人天北柱”作衬，中间“扼三省咽喉，成千年钥锁”为句内自对，写大同之形胜，结句“雄关剑影连霄动”略作映带。下联“仰云冈我佛西来”借云冈带出大同，中间以“惊悬空精舍，觉善化法堂”映带，结尾处再次点题。全联起句灵动，中之自对，结句稳妥。如能结句处不作寻常语，定能再生波澜。（咸丰收）

王　衍

龙据圣都，虎盘重镇，百里烽烟散灭，思太守春秋，云中持节；

窟藏石壁，寺吊空崖，千年文化传承，愿大同世界，天下为公。

评　析

“云中持节”，指汉代镇边名将魏尚，于文帝时任云中太守，因报功所上敌人的首级数与实际杀敌数相差六个，被削职。冯唐为其申冤，因令持节赦魏尚，使复为云中太守。后用以泛指忠心耿耿的边将。上联“龙据圣都，虎盘重镇”写大同之形胜，中间之“百里烽烟散灭”写大同屡经战火，历史悠久。下联“窟藏石壁，寺吊空崖”写大同之风光，能够赓续传承，结句给予美好祝福。全联前两分句自对切题，为常见套路，中间一句亦空泛一些，结句最是精彩。

（咸丰收）

王雪原

华天亮翅而兴雁北，猎云中石骨、恒岳山岚，锁钥殊功千古境；

晋韵和鸣以渥京西，看魅力流觞、能源蕴梦，春风故国一城诗。

评　析

上下联起笔以散句切入，中间采用本句自对，联脉安排合理，联味十足。上联写史，比如原雁北所辖十三县，七县今属大同；写人文，比如云冈石窟；写地理，比如北岳恒山以及大同从古至今都是兵家重地，北方锁钥。大同元素历历在目，大同味道淋漓尽致。写法上一个“猎”（搜寻、寻找的意思）字，动感十足，跳跃感、时代感、沧桑感油然而生。下联起句之“晋韵和鸣以渥京西”定调，体现了大同作为北方重镇的历史地位和地理地位。中间之"魅力流觞、能源蕴梦"切大同能源之盛、魅力之誉，两结句上结用笔厚重，下结"春风故国一城诗"甚妙，韵味十足，画面感极强。

（咸丰收）

张建设

九都之一,九边之首，扼晋北咽喉，作京西屏障，果然大也；

五府称邻，五岳称奇，持云中节钺，问天下龙图，谁与同哉？

评　析

此联的第一个特点是，精准地选择了大同的一些独特要素，并找到其中数量词的共性构成对仗，还很好地运用了重字技巧。大同古称云中、平城，曾是北魏首都，辽、金陪都，是中国历史学会公认的九大古都之一。明代则在绵延万里的北方边境线上设立了九座边防重镇，大同是其中战略位置最重要的一处。其周边毗邻乌兰察布、朔州、忻州、张家口、保定五座地级市（府），境内有五岳之一以奇著称的恒山。第二个特点是分别在上下联结尾镶嵌了"大同"二字，且之前更以"扼晋北咽喉，作京西屏障"再次点明大同的战略地位重要以及"大"的理由，以化用苏轼词句"持云中节钺"接着"问天下龙图"提出了"同"的愿望，嵌之有理，嵌得有一定高度。如此结句生动而澄鲜。

（咸丰收）

成　都

成都，简称“蓉”，别名蓉城、锦城、芙蓉城、锦官城，是四川省省会、副省级市、中国西部地区特大中心城市，国家重要高新技术产业基地、商贸物流中心和综合交通枢纽。自古物产丰富，农业发达，有“天府之国”美誉。是全国十大古都之一，国家历史文化名城、旅游名城，拥有都江堰、武侯祠、杜甫草堂等名胜古迹。

李存固

登百尺危楼，念李冰壮举，诸葛赤忱，薛涛红泪，杜甫忧怀，此豪情雅韵，皆源锦水苍波，西山古雪；

看千年天府，惊商厦摩云，老街焕彩，川绣扬名，火锅溢美，凭朝气春风，再画人间形胜，蜀域苏杭。

评　析

“百尺危楼”，化用了李白《夜宿山寺》“危楼高百尺”诗句。危楼，指阅江楼。李冰、诸葛亮、薛涛、杜甫皆是与成都有关的历史名人。“形胜”指景色壮美之地。此联上比写古，用典丰富而准确，气脉顺畅，一气呵成；下比写今，特色鲜明而独到。尤其一

“念”一“惊”分别领起的排比句（也是四个自对句），内容如琼浆玉液纷纷涌出。一登危楼“念”出如此多历史豪情雅韵，一看天府“惊”出如此多今天朝气春风，能感受到作者对成都的思绪和情怀，也体现了对成都的赞美。一番“念、惊”之后，接着在“皆源、再画”领起下，又分别展现了两个总结归纳的自对句。全联行文如流水，气势如飞虹，感情色彩浓，概括成都特色鲜明。仅“此、凭”词性非工，属微瑕。（金光瑜）

张项学

古蜀帝王地，云横玉垒，水荡金沙，华阁浮烟连紫阙；
锦城俊杰人，琴奏文君，诗吟花蕊，江楼望月忆红笺。

评　析

“金沙”，指金沙遗址；“琴奏文君”，指司马相如奏琴示爱卓文君；“花蕊”，指诗人花蕊夫人；“红笺”，女诗人薛涛自制桃红色诗笺。此平水韵联开笔即写成都为“帝王地”总领上联，接着选取美好意象马上跟进，写出了古时成都的辉煌美好：祥云被高大的城池阻隔，流水激荡着金沙，美丽的亭台楼阁浮烟缭绕连绵着金宫紫阙。下联以“俊杰人”起步，采用多个典故写出了成都人才众多：司马相如和卓文君、文采飞扬的花蕊夫人、红笺寄情的女诗人薛涛等，这一切连潺潺江水和皓皓明月也不曾忘怀。全联每比仅十五个字，却写出了成都众多故事、美景、才子佳人，联语凝练丰满，底蕴厚重，功夫在联外也！句脚如用正格就更好了。（金光瑜）

李家桥

溯煌煌史迹，武侯安土，诗圣怜民，俊彦逐龙腾，自古人文争蔚蜀；

领滚滚潮流，天府拓城，农桑振世，声名随鹊起，于今风物竞铺春。

评　析

此联用典不生疏。上联以“溯煌煌史迹”，从历史入手引出两个具有代表性的自对句“武侯安土，诗圣怜民”，紧接着进行了概括“俊彦逐龙腾”，而结句突出了成都自古就是人才和文化聚集的地方。下联以“领滚滚潮流”，从与时俱进谈起，接着也是两个自对句“天府拓城，农桑振世”和上联对应，然后同样是概括议论——声名鹊起的成都今天更加春意盎然。全联语言优美，上下两个开笔句，一下子吸引了读者看下去，接着把具有本地特点的故事以两个自对句形式将主角成都推出，同时为后边做好了铺垫，得出成都是龙腾鹊起的地方，两结句“争蔚蜀”“竞铺春”才有了根据。上联侧重写古，下联侧重写今，明确清晰。（金光瑜）

郑翠娟

武侯祠吊古，宽窄巷采风，更西岭念东吴，草堂怀杜甫，天府最宜心久住；

高科技繁华，新人才涌现，又航空图覆盖，铁路网交通，蓉城正领蜀长兴。

评　析

武侯祠、宽窄巷、杜甫草堂是成都的代表景点；“西岭、东吴”来自杜甫的诗句“窗含西岭千秋雪，门泊东吴万里船”。此联提笔分别是两个自对句，接着又以“更、又”领起把意思引向了深处，且还是两个自对句，最后把目的和重点落在了两个结句上：“最宜心久住”“正领蜀长兴”，概括归纳得好，突出了成都使人倾心、适宜久住，更具有长期引领整个蜀地繁荣发展的条件，让人对成都钟爱有加。上联是从人文精神角度运笔，下联是从现代化发展角度泼墨，分工明确，作联手法娴熟，概括突出成都特色全面。只句脚非正格。（金光瑜）

金光瑜

成天府之都，聚仙家之气，青城山问道，都江堰听涛，八百里云蒸霞蔚，三千年人杰地灵，清馨恬淡芙蓉国；

谒武侯之庙，游杜甫之堂，古蜀邑怡心，锦官城养性，十多区草木葳蕤，万余巷风光旖旎，昌盛繁荣诗画乡。

评　析

成都市辖区面积八百多平方公里，建城史有三千多年，现十多个市辖区，大街小巷上万（此也有夸张意）。全联用典准确明了，地域特色鲜明，上下比首两句分别是自对句，并且分别用了“成、聚”“谒、游”两组动词领起；接着三、四分句又分别是两个自对句，四个地点分别以四个行为“问道、听涛、怡心、养性”来突出写其特色；再接下来五、六句又分别是两个自对句，从地理范围、时间范围对成都进行了描述概括。各比前六句出现了两两三对儿自对句，鱼贯而出，连绵不断，气势步步加强，把具有成都特色的物象、人文、风光等大气磅礴地给予了展现。而最终两个结句又是高度地归纳总结，赞美了成都是“清馨恬淡芙蓉国、昌盛繁荣诗画乡”，真乃天府之国，令人向往也！四个“之”字属规则重字。

（金光瑜）

王家祥

周太王聚邑成都，古史尤弘，今风更盛，时人向往之，蓉锦名都频上位；

蜀丞相筑城留状，旧祠犹在，新观再荣，骏业崇隆也，流连胜状总萦怀。

评　析

上联首句用了周太王以“一年成聚，二年成邑，三年成都”而得成都名的典故，此《太平寰宇记》有记载。此联笔墨自如纵横，联语所及古今尽括——古也繁华、今也兴隆，而重点又落脚在了今日之成都“蓉锦名都频上位，流连胜状总萦怀”上，并以此收尾。此联虽然没有用具体的意象来描写，如“古史、今风”如何，“旧祠、新观”怎样，等等，但读后却有“此时无声胜有声”的感觉，给读者留下了联想空间，唤起了读者对成都的美好想象能力。联的二、三句分别是自对，上下比间又是兼用自对，两结句很抢眼，尤其是“频上位、总萦怀”用得佳，“都、状”规则重字等都很好。只句脚平仄交替不是很规范。

（金光瑜）

楹联同题

十大古关

山海关

山海关，位于河北省秦皇岛市东北十五公里处，明洪武十四年（1381）筑城建关设卫，关城北倚燕山，南连渤海，故得名山海关，冀辽在此分界。山海关素有“天下第一关”“边郡之咽喉，京师之保障”之称，与万里之外的长城另一端——嘉峪关遥相呼应，闻名天下。

邹卫东

祭旗横马啸，风雨之中，莫负名关，依山去瞭灯明屿；
鸣橹竞帆先，苍茫以外，且图霸气，襟海来看日浴波。

评　析

起笔“祭旗”“鸣橹”可谓先声夺人，营造边塞气氛。结笔“灯明屿”“日浴波”，语出南宋刘克庄《海口三首》其一：“昏窗微见灯明屿，霁阁遥看日浴波。”写关楼上所见。而把“莫负”“且图”置于联语中段作转折，承上启下，自然而联意豪迈。“依山”“襟海”，化自明代蒋一葵《长安客话·古榆关》：“本朝武宁王徐达经略北边，谓是枕山襟海，实辽蓟咽喉，乃移关于此，连引长城为城之址。”写出山海关之地理特征，不觉有嵌字之痕迹。整联语言典雅、流美，意境雄浑、大气而鼓舞人心也！

（杨远建）

金光瑜

袁崇焕守之怀社稷，吴三桂视之成利益，此处恰如山海之分，水陆之分，一关可鉴忠奸事；

东北人居者念中央，松花江泊者祭炎黄，当今都谓同根者也，共源者也，两侧正兴唐汉风。

评　析

上联写古，以排比起笔，言明末清初袁崇焕、吴三桂两人与山海关的利害关系，概括精到，最终曰：“一关可鉴忠奸事”，立意独到。下联写今，感叹“都谓”“同根者也，共源者也”，昔日之烽烟再也不会重燃，关内关外已然劲吹汉唐雄风，繁华骤起，由此山海关关而不关，仅为一景，极具时代特色。副词“之”与“者”，用之频繁，然是有规律之重复也。联语以散文笔法行笔，散而不乱，气势连绵，议论如云，对比强烈，可谓风味独特者也！

（杨远建）

张项学

魏哉山海间，晓开长剑，暮挽玉弓，每看翻飞云竞度；
美也画图里，峰落月辉，波回日影，常迎变幻天泛红。

评　析

以“巍哉”“美也”起势，颇具赞美之意也！一“哉”一“也”声韵悠长，似有回声。接着便以句中自对的排偶形式描写为何巍哉、美也。言在山海之间，“晓开长剑，暮挽玉弓”，可谓豪迈。“长剑”语出三国魏阮籍《咏怀八十二首》其三十八：“弯弓挂扶桑，长剑倚天外。”在画图里面，“峰落月辉，波回日影”，意境可谓壮丽而潇洒也！“日影”语出白居易《任老》：“不愁陌上春光尽，亦任庭前日影斜。”如此巍哉、美也，怎能不让游客流连忘返，“每看”而“常迎”之呢！（杨远建）

孙芸香

山横翠黛，一关雄伟托明月；
海起银波，千古兴亡诉晚风。

评　析

“翠黛”指女子的眉，“黛”即螺黛，为古代女子画眉时所使用的一种青黑色矿物颜料，故而“翠黛”亦可为偏正词组也。此联借“山”“海”嵌字起笔，以“托明月”“诉晚风”缀尾作结，一“横”一“起”，一“托”一“诉”，为拟人手法，写活雄关，结构浑然一体，感慨深沉，见出“一关（即山海关）”“千古”之风采，其借景抒情，可谓言有尽而意无穷者也！“千古兴亡”，语出南宋辛弃疾《南乡子·登京口北固亭有怀》：“千古兴亡多少事？悠悠。不尽长江滚滚流。”

（杨远建）

居庸关

居庸关，是京北长城沿线上的著名古关城，也是中国的城堡之一。“天下九塞”之一，国家级文物保护单位，自古为兵家必争之地。居庸关与紫荆关、倒马关、固关并称明朝京西四大名关，其中居庸关、紫荆关、倒马关又称内三关。居庸关是四大重要关卡之一，有南口、居庸关、上关和八达岭。

王雪原

倚燕山以筑云台，一关叠翠，四极凝岚，任八百年兵燹如烟，踏马回车横岳老；

雕白玉而宁国祚，秦迹铿锵，金风离散，凭九万里江天若鼎，临屏得势问春深。

评　析

“倚燕山”点名了居庸关的位置。“云台”是元代过街塔的基座，关城中保存最为完整的，要算云台了，关城就是围绕云台建造的。当年元人从居庸关进入京城，知道其重要性，遂在关沟两端设立南北二口。元末至正二年（1342）开始，遍寻美石，用了四年时间，在关沟路上筑起云台，下大上小，平面呈矩形。“兵燹”，指的是因战乱而遭受的焚烧破坏。“国祚”指国家之运道。此联从居庸关的所处位置及在历史上的重要地位谈起，整体对仗工稳，颇具气势。采用“七四四八七”句式，中间铺排有致，“一关叠翠，四极凝岚”和“秦迹铿锵，金风离散”采用当句自对的手法，很有张力。“八百年兵燹如烟”和“九万里江天若鼎”非常有画面感，张力十足。结句很有诗意，耐人寻味。

（王凤茹）

卫　国

拥翠山峦叠嶂，看云台摘月，溪谷飞珠，石刻遗辉，四时奇景风光泄；

居庸畿辅做屏，有铁炮扬威，瓮城困敌，水门守卡，千载雄关锁钥横。

评　析

“畿辅”是指环绕京城之特殊行政区域，出自张煌言《师入太平府》诗：“天骄取次奉冠裳，畿辅长驱铁裲裆。”“锁钥”，军事上相当重要的地方。此联上联的“山峦叠嶂、云台摘月、溪谷飞珠、石刻遗辉”写出了居庸关的景色美；结句一个“泄”字，用得极其奇妙，仿佛有身临其境之感。下联从写居庸关的军事特征入手，“铁炮扬威、瓮城困敌、水门守卡”非常切合居庸关的军事设施特点；结句“横”字，把居庸关的军事重要性表现得一览无遗。纵观全联，采用总分总的结构使得全联的层次分明，整联读来十分顺畅，还采用了夸张、比喻的修辞手法，非常有文采。

（王凤茹）

吴岱宝

谁谓居庸？想当年铁马嘶风，银刀泛月，一关钥锁金汤固；
我来放眼：看今日山翻翠浪，水涌碧涛，百丈云台壁垒新。

评　析

“金汤”是“金城汤池”的略语，指金属造的城，沸水流淌的护城河，形容城池险固。如王融《永明九年策秀才文》：“金汤非粟而不守，水旱有待而无迁。”“壁垒”，军营的围墙，泛指防御工事。如《史记·黥布列传》：“深沟壁垒，分卒守徼乘塞。”全联层次分明，上联采用设问的方式，自问自答，进行了怀古，写了两个场面“铁马嘶风，银刀泛月”，一下子就把读者拉到了战争的场景中。下联写今，从“我”的角度，看到的今天居庸关的景色，“山翻翠浪，水涌碧涛”画面冲击力极强，想象力丰富。“百丈云台壁垒新”，一个“新”字，把联写活。（王凤茹）

孙芸香

居九塞雄关险峻，门掩家园，力排敌寇，惯看血光争胜负；
列八陉余脉连绵，云台访古，石径探幽，疑临幻境叹清奇。

评　析

“居九塞雄关险峻”写出了居庸关的重要。“门掩家园”把居庸关比喻成一个门，“力排敌寇”与上句构成承接关系，当句自对。“惯看血光争胜负”，把画面拉到读者面前。下联“云台访古，石径探幽”写出了人物的活动，结句“疑临幻境叹清奇”写出了居庸关的景色之美，“疑临”一词，写出了人物的喜悦赞叹之情。全联分别从两个角度着手，层次分明。上联是从居庸关的地理位置入手；下联写人物的活动，写出了居庸关的景色之美。镜头由远及近，有画面感。

（王凤茹）

紫 荆 关

紫荆关，是长城的关口之一，位于河北省易县城西四十公里的紫荆岭上，为河北平原进入太行山的要道之一，有“一夫当关，万夫莫前”之险。列为“太行八陉”之第七陉、“天下九塞”之第四塞。紫荆关险中蕴秀的古塞风光，浑厚的文物、军事历史底蕴，使其成为易县一处新的旅游胜地。

杨德峰

万里长城套短城，干戈经百遍，想白骨尘湮，紫荆根固；
一关旧迹加新迹，陉塞锁千秋，看红枫叶灿，黄土岭巍。

评　析

上联视角重在“古”，由地形特点写起，素有“畿南第一雄关”之称的紫荆关由五座小城组成，用“长城套短城”来表述，生动贴切。历史上在紫荆关曾发生的战争达一百多次，可谓“干戈经百遍”。“白骨尘湮”，换来的是“紫荆根固”，战争已成历史，国家安定，社会和谐。下联重在写“今”，而今，经过修缮的紫荆关，险中蕴秀的古塞风光，浑厚的历史底蕴，吸引了越来越多的游人，来看“红枫叶灿”，仰“黄土岭巍”。上下联从不同的视角来写，

构思精妙，联语流畅生动，富含美感。（周明扬）

张项学

皆称京邑咽喉，已排四塞，又位七陉，大名却自野花盛；
虽历血腥争战，瓦剌破关，天骄越隘，威势终从乱世来。

评　析

此联采用句中自对手法，紧扣主题，层次清晰。上联的“咽喉”概述紫荆关险要的地理位置，“四塞”即“长城九塞”的第四塞。“七陉”即“太行八陉”的第七陉。如此著名的关隘，满山遍野山花烂漫，缘何却以战争闻名，为联句埋下伏笔，令人深思。下联的中间两个分句写历史上有名的蒙古瓦剌和成吉思汗发起的两次战争。以史实进行正面举证，引出结句，解开疑团，使全联升华增色。（周明扬）

黄一坤

筑三道门雄，依坡傍水，横屏钥锁咽喉，看紫塞金城多蕴秀；
思七陉源远，追昔抚今，阅武碑铭烽火，喜狼牙铁骨永流芳。

评　析

上联突出紫荆关“依坡傍水”的秀丽，侧重于写景。起句紧扣以三道关门雄险的特势，与后面的“屏钥锁咽喉”照应。下联“追昔抚今”，以康熙题阅武碑、狼牙山五壮士的史实，饱含着对前贤、先烈的推崇，侧重于述事。上下联交相辉映，相得益彰。巧用领字是作品的一大亮点，上联的“筑”“横”和“看”，下联的“思”“阅”和“喜”，读起来有气势磅礴之感，使联句生色。

（周明扬）

王瑞华

横截南北，关扼太行，任你人生凤翼，马长龙足，胜我方能称好汉；

纵贯东西，名扬天下，看他四塞雄风，七陉霸气，出兵不许犯中华。

评　析

此联采用句中自对手法，“截、扼、贯、扬”等动词传神地写出了紫荆关的险要，读起来气脉流畅，浑厚壮实。上下联均为先写景，后抒情，情景交融，浑然一体，洋溢着一股豪迈之气。联末点睛，深化主题。上联结句与“不到长城非好汉”有异曲同工之妙，下联结句与巍巍中华不可侵犯的爱国精神相契合。联赞祖国大好河山，不沉溺于花红柳绿，旨在抒发爱国之情、壮民族志气，增强自信、自立的高尚情怀，是作品的难能可贵之处。

（周明扬）

娘子关

娘子关为著名关隘，位于太行山脉西侧绵山山麓，有“万里长城第九关”之称，为历代兵家必争之地。原名“苇泽关”，因唐平阳公主曾率兵驻守于此，其部队当时人称“娘子军”，故得今名。娘子关现存关城建于明代，古城堡依山傍水，居高临下，建有关门两座。东门上有平台城堡，另有承天寨、老君洞、妒女祠、烽火台等十多处景点，现为著名景区。

王西川

苇泽踞名关，想当年娘子督师，武略文谋铭史话；
桃河开画境，游此地灵泉悬瀑，戍楼古寺荡和声。

评　析

“苇泽”，地名，娘子关历史悠久，据记载，隋开皇时曾在此地设置苇泽县。“娘子督师”，唐高祖的女儿、唐太宗的姐姐平阳公主，曾率娘子军在此设防、驻守。“桃河”，是横贯山西阳泉市区、流域面积仅次于滹沱河和温河的一条穿境大河，四季奔流不息，水资源丰富，景致不凡。据《阳泉市志》载：“桃河古称绵曼水，发源于山西省寿阳县东部的土陉岭。”《平定州志》（光绪）载：“桃水源出寿阳县东南桃源沟……水赤色如桃花故名。”辛亥革命后任南京临时政府代表、参议院议员的李素是平定娘子关人，他在《思家乡形景》诗中也写道：“兀兀承天天不孤，一村烟火半山处。苇泽关下苇泽深，桃河河中鱼儿稠。”此联上比写娘子关名称的由来，下比写如今娘子关景区的特色景点。全联抚今忆昔，笔意舒展，对仗工整，清新雅致。

（生吉俐）

吴海燕

恃峭壁以成天堑，忆往昔凭高眺远，见十万旌旗，百二绮罗，公主横刀还立马；

存雄风而化景观，到如今傍水依山，有潜龙入谷，悬泉喷玉，王孙取义续传奇。

评　析

上下联除了描述自然环境，还分别提到与娘子关有关的人物，上联“天堑”，指天然形成的隔断交通的大壕沟。娘子关一带，险山、河谷、长城为晋冀间筑起一道天然屏障。“公主”，指唐朝平阳公主。下联“潜龙入谷”，指在山谷间奔流的桃河水；“悬泉喷玉”，指娘子关瀑布，位于娘子关城堡东门附近约三百米的妒女祠下，山坡谷中泉眼累累，形成悬泉，人称水帘洞。作为历代兵家必争之地的娘子关，经历过多次战役，特别是清朝时抗击八国联军、抗日战争时阻挡日寇侵略铁蹄，这些战役，都在历史上留下浓墨重彩的一笔。此联生动形象，句中自对，流畅自然，用词新颖大气。结句精彩，画面感强。

（生吉俐）

牛牧之

酹酒祭前朝，算来两万里河山动荡，传说平阳公主，破虏将军，日暮城头曾走马；

分花登古道，望去三千年风月轮回，相逢开路民工，通关商贾，春深岭外正飞车。

评 析

上联端起酒杯忆往昔，想那河山动荡的往昔岁月，有过唐朝平阳公主在此驻守（这正是娘子关名称的由来），有过历代抗击外敌入侵的守关战役。“破虏将军”，是官名，属杂号将军名，掌征伐，东汉献帝初平年间初置，东汉末董卓专权，孙坚与袁术合兵讨伐董卓，袁术表孙坚行此职。十六国前秦沿置。联中指代在此守关指挥战斗过的历代将领。“日暮城头曾走马”写出了当年战争氛围下的日暮时分，危机四伏，不得安宁。下联尽赏春花抚今朝，游人在景点游览美景，感慨万千；他们遇到的人们，有正在修路的民工，有来往的商人；山上古道两旁花开正好，路上车流不息，真是一派欣欣向荣的盛世景象。此联对仗工整，以叙述口气，用词朴实，自然平和，娓娓道来，今昔对比，视野开阔，耐人寻味。（生吉俐）

李显增

晋冀隘喉，兵争之地，万里长城第九关，曾闻溅血山河，抵洋德日；

村街唐韵，水秀其乡，百泉溪浪绕千户，可览平湖波漾，瀑布帘飞。

评 析

上联写娘子关位置的重要性及历史上曾经发生过的重要战役。娘子关有“万里长城第九关”之称，为历代兵家必争之地。八国联军侵华期间，最激烈的战斗发生在山西娘子关一线，清军将领刘光才、李永钦指挥忠毅军及武功、晋威各营，自光绪二十六年（1900）十月至二十七年二月，连续击败上万德军、法军的多次进攻，并歼灭其一部，仅德军就被击毙一千四百人以上。抗日战争期间娘子关曾再度发挥防守的作用。1937年10月，日军沿正太铁路线西犯，把娘子关作为一时的争夺目标。当时中国军队数万兵力在娘子关设防，阻敌西进，但是最终不敌日军，娘子关迅速被日军占领。不久日军从北、东两路进入山西，太原失陷。1940年8月，八路军进行的百团大战中，娘子关也曾成为战场。下联写今朝美景，突出的是当地水资源丰富的特色。整联工整切题，上联写“兵”，下联描“水”，巧妙自然。（生吉俐）

李家桥

戍楼堪振彩霞衣，彰屏障雄威，锁住烟尘弥漫、风云激荡；
瀑布犹飘娘子发，领关山妩媚，奔来花雨缤纷、景象葱茏。

评 析

娘子关地势险要，为三晋门户和交通咽喉，历代兵家必争之地。上联写古，下联写今。“烟尘弥漫、风云激荡”，写的是作为天险及重要关隘的娘子关，历史上曾发生的战事，虽没有明确列举，但会让读者联想到与战斗有关的烟尘、与局势有关的风云。比如光绪年间八国联军侵华，清军在娘子关对德军和法军的阻击；1937 年的娘子关战役，为抗战初期中国军队为保卫太原进行的一次抗击日军战役，是太原会战重要战役之一。如今娘子关作为一个闻名遐迩的景区，人们在这里可以欣赏无尽美景，葱茏妩媚，令人陶醉。全联对仗工稳，比喻贴切。以“戍楼”和“瀑布”分别引领上下联，脉络清晰。“彰”与“领”对应，把瀑布比喻成女子长发，给读者留下深刻印象。（生吉俐）

平型关

平型关，地处山西省繁峙县东北边境，长城要口之一。古称瓶形寨，金时称瓶形镇，清时称平型岭关，后改今称。地势险要，为晋北交通要冲。抗日战争时，八路军于1937年9月在此伏击日本侵略军，歼灭日军三千多人，缴获大量武器和军用品，有力地打击了日军的嚣张气焰。

张项学

观残垣而知险要，北耸五台，南屏恒岳，一条狭缝瓶形寨；
溯战史以振精神，云清胡虏，风扫倭儿，几度刀光铁样关。

评　析

“五台”，即五台山。“恒岳”，即北岳恒山。此联从自然风光和历史文化两个层面展开双翼，言简意赅，生动形象。首分句直接点题；中间用两个排比（自对）的分句铺陈，其中“云清胡虏，风扫倭儿”，寥寥八字，时空悠远；最后以意象鲜明、寓意深长、非常出彩的七言句收尾，“狭缝”对“刀光”，“瓶形寨”对“铁样关”，均采用了先抑后扬的手法，比喻贴切，意味深长。

（李永清）

熊　虎

雄关入碧霄，任尔登楼远眺，来诗吟恒岳，词赋雁门，彩绘五台，素描三晋，激情挥洒千峦里；

大捷垂青史，凭君倚槛神思，想兵布瓶形，阵张口袋，剑横倭旅，血刃板垣，快意恩仇八路军。

评　析

“雁门”，即雁门关。“板垣”，即平型关战役中时任日本华北方面军第五师团师团长的板垣征四郎。行吟览胜，风光如画；往事萦怀，激情挥洒。上联极力渲染场景，营造氛围；下联慨然追忆战事，栩栩如生。全联以叙事手法，所见所思娓娓道来，节奏明快，意韵和谐。不足之处是末字对仗不工：里，方位词；军，名词。

（李永清）

李鹤林

踞险依屏以筑雄关，保一方热土，编玉帛而止干戈，业炳千秋光史册；

排兵布阵而迎强寇，开八载先河，展军威以升士气，功传九域壮龙魂。

评　析

“玉帛”即玉器和丝织品，“干戈”为兵器。“编玉帛而止干戈”句化用成语“化干戈为玉帛”，出自《淮南子·原道训》。此联乍一读感觉上下联意思类同，甚至有“合掌”之嫌，其实不然。上联宏观上表达了踞险筑关、保家卫国、崇尚和平的美好愿望及平型关的历史贡献；下联则是着重描述抗战大捷及其重要意义。上联视野开阔而内涵深沉，下联场面悲壮而精神激昂。上下呼应，相映成趣。微瑕："干戈"，并列结构，"士气"，偏正结构，对仗欠工。（李永清）

王西川

孔道瓶形扃要隘，屏障护京畿，历经壮士悲歌，烽烟聚散；
关楼岳势俯咽冲，山沟歼日寇，见证红旗气概，华族精神。

评　析

"要隘"，指较为险要的关口。"京畿"，旧指国都及其所管辖的附近地方，此处应指当时的北平及其所辖地域。"关楼"，指城上供瞭望用的小楼。此联形式上非常简约精致，内涵却十分丰富厚重。上联尽现古关风貌、历史沧桑，下联彰显抗战功绩、民族精神。语言凝练，意韵和谐，节律优美，对仗工稳。（李永清）

张立国

峻岭巍巍，环瓶形要地，铁马隐层峦，良机觅，夜雨震惊雷，顽匪魂飞，无敌成谑柄，一战名垂，看大河东去，往事当追，壮哉，军歌嘹亮雄关伟；

长天漠漠，漫恒岳高峰，金戈伏叠嶂，妙计施，寒光出利剑，倭酋烟灭，得胜举霞杯，千秋诗咏，笑魅影西归，经年可点，荣也，斗志昂扬斯役辉。

评　析

“倭酋”，即倭寇、日寇。“霞杯”，典出《论衡校释》卷七《道虚》：项曼都说有仙人拿一杯“流霞”给他喝，几个月不会饿。后以“霞杯”指盛满美酒的酒杯。此联洋洋洒洒，百字连珠，节奏生动明快，韵律工巧和谐。联虽长却朗朗上口，气脉天成。联家章法之娴熟、功夫之老到自不必说，其辞赋功力也可窥一斑。此联优点突出，但也并非完美：思路不能囿于一个历史事件，古关的厚重历史、文化渊源还有较大的挖潜空间。　　　　（李永清）

雁 门 关

雁门关，位于山西省忻州市代县以北约二十公里处的雁门山中，是长城上的重要关隘，以“险”著称，被誉为“中华第一关”，有“天下九塞，雁门为首”之说。与宁武关、偏关合称为“外三关”。2001 年，雁门关被中华人民共和国国务院公布为第五批全国重点文物保护单位之一。

魏玉秋

峰峦为战士骨骸，祭瀚海西来、大河东去；
雁阵是长空队伍，望雄关雾列、上国风流。

评　析

此联浑厚大气，恰到好处地突出了雁门关的内在精神。将峰峦比喻为“战士骨骸”，对于气氛的渲染十分成功，寓意雁门关历代受战火纷扰，众多将士为守卫家园而牺牲。“祭瀚海西来、大河东去”二句亦见悲壮之气。“雁阵”信手拈来而紧扣雁门关，“雄关雾列、上国风流”则体现了雁门关作为军事要塞的历史地位。“雄关雾列”取意于《滕王阁序》“雄州雾列”，意为像雾一样罗列。此联散句手法运用娴熟，起句尤为不俗，二、三分句对仗亦出彩。唯一不足是

下联较之上联的气势稍显削弱，但总体不失为一副佳作。（刘葆华）

吴岱宝

历数百年烽烟战火，听金刀裹雨，枥马嘶风，炼成烈士千秋胆；

携几万里要塞险山，看钥锁太原，咽喉全晋，雄起中华第一关。

评　析

此联上联着眼于历史，下联落笔于地理，上下联紧密关联而又有所宕开，对仗较为工稳，腰亦有力。“历数百年烽烟战火”突出雁门关的历史沧桑和战火频仍。“听金刀裹雨”“炼成烈士千秋胆”则体现雁门关的雄壮气概。“枥马”泛指拴于槽边之马，亦可引申为“待命出征”之马。“携几万里要塞险山，看钥锁太原，咽喉全晋”突出雁门关的地势险要。“雄起中华第一关”对全联的意境有所提升，寓意雁门关是中华民族的精神象征。此联不足之处在于下联中“钥锁太原，咽喉全晋”格局较小，力度稍显不足。（刘葆华）

牛牧之

是山河锁钥，看赵王立马，汉将挽弓，烽火接狼烟，两千余载引英雄辈出；

斯兴废机关，想雁阵悲秋，昭君出塞，朝祈兼暮祷，百万兆家求岁月长安。

评　析

这副长联虽然字数较多，但层次清晰。上起“是山河锁钥”，寥寥几字奠定全联格调。上下联二、三分句“赵王立马，汉将挽弓”“雁阵悲秋，昭君出塞”采用自对，较为凝练地概括了雁门关历史上发生的重大事件。“赵王”指雁门关的建立者赵武灵王，“汉将”指曾驻守雁门关的汉将军李广。上联写雁门关两千年来兵家争夺不断，由此而产生无数儿女英雄；下联笔锋一转，从昭君出塞引发对盛世和平的期许和祝愿，使全联意境有所升华。此联不足之处在于，下联“雁阵悲秋”与其相关联的三个历史事件缺乏协调，“求岁月长安”之“求”字也稍弱。（刘葆华）

李家桥

关险自天成，大雁飞鸣，仰恢宏气象，千丈危峰曾御敌；
史碑由血铸，巨龙盘卧，承壮烈精神，万重春彩尽开花。

评　析

此联采用“五四五七”句式，读来较为流畅。“大雁飞鸣”与“巨龙盘卧”的小类对仗工整精彩。上联以“关险自天成”“千丈危峰曾御敌”突出雁门关之险要雄伟，以及其在军事战略上的重要历史地位。下联的承接和提升十分到位。“史碑由血铸”警示后人要时刻铭记今天中华民族的崛起和复兴来源于无数先烈们的流血和牺牲。“巨龙盘卧”之巨龙，既写长城，又暗喻中华民族。“万重春彩尽开花”展现和平时期雁门关的崭新形象。不足之处在于，对于雁门关的个性刻画稍欠力度，“春彩”一词略显生涩。（刘葆华）

张项学

拔地接天势，九塞领头，三关居上，雁望两山犹却步；
危崖断壁城，龙蛇绕阵，虎豹蹲门，风来一谷亦消声。

评 析

此联用词形象，凝练大气，全联小类对仗均见工稳，自对运用亦见纯熟。“拔地接天势”强势起句，突出雁门关地形之险要，“九塞领头，三关居上”准确刻画出雁门关的独特形象，雁门关与宁武关、偏关合称为“外三关”，自古即有“天下九塞，雁门为首”之说。上联结句“雁望两山犹却步”形象生动，与起句“拔地接天势”形成有效呼应；下联结句“风来一谷亦消声”与上联结句有异曲同工之妙。不足之处在于，上下联之间的内容未能进一步宕开，致使全联意境趋于平淡。（刘葆华）

嘉峪关

嘉峪关位于明长城的最西端，在甘肃省嘉峪关市西五公里处最狭窄的山谷中部。城关两侧的城墙横穿沙漠戈壁，北连黑山悬壁长城，南接长城第一墩，被誉为“河西咽喉”，同时是古代“丝绸之路”的交通要塞，在古代抵御外族进犯、联通我国内地与西域各国文化交流上具有重要贡献。

孙福奎

朔风卷草，戈壁扬沙，壮第一雄关似铁；
塞曲传情，旅人骋目，赞千年浩气如歌。

评　析

“朔风”，北方吹来的寒风。宋陆游《九月十六日夜梦驻军河外遣使招降诸城觉而有作》有句：“朔风卷地吹急雪，转盼玉花深一丈。”上联由周边的环境衬托出嘉峪关的雄伟、悲壮。“雄关似铁”更是写出了雄关如人的性格——不惧环境的恶劣与外族的入侵，有一种睥睨八方、置生死于度外的无畏气概。下联较上联就有些虚了，作者的目的是上联写古，下联写今，古今对照来写，思路是可取的；但下联选择的材料，两句自对关系不大，不足代表当今嘉峪关特征，

所以读来有讨巧之感，因此下结的感叹来得有些唐突。（王细平）

吴立新

数百年雄踞昆仑，伴白草黄沙、夜月朔风，独怜丝路驼铃声迹远；

三千里遐襟瀚海，喜动车新邑、贯欧穿亚，屡见酒泉火箭焰烟高。

评　析

这是一副古今结合着写的作品，层次分明。上联从嘉峪关的地理、环境入笔，向人们展示出一幅历史长卷，这里的“黄沙”“朔风”“驼铃声”，既给人视觉上的冲击，又有听觉上的回味，嘉峪关在古代商贸中的作用不言而喻。下联用“动车”“新邑”“火箭”这些具有时代特征的新事物来表现雄关的今天，充满质感，喜悦自豪之情油然而生。如果能把两结缩缩水，句子精练些，就更好了。（王细平）

熊汉涛

雄势起苍茫，眼界弘开，横山屏障三千里；

清音传浩渺，心襟摇曳，越漠驼铃数百年。

评　析

此联从空间与时间横纵两个方面来表现嘉峪关，比较有立体感。上联从视觉上落笔，起势雄奇，夺人眼球，让人感知嘉峪关的险峻壮美与其在军事上的重要作用。下联从听觉上入手，渺渺驼铃越百年而来，扣动心扉，令人思绪万千，下结很有画面感，耐人寻味。这个联唯一不足在二分句，托不住起与结，建议取两结即可，仅此两结嘉峪关的军事地位、经济文化交流上的地位跃然纸上。（王细平）

罗方友

金鞭催战马；
冷月照边关。

评 析

上联雄浑，下联孤寂，如两幅画卷。“金鞭”，透着威仪不可侵犯；“催”，仿佛听到战马嘶鸣，战鼓震天，战事的急迫与将士们为国奋战的无穷壮志跃然纸上。上联突出戍边将士的壮烈，反衬出嘉峪关的战事上的重要性。月以“冷”饰，既是边关环境的写照，也有岁月往复里的单调与孤苦。整个联择材简单，动词下字精确，虽然不能说完全切中嘉峪关，但由嘉峪关再来读此联，却是处处有关联。（王细平）

武 胜 关

武胜关位于河南信阳市与湖北广水市的交界处，其中湖北省广水市的武胜关镇因此关而得名。北屏中原，南锁鄂州，扼控南北交通咽喉，是古义阳三关之一，中国古代大别山脉与桐柏山脉之间重要隘口。现关城下面是铁路隧道，京广铁路经此。

王 衍

百里威名钳豫鄂，不必言黄帝战蚩尤，抑楚吴争九塞，自古英雄凭武胜；

一山秀色压嵩衡，须记取汉唐赛罗马，叹京广越三关，从来社稷靠文兴。

评 析

“豫鄂”，指河南与湖北。“黄帝战蚩尤”的故事出自中国上古奇书《山海经》。“嵩衡”，指嵩山与衡山。“三关”，南北朝时义阳郡（治今河南信阳）南平靖、黄岘、武阳三关的总称。在今豫鄂界上，三关与郡城势如首尾，为南北兵争要地。《南齐书·州郡志》：义阳“有三关之隘”。三关中武胜关居中，交通便捷，为历代兵家所重视。吴楚军柏举之战中，吴军迂回攻楚，穿越大隧（今武胜关），深入楚腹地，将楚攻破。上下联以七言始，流畅铺开古与今。二分句“不必言”“须记取”作领句，引经据典。整联工稳有致，气脉流畅，结句引人思索。（孙芸香）

张建设

镇属楚疆，村称豫塞，区区三十里，青气压衡嵩，但凭一隘分南北；

寨驻将军，锣传孝子，凛凛数千年，英声闻海岳，非止九关佑国家！

评　析

“疆”，指领域。“塞”，泛指易于据守御敌的险要地方。“将军寨”，位于广水市武胜关镇孝子店附近。《应山县志》记载，北宋名将狄青，曾在此屯兵扎寨所建，故名。应山县即今广水。“锣传孝子”，指清朝年间流传的一个关于孝道的故事，母亲有需求时用锣传唤儿子。“九关”，宋范仲淹《乞修京城札子》：“臣闻天有九关，帝居九重，是王者法天设险，以安万国也。”以四言自对始，说明武胜关的地理位置和传说，二分句用“区区”和“凛凛”领句，充溢着对名关的赞叹——景致优美，而且在保家卫国上有着举足轻重的地位。上下联相得益彰，工稳有致，足见联家功底。（孙芸香）

吴岱宝

山极星辰，襟连楚豫，相看老树排兵，危岩布阵，雄关

一道真如铁；

势封南北，命系兴亡，恍听旌旗翻浪，角鼓振寒，史迹千秋说到今。

评 析

“星辰”本是星星的通称，此处形容山的高远。“楚豫”是湖北和河南的并称。“老树排兵，危岩布阵”指排列队伍，摆列战斗阵势。元郑光祖《三战吕布》第三折：“武艺精熟智量能，排兵布阵显威风。”“旌旗”，旗子的通称。《周礼·春官·司常》：凡军事，建旌旗，及致民置旗弊之。“角鼓”，号角和战鼓的并称。前两句说明了武胜关的险峻和地理位置的重要性；中二、三分句拟人足见联家的想象力，给人以身临过去排兵布阵现场的感觉；结句自然点题，引人赞叹。

（孙芸香）

熊 虎

数千年要塞雄关，北镇中原，南锁鄂州，想周王伐郢，武穆抗金，洪杨反帝，国共驱倭，狭路相逢强者胜；

几百里明山秀水，峰分豫楚，溪归江汉，看西岭树幽，东沟瀑壮，茶岛波平，将军寨险，奇观每赋妙诗吟。

评 析

上联的“周王伐郢”，指周昭王伐楚。“武穆”，即岳飞。“洪杨”，指洪秀全和杨秀清。“国共”，指国民党和共产党。下联的“江汉”广义指江汉平原一带。西岭、东沟、茶岛、将军寨都是武胜关的景点。上下联以七言句始，铺宕开古今故事，中分句两个自对可以说细致感人，面面俱到。古今对比下来，让人更加珍惜今天的和平日子。尽管是长联，但无烦冗感，而且笔力雄厚，感情饱满。

（孙芸香）

友谊关

友谊关位于广西壮族自治区凭祥市西南十八公里处，是中、越边境线上的重要关口。始建于两千多年前的西汉。明初置镇南关，1965年改为友谊关。曾称鸡陵关、大南关、镇夷关和界首关。踞大青山、金鸡山（古称锦鸡陵）隘口。与西北的平而关、水口关合称“南天三关”。

李家桥

由汉代遥遥溯史而来，尽凭斯镇守南疆，相传大捷，胜迹千年彰气概；

仰楼台脉脉凝眸以望，犹据此张扬友谊，终得久安，红河万里载歌声。

评　析

上比起句写友谊关久远的建关史，“由汉代遥遥溯史而来”，将名关两千年厚史娓娓道来。继写雄关镇守南疆的作用：“相传大捷，胜迹千年彰气概”。行笔至此，一座边关的雄伟形象跃然纸上。

下比进一步走入“有我之境”。“仰楼台脉脉凝眸以望”，作者进入深思。愿凭借雄关“犹据此张扬友谊”，“终得久安，红河万里载歌声”。下比写出作者的心声。中华民族的善良、大度形象油然而生。

此联散句律句结合，用词考究，气脉贯通，起伏有致。下比更见细腻、平和、欢快，一派诗意盎然。（王家祥）

王西川

南国独当锋，浑未忘抵宵小镇馋狼，威武雄关鸡岭矗；
新时重结谊，更需思辨真朋知恶虎，清平门户界疆开。

评　析

上比起句“南国独当锋”写出友谊关之显要——友谊关居“桂边三关”之首，有“天下第二关”之称。承句“浑未忘”写出边关抵“宵小”之恶行、镇“馋狼”之贪欲的责任担当。结句“威武雄关鸡岭矗”铿锵有力。

下比写出中华民族爱好和平的良好愿望。镇南关早已更名为“友谊关”，因此，虽然我国曾经被迫进行了自卫反击战，但是“新时重结谊”，我们会一直“以德报怨”，把友谊作为国际关系的主旋律看待的。鉴于历史上多次反复无常的小人行踪，也给出必须要思考、辨明对方是想做“真朋友”还是做“恶虎”的警戒。我们期待“清平门户界疆开”。（王家祥）

冯贵明

南疆关隘，子材御寇，孙氏抗清，陈毅题名，烟云毓秀英雄榜；

边境楼台，画意辅山，界碑读月，金鸡唱晓，旗帜飘红时代风。

评　析

上比以“南疆关隘”起句，点明友谊关位置。随之列举添彩雄关的一系列重要史实：冯子材抗法，孙中山反清，陈毅元帅为“友谊关”题匾名，结以“烟云毓秀英雄榜”，写人写事，雄关见证了中越曾经的友好。下比以“边境楼台”起句，形象描写边关胜象，用“画意、界碑、金鸡”对应上比人物，借以衬托、升华全联，结句出彩。

写作特点：五个四字句排列，起句总领，其他四句分写，结以一个七字句。这种句型有利有弊，看似平铺直叙，实则能写深写透，但是略显呆板。如果起句再长一些，承句加上领字，统领四个四字句，似能增加起伏，富于节奏感。（王家祥）

函　谷　关

函谷关位于河南省三门峡市灵宝市函谷关镇，因其地处“两京古道”，紧靠黄河岸边，关在谷中，深险如函，故称函谷关。是中国历史上建置最早的雄关要塞，曾是战马嘶鸣的古战场。我国古代思想家老子曾于此著述五千言《道德经》，千百年来，众多海内外道教人士都到这里朝圣祭祖。

张建设

丸塞可封，鸡鸣能启，青牛是道，白马非由，莫问启封非与是；

秦夸宜守，楚叹难攻，黄水兴滩，苍塬废险，但矜攻守废还兴。

评　析

函谷关深险如函，古代战争是冷兵器，关隘易守难攻，所以“秦孝公据崤函之固”。“丸塞可封”典出《后汉书·隗嚣传》：“元清以一丸泥为大王东封函谷关。”写出了函谷关易守难攻的特点。“鸡鸣”的典故，是战国时的孟尝君靠“鸡鸣狗盗”脱身函谷关。“白马”的典故，是春秋战国时公孙龙靠“白马非马”的诡辩过关。

“青牛是道”，老子乘青牛而去，留下《道德经》五千言。函谷关虽“宜守难攻”，但还是“苍塬废险”，因为“固国不以山溪之险”。“启封”与“攻守”，“非与是”与“废还兴”，属对灵动，富有辩证。此联列举赅恰，铺排得力，属对谨严。但用“黄水”硬对“青牛”不妥，黄水指泛滥的洪水，不能“兴滩”；黄水又是一条古河流名，在河南新郑西北，不与函谷关相干。（鄂明尔）

崔钢兵

古地寻幽，踏雄关要塞，看马放南山，长堤外夜色撩人，小儿笑指悠闲月；

书林探胜，遇紫气青牛，听花摇东野，大树旁暗香盈袖，老子酣聊道德经。

评　析

“寻幽”“探胜”，别具一格。“马放南山”，昔日刀光剑影，今朝化剑为犁，一派幸福祥和的气象，感慨沧桑尽在不言中。“夜色撩人”“暗香盈袖”，意境悠然，情思深邃，寓思想情感于形象的诗情画意之中。“小儿笑指”“老子酣聊”，时空交织，有开有合。“笑指”“酣聊”，体现出老子无为的思想。“酣聊道德经”，犹似“半部论语治天下”，鼓角铮鸣远去，文化典范标新。联语清新流畅，谈笑风生；旁征博引，举重若轻。函谷关人文历史厚重，楹联写好难度很大。在短短的两行文字中，既有历史又有现实，既高度概括又生动形象，这就是思想性、艺术性的有机结合。（鄂明尔）

张建军

谷真险谷，河急山高，自古强行者志，绕行者王，临涧问田文，君为哪种；

关乃雄关，道奇德立，而今紫气满原，春气满岭，扶风吟老子，我是何人。

评 析

“强行者有志”出自《道德经·第三十三章》，意为坚持力行、努力不懈就是有志。“强”在《道德经》其他章都是贬义，在此章却是褒义。“绕行者”，即刘邦绕函谷关先入咸阳。“田文”，即孟尝君，齐国人，战国四公子之一，他有个靠“鸡鸣狗盗”脱身函谷关的典故，王安石在《读孟尝君传》一文称孟尝君不过“鸡鸣狗盗之雄耳”。“问田文”“吟老子”，发思古之幽情。上联设问怀古，下联设答誉今，串对流畅，意境开阔，形象鲜活，积淀厚重。“强行者志，绕行者王”“紫气满原，春气满岭”，自对工稳。“满原”的“原”字，应为“塬”，指黄土高原地区因冲刷形成的高地，四边陡顶上平，符合当地地貌特点。此联雄浑大气，堪配雄关。

（鄂明尔）

楹联同题

二十五处知名景点

故　宫

北京故宫是中国明清两代皇家宫殿，旧称紫禁城，建于明成祖永乐四年（1406）。紫禁城分为外朝和内廷两部分。外朝为太和殿、中和殿、保和殿，统称“三大殿”，是举行大典的地方。内廷的中心是乾清宫、交泰殿、坤宁宫，统称“后三宫”，是皇帝和皇后居住的寝宫。

李存固

昔阅两朝兴废：想雄图霸略，悲荒草空台，叹千年帝梦，都随流水落花去；

今藏举世瑰奇：观金殿琼楼，赏殊珍异宝，欣四海嘉朋，皆乘祥云紫气来。

评　析

“两朝”，指明清两个朝代。“今藏举世瑰奇”，当今北京故宫博物院藏有大量珍贵文物、艺术珍品，是中国收藏文物最丰富的博物馆。上联写故宫“阅两朝兴废，叹千年帝梦，都随流水落花去”，只不过是梦幻泡影而已。下联写当今故宫博物院藏品丰富，迎来“四海嘉朋”，“皆乘祥云紫气来”，一派吉祥繁盛的气象。上下联都是总分总的结构，二、三分句自对；自对和上下对交错运用。作者手法老练，措辞造句凝练沉稳，立意不俗。尤其使用了一连串的动词“阅”“想”“悲”“叹”“去”以及“藏”“观”“赏”“欣”“来”等，使整联一线贯通，气脉亦有随四海嘉朋乘祥云紫气而来之感。（郑翠娟）

舒甘来

天蟠星座，帝踞王宫，六百年风雨苍黄，凤阙龙墀藏紫禁；
人事已非，阊阖犹在，万千里江山锦绣，华章国粹靓金城。

评　析

中国古代讲究“天人合一”。《后汉书》载“天有紫微宫，是上帝之所居也。王者立宫，象而为之”。因此，帝王宫殿又称紫微、紫垣、紫宫等。故宫又称紫禁城。皇宫属于禁地，故称为“紫禁”。故曰，“天蟠星座，帝踞王宫”，“凤阙龙墀藏紫禁”。上联交代了紫禁城名称的来历和六百年风雨的苍黄，是以时间为轴纵观故宫历史。下联言虽“人事已非”，但“阊阖犹在，万千里江山锦绣”，以空间视角横向观其征象。“金”，谐音“禁”，金城此处指紫禁城。“华章国粹靓金城”，指故宫博物院收藏有大量古代艺术珍品，是中国收藏文物最丰富的博物馆。上下联都是一、二分句自对，整句递进，收结有力。（郑翠娟）

李家桥

万千人智慧凝成杰构，奇观自眼底奔来，看碧瓦红墙，飞檐走角，一派庄严王气盛；

六百载文明焕发重光，故事从宫中涌出，听臣疏帝诏，急管繁弦，两朝兴替史诗雄。

评 析

“万千人智慧凝成杰构”，北京故宫设计者为蒯祥，但如此恢宏的建筑必是万千人智慧凝成；故宫设计之巧妙，建筑之精工，堪称杰构。上联重点写其万千人智慧凝成杰构，无处不呈现着王者气派。下联写六百载文明蕴成两朝兴替史诗。上下联皆是总分总的结构，静中有动，动中有静，在联中故宫既是一座宏伟的皇宫，又是一首流动的史诗。三、四分句自对，句中自对、上下对交错，作对手法娴熟。措辞讲究，对仗精工，数字对巧妙，堪称佳作。

（郑翠娟）

八达岭长城

八达岭长城位于北京市延庆区军都山关沟古道北口，是中国古代防御工程万里长城的重要组成部分，为明长城的一个隘口。八达岭长城作为居庸关重要前哨，古有“居庸之险不在关而在八达岭”之说，被称作“玉关天堑”，为明代居庸关八景之一。

李家桥

筑铁壁铜墙以铸玉关天堑，巍巍护我江山，想磅礴千年，烽火有痕追久远；

经风刀雨剑而成华夏龙形，赫赫扬其气概，望蜿蜒万里，舆图无恙展雄威。

评　析

起句直接点题。“铁壁铜墙”，坚韧的防御设施，多用于形容坚不可摧的力量和建筑。此处表明了八达岭长城的军事地位和屏障作用，为后句做了铺垫。据此铺垫，“护我江山”“烽火有痕”皆自然而然一带而出了。“舆图”，古代指地图或疆域。下联起句的“华夏龙形”，既点出了长城之形，又寓示了长城乃华夏之脊，与其后的“扬气概”“展雄威”遥相呼应。整联大气磅礴，句式长而不乱，对

仗精工，除自对的多处运用以外，叠字、数量词、虚词等的运用也遂心应手，足见功力。（卜用可）

吴金城

龙蟠天堑，一段精华，看关隘森严，敌楼林立，迢迢矣京畿屏障；

砖砌高墙，万民智慧，引贵宾毕至，盛誉咸扬，啧啧乎世界文明。

评　析

从太空俯视，长城绵延万里如巨龙盘桓于华夏大地。起句的“龙蟠天堑”，可谓字字切实。“关隘森严，敌楼林立”，具象写长城构建，营造了一种森严不可侵犯之意。“京畿”是指国都及其附近区域，出自汉代潘勗《册魏公九锡文》“遂建许都，造我京畿”，此处点明长城位置，同时彰显了它拱卫京都的重要性。长城用方砖砌就，在秦汉年代，建造出这样高伟的建筑，凝聚和见证了古代人民的智慧，自然会引得“贵宾毕至，盛誉咸扬”。长城于战争年代是“屏障”，于当下的和平时代则是风景，是文明的缩影。联语形意兼具，古今融合，内在气脉顺畅，且对仗工整稳切。（卜用可）

杨远建

居庸前哨，一龙静卧，看秋叶红深，如梦江山，秦月影来千岭美；

大漠后庭，群雁高飞，望天云白浅，似烟今古，马蹄声去九州平。

评　析

此联用笔另辟蹊径，着眼于长城周边之景。“秋叶红深，如梦江山”“群雁高飞，天云白浅”，是站在长城上放眼远观；而就景色的选取上，秋叶天云的柔美、大漠群雁的高旷，刚柔相济中，画面跃然纸上。对于古长城的前尘旧事，作者用“秦月”点出秦始皇为万里长城之肇始，“马蹄”点出其军事意义，此联将两者一笔带过，古与今的把握上，可见更偏重于今，此亦为写作角度之一。尾句收缩在“千岭美”“九州平”，是借景融情，寄寓了和平美好之意。整联文辞雅致，浓墨淡彩中长城的风韵扑面而来。（卜用可）

张项学

蜿蜒峻峭之巅，仰观星月，俯视山河，西风北雪皆停步；
漫漶英雄之血，秦聚韧坚，汉凝魂魄，前烈后忠总励人。

评　析

上联将“我”置于长城之中，“仰观”九天星月，“俯视”九州山河，如此写来，视野顿时高远开阔起来。大地星河之间，“西风北雪”皆到此停步俯首，侧笔写出长城的至尊至伟。下联思接万古，联想到长城本为军事要塞，而作为军事要塞，难免饱经烽烟炮火，见惯英魂烈士。“秦聚韧坚，汉凝魂魄”，是这种思绪的绵延，从历史的纵深，写出长城的故事，同时赋予精魄灵魂，这样长城已经不仅仅是一段城墙，而鲜活起来有了生命，有了故事。而那些英风烈骨，也和长城一样，永远地烙印在史册砥砺来人。此联的“有我之境”代入感很强，思绪随着笔墨而深而远，行之于文，感之于人。

（卜用可）

桂林山水

桂林山水是桂林旅游资源的总称，世界自然遗产。典型的喀斯特地形构成了别具一格的桂林山水，有山、水、喀斯特岩洞、石刻等等，山青，水秀，洞奇，石美。在桂林山水中又以漓江流经阳朔的那一段最为美丽，故而有“桂林山水甲天下，阳朔山水甲桂林”之美誉。

吴金城

峰隆突兀，江卧蜿蜒，梯田接地天，百里琳琅谁布展；
崖刻峥嵘，洞容奇特，陶艺惊中外，万年智慧世传闻。

评　析

此联前两个四字句对仗工稳，当句、上下句皆为工对；名词、动词、形容词组合运用准确，看出作者是用心在写。“四四五七”句式，步步延伸、步步登高，画面感强，结句更有想象空间。马蹄韵脚亦为常格，形式堪为样本。另外，联语扣题精准，桂林山水的主要景状，山、水、岩洞、崖刻都有所涉及。三分句写出梯田和陶艺，通过经济活动场面，增添了浓郁的生活气息。结句的“琳琅”和“智慧”，展示了大自然的鬼斧神工和人类工巧智慧的有机结合。

此联布局严谨，用词精当，承接顺畅，契合联题。（王家祥）

郑翠娟

风递歌声，雨染诗情，澄澄细浪，催长篙点碎千层月影；
船行画里，峰浮镜底，落落白云，唤翠壁吐来万种岚形。

评　析

上比：风送着歌声，雨染着诗情，眼前澄碧的细浪，像是催促船夫用长竹篙点碎江波中的月影。联语自然转到下比：游船行走如在画里，山峰在明镜般的清澈水面浮动，头上落落白云，似乎是在呼唤翠绿的峰壁变换出各种山岚形态。全联一、二分句系当句工对，上下亦可成对，“递、染、行、浮”，四个动词写活了乘船旅游时欣赏到的漓江景致。三、四分句继续完善这幅清嘉画面：“澄澄细浪，催长篙点碎千层月影”“落落白云，唤翠壁吐来万种岚形”，真可谓“联中有画”。此联状物形象，描写细腻。（王家祥）

唐格安

奇石生姿，百里波摇千嶂影；
佳人试镜，万重景到一艘船。

评　析

此联为“四七”句式，单比十一字。长联难写，短联写好更难。这副联联语清新雅丽，桂林山水跃然纸上。写桂林山水，无非是山水。“奇石生姿”是写山，“百里波摇千嶂影”是在水中看山；“佳人试镜”是写水，“万重景到一艘船”是在一艘江船上看景。短短两个分句描画出一幅绝美的佳人游江图。此联语言灵动，“百里”“万重”、“千嶂”“一艘”，数字组合工稳，描写恰到好处。繁复自能周到，简洁亦可厚涵。（王家祥）

舒甘来

涵岩峰造化精灵，波摇峦叠，龙隐象羁，眼底风光天下甲；
注楮墨丹青魂魄，心荡尘埃，胸消块垒，笔端意气画中流。

评　析

起句首字“涵”“注”二动词用字考究。何来涵、注？我以为是天地之气。后面罗列名词表象，其中“造化”“丹青”也隐含动词用意，更使得首句灵动。二、三分句采用当句对，承接延伸联意。上比“波摇峦叠”“龙隐象羁”两组并列的主谓结构词句，写活桂林山水；下比“心荡尘埃”“胸消块垒”进入有我之境。四个分句连接顺畅，两起用动词开端，结句以诗一般的语言收尾更觉出彩，上结用“眼底风光”看景，下结以“笔端意气”入画。尾三字“天下甲”“画中流”，堪为点睛之笔。（王家祥）

黄　山

黄山位于安徽省南部，主要山体在黄山市，是安徽旅游的标志，中国十大风景名胜唯一的山岳风光，以奇松、怪石、云海、温泉著称。现为世界文化与自然双遗产，世界地质公园。黄山风景区包括二百多个大小景点。有七十二峰，三大主峰为莲花峰、光明顶和天都峰。明代著名地理学家徐霞客赞曰：“五岳归来不看山，黄山归来不看岳。”

王西川

思探画之奇，巡北海，访玉屏，聆松鸣瀑啸，睹旭照云飞，掬就群峰娱耳目；

愿尝禅之味，拜汤泉，崇丹灶，参佛寺道场，悟梵音清磬，修成正果问烟霞。

评　析

上联写探访所见所闻，用“巡”“访”“聆”“睹”一系列动词，将黄山北海景区、玉屏景区、松谷景区、白云景区全方位列出，使得黄山四绝——怪石、奇松、云海、温泉画面一览无余，渲染了黄山独具的自然美。下联则以“拜”“崇”“参”“悟”等动词，步步递进，探寻禅宗之味。上联写游山的快乐，紧扣“娱”字；下联写

参佛的感悟，巧用“问”字。两字乃全联点睛之笔。作者既流露出对自然风光的赞美，又表达了超凡脱俗的心境。（刘洪敏）

崔钢兵

高松迎客泉听月；
奇石破云峰吐莲。

评 析

作短联不易，作写景短联更不易。作者抓住松高、石奇、泉清和峰秀四景特点，用白描手法，给人留下深刻印象。黄山名松上百，最著者为迎客松、望客松、送客松等十大名松，但作者只选用迎客松“以一当百”。黄山已被命名的怪石有二百多处，其形态各异。黄山怪石从不同的位置，在不同的天气观看，可谓“横看成岭侧成峰，远近高低各不同”。黄山千峰竞秀，万壑峥嵘，有名可指的就有七十二峰。三大主峰中的“莲花峰”被作者巧用。“听”“吐”二字拟人化，一字千钧。（刘洪敏）

徐玉基

久闻三大桂冠，五绝奇观，登高始信天都上；
长慕浮丘迎客，谪仙梦笔，沉醉却非幻境中。

评 析

“桂冠”，为用桂叶、月桂叶编制而成的帽子，古代希腊人授予诗人或竞技的优胜者以桂冠。后用以代称光荣称号，也指竞赛中的冠军。“三大桂冠”指黄山获得世界文化和自然双重遗产以及世界地质公园三项最高荣誉。“五绝奇观”指黄山的奇松、怪石、云海、温泉、冬雪。浮丘公是古代中国神话传说中的仙人。“谪仙梦笔”源自五代王仁裕《开元天宝遗事·梦笔头生花》：“李太白少时，梦所用之笔，头上生花，后天才赡逸，名闻天下。”此联恰当选用神话传说，增添了黄山的神秘色彩。概写黄山，虽面宽，但不泛泛，同时也真切写出了自己的感悟。（刘洪敏）

牛牧之

想七十二奇峰突起，占尽风光，曾引仙人晒履；
看万八千美客同来，游于画卷，总教梦笔生花。

评　析

仙人晒靴是黄山风景区西海怪石之一，位于排云亭前左侧近处，有一石如靴子倒扣在小峰台上，似在晾晒，因此得名。另北海散花坞左侧，有一孤立石峰，形同笔尖朝上的毛笔，峰顶巧生奇松如花，故名“梦笔生花”。梦笔生花既是景观，亦是主观。上联写峰的“起”，“占尽风光”一语言简意赅。下联写客的“来”，“游于画卷”比喻妥当。“美客”一词还需再酌。去掉“想、看”二字或许更简明些。（刘洪敏）

西安兵马俑

秦始皇兵马俑，位于西安市临潼区秦始皇陵以东1.5公里处。据《史记》记载，兵马俑是修筑秦陵的同时，制作成兵马形状以俑代人殉葬，并埋入随葬坑内。秦始皇兵马俑在规模、写实程度上达到了今人难以企及的高度，除了工匠的智慧之外，还与历史上第一个封建皇帝的意志分不开。

张项学

行千古不知疲倦，神威栩栩，战阵齐齐，满弓犹见始皇势；
想一君颇觉荒唐，铁戟排排，泥车队队，酣梦怎回秦殿风。

评　析

联语以领字“行”“想”起笔，写兵马俑“千古不知疲倦”，秦始皇“一君荒唐”，议论点题。结笔以“犹见”“怎回”作感叹，借“满弓”“酣梦”引出“始皇”之“势”、“秦殿”之“风”。“势”者，秦始皇一扫六合之强悍；“风”者，秦国宫殿之风流也！中间两组句中自对的四言分句进行了排比式的具体描绘，其叠字本身亦如兵马俑者也！联意刚中有柔，想象丰富，“不知疲倦”“颇觉荒唐”“满弓”“酣梦”，构思别具，让人感慨万千。（杨远建）

蔡远鸣

寻长安古迹，偶拾来片语只言，总悲愁历史轮回，坑前风月不留客；

看华夏奇观，枉塑得千军万马，徒叹惜英雄谢幕，天下江山未姓秦。

评　析

上下比各以两个三字领“偶拾来”和“总悲愁”、“枉塑得”和“徒叹惜”作议论。“片语只言”，指《史记》对秦始皇陵的简略记载。“千军万马”，是夸张的真实，为兵马俑最好的描述。联意在一路连绵之势中，逼出结句“坑前风月不留客”“天下江山未姓秦”。“风月”对“江山”甚为靓丽，“不留客”对“未姓秦”感叹无限，写出“寻长安古迹”与“看华夏奇观”时的所见所感。联语沉郁，意境幽深，颇堪玩赏。（杨远建）

李　颖

刑徒百万筑高台，囊珍玩奇器，金雁铜车，思贾太傅犹言过秦论；

纵目八荒通地脉，看渭水东流，骊山晚照，有李青莲曾赋霸陵原。

评　析

上联起笔“刑徒百万”，言筑秦始皇陵，化自《史记》：“穿治骊山，及并天下，天下徒送诣七十余万人。”秦始皇陵南依骊山，北临渭水之滨，下联故有“渭水东流，骊山晚照”之语。整联结笔用典精妙，巧借“贾太傅”之言，即贾谊其有《过秦论》曰：“一夫作难而七庙隳，身死人手，为天下笑者，何也？仁义不施而攻守之势异也。”“李青莲”之咏，即李白其有《灞陵行送别》曰：“正当今夕断肠处，骊歌愁绝不忍听。”总结前面几个分句之意，使之升华，读来眼前一亮，让人浮想联翩，回味无穷，联作者可谓深得诗词结笔之精髓。

（杨远建）

西　湖

西湖位于浙江杭州西部，是中国首批国家重点风景名胜区，入列世界遗产名录。西湖三面环山，苏堤、白堤越湖而过，将湖面分成外湖、里湖、岳湖、西里湖、小南湖五个部分，孤山、小瀛洲、湖心亭、阮公墩鼎立西湖湖心，夕照山的雷峰塔与宝石山的保俶塔隔湖相映，由此形成了“一山、二塔、三堤、四岛、五湖”的基本格局。

田振华

六和听涛，万里风云成往事；
三潭印月，两朝烟雨润皇都。

评　析

“六和”，指位于钱塘江畔月轮山上的六和塔，北宋时吴越王为镇钱塘潮而建。此地原为五代吴越国王钱镠的南果园。北宋开宝三年（970），钱弘俶舍园造塔，并建塔院。六和听涛，讲的是鲁智深在杭州六和塔寺坐化的故事。三潭印月是西湖十景之一，是西湖中最大岛屿，景色秀丽、清幽，被誉为“西湖第一胜境”。“两朝烟雨”分别指：吴越建都杭州，据十三州八十六县之地；南宋建都杭州，历经五世九帝，享国一百五十二年。读罢此联，历史沧桑跃然心上，英雄风云成往事，古时烟雨润到今，联文富有韵味。

（林维金）

王西川

柳荫清波，波飘素月，想坡公拂柳凌波，何吟尽诗山画水；

桥通佛寺，寺荡经声，询蛇女穿桥拜寺，可悟深圣境灵氛？

评　析

“坡公”，指曾在杭州任通判的北宋文坛领袖苏轼，号东坡居士，世称苏东坡。“蛇女”，指中国古代民间爱情传说《白蛇传》女主人公白素贞。白素贞虽是令人生畏的蛇妖，却天性善良、菩萨心肠。她用岐黄医术悬壶济世、造福黎民，功德无量。“灵氛”，道家语，指洁净之气。上下联一人一神，一实一虚，创意佳，上联用苏东坡写山水风月，下联用白素贞写人文精神，各尽其妙，两结句问得有力有趣，读来余味深长。“灵氛”二字有自己的意思，用此或许欠佳。

（林维金）

李存固

游仙宫阆苑，传龙凤呈珠。十里红香处，赏花坞蘋汀、苍烟白鹭、垂柳画船，引八方墨客骚人把酒临风，吟哦尽兴；

叹绿水青山，有忠贞铸魄。一朝板荡时，思于谦遗恨、鹏举含冤、璿卿喋血，教四海高贤志士倚栏凭吊，慷慨悲歌。

评　析

此联将写景状物与忆史怀人结合起来，有利深化意境。上比用“游”字串出一系列西湖绮丽风光，使人如临仙苑。“龙凤呈珠”，传说西湖是由天上白玉珍珠坠落人间而成，由玉龙金凤守护。“十里红香处”，化用元奥敦周卿《蟾宫曲·咏西湖》“百顷风潭，十里荷香”句。“花坞蘋汀”，语出宋欧阳修《采桑子·残霞夕照西湖好》。“苍烟白鹭”，则化用欧阳修《采桑子·何人解赏西湖好》：“水远烟微，一点沧洲白鹭飞”句。下比用“叹”字分别慨三位忠臣义士。“鹏举”即岳飞，“璿卿”即秋瑾，其二人墓与于谦墓皆在杭州西湖畔，供后人凭吊。他们坚贞不屈、矢志报国的精神为山河增辉。此联内容冗长，但能联意集中，可取。（林维金）

彭大庆

水面烟波旧，浣女沉鱼引故情，不绝佳人墨客；
风中岁月迁，断桥纸伞知何处，唯存绿柳苏堤。

评　析

上联描述西湖湖面烟雾笼罩，朦胧景色非常漂亮，加上西施浣纱沉鱼的美丽传说，更加引发人们的向往，引来无数文人墨客的观览，并留下大量文学作品。下联是感思，随着岁月不断变迁，在西湖故事中，断桥边撑着纸伞的人已不知何往，只有绿柳成荫的苏堤，引人遐思。此情此景，与“昔人已乘黄鹤去，此地空余黄鹤楼”异曲同工。此联切合主题，富于变化，通过写景致来表情思，使情感倍增，而且在深邃的审美境界中，含有深沉的意蕴。

（林维全）

苏州园林

苏州园林是位于江苏省苏州市内中国古典园林的总称，历史绵延两千余年，一直以其精美卓绝的造园艺术和个性鲜明的特点，名冠天下。其中，拙政园、留园、网师园、环秀山庄、沧浪亭、狮子林、耦园、艺圃和退思园被列入世界文化遗产。苏州园林展示的是东方文明的造园艺术典范，代表了中国江南园林风格，更蕴含浓厚的中国传统思想和文化内涵，一向被称为“文人园林”。

石安辉

竹帘烟雨，半醒半迷离，悦目无须千万景；
花榭阁楼，一窗一境界，怡情只在两三枝。

评　析

苏州园林以小巧、自由、精致、淡雅、写意见长，以写意山水的高超艺术手法，移步换景，咫尺之内再造乾坤，是城市中充满自然意趣的“城市山林”，使人们可以“不出城郭而获山林之怡，身居闹市而有林泉之乐”。此联即深得苏州园林艺术之三昧。写景虽不多，但善于以小见大，以少见多，以观感衬美景；虽是小景，但宛若小品，尤其上下两结诗意言语，蕴含哲理、巧思，自含有一种真意和淡淡禅意在，艺术手法高超，结论令人信服。其中，数字对仗亦见工巧。

（魏艳鸣）

崔钢兵

亭台楼阁，点缀假山真水，青瓦乎，白墙乎，圆牖方窗，枝头蟾月看，池中倒映明清韵；

菊竹兰梅，徘徊蝴蝶蜻蜓，红花也，碧叶也，阴摇晴曳，桥下鲤鱼听，廊外横吹唐宋风。

评　析

联之佳否，不在长短。短联须高度凝练，尺幅山川；长联可尽情铺排，但须有章有法，秩序井然。此联上联主要写园林艺术之美，起句虽略显平淡，但接下来写景摇曳生姿，句式错落有致，正如苏州园林之特色，移步换景、步步有景，使人感觉正如已随作者笔触走入园林之中，人在景中，景在眼中和心中。下联着重写园林景物之点缀，眼之所见、目之所及，有色彩，有感受，有动静结合，共同组成一幅美妙绝伦的画卷。尤最后两结有味，巧妙延宕，余韵悠长。

（魏艳鸣）

魏玉秋

董巨赐三百卷图帧，立开门之法，录为甲秀；

天人合两千秋感应，得缩地之功，遗爱姑胥。

评　析

历史上有“董巨山水”一说，其所指便为董源、巨然这两位富有创造性的五代山水大家，为南派创始人，对后世清雅的江南山水画派做出了巨大贡献，合称“董巨”。“姑胥”即姑苏，就是苏州。上联将苏州园林比作董巨的三百卷图帧，形象生动，也点出苏州园林的独特地位。下联写出园林咫尺乾坤，艺术高妙，呼应天人，是上天遗爱，是造化之功，也是能工巧匠之功。两起手笔不凡，别出心裁，很有代入感，腰句转承得法，极好地起到承上启下作用，且文辞雅驯，已得历史人文厚重之感。

（魏艳鸣）

布达拉宫

布达拉宫位于西藏自治区拉萨市西北的玛布日山上，是一座宫堡式建筑群。最初是吐蕃王朝赞普松赞干布为迎娶文成公主兴建，17 世纪重建后，成为历代达赖喇嘛冬宫居所，原为西藏地区政教合一的统治中心。1961 年，成为国务院第一批全国重点文物保护单位。1994 年，入列世界文化遗产。

王甜元

仰十三世圣居佛祇从云涯挂起，慨玉宇琼楼，金碧辉煌，且与天宫分一席；

叹八百寻古卷经幡自地表铺开，嗟神工鬼斧，奇珍璀璨，好同法雨越千年。

评　析

起笔以十三字长句铺开，气势雄浑而层次清晰，状写布达拉宫的历史悠久和人文厚重。“云涯挂起”“地表铺开”，一纵一横，开阖有致，参天柱地，气壮河山。接下来用两个自对挺起腰节，“玉宇琼楼”“神工鬼斧”，比喻布达拉宫建筑群的精美与精巧；“金碧辉煌”“奇珍璀璨”比喻布达拉宫外表的壮丽夺目和宫内的富丽堂皇，一内一外，互为呼应。落句以夸张、比喻回应起句、总括腰节，行云流水，水到渠成。上结在形、在肉，下结在神、在灵，可谓形神兼备，灵肉俱丰。（吴岱宝）

祁玉霞

晨光浴金顶，壮丽辉宏，凝眸中，多少人思贤怀古；
夕照抚经幡，庄严肃穆，朝圣处，百千载饮露餐风。

评　析

此联以沉稳、庄重为基调，述写布达拉宫的“壮丽辉宏”“庄严肃穆”。两起以五言律句，营造了一派和谐、庄严、肃穆的氛围。一“晨”一“夕”，一“顶”一“幡”，遥相呼应，意象饱满。而一“浴”一“抚”又注入了作者浓郁的主观色彩。因此，两起点亮全联，成为最为亮丽的“凤头”。这就为后边的议论奠定了基础，使议论不致苍白乏力。全联述议结合，有景有情，入情入理，净人心尘。（吴岱宝）

牛牧之

堡垒哉，王宫也，寺庙乎，看蓝天白郭隐红城，每疑雪域藏仙阙；

几朝帝，百千僧，兆万众，悟信士凡夫同过客，欲洗尘心向梵音。

评 析

此联结构布局很有特色。前面由三个字组成的三个分句，似实写，似设问，在似与不似、实与不实之间，从不同方面写出了布达拉宫独一无二的特点。“堡垒”写坚实，“王宫”写壮观，“寺庙”写庄严，“几朝帝”写历史悠久，“百千僧”写文化深厚，“兆万众”写香火旺盛，可谓字简意丰，以少胜多。后两分句，承前而来，顺理成章。中一节实写，是对前三个分句的生发和具象。两结虚写，总括全句，特别是下结，富于哲理而发人深省。全联对仗工稳，特色鲜明。前三节鼎足对，稳切主题，由此而坚固联基；中一节上联写景，“蓝天、白郭、红城”，色彩明快，下联写人，“信士、凡夫、过客”，类别明晰，一石二鸟，与两起两结相呼，使联语牵一发而动全身，足见其构思的巧妙！

（吴岱宝）

莫 高 窟

莫高窟俗称千佛洞，坐落在甘肃敦煌。据记载，莫高窟始建于十六国的前秦苻坚建元二年（366），经历代兴建，现有洞窟735个，壁画4.5万平方米、泥质彩塑2415尊，是世界上现存规模最大、内容最丰富的佛教艺术地。1961年公布为第一批全国重点文物保护单位，1987年被列为世界文化遗产。

张项学

黄沙开胜境，痴心凿壁，诚意熔岩，宝相千尊留日月；
高窟叹神工，彩带飞天，莲台盘地，佛光万道照山河。

评　析

两起开宗明义，一锤定音，精彩亮相的写法引人注目。“黄沙”“高窟”交待环境、背景，由此生发，步步深入，引出主题。腰节两分句将人、物交融，神、形兼备，足见炼字功夫。四字句之中，名、动、形三词各得其所，将一座寂寞的莫高窟写活。“痴心”“诚意”不仅写出了凿窟的坚定信念，也融入了攻坚的顽强意志，令人赞叹如此巧夺天工，乃是千百年接力所为。两结句干脆利落，余味无穷，提炼升华，顺理成章，彰显出莫高窟的历史文化地位。（徐玉基）

林维金

万尊趺坐千年禅定，法相森森，兀立岩崖空物我；
千匠精雕万里名扬，人文熠熠，久经岁月证沧桑。

评　析

联作从“佛”和“匠”两条线，共同演绎了莫高窟的深邃内涵。佛尊法相，匠塑人文，佛以匠留形，匠以佛扬名。“趺坐”，佛教徒盘腿端坐的一种坐法，左脚放在右腿上，右脚放在左腿上。“禅定”，指专注于某一对象，而达于不散乱之状态。“法相”是佛教术语，指诸法之相状。“物我”指外物与己身。上联熟练地运用佛家语，营造佛教圣地空灵而超然的境界。下联以匠心独运，厚重的人文积淀成就了珍贵文化遗产。莫高窟高深莫测，依赖的是佛与匠的功德。这种化繁为简的写联方法，亦有其特色。两结句“空物我”“证沧桑”富有韵味。（徐玉基）

严席文

是谁把石窟镶金，长使游人瞻壁画；
有我来敦煌礼佛，但将善果种心田。

评　析

上下联一问一答，虽答非所问，却切中要害。正如散文精彩处在“形散神不散”一样，此联也以形散神不散作为特色，值得借鉴。联作当含蓄，话已完而韵未尽。上联将问题抛给读者，让人联想到莫高窟悠久的历史、精湛的艺术、奇特的遭遇。下联把“我”

放入其中，虽只写我，却意在感染他人——游完莫高窟，是否接受了心灵的洗礼呢？“种心田”三字，赋予联作深刻意义，也有劝世向善之义。“镶金”比喻贴切，“礼”字名作动，赋予虔诚含义。全联以虚为主，但给人以实的感受。（徐玉基）

吴金城

大漠矗高窟，千佛万画，舞地飞天，一把琵琶竟反弹，问旷世奇葩何处有；

外贼勾内鬼，万卷千车，劫珍窃宝，数国馆舍开赃展，叹诸多精品几时归？

评　析

运用反对手法，增强联作感染力，是此联特色。有人评论《这里的黎明静悄悄》，先把姑娘漂亮可爱文章做足，再以战场上香消玉殒为结局，激起观众共鸣。此联亦有异曲同工之效，对仗当以反对为上，看来是有道理的。前四句着力铺陈，结句设问，引起读者思考，既为优秀的艺术文化骄傲，也为国宝遭窃而愤恨。马蹄韵运用纯熟，韵律感强。结句一“问”一“叹”，感情强烈。问而不答，留给读者。联中“琵琶竟反弹”，指敦煌洞窟中反弹琵琶壁画，高超艺术的代表作。（徐玉基）

日　月　潭

日月潭位于中国台湾省阿里山以北、能高山之南的南投县鱼池乡水社村，是“中国台湾最大的天然淡水湖”。清朝时，即被选为台湾八大景之一，有“海外别一洞天”之称。潭中有一小岛名拉鲁岛，以此岛为界，北半湖形状如圆日，南半湖形状如弯月，日月潭因此而得名。

魏玉秋

与阿里山各领光风，主客且轮回，笑谈霜雪；
教拉鲁岛平分日月，鱼龙知幻变，映鉴沧桑。

评　析

此联作者手法老到，读来只觉得通体浑然，功力深厚。上下联分别以阿里山、拉鲁岛写起，各句之间疏而不断，绝无琐碎罗列，笔下游刃有余。上下联以领字“与”“教”起句，气势恢宏。以地名“阿里山”“拉鲁岛”对仗，突出日月潭的风景和位置。“主客且轮回”令人忘记谁宾谁主，洒脱自如。“鱼龙”泛指鳞介水族，比喻品质高下不同的人。烟波中知鱼龙变幻，照见沧海桑田，时间向千古纵深，联就有了厚重感。对仗很见功底，如“光风”“日月”，

“轮回”“幻变”，“笑谈霜雪”“映鉴沧桑”，处处精美，值得品味。

（赵秀敏）

杨远建

谁嵌明珠，心萦一岛，看西岸龙腾，阿里望来何可及；
我为游客，脚踏两轮，听东溟涛起，玉山倾倒不堪扶。

评　析

上联设问，以明珠比喻，然后很自然地写到西岸大陆如腾飞的巨龙，从阿里山远望仿佛遥不可及。下联转而写自我。“脚踏两轮”虽说是以两轮写日月潭，同上联“一岛”数量词相对，但将日月潭喻为“两轮”对得略有勉强。好在下联后半句写得非常有神采。“西岸龙腾”“东溟涛起”对仗精美，同时用到了“东、西”方位名词应对，作者很是用心。“玉山倾倒”之结尾也令联意更丰满起来。日月潭地处玉山山脉之北，所以“玉山”两字用得也有来由。另外古人用“玉山倾倒”比喻人喝醉酒后身体摇摇欲坠的样子，这里写作者为美景沉醉之情，是以贴切不移。联中一“看”、一“听”，令上下联变得有声有色，从视觉、听觉上，都给读者以美的感受。

（赵秀敏）

马成君

平湖隐翠山，夜掩风流朝对镜；
小岛分澄水，晴施妩媚雨披纱。

评　析

此联意境优美脱颖而出，在写景上下足功夫，别有一番意韵，读来令人不由赞叹。短联写得如此精美，很是难得。第一句“平湖隐翠山”意有双关，可解释为群山环抱着日月潭，也可以解释为日月潭中隐藏起来的拉鲁岛，这种不确定的解读，更令联语趣味横生。联中的动词运用得巧妙，“隐、分”“掩、施”“对镜、披纱”，处处动作一气呵成。“夜掩风流”“朝对镜”是个非常有趣的对偶，不等字对偶法的并举。“夜”和“朝”之间的一天中时间不同，下联以“晴”和“雨”大自然中的气候特点来相对，工巧用心。作者笔下的日月潭，宛如仙女一般对镜梳妆，令人心生无限遐想。　（赵秀敏）

舒甘来

南如冰镜，北似金轮，日升日落一潭水；
霞洒晚晴，波摇寒碧，月缺月圆两岸情。

评　析

上联“南如冰镜”对“北似金轮”，写日月潭外形，方位名词“南、北”相对很是工巧；下联“霞洒晚晴”对“波摇寒碧”非常优美，读来令人赞赏。这几个四言句，句中自对同时又上下联相对，很见巧思；而且“冰镜”对“金轮”，视觉上一冷一热，下联亦有同样趣味，“晚晴”令人读来温暖，而“寒碧”则是冷色调的，这样的对比处理，既细微又精致，语言节奏把握上也恰到好处。而结尾又以“月缺月圆”来写两岸情，可谓含而不露，此处远高于直白说出想法，心中寄希望于团圆，却不说破，留给人足够的想象空间。　（赵秀敏）

避暑山庄

承德避暑山庄又称承德离宫或热河行宫，位于河北承德北部，武烈河西岸一带狭长的谷地上，始建于1703年，古为清代皇帝夏天避暑和处理政务的场所。山庄分宫殿区、湖泊区、平原区、山峦区四大部分。是世界文化遗产、国家5A级旅游景区、全国重点文物保护单位，以及中国四大名园之一。

吴岱宝

顺势而为，合宫殿、平原、湖泊、山峦之神韵，方赢得七二风光，百年典范；

缩微依法，有京都、塞上、江南、北国之奇观，自领略人间冷暖，世事炎凉。

评　析

此联以概括简约之笔，描绘胜地风貌，把一帧富有美感的水墨画呈现给读者。上联勾描四大景区美景。“神韵”二字点出美之所在。“合”字，串起不寻常的“画廊”。步入其中，可领略“七二风光，百年典范”。下联叙山庄的丰富内涵。避暑山庄所以能有如此重要地位，是因为它集全国各地奇观之大成，能从中

“领略人间冷暖，世事炎凉”。上下联铺排有序，联意递进，得以升华，情感深沉，别有一番滋味。语言精练含蓄，遣词灵动，朗朗上口，画面感强。自对手法巧妙。文简意远，给人丰富的想象空间。（孙福奎）

李存固

乐也！观御苑仙姿，堪醉琼楼月色，古刹钟声，翠湖画韵，苍岭诗情，素妆何淡雅；尤借势造形，依山布局，卓卓匠心，敢教技艳五洲、名扬四海；

慨兮！忆离宫旧事，历经九秩建园，三朝拓景，百姓倾膏，万金铺石，帝业尽豪华；然官贪政朽，国辱陆沉，绵绵春梦，终若水流花坠、烟灭灰飞。

评　析

“膏”即膏脂，血汗钱。“国辱陆沉”，指1860年，清帝咸丰在避暑山庄，批准丧权辱国的《中俄北京条约》。避暑山庄不仅风光旖旎，而且历尽沧桑屈辱，此联从这两个方面对山庄进行撰写。上联用“乐也”引起，描绘山庄美丽景色和不凡风格。御苑、琼楼、古刹、翠湖、苍岭素妆淡雅，众多美好词汇将山庄描绘得淋漓尽致。继而小结，“借势造形，依山布局”的“卓卓匠心”，其技其名驰誉五洲四海。下联一转，由“慨兮”引起，回顾建造时的劳民伤财以及晚清“国辱陆沉”“烟灭灰飞”之景况。笔墨厚重，思绪深沉。联虽长却层次分明，语言流畅，对仗工稳，意象对比鲜明，内涵丰富，显示出纯熟的手法。（孙福奎）

魏玉秋

九十年土木大兴，集塞北江南，名园半部清廷史；
七二景湖山无恙，驱炎风暑气，胜友八方上国图。

评　析

此联三十八个字，展示的内容十分丰富。上联，“九十年土木大兴”，写建成这座名园的过程；“集塞北江南”，写山庄的特色；“名园半部清廷史”，写山庄不寻常的历史与晚清的衰败、百姓的苦难、国家的屈辱是融为一体的。下联，今天七十二景湖山成为人们避暑享清闲的胜地。人们从八方拥来，呈出一幅“上国图”。上国，古为诸侯对帝室的称呼，这里是对伟大祖国的爱称。可见，上联述古，下联说今，鲜明的对比手法，诗意盎然，耐人品读。联中用语简明精准，对仗工稳，运笔灵活。“大兴”“无恙”“半部”“上国”等词语颇出彩。（孙福奎）

孙汝瑛

秀水青山，凝苍叠翠，七二风光，无愧是天然胜境；
琼楼紫殿，溢彩流丹，万千气象，竟成为世界奇观。

评　析

此联描绘山庄建筑和景色，一是层次分明。上联“秀水青山，凝苍叠翠，七二风光”，是写自然，乃天工；下联“琼楼紫殿，溢彩流丹，万千气象”，是写建筑，乃人力。从两方面运笔，画图形象生动。二是遣词鲜活，笔墨绚丽。上下联的首句，各用“秀水青山”“琼楼紫殿”意象。秀水青山，形容地方美，适合居住；琼楼，形容建筑美；紫殿，指帝王宫殿。这既符合实际，又增添色彩。这些意象古人诗中常用，如李白“秀水出寒烟”，孟浩然“青山郭外斜”，张子容“琼楼试羽衣”，李适“紫殿初筵列”。作者使用这些意象，配以“凝苍叠翠”“溢彩流丹”的描写，山庄栩栩如生，美轮美奂。

（孙福奎）

李显增

依水依山依势，七十二景飞来，炎夏清凉消暑热；

有荣有辱有兴，三百多年过去，皇家气派赏游人。

评　析

此联描景寓情，手法新颖。上联“依水依山依势，七十二景飞来”，让人如临其境，富有动感。避暑山庄大小建筑一百二十多组，其中康熙以四字组成三十六景，乾隆以三字组成三十六景，成为著名的七十二景。这些代表山庄符号的景点组成“炎夏清凉消暑热”的避暑胜地，实在是美不胜收，令人向往。下联“有荣有辱有兴，三百多年过去”，回忆山庄历史，寓情沉郁耐品。时至今日，旧页翻过，皇家气派供游人享受，多么值得庆幸和赞讴！联中的规则重字自然巧妙，句式灵活，音韵流畅，富美感。“飞来”“过去”两词十分生动。

（孙福奎）

六 尺 巷

六尺巷位于安徽省桐城市西后街。清康熙文华殿大学士兼礼部尚书张英，因得知故里家人与邻居发生宅基地之争，以打油诗一首修书相劝："一纸书来只为墙，让他三尺又何妨。长城万里今犹在，不见当年秦始皇。"家人见书，主动退让三尺，而邻居吴氏深受感动，亦退避三尺，两家院墙之间形成一条宽六尺的巷子，遂成美谈。

章海林

礼让三分，立德可为千载道；
巷宽六尺，容人自有百年和。

评　析

六尺巷的故事之所以被传为佳话，在于人们对和谐生活的向往。"礼让"与"包容"是人与人之间的和谐相处之道，它不仅饱含了为人处世的智慧，也是中华传统美德的精神体现。此联主要从概括和提炼六尺巷所反映的道德观念和人文思想入手，说理晓情，寓情于理，对六尺巷有较准确的理解和定位。上联将"礼让"与"立德"相联系，诠释其文化内涵与传承；下联第一分句以"巷宽六尺"切事，然后生发感慨，颇得"退一步海阔天空"之境界，使主题得以升华。整体语言平实易懂，风格稳健庄重，分句间联系紧凑，对仗工稳如“立德”与“容人”，“可为”与“自有”等。略感不足是“百年”与“千载”能宕开些或更好。（胡小敏）

张建设

家书雅训千秋，卓识善规，贤宰岂无真气象？
邻巷平开六尺，敢争能让，庶民也有大胸怀！

评　析

此联以张英修书一事切入，起句“雅训千秋”即含褒赞，二分句承接前句进一步对张英的胸怀见识给予肯定，由此得出结句“贤宰岂无真气象？”以问句的形式不须作答而结论自出。下联从六尺巷直接引出邻家，以“敢争能让”写邻家不畏权势则敢争、深明义理而能让的可贵之处，得出“庶民也有大胸怀”。全联构思精巧，一“书”，一“巷”，两家人，切事切人，故事完整。写作上对仗颇工，如“邻”对“家”、“也有”对“岂无”等，又以“贤宰”与“庶民”形成冲突感；语言亦有张力，如“敢争能让”、“真气象”与“大胸怀”等，整体气脉畅通，立意高远而见风骨，发人深省。唯觉“千秋”两字稍泛，不若“数言”之类平实，“气象”换成“气度”或更恰当。（胡小敏）

吴岱宝

窄巷传佳话，正己正人，声望千秋承一让；
青砖识旧盟，明非明是，宽和六尺暖三春。

评　析

上联首句开门见山，从六尺巷着笔以切其事；接着以“正己正人”将故事展开，突出反映由六尺巷所折射出的谦和礼让精神及其教化作用；最后以事件人物“声望千秋”作结，突出“让”这一主旨，三个分句层层递进，一气呵成。下联起句感古思今，承转自如；二分句以史为鉴“明非明是”，写从中领悟到的道理；三分句升华主题，抒发邻里之间因宽和谦让所带来的温暖如春的感觉。全联架构合理，起句铺陈，二分句承接有力，结句有所提振。总体切事说理，褒扬有度，语言平易流畅，句式与对仗富于变化，节奏明快。前后照应，尤其起句之“窄”与最后一句之“宽”，寓意深长，堪称巧思。

（胡小敏）

千 岛 湖

千岛湖位于浙江省杭州市淳安县境内，为建新安江水电站拦蓄而成的人工湖，1955 年动工，历时五载建成。此千岛湖与加拿大渥太华金斯顿千岛湖、湖北黄石阳新仙岛湖并称为“世界三大千岛湖”，其水质在我国诸水系中居优质之首，被誉为“天下第一秀水”。入列国家 5A 级旅游景区。

苏传国

白瑰镶碧玉，目极斯湖，如醉如痴如品酒；
紫气贯彤霞，身临其境，似真似幻似登仙。

评 析

上联说净湖似瑰而千岛似玉，极目远眺斯湖，净水、碧岛、远山，一览无余而尽收眼底，其风物之美妙绝伦，宛在梦中然也。醺醺然如痴似醉，若饮下一杯纯美之佳酿。下联道此地乃山水胜处，天下至为难得之福地，故能引得紫气钟萃于此，直贯因烟雨迷蒙所生之丹霞也。游人置身是境，知非人间所当有者，恍恍然似幻似真，如诗如画，夫二三子俱各神魂登仙而不自觉。此联为人所看好者，在其气脉之一贯。上下各分句间连接紧密，起承转合，婉曲自

然。两尾句于修辞上亦不落俗套，颇可圈点。（刘英强）

熊　虎

青山飞子，碧水浮盘，妙局一枰谁与弈？
兰棹系诗，扁舟载酒，仙湖千岛我来游。

评　析

千岛之湖，虽无范文正公笔下之“衔远山，吞长江，浩浩汤汤，横无际涯”之万千气象，然其座座青翠之大小岛屿，恰似自天外飞来之棋子，散布于碧水之间，绝类浮于水面上之一大棋盘。如此一副天造地设之妙局，不知世间其谁能与弈也。下比但云系诗载酒，泛舟游于净湖之上，其情怀之达观雅致，直追千年前苏子之桂棹兰桨，泛舟悠游于赤壁之下。想其当年举酒嘱客，诵明月之诗，歌窈窕之章，吾虽似那如米苔花之小，然在此千岛湖水之间，亦学那苏子牡丹之放也。此联用语冲淡典雅，无丝毫俗气沾染，两结所设尤妙，一问一答之中，而作者已然系诗载酒，翩然入于画中矣。全联遣词不俗，意境清冲淡远，诚为佳品。（刘英强）

陈　鑫

建电站人工筑坝，历五载艰辛，喜迎来秀水生春，明湖入画；

看淳安岛色飞歌，盈千秋烂漫，犹唤起清欢得句，盛世寻芳。

评 析

上联写千岛湖之缘起，由是而知千岛湖之设，并非是出自造化之手的“天然图画”，然亦非如《红楼梦》中宝玉所说那般“非其地而强为地，非其山而强为山”也。千岛湖之能“飞”来此处，乃是因建电站、蓄水源以资民生而设。大坝既兴工而建，历五载艰辛而终成此业，不唯民生有赖，更赚来“秀水生春，明湖入画”之奇景。下联道展目看今日之淳安，尤堪赞叹者，当属湖中千岛逞姿，其美直如天地间一曲飞歌，盈聚江南之千秋烂漫，油然唤起联人于此清欢之中得其妙句，于此盛世之中寻觅芳踪也。作品的亮点在两结处，“秀水生春，明湖入画”与“清欢得句，盛世寻芳”的两组自对，结束得干净利落，亦使得前边所做之铺垫，有了着力点与落脚处。

（刘英强）

九 寨 沟

九寨沟位于四川省阿坝藏族羌族自治州，主沟呈“Y”字形，海拔在2000米以上，以有九个藏族村寨而得名。沟中遍布原始森林、湖泊、瀑布群和钙华滩流等。水是其景观的主角，碧绿晶莹的溪水好似项链般穿插于森林与浅滩之间，色彩斑斓的湖泊和气势宏伟的瀑布更是令人目不暇接。入列《世界遗产名录》。

张少华

是谁将王母瑶池撒落？沟斟玉液琼浆，蓬莱悔煞饮于海；
有乐自藏民哈达飘来，山舞彩林叠瀑，日月悻然悬在天。

评　析

此联语言娴雅，饱含诗意。上比以“是谁”作问句起笔，把沟中湖泊比作“王母瑶池”，言九寨沟如仙境。传说，西王母每年三月初三，都会在瑶池举行蟠桃盛会，各路神仙均会前来庆寿。“撒落”二字联想灵活、悠远。接着，又把湖中之水比喻为“玉液琼浆”，盛宴不绝，气势连绵。下比，“哈达”，是藏族表示敬意和祝贺用的丝巾或纱巾，为实写，突出“藏民”特征。一“乐”一“飘来”一“舞”，暗含藏民热情好客。两比结句“蓬莱悔煞饮于海”“日月悖然悬在天”运用拟人、反衬手法，拉“蓬莱”“日月”作陪衬，构思独具，意境开阔。“悔煞”“悖然”情韵绵绵，深情无限，令人悬想，颇堪玩味。（杨远建）

金光瑜

五彩缤纷，似玉皇储蓄几坛绿蚁，几盏琼浆，九寨归来不看水；

四时灿烂，如王母积存数亩琉璃，数畦玛瑙，众人离去愈牵心。

评　析

联语笔法多变，一是数量词的运用十分突出，可谓句句都有，多达八处，如珍珠镶嵌其中。二是“缤纷”“灿烂”为叠韵，声情俱美。三是“几”“数”为有规律重复，且又是句中自对，以小见大，突出九寨沟是为仙境。四是以“似”“如”作比拟，笔法突出，想象丰富，写出九寨沟“水”的特色。再加上结句“不看水”“愈牵心”作反衬，突出联作者对九寨沟的依恋，可说精彩不断，风华连绵。对联语言精湛，节奏跌宕起伏，章法紧密、浑然，下笔可谓一片神行！（杨远建）

曹丛林

翠海醉人，彩林悦客，何用觅桃源？看瑰丽画图迷九寨；

雪峰献瑞，叠瀑呈奇，争来登玉界，赏清嘉风景乐千番。

评 析

“何用觅桃源”与“争来登玉界”对应而出，一反诘，一热烈，最为精绝。而“玉界”对仗“桃源”也是别出心裁，比喻精巧。“桃源”即陶渊明笔下《桃花源记》中所描绘的桃花源。“玉界”典出宋代张孝祥词《念奴娇·过洞庭》：“玉界琼田三万顷，着我扁舟一叶。素月分辉，明河共影，表里俱澄澈。”美不胜收。紧随其后的一“看”一“迷”、一“赏”一“乐”则具体、形象地写出游客领略这如“桃源”、如“玉界”的九寨沟风光之深切体悟。结笔亦与起笔遥相呼应，针脚细密，而使章法浑融一体哉！ （杨远建）

秦 淮 河

秦淮河古名龙藏浦，汉代起称淮水，《太平寰宇记》载，因秦始皇下令凿之，亦名秦淮，唐朝时始称秦淮河。起源于上游句容、溧水二河，在江宁区西北村汇合，自西向东流经南京城区，汇合于长江，全长一百多千米。秦淮河大部分在南京市境内，为最大的地区性河流，孕育了南京古老文明，历史上极负盛名，被称为“中国第一历史文化名河”。

王西川

流过六朝烟雨，尝观歌舞，尝伴笙簧，几见兴衰催过客；
载来十里繁华，再漾舟船，再煌灯火，深知涨落警来人。

评　析

“六朝”是指三国东吴、东晋和南朝宋、齐、梁、陈等六个朝代相继在南京建都，南京因此被称为“六朝古都”。六朝古都作为南京厚重的历史文化符号，千百年来一直深深烙印在中华民族的记忆里。“十里”指内秦淮河从东水关至西水关全长约五公里的沿河两岸。南京从六朝起便是名门望族聚居之地，商贾云集，文人荟萃，儒学鼎盛。当然，这里也曾是金粉之地，纸醉金迷，画船箫鼓，昼夜不绝。不过，秦淮河几度繁华萧瑟，每让文人雅士歌咏之余，多了许多感慨。全联用“歌舞、笙簧、舟船、灯火”等突出秦淮河之特点，“尝、再”有递进之效，“兴衰、涨落”更是秦淮河流经的漫长历史的真实写照。二、三分句铺垫厚重，两结意味深长，若史家诤言，有强烈的警示之意。 （汤　洁）

张建设

天成焉？人凿焉？兴衰都为龙藏浦；
风在矣，流迁矣，谈笑犹因燕筑巢。

评　析

秦淮河，南京的母亲河，孕育了南京古老文明，历史上极负盛名，被称为“中国第一历史文化名河”。秦淮河，揭开了南京都城历史的第一页。经地质、考古学者证实，秦淮河属自然河道，其中某些地段为人工开凿。上联用两问句引出秦淮河渊源：秦淮河古称龙藏浦，汉代起称淮水，《太平寰宇记》载因秦始皇下令凿之，亦名秦淮，唐朝时始称秦淮河。下联燕筑巢取自刘禹锡《乌衣巷》诗：“朱雀桥边野草花，乌衣巷口夕阳斜。旧时王谢堂前燕，飞入寻常百姓家。”从诗中信手拈来燕子暗喻昔日的繁荣，“谈笑”二字颇有洒脱之感。全联无熟词，语言浅显，却有一种蕴藉含蓄之美，使人读起来余味无穷。 （汤　洁）

张远近

当年谁夜泊；
往事史文留。

评　析

在对联越写越长的今天，上佳短联就如浩瀚银河中那最亮的一颗。本联没有题写“秦淮”“六朝”等字词，用“夜泊”二字点出秦淮河。《泊秦淮》是唐代杜牧借金陵感怀唐朝国势日衰的一首脍炙人口的诗。其中“商女不知亡国恨，隔江犹唱后庭花”更是深沉犀利，广为流传。“往事”二字更是包含许多：三国东吴到民国秦淮河畔诞生了十个政权，秦淮河见证了中国历史上第一个不平等条约的耻辱；它点燃了“魏晋风流”，南北文化在这里交融，碰撞出新的火花；它冲破了传统礼教的束缚，使科学、艺术和教育在中国文化发展史上具有里程碑的意义。此联短小易记，内涵丰富，耐人寻味。

（汤　洁）

陈　鑫

南北两源汇合，行吟交响，见证沧桑，常看其一路欢歌，注入长江深激荡；

春秋四季飞腾，著述自生，寻归风月，每听尔千年雅韵，赋成胜地尽逍遥。

评　析

秦淮河起源于句容、溧水二河。上联起笔写秦淮河的起源，见证世事沧桑，回归长江，顺畅、逻辑性强。下联侧重写人文风月，“千年雅韵”涵盖所有。曾经众多文化名人在此寻梦，李白、杜甫、白居易、王安石、李清照等留下了一大批歌咏金陵秦淮的佳作和轶事，“江南贡院”的地位，“士子”的捧场，推动了秦淮脂粉文化的兴盛。全联咏景抒怀，淋漓酣畅，“逍遥”二字何曾不是对秦淮河的期盼呢。

此联虚实相生，一“看”一“听”，评述略当，只是个别字词可酌。如“飞腾”二字，若还是写秦淮河流水，则上联多个词已经涉及，再反复便觉无味，若是他意，又嫌不确不稳。（汤　洁）

庞晓洲

清风萦旧梦，珠帘十里，金粉六朝，都付脂香流逝，听杜家玉树后庭喟叹；

古月照今人，孔庙享祈，衣冠辐凑，且凭文脉延昌，赏朱氏桨声灯影辞章。

评　析

“杜家”，指晚唐诗人杜牧，《泊秦淮》是其代表作之一，为诗人夜泊秦淮触景感怀之作，表现了作者对国家命运的关切和忧虑。“玉树后庭”，歌曲《玉树后庭花》简称。南朝陈皇帝陈叔宝溺于声色，作此曲与后宫美女寻欢作乐，终致亡国。“朱氏”，指朱自清，中国现代散文家。其散文《桨声灯影里的秦淮河》着意描绘了秦淮河夜景，并且融情于景，情景交融。上下联起句蕴藉，引出二、三分句实写：“珠帘十里、金粉六朝”“孔庙享祈、衣冠辐凑”，都是秦淮河的历史特性。全联布局有序，起承转合甚为流畅。结句以古今两位诗家文豪涉及秦淮河的典型名作收笔，言虽尽而意尤长，让人掩卷而叹。总之，此联把秦淮河的胜迹、史事、人物、历史沧桑、作品咏叹等有景有情、绘影绘声突出反映，厚重而充实，华丽而隽永。

（汤　洁）

可可西里

可可西里位于青海省玉树藏族自治州西部，属于国家级自然保护区。原始生态环境保存较好，保护区内有藏羚羊、野牦牛、藏野驴、藏原羚等珍稀野生动物、植物，是中国建成面积最大、海拔最高、野生动物资源最为丰富的自然保护区之一。2017 年 7 月获准列入《世界遗产名录》。

卢长华

中华水塔；

动物王国。

评　析

在同一个主题表现中，越是短联越难写，但此联短而对仗工稳，个性明显，十分抢眼，可以说达到了让人过目不忘的效果。因为它抓住了两个最核心的元素，凝结成了一种共识，成为一种标志。习总书记指出："中华水塔"是国家的生命之源，保护好三江源，对中华民族发展至关重要。初读觉得下联稍弱，可是联想到动物与人类的关系，可知利害。联短入选在于其精到，文有所值在于其精深，上升到国家战略高度在于其精准，可见切题的重要性。　（何沁学）

刘芍禳

峰谷湖盆为太古印章，凝旷绝隔尘，难在行间言玉树；
藏羚斑雁是瑶池来使，引清游览胜，每疑天外落蓬壶。

评 析

写联有画面、有意境、有寓意，方有神通。此联唯美，三者兼之。联中我们不仅能看到可可西里的壮阔，还能看到羚羊迁徙的壮观以及高寒入梦的壮美，使人沉醉。该联比拟开阔，气象宏大，“太古印章、瑶池来使”思落云外，形象丰富，有艺术范。作者犹如一位跨越时空的天外来客，既对接远古，更对接现实，字里行间中捧出美好，引发深思，可谓高明。留声当远，好梦如初，就是在提醒人们要保护好生态和自然，保护好我们赖以生存的美好家园。（何沁学）

葛永红

千年呼唤雪原中，何其浩渺，扬蹄鹿绘三江画；
万类霜天生态里，不尽苍茫，挂角羚衔一片云。

评 析

此联有情有景，有风有物，融风采、特色于一体，远古、文明和雪域、草地，独立而又统一，厚积而薄发，给人以美好的享受。思路决定出路，出路引领方向。整联动感极强，从历史中、生态里感受到大自然的和谐，有一种欲罢不能的艺术感染力。从远古到而今，一个美好的可可西里让我们审视，这种珍稀的资源该如何保护和利用，这是我们共同面对的时代课题。尤其是结句两句，情有所致，笔端生彩，使整个画面呼之欲出。唯“呼唤”“霜天”欠工，但大范畴乃放宽之属。（何沁学）

吴岱宝

数千年地老天荒，谁言为生命禁区？且看那走兽狂奔，飞禽狂舞，草木犹怀悲壮气；

几万里冰清玉洁，自信有昆仑朗抱！共羡兹山原绝美，湖泊绝伦，烟霞尚带圣贤风。

评　析

历史知厚重，草木感悲壮。山原唯绝美，当沐圣贤风。壮景乃天赐之景，心境乃忘我之境，何其美也！亿万年的造化成就了这一方热土，大中华的根脉维系着时代文明，筑牢国家生态安全屏障，是我们这一代及未来数代人永远的责任。跨千峰，跃百嶂，虽一眼，已万年，何其壮也！联中思绪昂然，气脉流畅，是一种匠心的对话和思辨的考量。佳构如临其境，人生有此快意，何其乐也！整联站在保护自然、造福人类大环境中展开思绪的翅膀——可持续发展才是永恒的主题。敬天地，惠子孙，向往自然，放飞梦想，何其幸也！当赞当赞！（何沁学）

乌衣巷

乌衣巷位于南京市秦淮河畔，曾为晋代王导、谢安两豪门宅第，因两族子弟都喜欢穿乌衣以显身份尊贵，故名“乌衣巷”。乌衣巷走出了王羲之、王献之及谢灵运等文学巨匠，也见证了王、谢的艺术成就及家族历史。此后，士子游人不断，成为瞻仰东晋名相、抒发思古幽情的胜地。

张立国

堂前燕戏，不见乌衣，宝马香车犹过眼，大浪淘沙，千古英雄难抹迹，夫子回眸，服王导三朝承宰辅，执柄平生，仰羲献洵，龙蛇满纸，法书泣鬼神，到今时，潮打空城皆寂寞，惜韶光似水，何忍追，酹酒唤清流，唯有腮边泪；

巷陌花开，已无朱雀，檐云灯雨亦随波，闲庭对弈，万年翘楚总留声，秦淮展卷，叹谢安一战定乾坤，殊荣百代，钦运连朓，珠璧盈河，妙韵惊天地，思往日，山围故土尽繁华，慨盛世如歌，焉能忘，吟诗邀朗月，只闻耳畔风。

评　析

此联一百六十六字，是一副长联。其最大的特点是有“惜”

有“慨”，一气呵成，感情在联中渲染，细细读来，层层递进，逻辑分明。上联写王家，下联写谢家，通过两家的家族背景及发展进行综述。“乌衣巷”是东晋时代王导、谢安两家豪门大族的宅第。王导为东晋初年宰相，权势显赫，威震朝野；谢安是晋孝武帝的宰相，人称谢太傅，功勋卓著。“堂前燕”“乌衣”“朱雀”都是唐代诗人刘禹锡《乌衣巷》诗中的关键词，通过精心铺排，再从王、谢开吟唱之端，而产生联想，使整联显得富于变化，意美相融。

（彭大庆）

崔钢兵

千秋巷口约青云，问花，询月，谢风王气今安在；
百姓门头萦紫霭，悟道，通玄，乳燕乌衣自不愁。

评　析

联中从不同角度、不同侧面着笔，反复表现“兴亡”这一核心主题。六朝巷口故址和旧景犹存，但人事已非，繁华不复，为此引发无限感慨。上联“千秋巷口”点明主题，通过“问花”“询月”，指出此处不再是贵族们衣冠往来、车马喧闹的居所，不再有昔日的繁华景象，使人不禁要问：“谢风王气今安在？”却没有人回答。下联“百姓门头”可以说是言现状。人们已领会、通晓了世事变迁的道理，如今这里居住的是寻常百姓家，都过着无忧无虑、自由自在的生活，用“乳燕乌衣”来勾画乌衣巷的环境与季节，既符合地理位置，还可以唤起联想。此联对仗工整，联语流畅，耐人品味。

（彭大庆）

杨远建

渺渺低烟，望鱼儿何处，一波上下，雨兮，风兮，还听浅莺歌柳外；

悠悠小巷，盼燕子几时，千载功名，喜也，悲也，犹随淡月起桥头。

评 析

此联最大的特点就是富有诗意，对仗工整，优美典雅，有意境，有神韵。上联写早春景象，正是大地回春、草木待发之时，使人感觉在柳岸烟雾朦胧中，观看着鱼儿游弋，微波叠叠，迎着轻风，冒着细雨，听着早莺的鸣叫，俨然身临其境，此处所见所闻是那么美好；下联承接上联，心情却并不愉悦，而是郁闷顿生，使人联想到静静的巷口，燕子呢喃，月上桥头，人在此感物思怀。此联运用反衬写法，用乐景写悲情，达到了数倍其悲的效果。“浅莺歌柳外”，早莺又在，此巷犹昔，“燕子几时”，只有春来秋去的燕子年年来此凭吊，“淡月起桥头”，景象何其萧条，如今又看到了冷落。此联化用了刘禹锡《乌衣巷》诗句，但用意不同。 （彭大庆）

大 明 湖

大明湖位于山东省济南市历下区旧城区北部，是天下第一泉风景区核心部分，济南三大历史名胜之一。由济南众多泉水汇流而成，湖水经泺水河注入小清河。大明湖景色优美秀丽，湖水水色澄碧，为国家5A级旅游景区。湖中有历下亭，沿湖有铁公祠、遐园等古典园林建筑，道教宫观北极阁，以及纪念曾巩的南丰祠和辛稼轩纪念祠等。

王一中

地藏海右千壶酒；
天赐济南一颗心。

评　析

“海右”一词，古已有之。古人在地理上以东为左，以西为右。因为山东在大海西岸，故称海右。杜甫《陪李北海宴历下亭》中有名句“海右此亭古，济南名士多”，对联中的“海右”即出自这里。海右，可以泛指山东大地，也可以特指济南。在楹联作者看来，大明湖就是涓涓细流汇聚成的一颗耀眼明珠，是上天赐予人间的珍物，如酒一般，源源不断地流向齐鲁大地，醇香四溢；如心脏一样，活力四射，给泉城的发展提供动力，蓬勃向前，经久不息。“地、天”“藏、赐”“千、一”“酒、心”“千壶酒、一颗心”，整副对联对仗工稳，无一字不工，无一词不工，且言简意赅，用词精准。不写大字而见其大，未着湖字而尽显风流。大明湖得今人如斯妙联，幸也！幸也！（温继鹏）

易延凤

湖光浩渺时，泛舟香国，山色遥连箫鼓韵；
修竹婆娑处，入座遐园，游人饱读古今书。

评　析

此联情景交融，视角独特。上比从湖光着笔，用“泛舟香国”四字，写出大明湖无限风光：“冬泛冰天，夏挹荷浪，秋容芦雪，春色杨烟，鼓枻其中，如游香国。”上比以“山色遥连箫鼓韵”收句，有声有色有情，悦耳悦目悦心。下比由翠竹写起，沿着湖畔小路，沐浴着“竹港清风”，向“遐园”走去。“遐园”为清宣统元年（1909）山东提学使罗正钧创办山东图书馆时，参照宁波藏书楼天一阁而建，颇负盛名，有“南阁北园”之誉。到此，自可“饱读古今书”。其实，读书何止在遐园！大明湖本身就是一部书，一部让人笃志不倦、爱不释手的书。当你走进历下亭、铁公祠、稼轩祠、南丰祠，你就会思接千古，直面圣贤。（温继鹏）

李家桥

大湖惟容纳百泉，储气韵风情，许我寻踪访圣，肺腑淘清通向古；

明水恰镜涵千里，映夏荷春柳，看谁放棹凌波，烟霞揽尽咏成诗。

评　析

此联首嵌大明湖三字，上联首位“大”字，一是指容量大，“容纳百泉”，二是说气势大，“储气韵风情”。接着笔势一转，把读者引向古贤古哲、古踪古迹。大明湖历史悠久，纪念古人政绩、行踪的建筑以及自然景观很多，引得历代文人前来凭吊、吟咏。每个景点经过百千年湖水沉淀，蕴藉厚重文化内涵。下联“明”字领起，春天，柳丝轻荡；夏日，荷浪迷人；深秋，芦花飘扬；冬日，银装素裹，更是分外妖娆。佛山倒影，汇波夕照，人们怎能不“放棹凌波”，荡漾其中！作者的几组动词运用得有声有色，活灵活现。一“容”一“储”，足见其湖阔；一“涵”一“映”，足见其水清；且“寻”且“访”，又“淘”又“揽”，敢“放”敢“凌”，足见胸襟。（温继鹏）

黄果树瀑布

黄果树瀑布古称白水河瀑布，亦名黄葛墅瀑布或黄桷树瀑布。位于贵州省安顺市镇宁布依族苗族自治县，属珠江水系西江干流南盘江支流，以水势浩大著称，是世界著名大瀑布之一。主瀑高六十七米，宽一百零一米。黄果树瀑布属喀斯特地貌中的侵蚀裂典型瀑布。

金光瑜

姮娥晾晒婚纱，飘飘荡荡，遗落贵州，以至使亿万年垂挂白水河上；

王母斟酌玉液，晃晃悠悠，碰翻美盏，终酿成千百里飞流黄果树旁。

评　析

“姮娥”，神话中的月中女神。《淮南子·览冥训》：“羿请不死之药于西王母，姮娥窃以奔月。”“王母”，也称西王母、王母娘娘，是中国神话中掌管不死药、罚恶、预警灾疠的长生女神。在道教神话中，西王母是女仙之首，是生育万物的创世女神，全真教的祖师。主宰阴气、修仙的女神，对应男仙之首东王公。上下联两起句“姮娥晾晒婚纱”“王母斟酌玉液”想象丰富，造境优美，避开俗套，一举胜出。二分句“飘飘荡荡”“晃晃悠悠”，四组叠字应用贴切形象，三分句“遗落”“碰翻”妙笔天成。上下联分别借用神话传说中的两个人物姮娥、王母来造景、铺排，富有想象力，有画意，又有新意，且切地、切景，悠扬流畅。结句长而不臃，荡气回肠。整体看就是一幅柔美的山水风景画。（方留聚）

魏玉秋

黔中有白马脱缰，教徐弘祖呼来，三重倾倒八千客；
眼底随苍龙探海，望天星桥坠去，一落蒸腾十万山。

评　析

“徐弘祖”，即徐霞客（1587—1641），名弘祖，字振之，号霞客，江苏江阴人。明末地理学家、探险家、旅行家和文学家。天星桥景区位于黄果树大瀑布下游六公里处，这里是水上石林变化而成的天然盆景区，游客可以观赏到石、树、水的美妙结合。上联起句“黔中有白马脱缰”出奇制胜，夺人眼球，单此一句即做到了切地切景；二、三分句顺势而来，教徐弘祖、八千客接踵而至，形成因果，顺理成章。下联融入作者自己，进一步描绘出一幅波澜壮阔图画。作品中的“黔中、眼底”“白马、苍龙”“徐弘祖、天星桥”“八千客、十万山”四组名词以及动宾结构的“脱缰、探海”、动补结构的“呼来、坠去”、并列结构的“倾倒、蒸腾”相对，极其工稳，徐弘祖、天星桥两个专有名词相对更为巧妙。整体看上下联俱佳，结句尤为震撼。（方留聚）

王 衍

白水展珠喉，虎啸、豹嚎、狮吼，马跃鹏程，壮九万里声威，由我；

皇天开宴席，鹰翔、凤翥、龙腾，犀掀麟史，问五千年功业，归谁？

评 析

“白水”，黄果树瀑布属可布河下游白水河段水系。“皇天”，旧时常与后土并用，合称天地。单指天，苍天，如“皇天不负苦心人”。引证解释为对天及天神的尊称。《尚书·大禹谟》：“皇天眷命，奄有四海，为天下君。”“翥”，鸟向上飞，如轩翥、龙翔凤翥。“马”指马蹄滩。“犀”指犀牛潭。上联，白水点题，借用虎啸、豹嚎、狮吼言其声威，写出了黄果树瀑布的滂湃气势。下联展现更大场景，皇天开宴席，鹰翔、凤翥、龙腾，好家伙！在这个大场景下，犀掀麟史，结句设问，教人思接千载。只是下联似乎离题远了些，抑或是藕断丝连，供商榷。整个联语，十种动物八个动词，作者也算是煞费苦心了。（方留聚）

熊 虎

飞空万丈，悬壁亿年，谁挂珠帘黄果树？

声若惊雷，势如奔马，天倾银汉犀牛潭。

评 析

此联是优秀联中较短的一副，“四四七”句式，形式上看有些四平八稳的感觉，但字词则跌宕起伏。上联一、二分句从时空着笔，夸张手法，让人看到的是场面宏大、历史悠久的壮观场景；下联一、二分句，形象比喻，如惊雷乍响，万马奔腾，给出的是气象万千、气势磅礴的动感画面。联语中虽没有飞流直下、飞珠溅玉等俗语，也看得出是写瀑布的。结句中嵌入珠帘、银汉、黄果树、犀牛潭，算得上是切景、切地，自对、上下对工稳。上联结句，明知故问，加重语气，下联结句，收得稳准。（方留聚）

吴金城

滚滚白水河，长流卅万年，遭陷害怒涛狂泻，宽帘百米擦天降；

高高黄果树，遥望十余里，赏喧腾瑞玉纷飞，珠履三千涌地来。

评　析

上联从黄果树瀑布的源头白水河起笔，一、二分句用写实手法说出黄果树瀑布的源头和历史，虽有些平实，但三、四分句却笔锋急转，如狂飙骤起，似飞流直下。因突遭陷害，而怒涛狂泻，拟人手法，极为妥帖。结句景象雄浑开阔。下联以黄果树为主语，展现的是一种喧腾而不失柔美的场景，因此引来无数游客欣赏。“珠履”，珠饰之履，《史记·春申君列传》：“春申君客三千余人，其上客皆蹑珠履。”过去多指有谋略的门客，此可理解为穿着华丽的游客。整体看，对仗工稳，比喻形象。（方留聚）

颐和园

颐和园，清代皇家园林，坐落在北京西郊。1750 年，乾隆皇帝为孝敬其母建起清漪园，是以昆明湖、万寿山为基址，以杭州西湖为蓝本，汲取江南园林的设计手法而建成的一座大型山水园林，也是保存最完整的一座皇家行宫御苑。1860 年，清漪园被英法联军焚毁。1888 年重建，改称颐和园。1900 年又遭八国联军的破坏，珍宝被劫掠一空。新中国成立后回到人民手中。1961 年被公布为第一批全国重点文物保护单位，后又被列入《世界遗产名录》，成为国家 5A 级旅游景区。

徐延利

集成九域风光，几度兴衰几度安危，岂无士论；
胜览新元岁月，何曾祸乱何曾战伐，自有民心。

评　析

“士论”，士大夫间的评论、舆论。“胜览”，畅快地观赏。“战伐”，征战、战争。此联构思精妙，使联作的意境豁然开阔。联中虽未具体写景写事写人，但有总揽全局之眼界。上下联以时空为线索，上起六字，即奠定了颐和园的名胜地位；腰节大转折，形成强烈反差，结论自然。下联承上联，重在“新”的讴歌，腰节大回环，设问震撼有力，结论一锤定音，效果极佳。全联在开拓境界、谋篇布局方面甚有特色。上下联既一脉相承，又对比强烈，引人深思，意味深长。（徐玉基）

刘登甲

万寿何高，听鹂声谐趣，山色颐和知智慧；
一堤其丽，望塔影排云，湖光潋滟荡昆明。

评　析

此联从风光角度演绎，在风光中融入情感，亦很成功。一幅绮丽的风情画，写出了颐和园的特色。内中选取八个景点，即万寿山、听鹂馆、谐趣园、智慧海、西堤、玉峰塔影、排云殿、昆明湖，巧妙地将其化为联语，既有颐和园元素，又概颐和园之胜。联语流畅，毫无牵强之感，此联非颐和园莫属。画面感强，视界开阔，从山到湖，从云到堤，从声到影，似置身其中，令人流连忘返，心旷神怡。只“颐和”与“潋滟”稍不工，“知”字如改成“凝”字可能会更好。（徐玉基）

张少兵

为行宫御苑，缩地移天，昔向佛阁祈万寿；
还胜景名园，裁云剪月，今欢百姓近昆明。

评　析

联作按“昔”和“今”的思路演绎，甚为成功。起句点明性质，昔归帝王今属人民，一个“还”字传神。联作没有铺陈颐和园的富丽堂皇，只“缩地移天”，高度概括，描绘出颐和园精美的建筑和绮丽的风光，留给人们无限遐思。旧日皇家祈寿之地，今成人民欢乐之所，联作对比强烈，评价公允。《大戴礼记》：“昆，众也。”尾二字“万寿”对“昆明”为工对，也见功力。下联腰节四字与上联过近，且与起、结契合不紧，似可琢。（徐玉基）

吴岱宝

借江南神韵而成北国佳园，是处呈皇家气象，细数来亭台楼阁、轩榭廊桥，历劫火几番，无非社稷脂膏，生民血泪；

凭水色山光以纳钟声幡影，此间抱紫府津涯，闲看去萝月松云、梅魂桂魄，待春风一抹，足令天人契合，草木欢娱。

评　析

用诗样语言撰联，读来如行云流水，酣畅淋漓。上下联看似同样铺陈，距离相近，然细思各有巧妙。上联以建筑为主，人力所为，是为引出结句的反差；下联以风光为主，充满生机，是为引出结句的欢畅。巧用领字亦有特色，一字领如“借、凭”、二字领如“无非、足令”、三字领如“细数来、闲看去”，各有巧妙。自对与互对交替，锻词炼字也见功夫。句式从四字到十一字，富于变化。一些动词用得传神，如“纳”“抱”“抹”等。联语中用词注意“有声有色”，画面感强，为联作增色不少。（徐玉基）

熊　虎

三百载几经劫火，吊古思今，借秋水一湖，作兴亡镜鉴：
五大园屡上热搜，登楼选胜，拍春光满岛，疑梦幻蓬莱。

评　析

“镜鉴”，警戒、鉴察，鉴本义为镜子。“五大园”，当指北京五大名园——静宜园、静明园、颐和园、畅春园、圆明园。此联颇有思想深度，由景而园，由园而史，由史而今，由今而鉴，层层登高、步步递进于无形之中，意味深长，清新隽永。“三百载”引前世今生，“五大园”列首都名胜，将颐和园放在更久的历史和更广的空间，显其气魄之大、影响之深。秋水一湖作镜鉴，春光满岛疑蓬莱，令人拍案叫好。上下联脉络清晰，起结句紧密呼应。“热搜”给予现代气息，四分句环环相扣，“七四五五”句式读来音韵铿锵。（徐玉基）

方留聚

焚而建矣建而焚，建也民脂，焚也帑银，堆积满山祈万寿；
古鉴今兮今鉴古，今之雪耻，古之遗恨，兴亡一水照千秋。

评　析

“帑”，古代指府库或钱财。此联从历史史实和兴衰更替着笔，赋予联作以厚重和深邃。上联的“焚”和“建”，道尽了颐和园前世今生的坎坷命运。下联的“古”和“今”，用颐和园镜鉴荣辱兴衰，“一水照千秋”，上升到人类社会发展规律的高度。气脉贯通的联语，形象而生动地塑造了颐和园的整体风貌，溯历史的长河，思兴亡的教训，寓意深刻，思想深邃，语言生动，实为难得的佳句。两起句的对仗方法值得探索，用自对方法，较好地解决了格律问题，此处可称之为“环复自对”。“焚而建矣建而焚”“古鉴今兮今鉴古”，环复形成句中对仗。据作者介绍，初稿是两个三字句，但思绪断开，通过虚词“矣”“兮”连接成为七字句，更能表达思想感情。同时读起来音调铿锵，富于变化，与后面各分句珠联璧合，情感更加丰富，音韵更加流畅。（徐玉基）

武陵源

武陵源风景名胜区位于湖南省西北部，由张家界市的张家界国家森林公园、慈利县的索溪峪自然保护区和桑植县的天子山自然保护区组合而成。景区北部大片为石灰岩喀斯特地貌，形成了无数的溶洞、落水洞、天窗、群泉。被誉为自然的迷宫、地质的博物馆、森林的王国、植物的百花园、野生动物的乐园。1992 年被列入《世界自然遗产名录》。

李军法

千秋造化聚武陵，醉赏张家界，仰瞻天子山，探访索溪峪，疑似桃源搬世上；

万象光华收画卷，苍林挺柱峰，雾海飞云瀑，灵猴悦鸟声，恍如梦境驻心中。

评　析

“造化”，化育万物的大自然。上联首句以化育万物的神奇大自然造就了武陵源起笔，用“千秋”以表时间久远。腰节以武陵源最有代表性的景点“张家界”“天子山”“索溪峪”深入破题。当句自对十分坚挺，铁定不移稳切主题。“醉赏”“仰瞻”“探访”几个动词推敲，也很贴切。以游客的身份眼观来评判景点，自然得出后一句的评论。条理分明，意脉顺畅。如果说上联重在形体静态，那么下联就重在声色动态，其中的“苍林”“柱峰”“雾海”“云瀑”“灵猴”“鸟声”，有些原本为静态，但一经作者点化，就能“挺”、能“飞”、能“悦”，唯美生动，灵气十足。上下联珠联璧合，为读者勾勒了一幅活力四射、生动形象的盛世桃源画卷。唯结句稍落俗套，但瑕不掩瑜。（吴岱宝）

吴金城

画廊十里长，观擎天一柱，云生五态，峰立九霄，胜景无边，有缘欣涉桃花岸；

溶洞千年古，叹涌地百泉，佳木参穹，神针定海，陶公有记，无处期寻源内人。

评　析

数字规整且紧扣主题，是此联的最大亮点。其中的“十里”“一柱”“五态”“九霄”“千年”“百泉”等数词，既有虚拟夸张，又有写实还原。其次是对仗工稳亦变化有致。一字领起的四个小分句成鼎足对格局，“无、有”为规则交错重字，细品耐人寻味。再者是用典自然。“陶公有记”，即指陶渊明的《桃花源记》。虽然说《桃花源记》所描写的不是这里的武陵源，但毕竟有十分相通的地方，故而顺手一用，也觉自然、贴切，使联语更为厚重而有内涵，结句尤其令人回味。（吴岱宝）

熊　虎

三千峰耸立兆年，叹神针定海，石柱擎天，老林卧虎，古洞藏龙，名将雄师争楚塞；

八百水风情万种，看涧舞彩虹，潭飞玉练，泉映岚光，溪流月影，扁舟渔父觅桃源。

评　析

“兆年”，年代久远。“名将雄师”，指老一辈无产阶级革命家贺龙及其领导的革命队伍。“扁舟渔父”，化用陶渊明《桃花源记》情节。首尾两个七字句，起合得力。“三千峰”写虚还实，“八百水”写实还虚。中间一领字引四个排比句，形成鼎足对。上下联均以主谓宾结构呈现，但结构却略有变化，上联四个排比句主语为两字，下联主语为一字，节律成二二和一一二变化，这就避免了上下联鼎足对呆板僵化的毛病。全联统摄得力，动静有致，情景交融，古今辉映，画面感十足，下联尤具诗情画意。（吴岱宝）

徐秀玲

梦寄张家界，情牵溪峪峰，尤赞叹南天一柱，玉带千条，乐聚桃源得造化；

心驰松壑间，路索黄龙洞，更流连十里画廊，万重云海，畅游伊甸醉风光。

评　析

“伊甸”，即伊甸园，《旧约 · 创世纪》中所记载的乐园。园中长着各种果树，中央则种着生命树和知善恶树。有一条河由伊甸流出灌溉乐园。上帝所造的第一对男女亚当与夏娃即居住于园内。在亚当与夏娃尚未偷尝禁果之前，园内生活没有任何的忧愁与痛苦。后来借为人间乐园的代称。上联以梦起笔，以情动人，以声赞叹，以乐开怀；下联以心感悟，以路追寻，以行流连，以畅游历。作者就是这样，以游客的感触，融入真情实感，让武陵源处处动情，时时感人。每一分句的动词运用都精准无误，值得慢慢咀嚼品味。两组自对，工稳精巧，五字句、四字句、七字句，句式灵动多变，摇曳多姿，适宜表达这种浪漫优美的主题。领字转承妥帖，每句不离主题，读来朗朗上口。（吴岱宝）

魏玉秋

湘西有胜景乎？看索溪峪画廊，天门山洞府，以为造化惊奇处；

笔下更传神者，追张子房步履，陶元亮记游，且羡人文归隐时。

评　析

张子房，即张良（？—前189），字子房。秦末汉初杰出谋臣，西汉开国功臣，政治家，与韩信、萧何并称为“汉初三杰”。陶元亮，即陶渊明（365—427），字元亮。东晋末至南朝宋初期伟大的诗人、辞赋家。武陵源是一个广袤博大的自然组合景区，能写的内容可谓车载斗量。如果不加以取舍，眉毛胡子一把抓，势必造成紊乱臃肿，交叉纠缠。此联作者十分注意对联题材的梳理与剪裁。在第二、三当句自对中，用两个分句就勾勒出了武陵源的大致轮廓，以一当十，以少少许胜多多许。这大致还归结于作者对于上下联的具体分工。上联重点写自然风景，下联重点写人文历史。这种互为表里、虚实结合的写法，使联语既简洁明快，又厚重精深。首尾六七句式，以议论发轫，以议论收束，好在造语骈散结合，用词虚实相间，因此更显得特色突出，具有不可移植的指向性和唯一性。（吴岱宝）

长白山天池

长白山天池位于吉林省东南、中国和朝鲜两国边界上，是一座休眠火山，火山口积水成湖，夏融池水比天还要蓝，冬冻冰面雪一样的白。被十六座山峰环绕，仅在天豁峰和龙门峰间有一狭道池水溢出，飞泻成长白山天池瀑布，是松花江的正源。是中国最大的火山湖，也是世界上最深的高山湖泊。现为中朝两国的界湖。

王明亮

天遗碧镜；
地举白头。

评　析

短联写好很难，这副联短短八个字，对仗工稳，朗朗上口，易记，可以准确诠释长白山，私以为是长白山天池的广告语。“天”对“地”，颜色词“碧”对“白”。作者不直接写景，用上天遗落在人间的一面碧蓝的镜子比喻天池之美，下联则运用了拟人的修辞手法；在遣词炼字上更是点石成金，“遗”“举”两字形象准确，更增加了拟人的意味。长白山也叫白头山，有为天下有情人见证白头偕老之意。联语短而精妙，颇见功夫。（汤　洁）

申海军

源启三江，峡飞一瀑，携龙潭圣水几泓，以泽松辽大地；
娲皇救世，宝玉通灵，凭怪石奇峰数座，得尊山岳威名。

评　析

长白山是中国名山，自古以来就是中国的神圣领土，是松花江、图们江和鸭绿江三江发源地。作者善于剪裁取舍，上联用“三江”“一瀑”“几泓”数量词写天池起源以及作用，彰显了长白山哺育松辽大地的恩泽。长白山的另一大特色就是因诸多山峰尚有白色浮石和积雪而闻名。下联用女娲补天之石、《红楼梦》的通灵宝玉衬写长白山浮石嶙峋通透。整副联极具画面感，结句开阔，点明长白山无愧于是中国十大名山之一、与五岳齐名的关东第一山。全联句式整齐中见活泼，顿挫自然，联味弥漫。想象堂皇，拔起合情合理。

（汤　洁）

吕鹏飞

原是火山，积水成湖，有十六峰环抱，峦影波光，时泛香潮，适宜领略烟霞趣；

敢云琼海，平池似镜，看三千里荡浮，瀑声岚翠，乍添暮霭，窅窱流连造化工。

评　析

长白山是一座休眠火山，火山口积水成湖，夏融池水比天还要蓝，冬冻冰面雪一样的白，被十六座山峰环绕，仅在天豁峰和龙门峰间有一狭道池水溢出，飞泻成长白山天池瀑布，是松花江的正源。此联从起源成因、周围环境入手，写景旖旎而不失开阔，不足之处是联语冗长有堆砌之感。起笔“原是”句略显平实，稍失联味。结句虽有别趣，但振起不够，缺乏一定的寄托，意思略浅。“窅窱”，音义同“窈窕”，深远貌，这二字生僻，可斟酌。 （汤　洁）

吴岱宝

瑶池落长白，玉液生太和，数千年汲日月光华，犹慨叹其高无上，其清无比；

飞雪横空起，奔雷撼地来，三百丈腾岩川气势，每惊闻所尚在声，所得在心。

评　析

长白山天池冬季银装素裹，夏季碧玉一湖。此联起笔前两分句以浪漫手法、自对方式，大胆想象，尽心铺排，恰如其分地展现了天池的那份出尘世外的美。下联起笔大气磅礴，似有雷霆之势，“横、撼”二字极具感染力。两个三字领连用，气脉略阻。“数千年”何如“万千年”？两结可喜，造语新颖，隽永古雅，意境清高。

（汤　洁）

谢卫明

前浴无边烈火，后熬亿载高寒，头已白，终修来澈澈清泉，铮铮铁骨；

西偎万里神州，东览九天旭日，志尤坚，必迈进煌煌大梦，浩浩春风。

评　析

联语豪放，时空纵横，大开大合；比喻得当，拟人入理，格调高标，意气风发。上联取材于长白山是休眠火山，常年冰雪覆盖。从时间上“前后”对比，以“烈火”“高寒”形成强烈反差，塑造出一种冰与火的洗礼的艺术形象，加大铺垫力度，为结句的振起和拟人化起到了水到渠成的艺术效果。下联概述地理位置，以“东西”方位，错开长白山的空间变化，视野开阔，胸怀宽广。全联虽是写山，亦若写人。两结句气宇轩昂，寄托广大。（汤　洁）

壶口瀑布

壶口瀑布位于山西省吉县和陕西省宜川县间的黄河中。两岸高山狭窄，黄河流经此处直泻深沟，波浪翻滚，如巨壶沸腾，故名。壶口瀑布是仅次于黄果树瀑布的中国第二大瀑布，世界上最大的黄色瀑布。

徐光祖

一壶收万里奔流，任泥沙俱下，海立山飞，至此观瞻龙气度；
九曲转千峰断壑，教鼓角未终，雷滚烟卷，如斯感慨马精神。

评　析

“鼓角”，指战鼓和号角的总称，古代军中发号施令的吹擂之物。语出《后汉书·公孙瓒传》：“袁氏之攻，状若鬼神，梯冲舞吾楼上，鼓角鸣于地中。”该联截取“壶口”这个断面，上联展形态，描写黄河万里汹涌奔流，至此处“泥沙俱下，海立山飞”的惊险壮观气势；下联表声威，彰显黄河闯过千峰断壑，仍然如“教鼓角未终，雷滚烟卷”的豪迈威风形象。上下联均通过领句分述、结句点题的表现手法，从更加宽广的场面，深层次揭示出了中华民族的母亲河——黄河所体现的“龙气度”“马精神”。（王西川）

方留聚

任狂沙卷浪，悍马脱缰，张口一壶吞桀骜；
看万驾齐驱，一龙总领，啸天九曲吐雄浑。

评　析

联作将壶口瀑布铺张开一幅阔大的场面，上联写来水，纵是激流卷沙似脱缰悍马，壶口也一口吞下；下联写泄水，恰如万驾齐驱，狂龙并进，呼啸九天吐去，吞吐之间，张扬出壶口瀑布的桀骜雄浑气势。比喻、拟人、夸张的修辞手法和自对句式的综合运用，使景象如在眼前，更使人感受到壶口瀑布所蕴含的昂扬奋进精神。（王西川）

卜祥杰

看千重黄浪一壶收，腾烟散雪，溅雾飞花，河者？瀑者？此图足以牵魂梦；
听万面铁鼙双耳震，声似惊雷，响如奔马，壮哉！奇哉！断势最堪抖气神。

评　析

“鼙”，击乐器，古时军队中使用的战鼓。作者将自己置身其中，通过“看”，鲜明的意象展现眼前，通过“听”，撼人的比喻拟声耳中，形声并茂地展现了壶口的壮和奇，使读者感同身临。行文将铺叙、描写、议论熔于一炉，语意起伏多变，感染力强。表达手法将长短句和中节当句自对交错运用，音韵错落有致，联长而不

觉凝滞。（王西川）

王长城

挟银河直落，动地狂来，穿云破岭千层浪；
卷白雪横飞，惊天啸去，倒海翻江万里歌。

评　析

此联用拟人手法，以壶口为分野，上联观来之势：携银河狂来，何等浩大威猛；下联聆去之声，卷白雪啸去，何等震撼豪迈，直观显现出黄河壶口的壮观景象。上下布局合理，前后承接顺畅，白描语言直观恰切，多个动词的精准运用，读来如临其境，如闻其声，使联作灵动鲜活，摄人心魄。（王西川）

卢长华

汹涌金龙舞，声威震地，气韵冲天，泽润江山八万里；
喧嚣玉虎腾，意撼乾坤，势惊日月，激扬华夏五千年。

评　析

此联将壶口景象比作金龙、玉虎，极写其声威、气韵、意志、态势，从而揭示其泽润江山、激扬华夏的内涵。上下联均先予总写，承接以自对句式具体描述，结句照应开头揭示主题，气脉顺畅，对仗工稳，措辞生动精准。（王西川）

富 春 江

富春江，浙江省中部河流，为钱塘江建德市梅城镇至萧山区闻家堰段的别称，长一百一十公里，流贯桐庐、富阳两县市。江两岸山色青翠秀丽，江水清碧见底，素以水色佳美著称。南朝梁吴均称“奇山异水，天下独绝”。在支流胥溪注入处，有子胥渡口、伍子胥别庙等古迹。沿江有桐君山、严子陵钓台等胜迹。

田兴隆

我也学羊求，同白鸟飞，观青螺合；
谁能超李杜，咏一江水，题两岸山。

评　析

“羊求”，即羊仲、裘仲，两人皆为汉代隐士，后引用为隐士的代称。汉赵岐《三辅决录》：“蒋诩字元卿，舍中三迳，唯羊仲裘仲从之游。二仲皆推廉逃名之士。”“青螺”，此处喻青山。唐刘禹锡《望洞庭》诗：“遥望洞庭山水翠，白银盘里一青螺。”“李杜”，古代诗人有小李杜、大李杜之说。李商隐和杜牧的合称，世称“小李杜”，“大李杜”是李白和杜甫的合称。上联期望自己如同羊求一般，隐身山水，欣赏美景；下联则寄希望于谁能像李白、杜甫一

样，用诗词赞颂这里的一江碧水、两岸青山。此联好在语言精湛，主题鲜明，简明扼要，意象浑厚。（李进才）

徐继明

几百年轮回市井，黄公手迹，乾帝欣甄，假作真时真亦假；
两三世辗转书摊，慕者临摹，春图再现，无为有处有还无。

评　析

《富春山居图》以富春江作背景，为元朝画家黄公望所绘，是“中国十大传世名画”之一。明朝末年流传到收藏家吴洪裕手中，因酷爱此画，吴在死前令人焚烧殉葬，其侄子从火中救出时，画已被烧成一大一小两段。后此画亦曾颠沛流离，流传于皇宫、市井。较长的后段称《无用师卷》，现存于台北故宫博物院，前段称《剩山图》，现收藏于浙江省博物馆。撰联者说富春江不写富春江，把笔墨集中在渲染《富春山居图》的坎坷命运上，以画述事，由点及面，借物传情，情景交融，足见为联者独具匠心，功力老到。（李进才）

舒甘来

翠江源自黄山，最迷这眼底风光，寻迹羡公望构图，严遵垂钓；

素练流将碧海，可洗此胸中块垒，思贤嗟伍员求渡，皋羽哭台。

评　析

“公望构图”，指元朝画家黄公望及其所绘《富春山居图》。“严遵垂钓”，严子陵钓台分为东、西两部分，东台为东汉著名隐士严子陵隐居垂钓处。“伍员求渡”，指伍子胥因受谗害从楚国流落到吴国，在富春江支流胥溪注入处，有“子胥渡口”“伍子胥别庙”等古迹。“皋羽哭台”，皋羽名谢翱，南宋末散文家、诗人，曾在西台恸哭抗元英雄文天祥。上联“翠江源自黄山”，下联“素练流将碧海”，是说富春江一头连着人称“归来不看岳”的安徽黄山，一头连着素有“人间天堂”美誉的杭州西湖。此联妙在将山水景观，寄托于历史与人物的坎坷与演绎之中，有感而发，触景生情。

（李进才）

张项学

瞻江便起韵，看云环素瀑，鹭点烟汀，帆影依稀苏子赋；
触景更思人，叹虚老严陵，空余胥渡，波声隐约谢公诗。

评　析

“烟汀”，意即烟雾笼罩的水边平地。唐代杜荀鹤《鸬鹚》诗：“一般毛羽结群飞，雨岸烟汀好景时。”“苏子赋”，意即苏东坡辞赋。其辞赋融入古文疏宕萧散之气，吸收诗歌抒情意味，《赤壁赋》《后赤壁赋》为传世名篇。“谢公诗”，意即谢灵运诗，其与颜延之并称“颜谢”，是第一位全力创作山水诗的诗人。上联写景，说眼里看到的“素瀑”“烟汀”“帆影”，触景生情，渲染气氛。下联说人，着墨历史上的伍子胥、严子陵，睹物思人，抒发情感。一联读

来，观景述史，错落有致，涵深纳厚，蕴藉强烈。（李进才）

吴岱宝

携碧水而凝翠黛，看此处清涵万象，冷叠群山，幽泉作响，好鸟相鸣，澄江百里浑仙境；

经富阳以过桐庐，想当年公望结茅，严陵问古，龙卧琼宫，寺悬绝壁，故事千秋净俗心。

评　析

富春江全长一百一十公里，流贯浙江省桐庐、富阳两县市。自梅城以下五公里至芦茨埠为峡谷段，富有神奇的魅力：巧夺天工的自然景观和旷古悠远的历史遗迹，缀连成片，相映生辉，自古有“揽天下奇景于一身”的美誉。上联写景，“清涵万象，冷叠群山”是眼见，“幽泉作响，好鸟相鸣”是耳听。以“澄江百里浑仙境”作结，也就水到渠成、顺理成章了。下联写史，“公望结茅，严陵问古”是思古，“龙卧琼宫，寺悬绝壁”是循迹，以“故事千秋净俗心”醒人，自是瓜熟蒂落，归心服众。此联以散句成联，笔锋凝练，描绘精到，节奏明快，意味深长，词艳而不狐媚，涵厚而不涩滞，大有古风古韵，大家风范。（李进才）

五大连池

五大连池风景区位于黑龙江省黑河市五大连池市，地处小兴安岭山地向松嫩平原的过渡地带。1719—1721 年间，火山喷发，熔岩阻塞白河河道，形成五个相互连接的湖泊，因而得名五大连池。其湖区有莲花湖、燕山湖、白龙湖、鹤鸣湖、如意湖组成串珠状的湖群；周边有龙门石寨、格拉球山天池、火烧山、黑龙山火山、药泉山、焦得布山、尾山以及相关的人文景观、植被、水景等。与同纬度地区相比，其地动植物种类十分丰富，成为生态演变过程的主要见证，展示了大自然顽强的生命力，是世界上研究物种适应和生物群落演化的最佳地区。现为国家 5A 级旅游景区，具有世界地质公园、世界人与生物圈保护区、国家森林公园、中国矿泉水之乡、中国著名火山之乡等称号。

卫　国

若珍珠串就，闻袅袅莲香，听嘤嘤鹤鸣，点点波光如意景；
于地幔喷来，教潺潺水转，看隐隐龙伏，巍巍石寨壮观城。

评　析

“地幔”，地球内部介于地壳和地核之间的构造层。“石寨”，指龙门石寨，五大连池火山群之一。作品上联描写呈现在眼前的景象，开首将五大连池比作“珍珠串就”，概括出了五大连池的形态特征，继而用“莲香”“鹤鸣”“波光”等具体意象，描写出了花的馨香、鸟的活泼、水的灵动，呈现一幅优美鲜活的如意画面，且“如意”也是五池之一如意湖的美称；下联从它的成因引出，这种地貌缘“地幔喷来”，虽然没有具体描述诸如锥山、熔岩、岭堰、隧洞等火山活动造成的奇观，仅撷取“水转”“龙伏”“石寨”几个特色镜头，就使人想象到它犹如一座神奇美丽的石寨都城。上下联布局各有侧重，分句间布排恰当，特别是叠字的反复运用，读来音韵优美，明快动人。

（王西川）

郭永和

池缀珍珠妆雪国；
山持锦带系松原。

评 析

“雪国”，此指大兴安岭北部寒冷地带。“松原”，此指松花江平原。作品上联“池缀珍珠”，概括了五池相连状若珍珠的形态景象；“妆雪国”点明了所在位置为北方冰天雪国。下联“山持锦带”，以拟人化手法描写出火山群上的繁林如锦带的美丽形状；“系松原”一个“系”字，虽夸张却切景，更是在阔大的场景中展现出了五大连池的美丽壮观。联虽短，上下布局合理，遣词组句顺畅，加之比喻、拟人、夸张手法的组合运用，使联作扣题紧密，语意凝练，意象鲜活。

（王西川）

李显增

地火冲天一怒，乾坤面貌新，石龙横野，石海翻花，人间添胜景；

银溪牵手五湖，草木生机旺，水矿流金，水泉誉圣，北国有奇珍。

评　析

“地火”，火山喷发的火焰岩浆。“石龙、石海”，火山喷发冷却后形成的各种火山地貌景观。“银溪”，指连接五个湖泊的河道。“水矿、水泉”，指药泉山、焦得布山、火烧山等矿泉群。此联上下开首皆用拟人手法吸人眼球，然后分别点出五大连池的两大特征：“新”与“旺”，再用两个分句具体描写火山地貌新奇的形态和草木、矿泉池水生机盎然的景象，然后归结到“胜景”“奇珍”照应开头，从而形象鲜活地赞美了五大连池。写法先总后分再照应开头，气脉贯通，上下各侧其重。上联“怒”指火山喷发的形态，与下联的“湖”相对当无不可。（王西川）

金光瑜

传说玉帝携七女，游完广宇，休憩到德都，沐浴在人间，只钟情嫩水兴安如画卷；

闻讯土神开五湖，储满琼浆，迎接来塞北，陪同于圣境，还布景清泉石海似瑶池。

评　析

“玉帝”，是道教神话里神仙中的最高主宰。“土神”，土地神，中国民间信仰中的地方保护神。“德都”，为德都勒的简称，原属克山县，后析其地设置五大连池市。“嫩水”，指嫩江。“兴安”，指兴安岭，五大连池风景区位于嫩江之域，大小兴安岭之间。“塞北”，古代以长城为界，以北地区已出边塞，故名塞北。此联作生面别开，用对联的形式，讲述了一个古老的传说，用叙述的手法，营造了一种生动奇幻的情景，从而使读者感受到了五大连池的神奇、温馨和美丽。联作使用新韵，语言通俗，对仗工整，句式长短交错，语意衔接流畅自然。（王西川）

曹鸳姣

仰天地神功，造化看熔岩列阵，湖泊罗星，醉云影波光，似玉如银泉世界；

汇古今灵气，清虚若仙境游龙，桃源放鹤，对黑山白水，呈诗展画梦家乡。

评　析

“熔岩”，是指火山喷发喷出地表的岩浆，冷却后形成的岩石。“桃源”，世外桃源的简称，源于晋代大诗人陶渊明笔下的《桃花源记》，后为远离尘嚣、隐逸田园的代名词。“黑山白水”，又名黑水白山，其中黑水指黑龙江，白山指长白山，泛指我国东北地区。作品上联写五大连池由天地神功造就，实写熔岩、湖泊、云影、波光、涌泉，展现了一幅“似玉如银”的画卷；下联深入一层继表灵气，营造了仙境游龙、桃源放鹤的空灵境界，给人以丰富的黑山白水间呈诗展画的梦幻般想象。行文有分有总，有实有虚；气脉贯通，语言富有画面感。不足之处在于，二分句“造化”“清虚”应为缀笔。

（王西川）

楹联同题

四大佛教名山

九华山

九华山，位于安徽省池州市青阳县境内，与五台山、普陀山、峨眉山合称中国四大佛教名山。原名九子山，因李白诗句“昔在九江上，遥望九华峰”而更名为“九华山”。九华山因作为地藏菩萨之道场而举世闻名，佛教认为地藏菩萨是“大孝”和“大愿”的象征。

张项学

九九峰耸起，莲朵升空，和光漫地，云起长阶寻觉路；
千千结打开，金钟净浊，玉瀑洗尘，风开旧梦入新航。

评　析

此联对仗工稳，落笔不凡，庄严静穆而不失雅致，可谓精品力作。首句“九九峰、千千结”中叠词对得相当巧妙，让联作焕然生色：既嵌了九华山的“九”字，又展现了峰之突兀、连绵不绝，更突出了山之禅意，即使心有千千结，到此也会顿然开悟、觉醒。中间分句中“莲朵、和光、金钟、玉瀑”文笔优美，有声有色，有动有静，果然一幅空灵幽静、超凡脱俗的山之仙境，活灵活现，令人惊叹，令人陶醉。尾句结得更妙，“起长阶、开旧梦”耐人寻味，“寻觉路、入新航”将主题升华到极致。（吴爱芹）

彭大庆

皖南龙吐雾，四野幽岩入画屏，似是银河近处，尤惊一柱擎天，十王瞰日；

江北镜生辉，九华剑壁侵虹带，除非紫气来时，且见潭浮慧月，身陟云梯。

评　析

首句“龙吐雾、镜生辉”非常生动形象，仿佛身临其境一般，让人浮想联翩，思绪万千，迫不及待一睹为快。第二分句诗意盎然，“幽岩、画屏、剑壁、虹带”落笔有神，或幽或显，或坚或柔，处处引人入胜，夺人耳目。第三分句文从字顺，转承自然流畅，极有韵味。最后两分句中自对为点睛之笔，顿使此联大为出色。“一柱擎天，十王瞰日”运用夸张手法，把九华山奇观描述得更加鲜明、生动，尤其是“惊”字极为巧妙；“潭浮慧月，身陟云梯”则更突出了潭之静、月之华、峰之高、阶之陡的奇妙景致。整体看，对仗工巧，大气非凡，功夫独到，堪称佳构。（吴爱芹）

张志明

佛光三万丈，照古刹群峰，陵阳开慧路；
香火九重天，悟圣僧法语，地藏度苍生。

评　析

“陵阳”，九华山在古时曾叫陵阳山。此联语句简洁明快，读来朗朗上口，虽然不长，但十分大气。上联写圣境风光，下联写香客僧人，上下联相得益彰，互为补充。首句中“三万丈”“九重天”这一夸张手法，给人的感觉相当震撼，一开始便把读者带入一个佛光普照、香火鼎盛之地，令人顿生感慨。中间一分句，“古刹群峰”“圣僧法语”看似平铺直叙，但继前句读来，却在平淡中蕴涵着特有的意境，极富吸引力和感染力。结尾“开慧路”“度苍生”将主题进一步深化，颂扬了佛教圣地广开觉路、普度众生的无量功德。

（吴爱芹）

张作宽

悬峰擎万仞，天淡云闲，曾多少，涧饮窑居，地藏开三宝；
飞瀑下千寻，谷幽水秀，又几何，平推仄琢，诗仙定九华。

评　析

首句斟字酌句到位，“悬峰、飞瀑”中两个动词形象贴切，刻画出峰之高耸而陡峭，瀑之飞泻而磅礴；“万仞、千寻”更加深了峰与瀑的雄奇和壮观，开篇便引人入胜。第二分句词清句丽，营造出一个怡人佳境，令人悠然世外。第三分句巧妙过渡，自然承接。

第四分句看似平淡叙述，却为最后结句做了恰好的铺垫，终以“地藏开三宝”“诗仙定九华”点亮主题，既突出了一方禅境，清心涤尘，又彰显了诗情画意的山水胜景。全联对仗精当，文辞优美，自然真切，意味深长。（吴爱芹）

五 台 山

五台山又名清凉山，位于山西省五台县东北部，由五座山峰环抱而成。五峰高耸，峰顶宽阔平坦，如垒土之台，故名五台山。山中风景秀美，建筑壮丽，雕刻精美，彩画塑像遍及各寺。五台山相传为文殊菩萨的道场，文殊菩萨是“大智慧”的象征。

吴岱宝

觉路宏开以汉，欣香散石床，光生玉树，况复文殊传道，珠履问津，恰青黄协济，梵音信有澄方寸；

善缘广结于人，望五峰历历，百寺峨峨，重看宝相庄严，浮屠轩峻，同内外清凉，明镜岂无照大千？

评　析

“觉路”，佛教语，谓成佛的道路。《〈禅宗永嘉集〉序》：“慧门广辟，理绝色相之端；觉路遥望，迹晦名言之表。”“文殊传道”，五台山相传为文殊菩萨的道场。“珠履”，典故名，典出《史记》卷七十八《春申君列传》，原指珠饰之履，后喻指有谋略的门客。“青黄协济”，五台山有“青庙”（汉族寺院）九十九座，“黄庙”（藏传佛教寺院）二十五座。“梵音”，是梵语的发音名称，又作梵声。佛、菩萨之音声，即佛报得清净微妙之音声，亦即具四辩八音之妙音。“宝相”，指佛的庄严形象。“浮屠”，一指佛陀、佛，二指佛教，三指和尚，四指佛塔。此联大气工稳，遣词造句、立意谋篇游刃有余，颇显作者底蕴和功力。上下联起句“觉路宏开”“善缘广结”用得好，让人心境顿感开阔；中间几分句领字运用得当，转合自然；尾句“明镜岂无照大千”反问得恰到好处，将联意升华。（方留聚）

乔德红

五峰平顶覆袈裟，沐文殊惠泽，清凉禅境，庙著青黄，教化度苍生，圣塔犹聆天界语。

千载扬名成砥柱，缘信众尊崇，独特道场，景呈大美，布施兴福地，法门以引世途心。

评　析

“袈裟”，佛教名词，梵语音译，原意为“不正色”，即指僧众身上的法衣，因僧人必须避免用青、黄、赤、白、黑五种正色而称名。“清凉”，五台山又名清凉山。“苍生”，指百姓、一切生灵。“圣塔”，指佛塔。“法门”，宗教用语，原指修行者入道的门径，今泛指修德、治学或做事的途径。古称南门为法门。全联主题突出，布局巧妙，句式灵活，层层递进，将读者逐步带入一处空灵悠远的绝美禅境。尤其是上下联之尾句“犹聆天界语”“以引世途心”，把意境推向高潮。（方留聚）

孙芸香

拥五峰平坦如台，慈航普度，觉路宏开，佛缘广结三千界；
得一境清凉似玉，景致雄奇，人文厚重，胜地长扬四海名。

评　析

“慈航普度”，仙佛以尘世为苦海，故以慈悲救度众生出离生死海，犹如以舟航渡人，故称慈航、慈舟。《万善同归集》卷下：“驾大般若之慈航，越三有之苦津，入普贤之愿海，渡法界之飘溺。”形容善心人士慈悲为怀，能普遍救助大众。“佛缘”，心中有佛即与佛有缘，就是跟佛有某种联系。此联意境和谐，对仗工稳，音律铿锵，颇有韵味。起句中“平坦如台”“清凉似玉”形象生动，给人如临其境之感；尾句结得好，“广结三千界”“长扬四海名”将全联引申升华。（方留聚）

黄一坤

名山雄壮齐铺锦，双峦挂月闲，望海峰中铭智慧，欣一尘不染时，全抛烦恼清凉至；

灵鹫庄严首启声，千载鸣钟远，朝台路上证青黄，看二庙同辉处，诚礼云烟明净来。

评　析

上联从“名山”入手写其“雄壮”，接着嵌入锦绣峰、挂月峰、望海峰巧妙化出，以一“闲”一“智慧”写出五台山的特点和延庆逐鹿的传说。下联在“大孚灵鹫寺”下功夫，重点写五台山的佛教文化、历史，写其“庄严”之意象。一个“首”字道明灵鹫寺的历史地位；随后用“钟声、朝台”写五台山的历史和“青、黄庙同在”的特点。上、下联第四分句分别以“欣……时”和“看……处”做过渡，为结句做铺垫；最后以两个“状动结构”（全抛、诚礼）通过主、客观（烦恼、云烟）映衬，把境界提升（清凉至、明净来）。整联格局颇大，融“景、情、理”为一体，气脉流畅，层层升华；描景切题，对仗精巧，悦人耳目，可见功力。上下联一静一动，交相呼应，山之雄奇而锦绣，带给人以明净和清凉；参佛之庄严和慈悲，赋予心以智慧和灵性。（方留聚）

郁 犁

望西台挂月，把持经卷，进有青山，退有幽岚，索性临门身过去；

参紫府浮云，为解圣心，兴于尘世，衰于颓志，释怀消业路归来。

评 析

以香客或游客视角写五台山，既写其景色，又写其感悟，读之感同身受。上联中的“身”指消业前的“身”，懵懂；下联中的“路”暗喻消业后的“身”，彻悟。尽其心知其性，知其性则知其天。不论寿命是长是短都不改变态度，只有修身养性等待天命，这就是确立正常命运的方法。此联新颖雅切，独运匠心，把意境拓展开来，有联味，有寓意，读后不觉眼前一亮，犹如一幅动感画面，让人向往于“一花一叶一菩提”的仙乡妙境，得以悟禅养心。故联云：道高方可乐，心静自然通。（方留聚）

普陀山

普陀山位于钱塘江口、舟山群岛东南部海域，系中国佛教四大名山之一，以供奉观音为主。既有悠久的佛教文化，又有丰富的海岛风光，有“海天佛国”“南海圣境”的美称。全国重点风景名胜区，有千步沙、普济寺、法雨寺、慧济寺等名胜古迹。

杜正阳

锦屏展仙境，继百尺莲台，听法参禅，佛顶天高云托月；
青鼓开道场，承千年香火，传经醒世，梵音庙古塔成林。

评　析

普陀山是舟山群岛中的一个小岛，呈菱形状，东为青鼓垒山，东南为锦屏山。联家以“锦屏”“青鼓”山名点破普陀山主题。“莲台”，亦作“莲华台”，即佛座。佛教净土宗认为，修行完满者死后可往西方极乐世界，身坐莲花台座。“香火”，指用于祭祀祖先、神佛的香和烛火。以“莲台”“香火”佛家用语突显佛门净土，“百尺莲台”是说规模宏大，“千年香火”是说传承久远。结句“佛顶天高云托月”“梵音庙古塔成林”表现了岛上佛家地位及繁华景象。作者以“五五四七”言句式成联，前二分句同为五言却有句式变

化；后二分句四七言收结，低开高走，句式突兀。读来意象流畅，节奏分明，端的好联。（李进才）

赖义总

循径寻幽，十景风光庵接寺；
登山望远，四时云雾海连天。

评　析

上联“循径寻幽”是寻景，下联“登山望远”是览胜。“十景”，普陀山有“普陀八景”“普陀十景”“普陀十二景”“普陀十六景”，说法不一，清代裘班所编《普陀山志》载十二景。“四时”，即四季。联中“十景风光庵接寺”“四时云雾海连天”气脉顺畅，洒脱从容，简洁明快，颇有意蕴。上下联“循径寻幽”“登山望远”均为动补结构，“十景”“四时”均为数词，“庵接寺”“海连天”均为同类名词与连词组合。此联对仗工稳，用词严谨。此联虽精短，但表现手法不俗，当得青眼有加。（李进才）

方留聚

海擎佛国蕴玄机，三寺传经，二龟听法，古刹参禅香不断；
天造瀛洲臻妙境，云浮玉塔，绿掩瑶台，游人观景履如飞。

评　析

“玄机”，佛家、道家称奥妙的道理，神妙的机宜。唐张说《道家四首奉敕撰》之三："金炉承道诀，玉牒启玄机。""妙境"，指神奇美妙的境界。明洪应明《菜根谭·闲适》："若有若无，半真半幻，最足以悦人心目而豁人性灵。真天地间一妙境也。""三寺"，普陀山以普济禅寺、法雨禅寺、慧济禅寺最为著名。"二龟"，岛上磐陀石岩上有巨石突起，仿佛石龟两只，称二龟听法石。上联二、三分句"经""法"均为佛家用语，下联二、三分句"塔""台"均为建筑名词。联家以上下联分句自对手法，使得全联对仗工稳、节奏鲜明、蕴涵深厚、感染强烈，称得上手法老到，炉火纯青。（李进才）

姜艳荣

海天佛国，听一曲梵音，俗累皆抛归净土；
圣境仙峰，倚千年古树，禅光长沐涤尘心。

评　析

"海天"，语出唐白居易《江楼夕望招客》诗："海天东望夕茫茫，山势川形阔复长。""佛国"，佛国土，佛界，佛刹。指佛所住之处，或佛教化之国土。语出宋苏轼《东亭》诗："仙山佛国本同归，世路玄关两背驰。"上联以"海天佛国"点明普陀山为佛教净土。"圣境"，指宗教信徒向往的境界。唐王缙《东京大敬爱寺大证禅师碑》："夫上智之身，曲随世界；上智之心，密游圣境。""仙峰"，此处指神仙所在的山峰。下联以"圣境仙峰"赞美普陀山是人间仙境。联中"俗累皆抛""禅光长沐"端的是为世俗之人所向往，无论是否能归身净土，荡涤尘心远离尘嚣确是根本。此联好在以教化为怀，意味深长。

（李进才）

李家桥

无尘开胜境，看造物之奇，难分天上人间，且筑莲台传大道；
有寺坐灵山，阅卷潮其妙，不尽梵音禅韵，犹来法雨润苍生。

评　析

“胜境”，风景优美的地方。《南史·萧暎传》：“胜境名山，多所寻履。”“灵山”，佛教圣地灵鹫山简称，此处指有道观佛寺的山。宋韩淲《水调歌头》：“玉水灵山地，燕寝亦书功。”“大道”，指正确的道理。《庄子·天下》：“大道能包之而不能辩之。”“苍生”，指百姓及一切生灵。语出《尚书·益稷》：“帝光天之下，至于海隅苍生。”上联“看造物之奇，难分天上人间”是说普陀山位于大海之上，天蓝水碧、海天一色。下联“阅卷潮其妙，不尽梵音禅韵”是说暮鼓晨钟迎和着无穷无尽的波涛。此联对仗工稳，构思奇巧，意蕴深厚，手法老到，颇见功力。（李进才）

聂　丹

流光南海，杨柳净瓶，三千香火听禅语；
滴翠灵山，慈悲大士，九万莲花伴佛灯。

评　析

普陀山素有“海天佛国”“南海圣境”之称。相传五代后梁贞明二年（916），日僧慧锷自五台山请观音像归国，至普陀山被大风所阻，于紫竹林建“不肯去观音院”。此后，相继兴建寺院，供奉观音菩萨。普陀山也就成为中国四大佛教道场之一。此联恰恰以描述南海观音先声夺人。上联“流光南海，杨柳净瓶”，下联“滴翠灵山，慈悲大士”皆为专用语，端的把观世音菩萨刻画得活灵活现，栩栩如生。“禅语”，指从佛门中传出的精华语句，话语朴实，意涵深远。宋真山民《夜话无上山房》：“茶瓯胜饮酒，禅语当论文。”“佛灯”，此处指供奉于佛前的灯火。《佛说施灯功德经》云，灯是光明与智慧的表征，也是十种供养之一。“听禅语”“伴佛灯”是出家之人每天必做的功课。此联若能悬挂观音大殿廊柱，真个是珠联璧合，恰如其分。（李进才）

峨眉山

峨眉山，中国佛教名山，世界文化与自然双遗产，位于四川峨眉市西南。《峨眉郡志》云："云鬘凝翠，鬒黛遥妆，真如螓首蛾眉，细而长，美而艳也，故名峨眉山。"相传为普贤菩萨应化的道场，佛教认为普贤菩萨象征着"理德""行德"。

李发建

幽境灵云海气，眉月渡谁来，想青莲得已成仙，吟啸前身难蜀道；

绝尘远佛门心，疏钟醒我悟，问金顶何如遁世，去归底脉感邛崃。

评　析

"青莲"，即唐代大诗人李白（701—762），字太白，号青莲居士，又号"谪仙人"。"难蜀道"，指李白的代表作品《蜀道难》。上联从峨眉云霞写起，以"眉月渡谁来"相接，转而提及青莲名篇《蜀道难》写峨眉山之位置，有奇思。下联起笔提及其佛教名山之身份，以"疏钟醒我悟"承接，复呼应以"金顶何如遁世"，切题尚好。此联四分句为伍，第一分句虽有些粗疏，但后三句相得益彰，

极好。不足之处是“灵”字用法似乎不妥，缺少锤炼。（咸丰收）

董志高

天下名山，听佛寺梵音，看千峰凝翠，如此峨眉天下秀；
蜀中阆苑，观仙岩云海，赏万壑飞莺，居然福地蜀中稀。

评 析

“阆苑”，也称阆风苑、阆风之苑，传说中在昆仑山之巅，是西王母居住的地方。泛指神仙居住的地方，在诗文中常代指帝王宫苑。此联上比以“天下名山”起笔写峨眉山地位之高，中二句“听佛寺梵音，看千峰凝翠”略做描摹以呼应，结句七言“如此峨眉天下秀”，收束甚妙。下比“蜀中阆苑”切峨眉山之地理位置，“观仙岩云海，赏万壑飞莺”写其风景秀丽，结句则盛赞峨眉山为蜀中少见之灵秀所在。全联对仗得体，切题中肯妥帖。（咸丰收）

蔡远鸣

看四峨深处，壁峭泉飞，径窄林幽，时有云烟遮道眼；
立万佛丛中，闻钟闻鼓，不悲不喜，何须贝叶洗尘心。

评 析

“四峨”，峨眉山主要由大峨山、二峨山、三峨山、四峨山四座山峰组成，故称四峨。“闻钟闻鼓”，佛教规矩，寺里晚上打鼓，早晨敲钟，谓暮鼓晨钟，比喻可以使人警觉醒悟的话。“贝叶”，印度人用以写经的树叶，亦借指佛经。上联起笔“四峨深处”切峨眉山之山势，“壁峭泉飞，径窄林幽”写其雄险。“时有云烟遮道眼”既与前面相呼应，又引带出下联，可谓是前呼后应。下联则写峨眉山佛教道场之地位，“不悲不喜，何须贝叶洗尘心”别有韵致。此联写景状物是其长，且句中用自对亦见匠心。“四峨”“万佛”与结句遥相呼应，结句亦妙。（咸丰收）

刘芎禳

凡界本妖氛，须我七里坡屡登临，万年寺容坐忘，开襟抱而清宿垢；

心灯原正觉，趁其祥光相弥摄身，兜罗绵复悬镜，仰烟霞以探幽微。

评　析

“心灯”，佛教语，犹心灵，谓神思明亮如灯，故称。“正觉”，指真正之觉悟。上联写峨眉山与凡间之差别。“七里坡屡登临，万年寺容坐忘”之自对，以地理切题；“开襟抱而清宿垢”与起笔处相呼应，写峨眉之与众不同。下联继续就峨眉山之主题生发，“心灯原正觉”突出佛家名山之气息，中间二句加以呼应，最后点缀以幽美之景色。此联纯雅中正，语句徐缓，切题极佳。（咸丰收）

楹联同题

四大名楼

黄 鹤 楼

黄鹤楼，位于湖北省武汉市长江南岸的蛇山之巅，濒临万里长江，是“江南三大名楼”之一，自古享有“天下江山第一楼”和“天下绝景”之称。唐代诗人崔颢在此题下《黄鹤楼》一诗，李白在此写下《黄鹤楼送孟浩然之广陵》，历代文人墨客在此留下了许多千古绝唱，使得黄鹤楼自古以来闻名遐迩。

卢曙光

别楼黄鹤去，看变幻城头，犹遥想公瑾当年，火烧赤壁；
放眼大江流，数往来诗客，最难忘青莲昔日，西望长安。

评 析

起句即出于李白的《黄鹤楼送孟浩然之广陵》中句：“故人西辞黄鹤楼。”如此手法，既点题“黄鹤楼”，同时因为已“别”黄鹤楼，所以目光所到处，也不仅限于黄鹤楼了，这就为后面引出同在楚地的赤壁做了铺垫。火烧赤壁，是三国中著名桥段，此处引出，于黄鹤楼而言，当属旁衬，衬楚地人文底蕴之深之厚。下联起句同样出自上面李白诗："孤帆远影碧空尽，唯见长江天际流。"了解了出处，再看后面的"往来诗客""青莲"（指李白）即句句皆落到实处。整联以"黄鹤楼"为中心点，放眼周遭，从地理的纬度和历史的深度来写，不离不即，开合有致。（卜用可）

董文学

记崔颢昔时诗句，望八百里洞庭，鹦鹉拾芳，风雨笛中惊鹤去；

共屈原千古心期，历数十年萍迹，沧浪濯足，苍茫楼上唤仙来。

评　析

此联上下起句，"崔颢、屈原"的出现，是运用了拉人作衬法。拉人作衬是拉来相关的人物，借人物与黄鹤楼的关系，而写出楼的人文底蕴。上联的"鹦鹉""鹤"因为前面已经点出崔颢，故而读者读来心领神会。而屈原与楚地的渊源，更为世人所熟知，后世在描写屈原流放的《渔父》中有："渔父莞尔而笑，鼓枻而去，乃歌曰：'沧浪之水清兮，可以濯吾缨；沧浪之水浊兮，可以濯吾足。'"如此，联语中的"沧浪濯足"也就有本有源了。尾句的"苍茫楼上唤仙来"，即把思绪拉回，回到黄鹤楼。其中的"仙"，当为传说中的仙人王子安，世传王子安自黄鹤楼骑鹤而

去。整联立足黄鹤楼，人物穿插出现，串起联语，是为形散而神不散，稳切联题。 （卜用可）

曹鸳姣

数千载声名天地外，青莲赋咏，崔颢题诗，历尽春秋留绝唱；
五层楼矗立江汉间，黄鹤无踪，故人不再，斟来杯酒酹英雄。

评　析

黄鹤楼是江南三大名楼之一，故而说它数千年声名天地外，亦不算夸大。因为历史悠久，声名赫耀，故而与它有关的人文典故也琳琅满目。最著名的就有崔颢赋诗，以及读崔颢诗而后掷笔的李白，这是一段文坛佳话。上联即引用上述历史典故，引出青莲崔颢其人其诗，而两人的诗作使得黄鹤楼声名鹊起，果真当得“绝唱”二字。下联起笔视野拉近，拉到黄鹤楼上，“五层楼”具体点出楼的外形，“江汉”点出楼的所在。此联的鲜明特点，是对仗很工整，如“数千载”与“五层楼”的数字对仗；“天地外”与“江汉间”的方位对仗；“青莲”与“黄鹤”的颜色对仗，皆精巧而工整，可见作者功底深厚。尾句的“杯酒酹英雄”又营造了一种莽莽苍苍、感慨俯仰之感。 （卜用可）

岳 阳 楼

岳阳楼，位于湖南省岳阳市岳阳楼区洞庭北路，地处岳阳古城西门城墙之上，下瞰洞庭，前望君山。相传始为三国吴将鲁肃的阅兵台，唐开元四年（716）张说谪守岳州，在此修楼，定名岳阳楼。历代屡重修。北宋滕子京重修岳阳楼，好友范仲淹应邀作《岳阳楼记》，文章通过写岳阳楼的景色，以及阴雨和晴朗时带给人的不同感受，揭示了“不以物喜，不以己悲”的古仁人之心，表达了“先天下之忧而忧，后天下之乐而乐”的爱国爱民情怀。

钟胜天

斥历朝污吏，权谋专弄，万家忧乐去心头，八百里洞庭似镜如屏，镜前丑陋贪官，羞来此地；

捧一记名篇，云梦长怀，四面湖山归眼底，数千年岳色如诗似画，诗外悠闲骚客，喜上斯楼。

评　析

“权谋”指权术、阴谋。“专弄”指把持操弄。“似镜”指湖面像镜面一样平静，语出唐代诗人刘禹锡《望洞庭》：“湖光秋月两相知，潭面无风镜未磨。”“镜前”指以湖为镜，赋予“以铜为镜”新的内涵：照镜子，正衣冠，警贪心。“一记”指范仲淹的《岳阳楼记》。“云梦”指云梦泽，代指洞庭湖，语出唐代诗人孟浩然《望洞庭湖赠张丞相》：“气蒸云梦泽，波撼岳阳城。”此联表现手法别具匠心，从反贪打腐入手，借典抒怀。上联翻新旧瓶，将“万家忧乐到心头”之“到”改为“去”，反其意而用之。既为污吏，定无万家忧乐之心，轻轻一拨，足见千斤之力；继以洞庭为镜正人衣冠，教贪官止步，堪称妙喻。下联直接入题，引旧句发新声，抒发四面湖山归眼底，千年风雨涌心头之感慨。（彭水洪）

杨远建

临风谁把酒，正楼上九天，日升九域，赏栏边烟雨三春，柳外洞庭一镜，盼矣范来，纵梦沉处，莺夜不啼，月光犹搏重重浪；

披雪我听歌，有记开千载，仕咏千回，凭心里乐忧两字，画中衡岳半湖，送哉宾去，忆志壮时，笛晨空断，虎啸还腾隐隐峰。

评　析

“范”指范仲淹，北宋文学家，其名篇有《岳阳楼记》。“宾”指吕洞宾，自号纯阳子，八仙之一。传说吕洞宾曾三醉岳阳楼，楼上有他留字，他的《绝句》诗云：“三入岳阳人不识，朗吟飞过洞庭湖。”“梦沉”语出宋代周邦彦《过秦楼·大石》“叹年华一瞬，人今千里，梦沉书远”。借天各一方之远，喻古今千载之遥，可见作者之良苦用心。“衡岳”指衡山，衡岳并非洞庭之山，看似与岳阳楼无关，然《岳阳楼记》“南极潇湘”一语堪可破的——湘江经衡阳奔腾而来，注入洞庭，湘水居洞庭四水之首，“衡岳半湖”岂不是最好的写照吗？细细品味，与“南极潇湘”有异曲同工之妙。此联运用多种修辞格，联艺娴熟。上下联设问作答，排偶自对，双轨合一，抒情写景，想象丰富，好一幅“啼莺迎客梦沉处，横笛送宾志壮时”的动人画面。（彭水洪）

王长城

兰汀唱晚，芷岸飞歌，美景迷人荣辱忘；
居朝悯世，在野思君，悲情触我乐忧生。

评　析

“兰汀唱晚，芷岸飞歌”化用“岸芷汀兰”“渔歌互答”而造景。“居朝悯世，在野思君”化用“居庙堂之高则忧其民，处江湖之远则忧其君”以传情。“居朝”即在朝，指在朝为官。“在野”与“居朝”相对，指不做官当政。上联移兰于汀，树芷于岸，重新造景；飞歌唱晚，荣辱皆忘。下联悯世于朝，思君于野，触动真情；报国安民，忧乐自生。此联多处运用当句自对，对仗工稳，语言优美，天人合一，情景交融，俨然一幅《岳阳楼记》缩写画。（彭水洪）

崔钢兵

岳色一千年堆叠，盈野芬芳，听樵子吹箫，雁鸣苇舞，古废今兴楼者梦；

阳光八百里铺陈，满湖金碧，看渔人撒网，鱼跃涛飞，先忧后乐记之魂。

评 析

“岳色”即山色，语出唐代诗人姚合《寄嵩山程光范》：“岳色鸟啼里，钟声竹影前。”“樵子”即樵夫，语出唐代诗人皇甫冉诗：“苦竹林，香枫树，樵子罛师几家住。”“古废今兴”化用“百废俱兴”，翻新感慨。“楼者”指登岳阳楼的人，与“登斯楼也”呼应扣题，名词活用为动词，楼即登楼。“先忧后乐”化用千古绝唱“先天下之忧而忧，后天下之乐而乐”。“记”指《岳阳楼记》。此联化古句为己用，对仗工稳，联艺娴熟。以分总属对，先分后总，起句高屋建瓴——岳色堆来，阳光铺就，本当以芬芳盈野、金碧满湖作结，自觉余音未了；又继以先分后总，用两个分句具体勾勒，演绎出古废今兴之梦——先忧后乐之魂。（彭水洪）

滕王阁

滕王阁，江南三大名楼之一，位于江西省南昌市西北部沿江路赣江东岸，始建于唐朝永徽四年（653），因唐太宗李世民之弟李元婴而得名。李元婴曾被封于滕州为滕王，后调任洪州（今江西南昌），又筑滕王阁。唐高宗上元三年（676），诗人王勃在滕王阁参与阁都督宴会，即席作《滕王阁诗序》，使滕王阁名传后世。

彭小峰

槛外长江，须识得斯人万古；
云间大雁，也该传此序千年。

评　析

此联上下比以含有方位词“外”“间”的四言分句起笔，“槛外”“云间”化自王勃《滕王阁诗》句：“槛外长江空自流”“画栋朝飞南浦云”。接以三字领“须识得”“也该传”，借拟人手法引出“斯人万古”“此序千年”两四言分句作结。“万古”，语出唐李商隐《青陵台》：“青陵台畔日光斜，万古贞魂倚暮霞。”“千年”，语出唐李白《铜官山醉后绝句》：“我爱铜官乐，千年未拟还。”言“长江（这里也指赣江）”“大雁”应“识得”“该传”云云，纵横时空，集中写“人（指王勃）”、写“序（即《滕王阁诗序》）”，章法干净利落，内容紧扣主题，联语大气雄浑，读之不觉震撼人心，感慨万千。

（杨远建）

卢曙光

王子安千古留文，阎伯屿群僚会宴，令序深秋，唐韵生花惊凤舞；

西山雨清滋绿野，南浦云彩缀蓝天，新城故郡，赣江击水看龙飞。

评　析

“王子安”即王勃，“阎伯屿”为洪州都督。上联以叙事为主，点醒题目，写676年“时维九月，序属三秋”的那一次著名的文化盛宴，令人遥想当年“唐韵生花惊凤舞”的瞬间。“生花”，即妙笔生花，比喻杰出的写作才能，语出五代王仁裕《开元天宝遗事·梦笔头生花》：“李太白少时，梦所用之笔头上生花，后天才赡逸，名闻天下。”下联以写景为主，“西山雨”和“南浦云”直接用王勃《滕王阁诗》中之典，一“滋”一“缀”，景中含情，“绿野”“蓝天”可谓美矣；结笔“击水看龙飞”形象生动，“击水”，语出庄子《逍遥游》：“鹏之徙于南溟也，水击三千里。”一“击”一“飞”意气风发，既写古也写今。“新城”“故郡”，对比强烈，内涵丰富。

（杨远建）

张建军

胜地不常斯却常，须知潦水烟光，孤鹜落霞，俱从绝唱留高阁；

盛筵难再诚无再，莫问阎公帝子，朝云暮雨，尽向长江读少年。

评 析

此联对仗精工。起笔即不寻常，“常”与“再”有规律于首句中出现，在对“胜地”“盛筵”的议论中颇含感慨。二字领“须知”和“莫问”顺着首个分句的意思而来，感情真挚，各自带出两个句中自对的四言分句，借典写景抒怀。“潦水”这里指赣江，《滕王阁诗序》曰:“潦水尽而寒潭清，烟光凝而暮山紫。”“阎公”，即洪州都督阎伯屿。“帝子”为唐开国皇帝李渊之子滕王李元婴。“孤鹜落霞”“朝云暮雨”皆语出王勃《滕王阁诗序》。结语“俱从”“尽向”饱含感情，一“留”一“读”，耐人寻味。整联运笔紧扣联题，议论、抒情悠远无尽。

（杨远建）

鹳 雀 楼

鹳雀楼，始建于北周，位于山西省永济市蒲州古城西面的黄河东岸，因时有鹳雀栖其上而得名。鹳雀，即鹳，水鸟名，似鸿而大。唐王之涣诗《登鹳雀楼》使该楼极负盛名。楼高，登之，可目眺东南边中条山和西边黄河，景甚佳。

刘洪敏

鹳雀何须栖此，且看苍莽中条，向东百折不回，九曲怒涛奔眼底；

英雄应戒傲之，正展恢宏大志，望远层楼更上，一轮明月住心头。

评　析

上下联以“何须”“应戒”的议论起势，经过“且看”“正展”的千回百折，引出各自的结句：“九曲怒涛奔眼底”和“一轮明月住心头”。一“奔”一“住”，为拟人，气势磅礴，画境开阔。“鹳雀”，破题。“中条”，即中条山，居太行山及华山之间，山势狭长，故名中条。“九曲”，指黄河。“层楼更上”，化自王之涣诗句“更上一层楼”。而夜中登楼，望月便能使人想起“明月出天山，苍

茫云海间”（李白《关山月》）的诗句来，其结而有余味者焉。惜“东”对“远”有些宽泛。（杨远建）

吕鹏飞

才子登临，看白日依山，黄河入海，极目长天邀鹳雀；
名流唱咏，诧朱楹据秀，岚岫屯幽，骋怀落照共烟霞。

评　析

联语写登楼所见所感。“登临”，语出孟浩然《与诸子登岘山》：“江山留胜迹，我辈复登临。”上联以四言分句起笔，“才子”，即王之涣；接着以“看”字领起两句句中自对的四言分句，对仗工稳，由著名诗句“白日依山尽，黄河入海流”简化而来，雄浑大气，十分切题。下比亦如是，“据”“屯”二字锤炼到位；特别应提出的是结句“骋怀落照共烟霞”，想落天外，又能兜得住，意境化自“落霞与孤鹜齐飞，秋水共长天一色（王勃《滕王阁诗序》）”。“落照”与上联呼应，浑然一体，慷慨激昂，画面感极强，可谓言有尽而意无穷也！（杨远建）

张立国

依山栖鹳雀，雀寄骚人千载梦；
入海揽风云，云托圣手五言诗。

评　析

此联，语言简省有力，“千载梦”与“五言诗”对仗精工，思接千载，视通万里。起笔“依山”“入海”语出王之涣诗《登鹳雀楼》，径直破题也！接着便依动词“寄”“托”入咏，运用顶针、拟人的修辞手法，借有规律重字“雀”“云”以言“骚人千载”之“梦”、“圣手五言”之“诗”。“骚人”，语出宋代卢梅坡《雪梅·其一》：“梅雪争春未肯降，骚人阁笔费评章。”“圣手”，语出况周颐《蕙风词话》卷三《李钦叔赋青梅》：“‘断魂’二句拍合，略不喫力，允推赋物圣手。”皆借指王之涣，饱含赞美之意，有悠远不尽之情韵矣！

（杨远建）

陈新国

举目开怀，看四时景焕，万古诗传，览胜能穷千里目；
登楼有幸，喜九曲歌飞，五洲客至，摘星更上一层楼。

评 析

此联首言“举目”以“开怀”、“登楼”而“有幸”，直接抒情，语言通俗晓畅，对举精工、自然。结句化自“欲穷千里目，更上一层楼”诗句。上联，“万古诗传”之“诗”，即王之涣《登鹳雀楼》诗，以暗示全联结句的诗意来源。一“能”字，精神积极向上，颇具时代特色。下联，“喜”字领出两个句中自对的四言分句，不但对仗工整，而且一“飞”一“至”的遣词造句，颇有动感，烘托气氛，并为结句做好铺垫。“摘星”二字便依势而入，以见出鹳雀楼之高也，不觉让人想起李白的《夜宿山寺》诗“危楼高百尺，手可摘星辰”来，才知其用典精巧自然，细思之，其果真如盐着水，悠然无痕矣！

（杨远建）

楹联同题

四大名桥

赵州桥

赵州桥，别名安济桥，俗称大石桥，位于河北省石家庄市赵县，隋开皇年间由著名匠师李春设计建造，距今已有一千四百多年的历史，是世界上保存最完整的单孔坦弧敞肩石拱桥。1961年，赵州桥被国务院公布为第一批全国重点文物保护单位。

李存固

思华构峥嵘，一任迅雷击，骤雨侵，寒霜蚀，更昂首挺身，安澜济众，尤承千载沧桑，万民福祉；

诧虹桥峻美，又如新月娇，玉环秀，翠带柔，凭技精艺绝，虎踞龙盘，无愧炎黄伟迹，世界奇观。

评　析

此联大气工稳，形象生动，语言流畅，有抑有扬，读来朗朗上口，颇有韵味。上联着重写赵州桥历经千年风霜依然稳固而屹立，下联写桥体造型峻美、巧妙绝伦，无不让人惊叹连连。首句开篇点题，统领全文，引发读者进一步想象。第二、三、四分句具体描写，尤其是这种排比句式，更增强了节奏感、韵律感。第五、六分句领字“更、凭”用得非常得当，巧妙一转，语气加强，进一步展现了赵州桥的雄伟、坚固、美观。最后两分句与首句遥相呼应，赞叹了桥的历史价值和突出地位，不愧为“炎黄伟迹，世界奇观”。（吴爱芹）

李达章

一座桥虎踞洨河，任凭你肩挑日月，车推山岳；

千余载名扬天下，且与他山岳同春，日月齐辉。

评　析

上联写桥的稳固牢靠，泰然自若地承载着车马人流。其中，“虎踞”一词用得非常形象，把赵州桥巍然屹立的雄伟姿态表现得淋漓尽致。下联写赵州桥举世闻名，历史悠久，堪共山川日月之久。特别是中间分句中“任凭你”“且与他”的三字巧妙承接，引出句中自对“肩挑日月，车推山岳”和“山岳同春，日月齐辉”。这其中的规则重字也很有艺术效果，让我们真切地感受到了赵州桥坚固的结构、沧桑的印记和无比壮观的景象。整个作品紧扣题意，思路独特，构思巧妙，用词别致，联艺娴熟。（吴爱芹）

卫 国

匠心独具，把圆弧拱起，单孔托来，千古袭传留胜迹；

工艺纷呈，用腰铁结连，石材勾合，一桥飞跨创先河。

评 析

联语生动，用词疏落有致，用笔细腻深婉，气脉流畅，颇具文采，读来耐人品味。首句“匠心独具”“工艺纷呈”用得非常得体，突出了赵州桥的设计经典和形式优美。中间两分句具体细致地描述桥体形态构造，“圆弧、单孔”“结连、勾合”既突出了桥的新奇创举，又体现了其古朴秀美的风格。结句“一桥飞跨创先河”是亮点，巍然一幅宏伟壮观的桥之胜景，既塑造了气势，又表示创造了奇迹，给人一种强大的力量，进一步展现了艺术的魅力，让你不由得为中国古代劳动人民的智慧而赞叹。（吴爱芹）

卢沟桥

卢沟桥，位于北京市丰台区永定河上，因横跨卢沟河（即永定河）而得名，是北京市现存最古老的石造联拱桥。每根望柱头、顶栏、华表上均雕有石狮，形态各异，栩栩如生。桥两端东有石狮，西为石象，紧抵桥头望柱。桥东头则立有乾隆帝亲笔题写的“卢沟晓月”碑。“卢沟晓月”从金章宗年间就被列为“燕京八景”之一。1937 年 7 月 7 日，日本在此发动全面侵华战争，史称“卢沟桥事变”（亦称“七七事变”）。中国抗日军队在卢沟桥打响了全面抗战的第一枪。

李存固

一寸雕栏一寸恨，吾侪敢忘国殇？昔古桥喋血，壮士捐躯，刀锋刃寇，毅魄吞天，愤愤石狮喷怒火；

百年夙梦百年歌，华胄不失豪气。今治水波欢，拱城垣耸，晓月光灼，碑亭韵唱，煌煌盛世沐春晖。

评　析

“治水”，永定河古称。“拱城”，指拱北城，即宛平城。“碑亭”，指内立“卢沟晓月”碑的亭子。“一寸雕栏一寸恨，吾侪敢忘国殇？”首句从议论、抒情起笔，三、四、五、六分句铺排七七事变惨烈场景。“愤愤石狮喷怒火”，用拟人手法收结上联，表达了对日本军国主义侵略罪行的无限愤恨和斥责。“百年夙梦百年歌，华胄不失豪气”，直接歌咏当今中国之豪气，三、四、五、六分句铺排当今的大治气象，以“煌煌盛世沐春晖”收结得自然而然。“一寸、百年”，重复词语的使用，读来回环起伏，增加了语言的美感。“愤愤、煌煌”，叠字的使用起到了加强语气的作用，更利于情感的表达。此联铺排得当，措辞讲究，结构合理，气脉畅通，是为佳作。（郑翠娟）

张项学

雄狮形各异，遍看真仁伪善，我自跨横，直通燕蓟送孤旅；
石板印难同，历经凄雨霜风，柱犹坚韧，长踏洪波撑脊梁。

评　析

此联避开了说古道今的熟套路，选取了石狮和石板两个元素为视角，用特写的手法展开，很有特色。上联写“雄狮形各异”，是纪实，卢沟桥上雄狮多而形态各异。“遍看”，是从侧面写其历史悠久。“遍看真仁伪善，我自跨横”，用拟人手法托物扬己之性情。“直通燕蓟”，诗意地突出了地理位置。下联“石板印难同”，能想象出当时桥上车水马龙的景象。“历经凄雨霜风，柱犹坚韧，长踏洪波撑脊梁”，托物寄志。此联构思巧妙，脉络清晰，做到了我联写我心。（郑翠娟）

易延凤

无奈出兵，睡狮一吼惊天地；
纵然退役，胜迹满眸泣鬼神。

评　析

这是一副比较短的联，写历史题材的联时，用短联写好不易。而此十一言联对卢沟桥的历史和变迁已交代得很明白。联意上，作者定格为两个点：上联先肯定地说我方出兵是无奈，1937 年 7 月 7 日，卢沟桥“七七事变”，标志着中国全民族抗战的爆发，故说“睡狮一吼惊天地”；下联的“退役”，指 1985 年卢沟桥正式“退役”，禁止机动车和畜力车在桥上通行，作为珍贵文物保护起来。虽“退役”，但胜迹所承载的一切却感天动地。两联分别运用了一个转折句，看似简单，实则很有张力，其内容性很大。此联可谓短联中的佳品。（郑翠娟）

尉官保

嘱桥上石狮，莫忘硝烟，常铭伤痛；
劝水中锦鲤，尊崇历史，珍爱和平。

评　析

“嘱桥上石狮”，是用拟人手法，把石狮看成能听懂话的人。“莫忘硝烟，常铭伤痛”，是嘱其莫忘卢沟桥七七事变之硝烟，应常铭记历史伤痛，不忘国耻。“劝水中锦鲤”，锦鲤是祥和的象征，指和平年代，亦应尊崇历史，珍爱和平。此联构思巧妙，匠心独具，其最大的特点是“有我”，以一个悟者的角度和口气，对石狮和锦鲤说话。有物有我有思，这副联便是丰满的。（郑翠娟）

灞　桥

灞桥，位于西安郊区灞河之上，曾是西安东去的必经通道。春秋时秦穆公始修，历代多次改建。因其位于古都长安的要道之上，古时为送别止点，故又名情尽桥、断肠桥、销魂桥、折柳桥。历代墨客骚人妙笔记录，仅《全唐诗》提及灞桥的诗篇就达一百余首之多。折柳送别亦是此处一景。

彭大庆

月满秦楼，烟蒙柳岸，此处记春秋，桥头怕咏风飘雪；
半坡文化，三叠渭城，何时分客主，酒后聊嘲梦断魂。

评　析

一座桥就是一部史书，此联演绎得淋漓尽致。“怕咏”“聊嘲”内涵丰富，让人浮想联翩。上起以“秦楼”开篇，不着痕迹地点明此桥为春秋时秦国始建，历经沧桑岁月，记载断肠故事，因之而“怕”。同时，此桥亦产生无数吟咏作品，留下丰富的文化遗产，至今令人“梦断魂”，可见其影响力之大。作者善于“拉人作对”，将相关事物融入联中，如秦楼、半坡、渭城，起到烘云托月之效。“月满”“烟蒙”、“半坡”“三叠”、“飘雪”“断魂”选词精当，对

仗工整且富有诗意。下联如拉回“桥”更好。（徐玉基）

吴岱宝

一桥通远古，想当年霜雪扫平，轮蹄磨尽，霸业雄图成过往；
两岸满余情，慨此地关河历历，杨柳依依，诗声别恨竞风流。

评　析

此联由桥生发，按时空二维，联意上脉络清晰，词语上选择反对，对比强烈，节奏激越，情感丰富，起到撼人心魄之效果。“通远古”言历史悠久，“满余情”言人文炽盛，一线贯穿，抓住了灞桥的特征。两结余音袅袅，韵味悠长。金戈铁马已成旧事，折柳送别仍留余情，激起人们对往事的思考和人生的感叹。自对工巧，句式灵动，节奏感强烈。感觉“磨”字与“轮蹄”稍不合。下联写两岸，应拉回“桥”中。（徐玉基）

李家桥

两千年胜迹犹存，每思量流水卷潮，离人策马，慨昔时、石拱曾撑天地梦；

三万缕青丝正舞，可记得伤情折柳，踏雪催诗，欣此日、春风已扫古今愁。

评　析

联句一气呵成，未有阻滞，读来如行云流水，亦音调铿锵。两起和两结最为精彩。"犹存"不仅指建筑的灞桥，也指人们心中的灞桥；"正舞"不仅指现时情景交融，也指昔时的折柳送别，如此把一座桥写活。腰节着力铺陈，为起句和结句提供有力支撑。结句的"石拱"有坚实意，"春风"有和煦意，用此面目一新，赋予灞桥以丰富内涵。"曾撑""已扫"的炼字功夫纯熟，构思精妙是全联最大特色。"潮"字可酌。（徐玉基）

牛牧之

我来也，犹记三千年前灞水，饮罢长亭，细柳牵游子衣，寒光照离人泪；

汝识乎，何如一万里外阳关，望穿大漠，黄沙葬将军骨，白雪书怨妇词。

评　析

联句大开大合，捭阖纵横，气势强劲，此种思路写灞桥别具一格。上起"我来也"气势非凡，下起"汝识乎"豪情满怀，引出时空的交错、历史的萦回。上联写桥景，句句切中。下联看似游离主题，实则步步为营，层层递进。战场虽远，均与桥连，由此我们领略到一桥关乎国家命运、民众生死。联中所用词语，如"灞水""长亭""细柳"均灞桥直接元素，"寒光""阳关""大漠""白雪"均相关元素，"游子""离人""将军""怨妇"均由灞桥生发，通过有机组合，展示一幅绚丽而悲壮的画面。句式安排有度，三四六八字句用来得心应手。起句三字声调铿锵有力，末二句化强为柔，刚柔相济，联作耐读。（徐玉基）

方留聚

扬鞭催汗马，折柳送离人，泪洒桥头，马嘶冷月人难别；

闭目思秦楼，开怀吟汉阙，云飞天际，楼映碧波阙焕然。

评　析

上联“汗马”即汗血宝马，“离人”即离别的人，一写将士奔赴边关的悲壮，一写亲友离别的深情，独具描写灞桥的典型性。下联“秦楼”“汉阙”双关，既指桥的久远，也指桥的作用。上下联均以第三句承上启下，引出结句自然而生动。此联兼有风格上的豪放与婉约，情感上的悲壮与欢欣，景物上的空灵与现实，将时空融为一体，远近互动，情景交融。虽无“灞”，不离“灞”，虽有“桥”，不限于桥。读罢，一种“聚散皆是缘，离合总关情”的感慨油然而生。写作方法上借鉴了律诗“起承转合”手法，脉络清晰，层次分明，语气流畅，用词高雅，咏物联的精品之作。（徐玉基）

二十四桥

二十四桥，又称为廿四桥，是古代桥梁建筑的杰作，位于江苏省扬州市瘦西湖风景区西部。一说二十四座桥。今二十四桥为20世纪80年代末新建，为单孔拱桥，汉白玉栏杆，如玉带飘逸，似霓虹卧波。该桥长二十四米，宽二点四米，栏柱二十四根，台级二十四层，处处都与二十四对应。

孙芸香

如虹卧水，似带凝烟，凭栏处思今抚古，几曲箫声听不歇；

杜牧诗工，姜夔韵逸，携盏时邀月飞歌，六朝遗迹话曾经。

评　析

“带”指桥犹如玉带。“杜牧诗工”指的是《寄扬州韩绰判官》一诗：“二十四桥明月夜，玉人何处教吹箫？”“姜夔韵逸”则指姜夔的《扬州慢·淮左名都》，此词其中有一句：“二十四桥仍在，波心荡、冷月无声。”上联从风景入手，引发感怀，耳边似乎依稀有箫声回荡；下联从古人吟咏二十四桥的作品讲起，逸兴飞扬，古意融融。全联气脉流畅，一气呵成。上下联前八字分别采用句内自对，写景用典紧扣联题，手法老到，堪称佳制。唯“几曲”处似尚可再斟酌。（应绿霞）

祁玉霞

念你几多年，诗里词中鲜活；
还吾一个梦，湖滨月下追寻。

评 析

这是一个白话联，采用了相对口语的表达方式，平实易懂，亲切宜人，选取的角度比较新颖别致。上联说，对二十四桥魂牵梦绕很多年，是源于它在诗词里鲜活的形象，给人留下了深刻的印象，让人久久难以忘记；下联则说，为了圆心头一个因诗词引发的关于二十四桥的梦，在瘦西湖畔的夜月下，有人痴痴徘徊桥头，流连不去，在苦苦追寻。全联明面只字未提桥，却又隐隐扣合二十四桥，似离又未离。“鲜活”“追寻”两词分别句内自对，“鲜”对“活”，“追”对“寻”，用得恰到好处。（应绿霞）

曹鸳姣

波荡天心，水涵月影，凭栏闻隐隐箫声，想与玉人相邂逅；
欲邀杜牧，再约姜夔，打桨赏幽幽胜境，如同帝子乐逍遥。

评 析

此联手法上与第一联异曲同工，上联也是从写景引入，下联从诗词典故入手。“天心”，此处应为“本心”之意。站在桥上看，波光似乎荡漾着我们的本心，水里也涵容着月影，耳边隐隐有箫声传来，引发人无限遐想，让人忍不住想和当年的杜牧一样，期待与玉人来一场不期而遇。下联话锋一转，邀上杜牧，再约上姜夔，一起在桥下打桨赏湖，像隋炀帝一样做逍遥游，也是极好的。欲邀千古诗人词家做伴游湖，还敢媲美隋炀帝……脑洞之大，不禁让人叹为观止。（应绿霞）

王世侠

眼底尽澄莹，碧水照人，任桥拱起春光媚；
耳根传欸乃，乌篷宴客，有棹荡开夜月明。

评　析

“澄莹”是清澈透明的意思。“欸乃”是拟声词，指行船摇桨或摇橹的声音。“乌篷”即乌篷船，是江南地区的独特水上交通工具，因竹篾篷被漆涂成黑色而得名。全联对仗工稳，“拱起春光媚”更是想象力丰富，在眼底清澈的碧水之上，江南明媚的春光，都被二十四桥所承载。耳边有乌篷船摇过的“欸乃”声传来，乌篷船上正款待着客人，桨一划动，搅碎了月光，水中的明月，似乎被水波远远荡了开去。画面唯美，有声有色，动感十足。然“任”字似不如用“凭”；落笔也更多着力于湖之全景，而非桥本身。（应绿霞）

刘红艳

玉人不可追，只小杜句中，白石心头，素影娉婷招冷月；
盛况今何在？唯五亭桥左，熙春台后，长虹依旧卧清波。

评 析

“小杜”指杜牧,《新唐书·杜牧传》中说:“牧于诗，情致豪迈，人号为‘小杜’，以别杜甫云。”“白石”即姜夔，姜夔号“白石道人”。“五亭桥”和“熙春台”都是扬州瘦西湖中的景点，在二十四桥附近。此联作者紧扣联题，从怀古慨今入手，玉人一袭白衣，娉娉婷婷月下吹箫已成诗人笔底往事，是古人心头的梦幻景象；如今盛况不存，唯桥影依旧，令人不胜唏嘘。写联破题角度颇有可取之处，结句更是余韵悠长，只是几处对仗如“不可追”对“今何在”,“娉婷”对“依旧”不是很工。（应绿霞）

楹联同题
四大名亭

陶然亭

北京陶然亭，是清代名亭，现为中国四大历史名亭之一。清康熙三十四年（1695），当时工部郎中江藻在慈悲庵内创建此亭，并取唐代诗人白居易“更待菊黄家酝熟，共君一醉一陶然”之诗意，为亭题额曰“陶然”。陶然亭公园以此亭而得名，也是新中国成立后，北京市政府最早兴建的一座现代园林。陶然亭公园湖光山色，风景秀美，历史悠久，亦有革命遗迹，是京城游览胜地。

田兴隆

人谒弥陀，问湖中哪朵红莲属我；
我携陶令，看亭外一轮白月照人。

评　析

清康熙三十四年，当时任窑厂监督的工部郎中江藻在慈悲庵内创建此亭，并取唐代诗人白居易“更待菊黄家酝熟，共君一醉一陶然”之诗意，为亭题额曰“陶然”。这便是陶然亭公园名称的由来。亭内金色“陶然”二字的匾额即是建亭人江藻书写，“似闻陶令开三径，来与弥陀共一龛”是禁烟英雄林则徐在这里留下的楹联。此联构思与上述资料关系密切，因此切题切景，简洁又有诗意，读起来意蕴深远，余味悠长。“湖中”对“亭外”，“红莲”对“白月”，工整；选取意象简明清晰，颇有代表性；而“人”与“我”规则重字的使用，又使得整个联句活泼有致，读起来意趣盎然。

（生吉俐）

黄一坤

寻乐天句里名，清净界空荷自放，轻舟荡月痕，湖风拂面，思冰雪爱情，勾起百年故事；

观江藻心中构，慈悲庵静客常临，雅集留诗韵，酒宴舒怀，赏骚人碑刻，咏成千卷华章。

评　析

首句中“乐天”是指唐代诗人白居易，其字为乐天。陶然亭的名字由来，即为创建此亭的工部郎中江藻为亭取名时，选取白居易“更待菊黄家酝熟，共君一醉一陶然”之诗意。此联含义丰富，覆盖陶然亭的历史、风景与人物，其中“冰雪爱情”是指高君宇和石评梅的爱情，高石之墓位于陶然亭公园的中央岛北侧，是一处革命遗迹。高君宇是中国共产党早期的党员，他对陶然亭情有独钟，他和邓中夏等人曾在这里召开秘密会议，商讨中国革命前途，同时也和石评梅经常在此漫步。高君宇去世后，石评梅在他的墓碑上题写了他生前的诗句:“我是宝剑，我是火花，我愿生如闪电之耀亮，我愿死如彗星之迅忽”，表达刻骨的思念之情。此联句式长短搭配合理，联意素材紧扣陶然亭，有景有情有典故，恰切生动，富有感染力。

（生吉俐）

王西川

亭外芰荷伴柳，莺燕飞檐，小憩自陶然，菊酒樽中峰影注；
槛中翰墨流香，歌弦悦耳，遐思多慨也，前贤笔外惠风吹。

评　析

“芰荷”，指菱叶与荷叶。此联主要描写陶然亭公园富有文化内涵的美景。公园兼有花红柳绿、湖光山色之美，令人心醉。上联中嵌入公园名字，贴切。园内山、湖、岸、岛风景佳处，都以亭缀景。下联中的“前贤”，与历史密切相关。清代两百余年间，此亭享誉经久，长盛不衰，成为都中一胜。林则徐等许多名人在此留下墨迹。陶然亭建成后，建亭者江藻常邀些文人墨客、同僚好友到陶然亭上饮宴、赋诗，这里留下的诗文很多。龚自珍、秋瑾等都曾在陶然亭上留下诗文。如今公园中有游客歌声琴声传来，抚今忆昔，让人感慨如今幸福生活来之不易。此联对仗非常工整，“芰荷”对“翰墨”，“莺燕”对“歌弦”，贴切自然；所有动词使用精妙，情景交融。陶然亭的美，由古及今。

（生吉俐）

郑翠娟

开半亩青莲，古寺藏云邀白月；
对一方仙沼，深堂揽翠涤清风。

评　析

陶然亭公园夏日时节的美丽风景，正是荷花粉白荷叶黛绿，荷塘景色与周围的名亭映衬，让人感觉宛若游在江南。“古寺”指公园内闻名遐迩的慈悲庵，古刹慈悲庵，建自元代，又称观音庵，坐落于陶然亭公园湖心岛西南的高台上。历史上这里是文人墨客汇集赋咏之地，曾留下许多传诵一时的诗篇。庵内的陶然亭又是近代革命志士的秘密集合场所。联中的“半亩”“古寺”“白月”“深堂”“清风”等用词均有出处，有联如下：“烟笼古寺无人到，树倚深堂有月来”（翁方纲）、“慧眼光中，开半亩红莲碧沼；烟花象外，坐一堂白月清风”（沈朝初）、“爽气挹山岚，万苇清风带古寺；高踪怀水部，一轮明月照江亭”（张照珏）。可见作者对以上名联很熟悉，化用巧妙，切题，工整，文字简洁优美。（生吉俐）

崔钢兵

邀云啸傲时，忆藉卉周侯，修禊右军，难忘那，亭外风烟三径雨；

约月陶然夜，话往年绿影，当朝清气，乐享斯，湖中菡萏一园香。

评　析

陶然亭落成后，颇受文人墨客的青睐，被誉为“周侯藉卉之所，右军修禊之地”，更被全国各地来京的文人视为必游之地。清代两百余年间，此亭享誉经久，长盛不衰，成为都中一胜。“邀云”对“约月”，起句选取“云月”，富有灵气；联中自对贴切；以“难忘那”和“乐享斯”做过渡句，承上启下，转折自然。整联流畅，不仅切题，且脉络清晰，逻辑合理，结句“亭外风烟三径雨，湖中菡萏一园香”，写出了陶然亭公园的如画美景，意境优美，是一亮点。

（生吉俐）

醉翁亭

醉翁亭，位于安徽省滁州市西南琅琊山麓。北宋庆历七年（1047），琅琊寺住持智仙特在山麓为欧阳修建造了一座小亭，当时，唐宋古文八大家之一的欧阳修亲为作记，曰《醉翁亭记》。其文有“太守与客来饮于此，饮少辄醉，而年又最高，故自号曰醉翁也”，“醉翁亭”因此得名，而闻名遐迩，数百年来虽然多次遭劫，但终不为人所忘。

林国斌

情醉翁亭，心中波浪因风起；
诗开画境，眼里云烟带梦飞。

评　析

上联起笔嵌字，“醉”，是游人之醉，亦为昔日欧阳修《醉翁亭记》：“颓然乎其间者，太守醉也”，暗中点题。下联不是诗而胜于诗，所开画境，真是美不胜收。联语借“波浪”之“起”、“云烟”之“飞”，在飞扬而浪漫的景物描写中，借景抒情，写出联作者游醉翁亭的所见——眼里的云烟、所感——心中的风韵，颇富有诗情画意也！“因风起”，语出刘义庆《世说新语·咏雪》：“未若柳絮

因风起。”联意亦即所谓“山水之乐，得之心而寓之酒也”（《醉翁亭记》）。（杨远建）

牛牧之

圣君远乎，殿外河山谁做主；
太守醉也，亭前天地我称王。

评　析

上言“圣君”，即皇帝，而曰“远乎”。“远乎”，语出《论语》：“子曰：‘仁远乎哉？我欲仁，斯仁至矣。’”下言“太守”，即欧阳修，而曰“醉也”。“太守醉也”，语出欧阳修《醉翁亭记》：“颓然乎其间者，太守醉也。”联语“远”与“醉”、“殿外”与“亭前”对比强烈，颇敢想也，内涵丰富。随后，在“谁做主”“我称王”的感叹声中，缀尾作结，加之其前虚字“乎”“也”的声韵潇洒而巧妙运用，联意豪迈而议论深沉，情思、哲理深远，意趣颇浓焉！（杨远建）

田　韬

翁醉吟时，问一亭月谁之物；
客酣游处，知九景云我的天。

评　析

上比一问，写“翁”，既指欧阳修，亦联作者自指。下比一答，写“客”，古今游醉翁亭之客，可谓何其多也。前后呼应，而问中又暗含答，你来我往，借“一亭月”“九景云”非常简练生动地写出醉翁亭的风景与人文。“亭”，即醉翁亭，而醉中“一亭月”，何其美也，不管是“谁之物”，人皆可赏之。“九景”，言指醉翁亭院内的“醉翁九景”。联作者酣游时之所见所感，都被描写得如在眼前也！

（杨远建）

卫　国

亭有何奇？胜在匠心清巧，更因文藻播名，教琅琊揽秀；
翁焉已老，缘非小酒醉狂，爱向风光讨趣，看太守倾怀。

评　析

上联写“琅琊”之“亭”，即醉翁亭，说其因欧阳修《醉翁亭记》而名扬天下，所谓“文藻播名”；下联写“太守”其“翁”，即欧阳修，言欧“倾怀”而饮，皆破题。联语“揽秀”与“倾怀”在“教”与“看”中，潇洒呈现，则醉翁亭其景、其事、其韵、其情，尽在眼前。“揽秀”，即采秀，意谓观赏秀丽景色。语出元丁复《同永嘉李季和望钟山联句》：“揽秀目颙颙，讨幽心养养。”“讨趣”，口语化，精妙醒目。整联咀嚼之，可谓含蕴丰富而风华别具哉！

（杨远建）

湖心亭

湖心亭，位于浙江省杭州市西湖中央，亭名岛名统一。湖心亭与三潭印月、阮公墩合称湖中三岛，是三岛中最早的岛。宋、元时有湖心寺，寺外三塔，明孝宗时，寺与塔俱毁。明有振鹭亭，后改清喜阁，是湖心亭的前身。乾隆曾有御笔“虫二”碑，现碑为1980年在岛上重置，意指“风月无边”。

郑翠娟

湖山入眼；
风月关怀。

评　析

西湖是为远古潟湖，三面环山一面临城，立足于山，湖不大不小；立足于湖，山不高不低，可一望湖山皆入眼，此乃西湖和谐之美。上联正是抓住西湖此景，据实写出了西湖自然之美。“风月”当指“风月无边”，出自宋朱熹《六先生画像赞·濂溪先生》：“风月无边，庭草交翠。”传说当年乾隆下江南，夜游湖心亭，被美景吸引，便题下了“虫二”二字，寓意“风月无边”。后此题字刻碑立于湖心亭，成为湖心亭处重要的人文景观。下联用典，既点明此处的人文景观，又赞美了此处景致堪可入怀，升华了由景入心的思想情感。全联写出了湖心亭的景色与处于此地的心境，且“湖山”对“风月”，“怀”对“眼”，形成工对，堪称佳构。（朱庆文）

颜学生

鼎足三潭能印月；
亭心一处可迎风。

评　析

上联借毗邻湖心亭的西湖三岛一景“三潭印月”注解“月”字。三潭，指西湖三潭印月岛附近的三只石塔，相传为苏轼在杭疏浚西湖时所创设（现有石塔为明代重建）。而有趣的是塔腹中空，球面体上排列着五个等距离圆洞，若在月明之夜，洞口糊上薄纸，塔中点燃灯光，洞形映入湖面，呈现许多“月亮”，真月和假月其影确实难分，夜景十分迷人，故得名“三潭印月”。下联化解“风月无边”之典，道明了湖心亭处景色，联语妙在“亭”字，是借形，不知道联家是否有此本意。此处“亭”字与名词动用的“鼎”相对，则非“亭子”之意，当可解为动词“亭育”，当“培育”来解。依此则全联联意提升：上联单纯写胜景，下联则言此处不仅临“风”，湖“风”堪可“养心”。（朱庆文）

吴立新

宛在水中央，六桥烟柳雾桃即望；
勾留心一片，四序淡妆浓抹相宜。

评　析

此联以时空关系入对，上下联后句部分自对。上联前句引《诗经·秦风·蒹葭》句说明湖心亭位置，后句写可观之景——西湖十景中最为典型的、近岸的“苏堤春晓”。湖心亭对岸即是苏堤，隔水即望是堤上六吊拱桥、一树桃花一棵柳之景。下联倒叙，前句化白居易诗《春题湖上》“未能抛得杭州去，一半勾留是此湖”之句，在议论中承接上联。后句再化用苏轼诗《饮湖上初晴后雨》“欲把西湖比西子，淡妆浓抹总相宜”之句意，以时序为线，解读前句为何勾留我心。全联前句互对，后句互对自对相间，意象上虚实结合，颇有文采。

（朱庆文）

王甜元

四围山独好，抱几许晴光，翠岫遥分云上下；
何处景最奇，隔一帘细雨，青螺宛在水中央。

评　析

“翠岫”，翠指山色青翠，岫指山。“青螺”，借指湖上小岛，语出刘禹锡《望洞庭》诗：“遥望洞庭山水翠，白银盘里一青螺。”此联依黄文中“西湖天下景”联“水水山山处处明明秀秀，晴晴雨雨时时好好奇奇”之“山好”“景奇”做上下联开篇，依东坡诗《饮湖上初晴后雨》意象从“晴”“雨”角度来写湖中小岛湖心亭之景。上联立足湖心亭写晴山。西湖之山，立湖观山为最佳，尤晴光熠熠，白云悠悠，翠岫、白云，天际、湖中，形成一幅绝美的亦实亦虚的清丽江南山水图。下联立足岸上人家写雨岛。思路联意清

晰，引语化意恰当。（朱庆文）

庞晓洲

湖心偏得天心，移蓬莱至此，添孤屿参差景，风香曲院，月卧平林，帝子碑传风月趣；

笔底自通眼底，留藻咏于今，见一亭晴雨图，水光潋滟，山色空蒙，苏仙诗蕴水山情。

评　析

此联语势较佳。上联立足湖心，点明了湖中三岛、孤山、曲院风荷等景点来代言西湖景色胜似仙境，虽然列举“风”“月”较弱，但以“帝子碑”传“风月无边”之典结句，当为不俗；下联立足于亭，直接借用东坡《饮湖上初晴后雨》“水光潋滟晴方好，山色空蒙雨亦奇。欲把西湖比西子，淡妆浓抹总相宜”中意象词，将“晴”“雨”“水”“山”归于一亭，用语机巧。此联上实下虚，联长但多用规则重字，气脉贯通，行文流畅，不失文采。（朱庆文）

爱晚亭

爱晚亭，位于湖南省长沙市岳麓山下清风峡中，亭坐西向东，三面环山。该亭始建于清代乾隆年间，原名红叶亭，取杜牧诗句“停车坐爱枫林晚，霜叶红于二月花”之意而更名。亭子古朴典雅，亭内金柱丹漆，四个翼角高翘，上面盖着绿色的琉璃瓦。

李家桥

夕阳携手白云，坐老满天霞，观湖湘此景，不厌橘洲烟浪，岳麓晴岚，长对余晖偏爱晚；

秋韵寄情红叶，等圆千古月，论意气何人，犹崇杜牧风华，主席神采，漫追名士共倾怀。

评　析

此联律句散句相结合，句中节奏有变化而不显呆滞，句脚平仄安排颇合马蹄韵辙，撰联形式技巧较为成熟。上联绘景物，用橘子洲、岳麓山烘托氛围，下联写人物，从杜牧、毛主席文采着笔，亦属营规有方，有条不紊。所选景物意象多取自杜牧原诗《山行》，如“白云”“红叶”“爱晚”直接脱胎于原诗句；古今人物皆与此亭有关，亭名取杜牧诗句“停车坐爱枫林晚，霜叶红于二月花”之意，由毛主席亲笔书写。不足之处，“坐老”“等圆”，与后面“霞”“月”动宾搭配较为生硬，尤以“等圆千古月”一句显得毫无道理。

（周永红）

张少华

爱此枫林晚，独立寒秋，枕岳色江声，摩二南石刻，谁曾放鹤；

仰之亭翼飞，四围空翠，任激扬指点，凝三户忠魂，楚必擒枭。

评 析

“二南石刻”，是一方石块上刻着南宋张栻（号南轩，1133—1180，当时岳麓书院的主教）和清代钱沣（号南园，1740—1795，当时的湖南学政）游岳麓山的诗句七律各一首。“放鹤”的来源是，石碑中提到的罗典（1719—1808），曾是岳麓书院最著名的院长，闲暇时常在爱晚亭附近栽花驯鹤，颐养性情。为此，程颂万特书“放鹤”二字刻在石上。“亭翼”，出自宋欧阳修《醉翁亭记》“有亭翼然临于泉上者”，翼然之翼为形容词，此处亭翼之翼则为名词，有生造之嫌。“四围空翠”，出自宋李德馨《题九仙宫》：“一镜澄清涵宇宙，四围空翠映楼台。”“三户”，三户人家，极言人数之少，出自《史记·项羽本纪》：“自怀王入秦不反，楚人怜之至今，故楚南公曰：‘楚虽三户，亡秦必楚也。’”此联上下十句，句句用典，可见作者写作此联，是花了一番功夫的。此联切爱晚亭自不待说，借典事绘景，览胜吊古，有沧桑之感。对仗上，此联亦见巧思，如“二南”对“三户”，“放鹤”对“擒枭”，令人称道，尤以“独立”对“四围”可谓绝妙。“擒枭”，指曾国藩、左宗棠、胡林翼灭洪杨、三次长沙会战日寇折戟等发生在长沙的历史事件。（周永红）

孙瑞海

坐看枫林火；
侧听书院涛。

评　析

名胜景点长联，其撰制固然不易，然欲以五、七言短联悬刻，则难之又难。此联之出彩，胜在“火”“涛”二譬喻。作者一反常态，不写爱晚亭本身之景物，而是选取了其近旁与之密切相关的两个事物：枫林和岳麓书院。由枫叶之红，自然联想到“火”，以“火”喻花，古人多有先例，如宋周邦彦《浣溪沙慢》词：“嫩英翠幄，红杏交榴火”；以“火”喻叶者，则较为鲜见。这里不说枫林似火而是直喻为“火”，则为常人所不及。再来看下联，“书院涛”者，读书声也。千百年来，湖湘子弟在此读书觅学者真是一浪高过一浪，其势滔滔不绝，一个“涛”字从侧面反映出了爱晚亭的岳麓书院文化。千年薪火，万里江涛，爱晚亭是湖湘文化荟萃之所，是湖南历史人文的见证。此联不足者，作者以旁观角度，一看一听，都是局外人之体察，置身事外，过于冷静。（周永红）

楹联同题

五　岳

东岳泰山

泰山，又名岱山、岱宗、岱岳、东岳、泰岳，为中国著名的五岳之一，有“五岳之首”“五岳之长”“五岳独尊”“天下第一山”之称。古代帝王登基之初、太平之岁，多来泰山举行封禅大典，祭告天地。秦始皇、汉武帝、唐玄宗、康熙帝和乾隆帝等曾亲临泰山封禅或祭祖。山体上留下了众多古建筑群和碑碣石刻。泰山是世界自然与文化遗产，世界地质公园，国家5A级旅游景区。泰山是中华民族的象征，是东方文化的缩影，是“天人合一”思想的寄托之地，是中华民族精神的家园。

黄国辉

积毫末而成万仞；
凌顶峰自小千山。

评　析

此联化典无痕，见哲思。“毫末”典出《老子》“合抱之木，生于毫末”，意思是粗大的树木都是由小树苗长成的，比喻做事要脚踏实地，一步一个脚印。在此化用，有异曲同工之妙。下联典出“会当凌绝顶”句，联用“小”字语新，表达了作者不怕困难、敢攀顶峰、俯视一切的雄心和气概，以及卓然独立、兼济天下的豪情壮志。读之，我想起另外两句，一句是“不积跬步，无以至千里”，一句是“欲穷千里目，更上一层楼”，与之有异曲同工之妙。诗曰：歧路归来更看山，旁岑漫步可登攀。我知高处云难近，不屑昂头视等闲。

（郁　梨）

董文学

一支笔仰哉齐鲁，看杖履春秋，辄寻骚客缘何不朽？
五岳峰渺矣烟霞，笑云天高古，漫诩红尘唯我独尊！

评　析

“看杖履春秋”语出对联“杖朝步履春秋永，钓渭丝纶日月长”。“杖朝”为八十岁的代称。“春秋”指年纪、年数。“钓渭”，指姜太公垂钓于渭水遇周文王事。是说到了拄杖步行出入朝廷的年龄，真是年高寿长，像在渭水边垂丝纶钓鱼的姜太公那样长寿。在此借指拄杖登山，身体硬朗。此联有三妙：一者用古汉语文言助词“哉”“矣”显其古朴，二者用领字“看”“笑”使人如临其境、如闻其声，三者设问，自问自答，显自信而豁达。诗曰：泼墨云儿势不凡，山峰叠作一书函。风吹幻化千般景，此刻龙腾首尾衔。

（郁　梨）

石安辉

相融碧野，育儒着青衿，乐江河挚友来，有幸独尊齐鲁地；
自在凡尘，飞雪犹白首，抛利禄浮云去，无须称颂帝王山。

评 析

“青衿”，青色交领的长衫。古代学子和明清秀才的常服，出自《诗经·郑风·子衿》：“青青子衿，悠悠我心。”孔子曰：“有智慧者喜爱水，有仁德者喜爱山；有智慧者活跃，有仁德者文静。有智慧者欢乐，有仁德者长寿。”诚然，联作者乐山乐水，怡然自得，故活得云淡风轻。此联信手拈来，见达观。上联人山合二为一，用“尊”令人信服；下联触景生情，表情达意，心态尤佳。“有幸”“无须”用之更显自信满满，读之顿悟：功名利禄如浮云，平平淡淡才是真！诗曰：不知拱日始何年，却道山中悟得仙。有景飘来无限意，云游左右梦飞天。（郁 梨）

贺永粹

集齐鲁精华而崛起，引君王黎庶折腰、沧海长河朝拜；
怀江山雄志以登临，看日月星辰俯首、九州寰宇观瞻。

评 析

泰山被古人视为“直通帝座”的天堂，成为百姓崇拜、帝王告祭的神山，有“泰山安，四海皆安”的说法，故用“朝拜”“观瞻”恰如其分。巍峨的泰山，到底如何雄伟？走出齐鲁，依然可见那青青的峰顶。读此联亦感同身受。此联因“集、怀、引、看”四个领字而自然流畅，豪迈之情亦溢于言表。读之忖之，君王为何朝拜，日月缘何观瞻？因逐鹿而崛起，或因社稷而登临？二者兼而有之。联虽意犹未尽，读者却意气风发，这也许是作者的初衷吧！诗曰：山高不畏云岚势，立定身心树扯帆。我欲登临风殿后，雨淋何故使岩巉？

（郁　梨）

李家桥

峰撑砥柱连天碧，举千秋齐鲁，一尊何止为师，岩立国魂，壑彰龙势；

气贯云霄捧日红，撒万古烟霞，四海纷来朝圣，佛登仙境，帝拜玉皇。

评　析

一“撑”一“贯”写出了泰山之气势。“连天碧”语出李贺的“晴春烟起连天碧”，是说放眼望去，山上一片绿色。“捧日红”语出宋代陈杰的“海水朝天白，宫云捧日红”，是写泰山日出。试想碧绿的山峰宛如一双大手把红日捧起，红绿相间，美妙绝伦，目不暇接，令人神往。读之，让人想起李白的诗句：“攀崖上日观，伏槛窥东溟。”是啊，攀上日观峰，凭栏望东海。海涛撼动着远山，似鲸鱼翻起巨浪。多神奇啊！该联铺陈有序，景事相融，相得益彰。作者未事藻绘，只赞以“举千秋齐鲁”“撒万古烟霞”，似偏于质朴无文，殊不知，此正是文人审美品评的最高标准。（郁　梨）

西岳华山

华山，又称西岳、华岳、太华山，位于陕西省渭南市华阴市，南接秦岭山脉，北瞰黄河渭水，自古就被称为“奇险天下第一山”。中华之“华”源于华山，因此华山又有“华夏之根”之称。华山又是道教主流全真派圣地。中华十大名山之一，国家5A级旅游景区。

陈子芳

峻峭雄峰，峰抵紫微萦紫气；

巍峨苍岭，岭迎朝日汇朝曦。

评　析

此联大气、流畅，令人赏心悦目。既能够切中华山的特色，又能跳出描写名山的窠臼，作者功力可见一斑。上下联起句用语平淡而气势雄健，运用“步步高”的撰联技巧，使华山的宏大气象得到升华。紫微星，即北极星，又是吉星；紫气东来用老子典故，既切又雅。苍龙岭、朝阳峰是华山的两处有代表性景点，作者巧妙地运用地名，赋予华山朝气蓬勃的形象。山之高峻雄险与吉祥朝气融为一体。青原惟信禅师有“看水看山”之说，他认为人生有三重境界：“看山是山，看水是水；看山不是山，看水不是水；看山还是山，看水还是水。”此联则已近第三重境界，也是写山水联须掌握的技巧之一。“峰”字与“岭”字的顶针，“紫”字与“朝”字的规则重字，也为联语增色不少，但雁过留声不留痕，贴切而自然。

（徐玉基）

王西川

五峰聚若莲花，险仞志登临，方可观东海朝暾，黄河亮带；
一道绵成圣地，真仙心谒悟，必能浴函关紫气，秦岭祥云。

评　析

上下联起句分别亮出华山特色，气势不凡，似领军人物率千军万马，果然后续甲胄分明，意气风发。古籍载，华山“远而望之若花状”，古“花”“华”通用，故曰“华山”，李白有诗句“石作莲花云作台”。上联抓住“险”字做文章，历尽艰辛方有高瞻远瞩之气象；下联抓住“真”字抒情怀，修身养性必得紫气祥云之呵护。三个字的领字“方可观”“必能浴”领两个四字句，使联语流畅而优美。此联还善于拓展视角，将华山放到更广阔的空间，不但“观东海朝暾，黄河亮带”，更能“浴函关紫气，秦岭祥云”，赋予联作以大气魄。

（徐玉基）

吕鹏飞

峭壁横空，触手白云低，绝代天峰曾落雁；
危崖如削，举头红日近，中华地脉此为根。

评 析

利用夸张手法写山水名胜联，此为成功一例。写华山的险与危，用“横空”“如削”，这还不够，作者进一步用“触手白云低”“举头红日近”来渲染山的高峻。最为亮眼的是两结句，上联结句以极致融于平淡之中。山峰落雁本无奇，但落雁峰是华山最高峰，也是五岳最高峰，古人尊称它是“华山元首”。登绝顶顿感天近咫尺，星斗可摘，尽可领略华山高峻雄伟的博大气势，享受如临天界、如履浮云的神奇情趣。而此奇峰任大雁栖落，真是奇句写奇峰了。下联结句追溯到中华民族的根，更是博大精深，华山的形象在两行联语中陡然升华。“峭壁”“危崖”、“触手”“举头”、“白云”“红日”、“天峰”“地脉”，这些词的对仗选择小类相对，更加工整，难能可贵。

（徐玉基）

郑翠娟

玉宇降金莲，花昭九域，翠削五峰，渺渺黄河歌远史；

中华缘圣地，气贯长天，崖摩皓月，巍巍西岳溯清源。

评 析

上联第一句似有仙气，一朵金莲自天外而降，既交代了华山山名由来，也为华山增添了美好的寓意。下联第一句承上联，更是将中华民族与华山相联系，悠久的历史与美好的名字相融合，有得大境界之感。腰节四个四字句，既自对，又互对，起到承上启下的作用，同时也是对华山的具体描述和倾情赞颂。黄河边的这朵莲花是上天赐予，西岳这块圣地是中华民族的根，读此我们不禁对华山肃

然起敬。“五四四七”的句式读来流畅，句脚平仄安排错落有致。愚以为“西岳”二字能避更好。（徐玉基）

方留聚

拔地耸云霄，瞰八百里川塬拥簇，以秦岭为襟，大河为带；
擎天如汉鼎，肩五千年上下传承，乃民族之圣，华夏之根。

评　析

华山是中华民族的圣山，中华之“华”源于华山，华山因而有了“华夏之根”之称。华山的魅力不仅在自身的秀、险、奇、绝等方面，而且它代表了中华民族的一种精神。此联居高临下，赋予华山活的灵魂，因而大气、空灵、高古，几可为华山立传。上联写景，下联传情；上联抒怀，下联言志；上联顶天，下联立地，读来似见一座中华民族的圣山立在眼前，是为好联。选字用词讲究：“塬”是西北黄土高原的一种地貌，顶部平坦，应用此字，彰显地方特色；“肩”字名词作动词，有肩负义，增加由古贯今的历史沧桑感。语句铿锵，细节亦讲究，虽非短联，亦惜墨如金，成功地避开“华山”或“西岳”联题字，进入“不着一字，尽得风流”的境界，不看联题，读者也一定会明白无误地肯定：这就是华山！（徐玉基）

南岳衡山

衡山，又名南岳、寿岳，位于湖南省东南，因其处轸星之翼，“变应玑衡”“铨德钧物”，似衡器、喻天地，故名之。衡山，尊火神祝融为圣帝，融佛道释三教于一体，风光旖旎，气象万千。衡山主要山峰有回雁峰、祝融峰、紫盖峰、岳麓山等国家自然与文化双遗产，国家级自然保护区，国家 5A 级旅游景区。

魏玉秋

一岳拔东南势极高乎？且听回雁阵声，老翅皆寒，紫冥天柱插云梦；

千秋教烟雨隐其久矣！故遣祝融烽火，层林遍染，红叶湘江下洞庭。

评　析

南岳衡山乃我国“五岳”之一，矗立于湖南东南盆地，常年烟雨萦绕，尤显其峻极穹宇。此联起句借此破空而来，切地切景，以设问叹之，娓娓道来，恬淡空灵，闲适逍遥。一“高”一“久”，时空交叠，令思绪无边无际，及至插云天而下江湖。“回雁”“祝融”均为衡山七十二峰其一，嵌入联语却无痕，作者又出其不意，偏不以“峰”为题，转而以“听回雁阵声”“遣祝融烽火”，将人们的见闻引向“紫冥”“天柱”“红叶”“湘江”“洞庭”等景致，由虚入实，由远及近，共鸣于唐李白“衡山苍苍入紫冥，下看南极老人星。回飙吹散五峰雪，往往飞花落洞庭”之意趣，尤见作者笔力劲健。（叶子彤）

彭大庆

星居轸翼，岳亘潇湘，依佛道以钟灵，烟雨何拦南去雁；
火毓文明，香祈福禄，赋长沙而献寿，祝融却应北来衡。

评　析

衡山，居轸之翼，延绵于潇湘之间。回雁峰又称烟雨峰，形如鸿雁奋翅；祝融峰则横亘于云梦与九嶷之间，状似杆秤可衡天地之轻重。联语则于此染墨，尚举佛、道，乃及“火毓文明”“香祈福禄”等中华传统文化，而“献寿”则切衡山有“寿岳”之别称。联语中，一“南”一“北”，起承转合，令景象全出。联语铺排有序，一气呵成，对仗工稳，尤觉结句大笔腾挪，有行云流水之韵格。（叶子彤）

吴海燕

拔地冲霄人北望，见唐尧狩猎，虞舜巡疆，气象频开三万里；
衡玑铨德雁南飞，倚嫘祖浴蚕，祝融烌火，风骚再领五千年。

评　析

衡山，因其位于轸星之翼，“变应玑衡”“铨德钧物”而得名。祝融峰乃衡山最高峰，列其“四绝”风光之首。唐韩愈有“祝融万丈拔地起，欲见不见轻烟里”之诗句。联语据此起句，引用典故，恢拓时空，结句则气派不凡。“唐尧狩猎，虞舜巡疆”，出自衡山乃上古时期唐尧、虞舜巡疆、狩猎，以祭祀社稷之地。“嫘祖浴蚕”，出自《衡湘稽古》中关于嫘祖葬于衡山的记载，嫘祖即民间祭祀的先蚕神，至今南岳七十二峰中有“雷祖峰”，峰上有嫘祖墓，又名“先蚕冢”。“祝融燃火”，当引自清乾隆帝“水官晏眠波，祝融怒燃火”之诗句。传说民间崇拜的火神祝融，受黄帝委任镇守衡山，教民用火，化育万物，死后葬于衡山赤帝峰，被尊称为“南岳圣帝”。

（叶子彤）

北岳恒山

北岳恒山位于山西省大同市浑源县城南四公里处，为中国北方著名的风景游览胜地和重要的道教发祥地之一。恒山山脉，祖于阴山，发脉于管涔山，东西绵延五百里，锦绣一百零八峰。古有十八胜景，今存文昌阁、纯阳宫等十多处。另有出云洞、紫芝峪等自然景区。2009 年，北岳恒山被列入“国家自然和文化双遗产名录”。

吴岱宝

锁塞外咽喉，连冀中襟带，携几多险隘要冲，侠气盘桓处，犹长听烽燧报安，羽书飞捷；

舜帝曾巡狩，始皇亦过存，共五岳闻名举世，溪山啸傲时，更相望金身百丈，玉殿凌空。

评　析

作品以两个五言句中自对的分句起笔后，一片神行，联语潇洒豪迈，浑然一体。上联以“塞外咽喉、冀中襟带”写出北岳的地理、关塞之险要，下联以“舜帝巡狩、始皇过存”写出恒山历史文化之源远流长。尤其第三、第五分句中“携、共、犹、更”几个领字在章法布局中的巧妙使用，让人回味无穷，亦堪表率！“侠气盘桓”“溪山啸傲”更见恒山巍峨耸峙，气势雄伟，终显自然造化之神工。尾句“金身百丈，玉殿凌空”作结，将联意进一步升华，使得恒山的形象越发庄严、神圣。（刘太品）

张亚娟

承大岳威名，一怀开画轴，欣看飞泉界道，古树侵云。遍拾遗珠，尤喜刻崖留帝篆；

若神州北柱，独钥锁乾门，惊呈绝壁千寻，孤峰万仞。幽追前史，不因改祀忘仙山。

评　析

“仙山”指神仙山，又名大茂山。上下联均以写景为主，但各具特色，一动一静，描绘灵动、庄严，如在目前。上联起笔即不寻常，一句“大岳威名”即刻激发起读者的浏览兴致，接着“一怀开画轴”徐徐展开“飞泉、古树、刻崖、帝篆”，让你目不暇接，渐入胜境。下联尤妙，“独钥锁乾门”“绝壁千寻”“孤峰万仞”，句句用词得体，张弛适度，处处巍峨耸峙，奥妙瑰丽。而结笔“追前史，不因改祀忘仙山”自然而然地转到文化上，意味深长，更具画龙点睛之妙！全联对仗精工，大气磅礴，雄浑壮丽，言语跌宕起伏，一气呵成。（刘太品）

熊　虎

一寺悬空，将数千载狼烟烽火，尽消涧底；

众山拱北，把百八峰秋叶春花，都献樽前。

评 析

上联开首“一寺悬空”点题，“悬”字确实妙，突出了北岳恒山的特色。“数千载”“百八峰”数字运用手法极为大气，突显了恒山的历史久远和群峰环绕。“尽消涧底”与“都献樽前”对应而出作结，动词“消”“献”拟人手法的精当妙用，别出心裁。而“消”则曰“尽”，“献”则曰“都”，“消”“献”皆夸张，给人感觉大气且苍茫。再加上“涧底”“樽前”的巧用，一远一近，相得益彰，意境突出，更见联作者的豪气所在，令人佩服！整联立意精练、准确、新颖，颇堪玩味！

（刘太品）

中岳嵩山

嵩山位于河南省登封市北部，古称外方山、嵩高、崇山等。嵩山总由太室山与少室山组成，共七十二峰。嵩山北瞰黄河、洛水，南临颍水、箕山，东通郑汴，西连十三朝古都洛阳，是古京师洛阳东方的重要屏障，素为京畿之地，具有深厚文化底蕴，也是中国佛教禅宗的发源地和道教圣地。

田　韬

三家鼎足时，释耶，跋陀传也；道耶，真宗崇也，儒耶，程颐授也；

五世同堂始，天者，娲后补之；地者，灌口担之；人者，尧舜教之。

评　析

首句推出所谓“三家”释、道、儒，然后一一道来。“跋陀”，即佛陀跋陀罗，少林寺首位住持，东天竺（今印度）人，孝文帝为他设禅林，开凿云冈石窟，建少林寺，供其传法。“道耶，真宗崇也”，宋真宗在弘扬道教方面多有所为，包括对道家核心经典进行了大规模的校勘与雕印颁行、把玉皇正式列为国家的奉祀对象等。

"儒耶，程颐授也"，程颐是开创新儒学的一代宗师。下联中的"五世同堂"，即嵩山完整出露着太古代、元古代、古生代、中生代、新生代五个地质时期的变质岩和沉积岩地层序列精华，被誉为"五世同堂"。"灌口"，即灌口二郎，又称二郎神。写山而不言山，旁推侧引，却句句皆嵩山——或史实，或典故，或传说。作者对所掌握的材料剪裁得当；排比式当句对的结构，手法高超，颇具匠心；虚词的使用自然贴切，增强了作品的古雅韵味，是此副对联的最大特点。

（杨晓雁）

胡濰伟

此山势雄哉！望峰壑参差，崚嶒磅礴，杰阁插云，飞甍映日；立洛阳屏障，列地质公园；称著于奇，谓中原极峻唯嵩岳；

其人文盛也！见东临省会，西倚古都，南依颍水，北接黄河；乃儒释祖庭，为全真圣土；名扬以寺，嗟天下功夫出少林。

评　析

首句有如画外之音，一声感叹，飘然入耳。随即目光流转、步移景换，嵩山风物尽在眼前。行至下联，笔意陡转，由山势纵横切换到地理人文，起承转合，自然从容。"谓中原极峻唯嵩岳""嗟天下功夫出少林"，两结句分别对上下联进行了总结概括，颇有画龙点睛之妙。本句自对形式，以排比句穿插于上下联中。全联韵律流畅，起承转合有度。"东临省会"是指东依河南省省会郑州，"西倚古都”是指西临古都洛阳。嵩山乃释儒道三教并存之所，犹以少林功夫为天下闻名。

（杨晓雁）

吴国望

翠微三百里，凭中原壮阔，望郑汴争荣，黄河入海，颍水归淮，王城徙鼎，巍巍乎峻极于天，执手乾坤凝画卷；

毓秀五千年，倚美德辉煌，钦舜尧禅位，赤县崇儒，嬴秦贵道，刘汉尊僧，灿灿矣文华致远，同心日月领风骚。

评　析

首句以“三百里”“五千年”分别拉开时间与空间的序幕，把嵩山四围的风物景观、人文历史，一一呈现在读者面前，其中穿插着作者的解说议论。结构大开大合，铺排得当。典故的运用，不仅精准贴切，含蓄古雅，亦增强了作品的历史厚重感。如“王城徙鼎”，是指1939年出土于河南省安阳市武官村的后母戊大方鼎。“舜尧禅位”，是古代关于原始社会末期推选部落联盟首领的传说，指古代帝王让位给贤能的人。“赤县崇儒”是指中国一向遵从儒家学说，“赤县”即赤县神州，指中国。“嬴秦贵道”是指秦始皇时代崇信道教。“刘汉尊僧”是指佛教自两汉之际由西域传入中国内地，在漫长的历史进程中与中国社会的发展变化相适应，不断吸收中国本土文化以丰富自己，形成并积累了可以为构建和谐社会服务的丰富资源。“画卷”，偏正结构，“风骚”，并列结构，对仗不工，是为微瑕。

（杨晓雁）